KB039194

기적을 파는 백화점 외

이어령 전집
12

기적을 파는 백화점 외

크리에이티브 컬렉션 2
희곡_한국 부조리극의 미래를 열다

이어령 지음

21세기북스

추천사

상상력과 흥의 근원에 관한 깊은 탐구

박보균 | 문화체육관광부 장관

이어령 초대 문화부 장관이 작고하신 지 1년이 지났습니다. 그러나 그의 언어는 여전히 우리 곁에 남아 새로운 것을 볼 수 있는 창조적 통찰과 지혜를 주고 있습니다. 이 스물네 권의 전집은 그가 평생을 걸쳐 집대성한 언어의 힘을 보여줍니다. 특히 '한국문화론' 컬렉션에는 지금 전 세계가 갈채를 보내는 K컬처의 바탕인 한국인의 핏속에 흐르는 상상력과 흥의 근원에 관한 깊은 탐구가 담겨 있습니다.

선생은 우리 시대를 대표하는 지성이자 언어의 승부사셨습니다. 그는 "국가 간 경쟁에서 군사력, 정치력 그리고 문화력 중에서 언어의 힘, 언력言力이 중요한 시대"라며 문화의 힘, 언어의 힘을 강조했습니다. 제가 기자 시절 리더십의 언어를 주목하고 추적하는 데도 선생의 말씀이 주효하게 작용했습니다. 문체부 장관 지명을 받고 처음 떠올린 것도 이어령 선생의 말씀이었습니다. 그 개념을 발전시키고 제 방식의 언어로 다듬어 새 정부의 문화정책 방향을 '문화매력국가'로 설정했습니다. 문화의 힘은 경제력이나 군사력같이 상대방을 압도하고 누르는 것이 아닙니다. 문화는 스며들고 상대방의 마음을 잡고 훔치는 것입니다. 그래야 문화의 힘이 오래갑니다. 선생께서 말씀하신 "매력으로 스며들어야만 상대방의 마음을 잡을 수 있다"라는 말에서도 힌트를 얻었습니다. 그 가치를 윤석열 정부의 문화정책에 주입해 펼쳐나가고 있습니다.

선생께서는 뛰어난 문인이자 논객이었고, 교육자, 행정가였습니다. 선생은 인식과 사고思考의 기성질서를 대담한 파격으로 재구성했습니다. 그는 "현실에서 눈뜨고 꾸는 꿈은 오직 문학적 상상력, 미지를 향한 호기심"뿐이었다고 말했습니다. 그는 마지막까지 왕성한 호기심으로 지知를 탐구하고 실천하는 삶을 사셨으며 진정한 학문적 통섭을 이룬 지식인이었습니다. 인문학 전반을 아우르는 방대한 지적 스펙트럼과 탁월한 필력은 그가 남긴 160여 권의 저작물로 남아 있습니다. 이 전집은 비교적 초기작인 1960~1980년대 글들을 많이 품고 있습니다. 선생께서 젊은 시절 걸어오신 왕성한 탐구와 언어의 발자취를 따라가다 보면 지적 풍요와 함께 삶에 대한 진지한 고찰을 마주할 것입니다. 이 전집이 독자들, 특히 대한민국 젊은 세대에게 문화 전반을 아우르는 교과서이자 삶의 지표가 되어줄 것으로 확신합니다.

추천사

100년 한국을 깨운 '이어령학'의 대전大全

이근배 | 시인, 대한민국예술원 회원

여기 빛의 붓 한 자루의 대역사大役事가 있습니다. 저 나라 잃고 말과 글도 빼앗기던 항일기抗日期 한복판에서 하늘이 내린 붓을 쥐고 태어난 한국의 아들이 있습니다. 어려서부터 책 읽기와 글쓰기로 한국은 어떤 나라이며 한국인은 누구인가에 대한 깊고 먼 천착穿鑿을 하였습니다. 「우상의 파괴」로 한국 문단 미망迷妄의 껍데기를 깨고 『흙 속에 저 바람 속에』로 이어령의 붓 길은 옛날과 오늘, 동양과 서양을 넘나들며 한국을 넘어 인류를 향한 거침없는 지성의 새 문법을 만들기 시작했습니다.

서울올림픽의 마당을 가로지르던 굴렁쇠는 아직도 세계인의 눈 속에 분단 한국의 자유, 평화의 글자로 새겨지고 있으며 디지로그, 지성에서 영성으로, 생명 자본주의…… 등은 세계의 지성들에 앞장서 한국의 미래, 인류의 미래를 위한 문명의 먹거리를 경작해냈습니다.

빛의 붓 한 자루가 수확한 '이어령학'을 집대성한 이 대전大全은 오늘과 내일을 사는 모든 이들이 한번은 기어코 넘어야 할 높은 산이며 건너야 할 깊은 강입니다. 옷깃을 여미며 추천의 글을 올립니다.

추천사

시대의 언어를 창조한 위대한 상상력

'이어령 전집' 발간에 부쳐

권영민 | 문학평론가, 서울대학교 명예교수

이어령 선생은 언제나 시대를 앞서가는 예지의 힘을 모두에게 보여주었다. 선생은 한국전쟁이 끝난 뒤 불모의 문단에 서서 이념적 잣대에 휘둘리던 문학을 위해 저항의 정신을 내세웠다. 어떤 경우에라도 문학의 언어는 자유가 되어야 한다는 신념으로 문단의 고정된 가치와 우상을 파괴하는 일에도 주저함 없이 앞장섰다.

선생은 한국의 역사와 한국인의 삶의 현장을 섬세하게 살피고 그 속에서 슬기로움과 아름다움을 찾아내어 문화의 이름으로 그 가치를 빛내는 일을 선도했다. '디지로그'와 '생명자본주의' 같은 새로운 말을 만들어 다가오는 시대의 변화를 내다보는 통찰력을 보여준 것도 선생이었다. 선생은 문화의 개념과 가치의 중요성을 일깨우고 그 새로운 방향을 제시하면서 삶의 현실을 따스하게 보살펴야 하는 지성의 역할을 가르쳤다.

이어령 선생이 자랑해온 우리 언어와 창조의 힘, 우리 문화와 자유의 가치 그리고 우리 모두의 상생과 생명의 의미는 이제 한국문화사의 빛나는 기록이 되었다. 새롭게 엮어낸 '이어령 전집'은 시대의 언어를 창조한 위대한 상상력의 보고다.

일러두기

- '이어령 전집'은 문학사상사에서 2002년부터 2006년 사이에 출간한 '이어령 라이브러리' 시리즈를 정본으로 삼았다.
- 『시 다시 읽기』는 문학사상사에서 1995년에 출간한 단행본을 정본으로 삼았다.
- 『공간의 기호학』은 민음사에서 2000년에 출간한 단행본을 정본으로 삼았다.
- 『문화 코드』는 문학사상사에서 2006년에 출간한 단행본을 정본으로 삼았다.
- '이어령 라이브러리' 및 단행본에서 한자로 표기했던 것은 가능한 한 한글로 옮겨 적었다.
- '이어령 라이브러리'에서 오자로 표기했던 것은 바로잡았고, 옛 말투는 현대 문법에 맞지 않더라도 가능한 한 그대로 살렸다.
- 원어 병기는 첨자로 달았다.
- 인물의 영문 풀네임은 가독성을 위해 되도록 생략했고, 의미가 통하지 않을 경우 선별적으로 달았다.
- 인용문은 크기만 줄이고 서체는 그대로 두었다.
- 전집을 통틀어 괄호와 따옴표의 사용은 아래와 같다.
  『 』: 장편소설, 단행본, 단편소설이지만 같은 제목의 단편소설집이 출간된 경우
  「 」: 단편소설, 단행본에 포함된 장, 논문
  《 》: 신문, 잡지 등의 매체명
  〈 〉: 신문 기사, 잡지 기사, 영화, 연극, 그림, 음악, 기타 글, 작품 등
  ' ': 시리즈명, 강조
- 표제지 일러스트는 소설가 김승옥이 그린 이어령 캐리커처.

차례

오! 나의 얼굴

당신들은 내리지 않는 역

책머리에

희곡을 쓰는 여섯 가지 이유

첫 번째 이유—육체에 인쇄된 언어

나는 왜 문자 위에서만 이야기해야 하는가?

종이와 잉크 위에서만 그 상념과 느낌들을 말해야 하는가? 활자로 바뀐 인쇄 잉크의 냄새는 언제나 생 그 자체가 지니고 있는 체취를 변질시켜버리고 만다. 작은 감동일지라도 입김을 가진 말로 전달할 수는 없을 것인가? 피와 체온이 없는 펄프가 아니라 살아 있는 육체, 꿈틀거리는 몸짓, 그리고 푸른 성대 위에 내 언어를 찍을 수는 없는 것일까?

죽어버린 언어들은 억양을 되찾게 될 것이다. 모든 느낌과 생각들은 발자국 소리를 내며 나의 추상적인 이웃들의 방문을 두드릴 것이다. 나는 가끔 글을 쓰다가 이런 생각을 해왔다. 이십 년 동안이나 나는 내 생각을 종이 위에서만 펼쳐왔기 때문이다. 그래서 나는 내 마음속으로만 주고받던 독백의 그 유혹을 실천해보리라고 결심했다.

'내 언어를 육체 위에 인쇄하리라!'

그래서 결국은 이 희곡을 쓰게 된 것이다.

두 번째 이유—시장을 이기는 사원

짐승 떼와 마찬가지로 사람들은 한 장소에 모인다. 배고픈 사람들은 식당으로 몰려오고, 새옷을 입고 싶은 사람은 양복점이나 양장점으로 모이는 것이다. 병든 사람은 병원으로 모이고 나그네들은 호텔로 모여든다. 어떤 목적을 위해서 사람들은 모인다. 그러나 현대인이 모이는 장소는 백화점과 시장으로 요약된다. 팔고 사고…… 이 거래의 장소로 모든 것이 바뀌어가고 있다. 인간의 침실마저도…… 신이 떠나버린 사원은 텅 비었고 목신들이 외출해버린 숲은 도시의 거리와 다를 것이 없다. 모든 공간은 시장에 의해 점령되었다.

단 한 가지 예외가 있다면 그것은 연극을 보기 위해 모이는 극장이라는 장소이다. 여기에서 사람들은 만난다. 그들이 구하는 것은 무엇인가? 그들은 무엇을 듣고, 무엇을 보고, 무엇을 말하려고 이곳에 온 것일까?

나는 이 예외적인 장소를 위해서 마지막 남은 현대의 은거지를 위해서, 말하자면 이 세상에는 시장 아닌 장소도 있다는 기적을 확인하기 위해서 이 희곡을 쓴 것이다.

세 번째 이유 — 세 살 때 배운 우리말

베케트Samuel Barclay Beckett가, 이오네스코Eugen Ionescu가, 페터 한트케Peter Handke가 큰 기침을 한다. 우리를 압도하고 또 압도한다. 그러나 세 살 때 배운 우리말로 저 감동을 전할 수는 없는 것일까? 생은 번역될 수도 없는 것이고 모작될 수도 없다.

세 살 때 배운 우리말로 생각하고, 쓰고 발언하는 그 생생한 감동이 베케트의 큰 기침 소리에 묻혀버려서는 안 된다. 푸대접을 받는 창작극을 볼 때마다 나는 슬퍼했고 화가 났고 수치심을 느꼈다. 그래서 이런 복합적인 감정 때문에 희곡을 쓴 것이다.

네 번째 이유 — 실패한 예술가

비평을 썼고 소설을 썼고 시를 썼고 에세이를 썼고 시나리오를 썼고……. 또 돌아가는 윤전기를 보았으며 강의실 학생들을 보았으며 잡지사의 편집실 의자에 앉아 있기도 했다. '우물을 파도 한 우물을 파라,' '두 마리 토끼를 쫓는 자는 한 마리의 토끼도 못 잡는다.' 이런 금언들을 나는 가장 싫어했기 때문이다. 얻어지는 보상보다도 나는 언제나 무엇인가를 시작하고 시험해보는 감동 속에서 살고 싶다. 영원한 봄만 있고 열매가 열리는 가을이 없어도 좋다. 가을이 없기 때문에 봄은 영원하다. 내가 원하는 것은 완성이 아니다. 눈 뜨는 것, 첫걸음을 내딛는 것, 처음 보는 것, 겨냥하는 것…….

과녁에 꽂혀 정지해 있는 화살보다 나는 어디론가 끝없이 날아가고 있는 허공의 화살을 좋아한다. 또 하나의 가능성을 찾다가 실패해버린 예술가가 되기 위해서 나는 이 희곡을 썼다.

다섯 번째 이유 — 눈, 코, 입을 가진 관객들

아, 관객 관객들. 솔직히 말해서 나는 성인이 아니며 천재도 아니고 영웅도 아니다. 고고할 수가 없다. 내 생 앞에서 관객들이 사라져버린다면 얼마나 쓸쓸할까. 나는 약하고 평범하며 남의 눈치에 민감한 소시민에 지나지 않는다. 관객 없이 혼자서 벌판 속을 다닐 만큼 나는 강하지 않다. 밀실에서 혼자 묵상할 만큼 나는 고고하지 않다.

추상적인 관객들이 아니라, 눈, 코, 입 그리고 맥박 치는 진짜 심장을 가진 구체적인 그 관객을 보고 싶다. 단 한 사람이라 할지라도……. 그들이 웃고, 외치고, 숨쉬는 그 소리를 직접 이 눈으로 보고 싶다. 그래서 나는 하나의 무대와 관객석을 선택한 것이다.

마지막 이유 — 하품이 두렵다

그러나 가장 정직한 이유는 하품을 없애기 위해서였다. 좀 더 바쁘게 살기 위해서였다. 최대의 두려움, 그것은 한가로움이다. 한가로움의 극치는 죽음일 것이기 때문이다.

기적을 파는 백화점

(전3막)

등장인물

지성 지식을 파는 사람. 삼십 세가량의 사나이. 안경을 쓴 지식인 타입의 좀 시니컬한 성격.

김시희 시간을 파는 이십칠 세가량의 여인. 올드미스형의 여자로 일밖에는 모르는 성격.

허몽녀 꿈을 파는 소녀. 십구 세가량의 순수한 느낌을 준다.

손님1 중년 남자. 심약한 샐러리맨.

손님2 중년 남자. 얼렁뚱땅 세상을 낙천적으로 살아가는 회사원.

대학교수 에라스무스를 전공하는 오십 대의 교수.

도둑소년 십오 세가량의 소년.

소비자협회 가짜 여부장, 영감

여학생, 남학생

나폴레옹, 시종

귀부인, 사장

경관, 도둑

조련사(남자)**, 샌드위치맨1**

샌드위치맨2, 샌드위치맨3

무대

백화점 안, 세 개의 판매대가 놓여 있고 그 배면에는 진열대와 각종 선전 포스터 같은 것이 붙어 있다. 좌측에는 시간을 파는 판매대가 놓여 있고 배면 상품 진열대에는 마치 축제 때 사용하는 색종이 테이프 같은 다발들이 걸려 있다. 그 테이프는 시간을 상징하는 상품이며 아침 시간은 오렌지빛, 흰빛은 낮 시간, 보랏빛은 저녁, 검은빛은 밤, 그리고 통금 이후의 시간은 회색빛으로 제일 팔리지 않는 시간이다. 다른 것보다 두드러지게 많아 보인다. 판매대에 붙인 선전 구호는 'Time is money.'라고 쓰여 있고, '이제 당신의 고민은 해결되었습니다.'라는 캐치프레이즈가 붙어 있다. 무대 중앙에는 꿈을 파는 판매대. 판매대에 고무풍선이 떠 있고, 파란빛은 야망의 꿈, 빨간빛은 사랑의 꿈, 하얀빛은 순결의 꿈이다. 풍선에 야망, 사랑, 동심의 순결이라고 써놓았다. 우측에는 지식을 파는 판매대, '아는 것이 힘이다.'라는 선전문이 붙어 있다. 배면 상품 진열대에는 각기 지식을 나타내는 철학자의 초상들이 붙어 있는데, 바로 이것이 상품이다. 초상화는 가면처럼 사람들이 쓸 수 있게 되어 있으며 형광 도료로 눈, 입들을 그려 무대에 불이 꺼져 있을 때에도 유령처럼 그 부분들이 번쩍거린다. 본무대 뒤에는 후막으로 가려진 텔레비전 화면 같은 뒷무대가 마련되어 있어 광고와 환상 장면으로 사용될 수 있게 한다.

서막

까만 실크해트와 연미복과 하얀 장갑을 낀 장의사 차림을 한 사내가 손에 가죽 채찍을 들고 나타난다. 그러나 전체적으로는 서커스단에서 동물을 다루는 조련사 같은 인상을 풍기는 사나이다. 세 사람의 샌드위치맨들을 나란히 세워놓고 가두선전 연습을 시키는 중이다.

남자 자네부터 시작해보라구!

샌드위치맨1 (북을 둥둥 친다) 기적이오, 기적이오, 기적이 일어났어요.

조련사 (허공에 가죽 채찍을 쳐서 소리를 울려 중단하라는 신호를 보낸다) 아니라구, 그렇게 하는 게 아냐. 그건 꼭 마구간에서 불이 났다고 외쳐대는 마부 소리 같잖아. 요즈음 사람들은 큰 소리에는 놀라지 않지. 믿지도 않구. 기적은 발자국 소리도 없이 비둘기 걸음으로 살며시 오는 거야. 그런 효과를 내려면 이렇게 말야. 숨소리를 죽이고, 마치 당신 혼자만 들으라는 투로 나직한 소리로 쉬—ㅅ 기적이요, 기적이 일어났어요.

샌드위치맨2 (메가폰에 대고) 쉬—ㅅ 기적이요. 기적이 일어났어요, 진짜 기적이요.

조련사 (다시 허공을 향해 채찍을 친다) 허, 그건 너무 거룩해. 사람들은 하나님을 믿으라는 거리의 전도사인 줄 안다구. 홍해 바다가 갈라진다, 지팡이로 바위를 쳐서 물이 솟아나게 한다, 그런 기적으로 오해한단 말야. 수상 스키를 타는 세상이라구, 바다가 갈라진다 해도 무엇 때문에 그들이 다리 아프게 그 위를 걸어다니겠나? 사하라 사막에도 코카콜라 선전탑이 서 있는 이 세상에 무엇 때문에 지팡이로 바위를 쳐서 물을 얻겠나? 모세는 낡았어. 현대적인 감각이 없어. 자 이렇게 잠자리에서 우리의 아내가 귓속말로 속삭이듯이 '쉬—ㅅ 기적이요, 기적이 일어났어요. 이건 진짜 기적이에요.'

샌드위치맨3 (축제용 뿔나팔을 울린다) 쉬—ㅅ 기적이요, 기적이 일어났어요. 이것은 진짜 기적이에요. 돈으로 살 수 없는 기적이요.

조련사 (다시 가죽 채찍을 울린다) 가벼워. 너무 경박해. 그건 싸구려 고약을 팔고 다니는 약장수 소리야. 무겁되 거룩해져서는 안 되고 가볍되 천해져서는 안 돼. 흔한 것은 기적이 아니야. 거기엔 역설이 있어야 한다. 겨울에 내리는 비, 봄에 내리는 눈, 장례식장에서 들리는 웃음소리, 모든 건 모순을 가지고 있을 때만이 신비해 보이거든. 자— 다시 연습을 해.

샌드위치맨123 쉬—ㅅ 기적이요, 기적이 일어났어요. 이건 진짜 기적이에요. 돈 주고 살 수 없는 기적이요.

샌드위치맨1 (둥둥 북을 치고는) 요즈음엔 기적이란 없어요. 뭐든지 돈만 주면 살 수 있으니까.

샌드위치맨2 눈처럼 하얀 양심도.

샌드위치맨3 양 같은 의로움도.

샌드위치맨1 복숭아처럼 잘 익은 사랑까지도 살 수 있어요.

샌드위치맨3 늙은이가 젊은이 행세를 할 수 있는 정력 강장제와 가발을.

샌드위치맨2 아이가 늙은이 행세를 하는 권력의 회전의자와 가발을…….

샌드위치맨1 살 수 있어요. 돈만 주면 다 살 수가 있어요. 그러나 돈으로 절대 살 수 없는 것은.

샌드위치맨2 그건 시간! 성 안에 사는 부자나 성밖의 거지나 하루는 다 같은 이십사 시간.

샌드위치맨3 돈을 주고도 살 수 없는 거. 그건 꿈! 돈으로 꿈을 부술 순 있어도 살 순 없어요. 야망의 꿈, 사람의 꿈, 동심의 꿈……. 양말이나 파는 백화점에서는 살 수 없어요.

샌드위치맨1 돈으로 지식을 살 순 없어요. 튼튼한 창고에 쌓아 둔 물건이라도 돈만 있으면 열쇠 없이도 다 열려요. 그러나 남의 머릿속에 든 지식은 빼내올 수가 없지요. 자 그러니 들으시오. 우리에게 남아 있는 기적은 돈을 주고도 살 수 없는 것.

샌드위치맨2 돈을 주고도 살 수 없는 것.

샌드위치맨3 돈을 주고도 살 수 없는 것.

샌드위치맨1 시간.

샌드위치맨2 꿈.

샌드위치맨3 지식.

샌드위치맨1 이것을 돈 주고 살 수 있다면.

샌드위치맨123 그것이 바로 기적. 그런데 쉬—ㅅ 이 기적이 일어났어요. 기적의 백화점, 기적의 백화점이 열렸습니다. ('금일개점'이라고 쓴 피켓을 꺼내서 관객석에 펴 보인다)

조련사 (회초리로 때리는 시늉을 하며 허공에 채찍 소리를 내며) 다시—

다시 시작해. 진공청소기가 먼지를 빨아들이듯 이 사람들의 마음을 끌어들여라. (가죽 채찍 소리만 계속 울리며 무대 어두워진다)

제1막

지성이 총채로 카운터 뒤 진열대에 늘어놓은 여러 탁자들의 가면에 쌓인 먼지를 턴다. 그러면서 하나하나 그들의 이름을 왼다.

지성 소크라테스, 임마누엘 칸트, 키르케고르, 루소, 파스칼, 공자, 플라톤, 장자, 헤겔, 사르트르, 레비스트로스…….

허몽녀 아이구 이 먼지, 이 곰팡내. 그만 좀 털어요.

지성 비린내 나지 않는 생선장수가 어디에 있나? 지식을 팔려면 먼지와 곰팡내가 따라다니게 마련이거든. 어느 것은 먼지 값이 더 비싸단 말야.

허몽녀 먼지 값이라니요? 곰팡내가 나는 이 먼지를 돈을 주고 사요. 냄새까지 팔아먹다니 세상에.

지성 물론이지. 여자들이 사는 향수는 뭐 냄새가 아닌가. 허영심 많은 여자들이 비싼 향수를 바르듯이 유식한 남자들은 곰팡 냄새를 좋아한다구. 그걸 그들은 교양이라고 부르지만 말야.

허몽녀 그렇다면, 왜 소중한 먼지를 털어내서 남까지 못 살게 굴어요. 이건 명백한 영업 방해라구요.

지성 영업 방해가 아니라 영업술을 가르쳐주고 있는 중이야. 불고기집은 불고기 냄새를 피워서 장사를 하고 화장품 가게는 화장품 냄새를 피워 장사를 하는 거야. 사람들의 코를 이용할 줄 알아야 해. 현대는 후각으로 상품을 파는 시대지.

김시희 왜들 이렇게 시끄럽죠. 영업을 잡담으로부터 시작하는 거예요. 시간이 아깝지도 않으세요. '시간은 돈이다.'

지성 미스 김, 아무래도 내 단골 손님이 돼야겠는데. 그런 낡은 금언을 쓰면 남들이 웃어요. 가만있자, (베르그송의 가면을 잡으면서) 그렇지, 시간에 대해서 이야기하려면 베르그송 정도의 지식은 있어야 하지 않어? 그러면 최소한도 '시간은 돈이다'라는 싸구려에서 '시간은 기억의 강물이다', '시간은 지속한다', '시간은 순수의식이다'…….

김시희 난 귀를 막고 있을 거예요. 그런 골치 아픈 소리를 듣고 있다가 내 시간들이 귀로 새나갈지도 모르니까.

허몽녀 쉬—ㅅ 손님이다.

(종이 봉투를 든 전형적인 월급쟁이 차림의 중년 신사 등장한다)

지성 어서 오십시오. 무엇을 찾으십니까. 선생님 같으신 분에게는 이것이 어울리지 않을까요. 이것이 바로 최신 수입품 레비스트로스 불란서제죠. 요즘엔 구조주의. 예! 그렇지요. 구조주의를 모르시면 다방 출입하기도 어렵지요.

(어리둥절해서 둘레둘레 주위를 살피고 있다. 시간을 파는 김시희는 손님을 거들떠보지도 않고 여러 가지 색테이프를 진열하고 있다)

손님1 에…… 여기……. 여기에서 기적을.

허몽녀 (가로막으며) 예, 바로 여깁니다. (손님이 또 무엇인가를 말하려고 하자 그 말을 제지하면서) 말씀하시지 않아도 알아요. 눈빛만 봐도 다 알아요. 아무리 음식을 먹어도 늘 비어 있는 것처럼 마음이 헛헛하지요.

손님1 (놀란 얼굴로) 늘 헛헛하다구?

허몽녀 언제나 안개 낀 날이지요. 언제나 가을바람이 불고 있지요. 그러시지요? 집에서 회사로 회사에서 집으로 이렇게 쳇바퀴를 돌리다가보면 구두 뒷굽처럼 야망도 매일매일 닳아빠지지요.

손님1 (감탄하는 투로) 당신이 어떻게 그걸 알지. 내 구두 뒷

굽이 닳는 것까지. (자신의 구두 뒷굽을 본다)

허몽녀 다 산 거야. 이제 남은 것은 아내와 자식의 집뿐이지. 그렇지, 나는 그 두 짐을 짊어지고 가는 병든 나귀이다, 나는 껍데기이다, 나는 그림자이다, 나는 연기다.

손님1 쪽집게군. 그건 바로 내가 어젯밤 일기장에다 쓴 낙서 아냐? 그렇지, 그 다음 구절은 이렇게 썼었지. 나는 빈 병이다, 다 마셔버린 맥주병이다, 엿장수도 이 빈 병은 받지 않을 것이다. 그런데 대체 그걸 어떻게 알아냈단 말이요.

지성 아, 그러시다면 여기 선생님에게 어울리는 지식이 있지요. 말씀을 들어보니 그건 일종의 허무주의 철학인데 가만있자 키르케고르? 그렇지, 이거 어떠십니까? 요즈음엔 좀 한물가서 값이 헐합니다만 옛날엔 대단한 인기였어요. 허무주의를 아는 데는 직효입니다.

손님1 키르케고르?

지성 지금 손님께선 마지막에 무엇이라고 썼다고 했지요?

손님1 (퉁명스럽게) 빈 맥주병요. 그게 어쨌다는 거요.

지성 뭐 손님께서 더 잘 아시겠지만도 현대인은 절망

자체를 문제로 삼진 않습니다. 누구나 다 그러니까요. 문제는 남에게 그 절망을 어떻게 잘 꾸며 보이느냐에 승패가 달려 있지요. '나는 빈 맥주병이다.' 그래 가지고야 어디 남들이 존경하겠습니까. 다 같은 한숨이라도 유식하고 교양 있게 내쉬면 사람들이 다 우러러보거든요. 잘하면 노벨상도 탈 수 있지요.

손님1 한숨도 잘 쉬면 노벨상을 탄다? 믿을 수 없는 말이군.

지성 뭐 당장 밑천을 뽑는다는 건 아니구……. 우선 그 일기장이 면목을 일신하게 될 겁니다. 빈 맥주병, 엿장수, 이런 싸구려 말 대신에 '나는 거꾸로 찍힌 활자다', 아우스나메…… 예외자…….

손님1 (한숨을 쉰다) 일기장이 고상해지면 뭘 합니까? 어차피 나 혼자 보는 건데 비단옷 입고 뒷간 가는 격이지.

지성 모르시는 말씀. 사후에……. 아이구 죄송합니다. 뭐 인간은 누구나 다 죽는 게 아닙니까! 사후에 말입니다. 그 일기장이 공개되면 자료 발굴이다 뭐다 해서 베스트셀러가 될 수도 있거든요. 유산 상속으로는 땅을 사두는 것보다도 그쪽이 안전하지요. 우선 세금이 없거든요.

허몽녀 (지성을 향해서) 명백한 영업 방해를 하구 계시군요. (손님을 보고) 손님은 저하고 말씀을 하시던 중이 아니셨던가요?

손님1 (갑자기 제정신이 들어 차렷자세가 된다. 독백하듯이) 아이고, 아내의 말투와 어쩌면 그렇게 똑같지……. (갑자기 저자세가 되어) 그렇지, 그렇지요. (비굴한 웃음) 우리는 서로 대화를 나누고 있던 중이지요.

허몽녀 자, 다시 시작해볼까요. 모든 것에 다 자신이 없습니다. 직장에서 승진하는 것, 사원이 계장이 되고 계장이 과장이 되는 것.

손님1 그렇지, 승진하는 것.

허몽녀 그게 굴뚝을 오르는 높은 사다리처럼 느껴지지요. 그건 남들이나 하는 거라구, 행복은 남들의 것이고 불행만이 내 몫이라구, 산봉우리에 오르기도 전에 현기증이 나고 숨부터 가빠지지요.

손님1 (독백) 그렇지. 행복은 남들의 것이지. 산은 남들이나 오르는 것이고! 사실 난 등산엔 통 취미가 없어요.

허몽녀 (혼자 꿈꾸듯이) 그러나 이따금 가슴속에서 바닷소리가 들리구, 무엇이 파도처럼 치밀어 올라오는 것을 느낄 때가 있지요. 그러면 갑작스레 외치구 싶어지지요. 이건 사는 것이 아니다. 이건 사는 것이 아니다. 난 살고 싶다. 난 진짜로 살고 싶다!

손님1 (갑자기 외친다) 난 살고 싶다. 살고 싶다. 이건 사는 것이 아니다. 인생은 이런 것이 아니다.

허몽녀 그런데 일 분도 못 돼서 사장님의 얼굴이 떠오르고, 사모님 목소리가 들려오고, 애들 울음소리, 순경의 호루라기 소리, 개기름을 흘리는 버스 운전사, 만원 버스, 서류, 증명서, 도장, 고지서, 신문팔이, 껌팔이, 육고간……. 맥이 빠지지요. 그래 나는 아무것도 할 수 없어, 자라기도 전에 뿔을 꺾어버리고 말지요.

손님1 예. (갑작스레 풀이 죽는다) 꺾어버리고 맙니다. 아냐, 뚝소리를 내고 꺾어지는 게 아니라 아무 소리도 없이 그냥 시들어버려, 한마디도 들리지 않소. 난 그런 놈이오. 언제부터 그렇게 됐는지 기억조차 할 수 없소.

허몽녀 바로 그거예요.

지성 (자꾸 먼지를 털어 곰팡내를 풍겨 손님의 관심을 끌어보려고 눈치를 살펴본다) '절망은 죽음에 이르는 병이다'—키르케고르. (반응이 없으면 고개를 갸우뚱하다가 다시 총채로 이 가면 저 가면의 먼지를 털어본다) '절망은 지혜의 보모다'—로시.

허몽녀 손님 같은 분을 위해서 난 이 꿈을 팔고 있는 거예요. 파란 청운의 꿈이지요. 야망의 꿈, 불꽃처럼 활활 타오르는 꿈, 지금 한창 텔레비전에 꿈 광고가 나가고 있는데 보신 적 없으세요.

손님1 텔레비전요? 보지 않습니다. 광고를 보면 기가 죽지요. 텔레비전 광고는 무엇을 봐도 꼭 이렇게 말하는 것 같답니다. 너는 바보다, 너는 가난하다, 너는 병신이다, 약오르지, 그럼 덤벼보라구, 덤벼보라구.

허몽녀 우리 광고는 그런 게 아닙니다. 백문이 불여일견, 직접 눈으로 보세요!

(후면 무대로 천사 날개를 단 두 어린이가 등장하여 커튼을 열면서 CM송 '엄마 오실 때도 줄줄이, 아빠 오실 때도 줄줄이 줄줄이 꿈 알알이 꿈……')

텔레비전 세트 같은 뒷면 무대에서 나폴레옹과 시종이 등장.

시종 폐하, 아무래도 사전 편찬을 다시 해야겠습니다. 이번 기회에 꼭 증보판을 내셔야 합니다.

나폴레옹 또 그 소린가? 내 사전에는 절대로 불가능이란 말을 넣을 수 없다고 했잖아! 증보판을 내면 이미 그건 나폴레옹 사전이 아니란 말야. 불가능이란 말을 넣는 순간 나는 그 사전의 판권을 잃게 되는 거야. 재론하지 말게. (이때 차이코프스키의 〈1812년 서곡〉 들려온다)

나폴레옹 기분 나쁜 음악이군. 저 음악을 꺼라.

시종 예, 폐하 바로 저겁니다. 저것은 1812년 폐하가 모스크바에서 총퇴각을 하던 패전 상황을 묘사한 음악입니다.

나폴레옹 그런데 왜 저렇게 우렁찬가.

시종 그야 승전한 러시아 놈들의 기쁨을 노래한 것이니까요. 그때에도 폐하의 사전에는 불가능이란 말이 없으셨던가요.

나폴레옹 내가 그때 패망한 것은 오히려 불가능이란 없다는 말을 증명하는 사건이었다. 사람들은 나폴레옹을 절대로 이길 수 없다고 생각했었지. 그런데 러시아의 쥐새끼들이 내 말을 표절하여 감히 그 불가능에 도전하기 시작한 거야. 나는 패했지만 패함으로써 불가능이 없다는 내 철학과 꿈은 증명된 것이다.

시종 좋습니다. 폐하, 그러시다면 그때 추위를 기억하고 계신지요.

나폴레옹 아— 정말 지독한 추위였지. 태양 같은 훈장으로도 병사들의 가슴을 녹여줄 수 없었어.

시종 바로 그것입니다. 폐하, 그때에도 폐하의 사전에는 불가능이란 말이 없으셨던가요? 기억하십니까, 피에르라는 병사, 폐하의 손을 잡은 채 얼어 죽어간 마르세유 출신의 소년병!

나폴레옹 기억하고 있어. 그러나 난 내 의지로 그 기억들을 몽땅 불살라버렸으니까 없었던 일이나 마찬가지지.

시종 폐하도 우시지 않았습니까. 그러나 눈물은 곧 고드름이 되어버렸지요. 그러나 그 애의 눈은 얼음 속에서도 활활 타고 있었어요. '폐하 저를 기다리고 있는 약혼자 안느를 찾아 꼭 이 말을 전해주십시오. 나는 지금 얼음 기둥이 되어 죽어간다. 그러나 안느여, 당신을 생각하는 뜨거운 사랑만은 러시아 땅의 겨울 바람도 뺏어가지 못했노라…….' 그래서 폐하가 곧 안느를 찾아보았지만 어땠어요. 안느는 벌써 애어머니가 되어 있었잖아요. 이래도 사전을 수정하시지 않겠다는 말씀입니까?

나폴레옹 안느는 여자였잖어. 나로서도 여자의 마음만은 어떻게 할 수가 없단 말야.

시종 그겁니다. 폐하! 불가능한 일이 너무 많지요. 그런데도 공연히 그런 사전을 만드셨기 때문에 사람들은 지금 나빠질 대로 나빠지고 있어요. 불가능이란 말이 없다는 거짓을 믿고 소리보다 빠른 비행기, 로켓, 원자폭탄, 핵잠수함……. 별 망측한 것을 다 만들어냈지요. 이젠 우리들이 사는 이 하늘까지도 미구에 그들의 공해에 오염될 것입니다. 달과 화성에선 이미 시작됐어요. 빨리 알려주셔야 해요. '남들은 짐을 독수리라고 했지만 세인트헬레나 섬에서 위암으로 죽어갈 때 나는 한 치도 날 수가 없는 굼벵이였다……. 그리하여 불가능이란 말을 내 사전에 넣어 증보판을 이곳에 간행하는 바이다.'라고 말입니다.

나폴레옹 (칼을 뽑아 시종의 목에 댄다) 이놈! 불가능이란 존재하느냐, 존재하지 않느냐? 대답해봐라.

시종 (네발로 기며) 예예, 절대로 불가능이란 존재하지 않는 것 같으면서도 존재 안 한다고 믿을 수만은…….

나폴레옹 똑똑히 말해, 이 밥벌레야. 내 말을 믿는다면 우이라고 대답해. '우이'냐 '농'이냐?

시종 우이. 우이. 우이. 우이. (기어서 도망친다)

나폴레옹 (시종이 사라진 쪽을 칼로 가리키며) 바로 저것이다. 우이, 우이, 우이, 우이 이게 사람 소리냐. 그것은 돼지들의 울음소리이다. 사람이 네발로 기다니. 그건 개나 돼지나 여우들이나 하는 짓이다. 인간은 땅을 디디고 두 발로 꼿꼿이 선다. 머리는 하늘을 향해 있다. 영원에 도전하는 것이다. 불가능에 도전하는 것이다. 신이 실수한 게 있다면 선악과가 아니라 인간들이 꿈의 열매를 따먹게 내버려둔 것이다. 들거라, 짐승처럼 네발로 기지 말라. 진구렁에 떨어진다 할지라도 꼿꼿이 서라. 불가능이란 없다고 외치는 동안 적어도 네 키보다 한 치는 더 큰 사람이 되는 것이다. 아이들 기저귀나 갈아 채우기 위해서, 여자들 화장품이나 대기 위해서 너희들이 태어난 것은 아니다. 도전하라, 불가능에 도전하라, 야망의 꿈을 가져라, 월급봉투 속에 들어 있는 가불장을 찢어라. 그리고 그 위에 써라. 나는 인간이고 그리하여 불가능이란 없다…….

(만세 소리. 불가능이란 없다! 불가능이란 없다! 여러 사람의 고함소

리, 드럼, 행진곡 소리, CM송을 하며 천사 날개를 단 아이가 막을 닫는다. 무대 다시 밝아진다)

손님1 아! 가슴이 터질 것 같다. 이제야 생생해지는군. 난 대학 시절에 축구 선수였지. 내 위치는 센터포워드였어. 저 박수 저 함성. (와— 스탠드에서 들려오는 함성 소리) 다시 한 번 시작하는 거야. 공을 차듯이 불행과 우울과 고통과 절망을 차버리는 거야. 가슴이 뜨거워진다. 자 어서 마음이 변하기 전에 그 야망의 꿈을 저에게 주시오.

허몽녀 오만 원만 내면 손님은 나폴레옹이 되는 겁니다. 시저가 되는 겁니다.

손님1 예? 농담이시겠지. 오만 원은 내 한 달 봉급이요. 우리 세 식구가 꿈만 먹고살란 말이에요?

허몽녀 불가능이란 없다. 너희들은 네발로 기어다니는 짐승이 아니다. (나폴레옹 목소리를 흉내낸다. 풍선을 손님에게 준다) 자, 사만 오천 원만 내세요.

손님1 좋소. 삼만 오천 원 드리리다.

허몽녀 사만 오천 원이 원가예요. 원가로 드리는 거예요. 불가능이란 없다. 용기를 내라.

손님1 방금 뭐라고 했소. 불가능이란 없다고 말하지 않았소. 자, 삼만 원. 고맙소. 난 마음이 약해서 물건을 깎아본 적이 없는데 과연 이 꿈을 사니 용기가 납니다 그려. 그렇지, 내가 이걸 삼만 원에 못 산다면 이 꿈이 무슨 소용 있겠소. 난 물건을 깎는 게 아니라 불가능이 과연 없는 건지 시험해보는 중이란 말이오. 불가능이란 없다. 원가 이하로도 살 수 있다.

허몽녀 별수 없게 됐군. (돈을 받아넣는다)

지성 자기가 꼰 새끼로 자기를 묶는다[자승자박自繩自縛]—중국 속담.

손님1 (파란 풍선을 날리며) 두 발로 서라. 너희들은 짐승이 아니다. 나는 돼지가 아니다, 나는 소가 아니다, 나는 빈 맥주병이 아니다.

김시희 이봐 미스 허. 그렇게 팔아도 돼?

허몽녀 우리끼리 이야긴데 정말 원가가 사만 원이야.

지성 만 원이나 밑졌군. 꿈은 꿈이고 셈은 셈이지.

허몽녀 똑똑히 보세요. 난 꿈을 파는 사람이에요. 밑져도 벌었다고 생각하면 그만이니까요. 그게 당신네들과 다른 꿈의 계산법이에요.

김시희 그런데 왜 손님을 혼자 가로채는 거야. 그것도 꿈의 계산법인가?

지성 그건 분명한 영업 방해야.

(이때 또 손님 하나가 들어온다. 역시 샐러리맨 타입)

허몽녀 (손님에게 달려간다) 말씀하시지 않아도 알아요. 눈빛만 봐도 다 알아요. 걸음걸이만 봐도 다 알아요. 무얼 원하시는지…….

손님2 (미스 허의 손을 뿌리친다) 난 지금 바쁘단 말야. 저리 가요. (시간을 파는 미스 김에게로 간다)

김시희 예, 바쁘시지요. 시간이 없지요. 그러나 걱정하실 것 없어요. 고민은 해결되었습니다. 어느 시간이 필요하신가요. 자, 골라보세요. 오렌지빛은 아침 시간, 흰빛은 낮 시간, 보랏빛은 저녁 시간이구, 까만 것은 밤 시간이구요, 잿빛은 통금 시간 12시부터 새벽 4시까지구요. 요즘엔 저녁 시간을 많이 찾으시던데……. 그렇죠. 퇴근 시간에서부터 통금 시간 직전까지.

손님2 난 아침 8시에서 9시 사이, 그렇지, 예, 오 분만 있으면 됩니다.

지성 승패는 최후의 오 분간에 달려 있다―나폴레옹.

손님2 아니오. 내게 필요한 건 최초의 오 분간이라구. 그게 내 운명을 좌우하니까.

김시희 오 분은 안 되겠는데요. 적어도 한 시간 단위로 파는데요. 자투리가 남으면 팔기가 어렵지요. 어디다 쓰실려구 그러세요. 웬만하면 넉넉하게 장만해두시지요.

손님2 난 매일 지각을 한다우. 그것도 꼭 오 분 상관으로 말씀이야. 출근 전 잠자리에 누워서 아침 신문을 읽는 맛은 십 년 동안 아무리 고치려 해도 그게 안 되는 거라, 한데 내일은 사정이 좀 달라요. 세상없어도 지각을 해선 안 됩니다. 생각해보세요. 내일은 내가 회사에서 근속 십 년 표창장과 금일봉을 받는 날이거든요. 벼룩도 낯짝이 있다고 하지 않습디까?

(손님과 김시희 서로 거래하는 모습)

허몽녀 (미스터 지성을 향해) 저분 지금 아침 시간을 찾는다고 했나요?

지성 응, 그래. 매일 아침 누워서 조간신문을 읽는 재미로 지각을 한다는구먼. 그래서 십 년 근속 지각상을 받게 됐다나 봐.

허몽녀 저런 사람을 부지런하게 만드는 지식은 없나요? 칸트가 어떨까요. 칸트가 산책을 하면 동네 사람들은 그것을 보고 시계를 맞추었대죠.

지성 (화를 내면서) 그건 칸트를 모독하는 말야. 돼지를 기르는 사람에겐 소크라테스가 필요 없거든.

허몽녀 왜요? 소크라테스의 산파술이란 게 있잖아요. 그걸 이용해서 돼지가 새끼를 낳을 때 이용할 수도 있잖아요? (손님 쪽을 바라본다)

지성 쳇! 돼지가 그리스어를 안다면.

손님2 그럼 좋은 수가 있어요. 난 아침 출근시간에만 허둥대지 다른 시간은 지천으로 남아 걱정이오. 그러니 어느 시간이든 내 시간을 한 시간 드릴 테니 교환합시다. 까짓것 시시한 인생, 빨리빨리 가라지.

김시희 좋아요. 통금 시간 11시에서 12시까지 한 시간을 주세요. 그러면 아침 시간 오 분어치를 드릴 테니까.

손님2 그건 안 되지? 나는 하루 가운데 최초의 오 분과 최후의 오 분이 필요하단 말야. 그 나머지 시간은 마음대로 골라가라구.

(이때 남녀 한 쌍이 들어온다. 대학생 차림)

허몽녀 말을 하시지 않아도 알아요. 눈빛만 봐도 알아요. 사랑을 하고 있지요?

지성 몽녀 참 교양이 없군. 이분들의 눈빛을 봐요. 얼마나 학구심에 불타고 있는가? 마치 소리개가 병아리를 노리듯이 진리를 잡으려는 그 눈. 자! 여기에 그 지식이.

남학생 (자기의 눈을 비빈다) 제 눈이 어떻다구요? 제 시력은 1.5입니다.

여학생 어디에서 꿈을 파나요?

허몽녀 그러면 그렇지. 예, 바로 여기에서 꿈의 기적을 팔고 있지요.

손님2 좋소. 그럼 내 저녁 시간을 드리리다. 생선 가운데 토막 같은 그 귀중한 저녁 시간을.

허몽녀 (여자를 보고) 무슨 꿈을 드릴까요. 손님이 쓰실 거지요? 물론 사랑의 꿈이시겠지. (빨간 풍선을 하나 뗀다)

여학생 자기 하나 골라봐. 내가 생일 선물로 자기에게 선물하는 거라구.

남학생 이 꿈속에는 무엇이 들어 있길래 이렇게 둥둥 떠 있나요. 헬륨, 수소, 즉 공기보다 비중이 가벼운 것이니까 그 비중률이 0.2……던가?

허몽녀 아, 알았어요. 남자 친구분께서 쓰실 거군요. 숫자의 병은 사랑의 꿈으로밖엔 고칠 수 없지요.

손님2 팔아버린 내 불쌍한 저녁 시간, 참새들처럼 참새들처럼 해가 지기만 하면 집으로 곧장 날아가는 쓸쓸한 시간. (시를 낭독하듯이 독백)

여학생 저 사람을 좀 봐. (귓속말로) 자기도 결혼하면 참새

가 되는 거야 응? 집으로 곧장 날아오는 쓸쓸한 참새. (나는 시늉을 한다)

손님2 그 집은 나뭇가지 허공에 떠 있네. 섬처럼 떠 있네. 으스름한 어둠 속에서 깃들을 비비며 술을 마시고 잡담을 하고. 아! 내 불쌍한 저녁 시간.

여학생 무얼 듣고 있어! 저런 소리는 듣는 게 아냐. 여보세요. 이 사람에게 맞는 꿈을 좀 주세요. 이분은 공과 대학생이거든요. 한마디로 꿈이 없어요. 말하자면 이런 거예요. 우리는 어젯밤 강가를 산책하고 있었지요. 물이 흐르고 있었어요. 달빛이 비치고 있었구.

남학생 당연한 소리지. 강에 물이 흐르는 게 뭐가 이상하다구 그래. 물은 언제나 중력 때문에 높은 데서 낮은 데로 흐르게 돼 있다구.

여학생 그래서 제가 말했답니다. 전 꿈이 많은 사람이거든요. 흐르는 강물을 봐요. 저건 물이 아니라 음악이에요. 비늘 돋친 음악, 시간의 음악, 사랑의 음악.

남학생 내가 말하지. 난 잘못한 것 없다구. 그래서 내가 이렇게 말했지요. 저 강물을 막고 댐을 만들고 수력발전소를 만들면 오천 킬로와트의 전력을 얻을 수 있다구요. 뭐 내가 틀린 소리 했습니까?

손님2 (시간을 싸 들고 퇴장한다. 독백을 하면서) 아니야, 신문 때문이 아니었어. 내가 지각하는 것은 아내 때문이었어. 출근하는 사람을 붙잡고 밤낮 똑같은 소리를 읊어대지. 제발 술만 드시구 다니지 마세요. 술만 드시구 다니지 마세요.

남학생 선생님은 그럴 때 뭐라고 답변하시지요.

손님2 자네도 좀 꺾나. (술잔을 드는 시늉을 한다)

남학생 아뇨. 아직은 실험실에서 알코올 냄새만 맡고 있지만.

손님2 흥, 과학자시군. 그렇다면 그런 질문에 답변하기 어렵겠는데.

여학생 순진한 청년 물들이지 마세요.

손님2 자네가 순진하다니 내 가르쳐주지. 여자의 말은 바늘처럼 콕콕 찌르지만 두려워할 건 없네. 자네는 솜이 되는 거야. 바늘로 솜을 찔러봐야 찌르는 쪽이 맥이 풀리지. "밤낮 약주만 드시지 마세요." 어느 아내나 다 이렇게 이야기한다구. 그럴 땐 이렇게 답변하게. "알았어, 알았다구. 약주만 마시지 않고 위스키도 마실게." 다음 날도 또 그러거든 "알았어! 알았어! 술만 마시지 않고 안주도 먹

을게!" (손님2 퇴장한다. 남학생 껄껄거리고 웃는다)

여학생 뭘 그렇게 웃고 있어요. 자, 빨리 꿈을 주세요. 이 꿈을 사면 이젠 강을 보고 전기를 생각하지는 않겠죠.

허몽녀 물론이죠. 이젠 거꾸로 전깃불만 봐도 사랑의 전류를 느낄 것입니다.

(빨간 풍선을 남자의 손에 쥐여준다. 바흐의 음악을 배경으로 기도문 같은 성스러운 소리가 울려온다. 무대 어두워진다. 뒷무대에서 팬터마임을 하는 그림자가 어린다)

허몽녀 내가 사랑의 방언과 천사의 말을 할지라도 사랑이 없으면 소리 나는 구리와 울리는 꽹과리일 것이며, 내가 예언하는 능력이 있어 모든 비밀과 모든 지식을 알고 또 산을 옮길 만한 모든 믿음이 있을지라도 사랑이 없으면 내가 아무것도 아니요, 내가 내게 있는 모든 것으로 구제하고 또 내 몸을 불사르게 내어줄지라도 사랑이 없으면 내게 아무 유익이 없느니라. 사랑은 오래 참고 견디는 것이며, 사랑은 온유하며, 투기하는 자가 되지 아니하며, 사랑은 자랑하지 아니하며 교만하지 아니하며 성내지 아니하며 악한 것을 생각지 아니하며 불의를 기뻐하지 아니하며 진리와 함께 기뻐하며 모든 것을 참으며 모든 것을 믿으며 모든 것을 바라며 모든 것을 견디느니라. 사랑은 언제까지든지 떨어지지 아니하나 예언도 폐하고 방언도 그치고 지식도 폐하리라. (불이 밝아진다)

여학생 그거예요. 바로 그거예요. 이제 내 자기는 잘 참고 잘 견디고 모든 것을 잘 믿을 거예요. 불평도 없이 성경과 어린양처럼……. 자기 먼저 가.

(꿈의 풍선을 산 남학생, 여학생의 말을 듣자 곧 퇴장한다)

남학생 사랑은 아니하며, 아니하며, 아니하며, 사랑은 예언도 폐하고 지식도 폐하리라.

여학생 정말 효험이 빠르게 나타나는군요.

지성 뭐라구? 사랑은 지식을 폐한다구? 그럼 꿈은 내 영업의 적이란 말이군.

김시희 그래요. 사랑의 꿈이 자꾸 팔리면 내 영업에도 지장이 있겠어요. 가장 위협적인 적이에요. 뭐라던가? 그래요, 시간을 사러 온 사람에게 미스 허가 이런 소리를 했다구요. 시간이란 기다리는 사람들에겐 너무 느리고 공포에 떠는 사람에겐 너무 빠르다.

지성 그래. 나도 기억이 나. 슬픔에 잠겨 있는 사람들에겐 너무 길고 즐거움에 들뜬 사람에겐 너무 짧다.

김시희 그러나 사랑하는 사람들에겐 시간은 아무 데도 없다.

여학생 그러니 사랑의 꿈만 사면 시간 가는 것은 아무 영향도 줄 수 없다는 거지요.

지성 사랑은 지식을 폐하고 시간을 폐한다. 그게 사실이라면 우리가 이렇게 가만히 있을 수는 없지.

여학생 여기 영업 안 할 거예요?

김시희 예, 예, 난 꿈을 사러 온 분인 줄 알고.

여학생 사랑의 꿈 같은 건 저에겐 필요 없걸랑요. 사실은요, 시간을 사러 온 거예요.

김시희 그러면 그렇지.

지성 남자 친구는 어디에 갔어요? 사랑은 꿈속에서는 행복해도 현실 속에서는 고통이 된다는 걸 아직 모르시는가 보지요. 뭐 아직 학생이니까 당연하지요.

여학생 그걸 모를 사람이 어디 있어요. 하나는 알고 둘은 모르시는군요. 사랑의 꿈이 내 것이었을 때는 고통이지만 남들의 것이었을 때는 행복이지요. 사랑은 말 입에 채우는 재갈, 소의 목에 씌우는 멍에.

지성　그러니까 아가씨는 마부구, 남학생은 재갈을 물린 말이구먼.

여학생　그런 셈이죠 뭐. 어차피 어느 쪽인가 한쪽은 말이 되어 짐을 져야 하고 한쪽은 그것을 끌고 다녀야 하니까.

지성　굉장한 철학이군. 아가씨의 그런 사상을 우리 상점에 팔면 장사가 잘 되겠는데.

여학생　돈만 주신다면야 못 팔 것도 없지요.

지성　그게 아니구요. 적어도 저희 가게에 지식을 파시려면 참고문헌 주석 같은 것을 달아야 해요. 그렇지요. 되도록 주석을 많이 붙여야 값이 나가지요. 아까 말씀하신 것, 요령을 가르쳐드리지요. 사랑은 멍에다, 재갈이다. 그건 상대방에게나 씌워야 편하지. 자기가 갖고 있으면 불편하다.

여학생　예, 분명히 제가 그렇게 말했지요. 거기에 또 무엇을 붙인다는 거예요. 그것으로 완벽해요.

지성　그게 아니라니까. 상품보다도 포장지가 중요한 세상이 아닙니까?

여학생　예, 그것도 맞는 소리예요. 댁도 그 옷을 벗고 누더기를 걸치고 있다면 난 이렇게 서서 지금쯤 이런 얘기를 나누고 있지는 않겠죠.

지성 희망이 있는데. 잘하면 멋있는 상품을 만들어낼 수 있겠는데……. 한데 말예요. 아까 그 말씀인데, 그냥 멍에, 재갈, 말, 소 이렇게 표현하지 마시고 일일이 그 말끝에 주석을 달라는 겁니다. 가령 멍에라고 할 때 아무 필요가 없어도 멍에를 라틴어로는 뭐라고 한다. 그리고 멍에의 발생, 역사, 기능 등등 여러가지 멍에에 대한 문화인류학적 의미를 부여하는 자료를 죽 곶감 꿰듯이 꿰놓으라, 그겁니다.

김시희 여보세요. 시간을 사신다는 분이 시간을 낭비하고 계시군요. 지식을 팔아봤자 사가는 사람이 없는데 장사 되겠어요? 저 양반은 재고 정리하기에도 바쁘답니다.

여학생 내 정신 좀 봐, 지금이 몇 시지. 낮 3시에서 한 시간을 삽시다. 사실 전 오늘 두 남자 친구와 데이트 약속을 했는데, 공교롭게도 둘 다 3시지 뭐예요. 겹치기 데이트를 하다 보면 종종 그런 일이 생기거든요.

(시간을 사기 위해 카운터로 간다)

대학교수 여기 영업 안 하십니까?

(대학교수 등장)

지성 이크, 쥐구멍에도 볕이라! 예 예, 솔직한 말씀입니다마는 워낙 요즈음 지식이 팔리지 않아 손님을 기대하고 있지 않았거든요. 가시를 심고 장미를 기대해서는 안 된다고 했지만 저는 거꾸로 장미를 심고 가시를 생각하는 중입니다. 어쨌든 죄송합니다. 무엇을 찾으시나요?

대학교수 물건도 교환하나요?

지성 예, 경우에 따라서는요. 사실 중고품은 매매보다 밤낮 교환하느라고 바쁘지요.

여학생 우리 교수님 아냐?

김시희 고맙습니다. 또 오십시오.

여학생 쉿, 조용히 하세요. 이 시간에 저희들과 만나면 서로가 거북하니까요.

김시희 거북하시다니 오늘 만나기로 한 남자 친구가 바로 저분인가요.

여학생 별소리를 다 하시네요. 결혼행진곡이 울리다가 장송곡이 나오게요. 저희 학교 교수님이라니까요. 종교철학을 강의하는데 어찌나 따분한지 한 시간이 천년 같지요. 그래서 난 땡땡일 치고 이렇게 백화점 산책을 나온 거라구요.

김시희 그러면 학생만 거북하지 둘 다 거북할 건 없잖아요.

여학생 그건 선생님도 마찬가지예요. 한참 강의를 하고 있을 시간에 휴강을 하고 백화점엘 다니다니. 하지만 아무래도 좋아요. 그래도 지구는 도니까! 고마워요.

(반대 방향으로 몰래 눈치를 살피며 퇴장한다)

대학교수 (가방에서 에라스무스의 가면을 꺼낸다) 사십 년 연구해온지식인데 내놓는 겁니다. 저를 학자적 양심이 없는 사람이라구 비난하지 마십시오. 이걸 팔아서 냉장고나 자가용을 사자는 건 아니니까요.

지성 알고 있습니다. 무슨 지식과 교환하시려고 합니까?

대학교수 저 무슨 구조주의 철학이면 무엇이든 좋아요. 레비스트로스, 롤랑 바르트, 라캉…….

지성 어림도 없어요. 구조주의는 신품 아닙니까? 실존주의보다도 한참 새 모델인데요. 자, 어디 좀 봅시다. 아유, 대단한 악취군. (코를 쥔다) 에라스무스…… . 어림도 없어요. 이런 구식은 이제 찾는 손님이 없어요.

대학교수 (슬픈 표정으로) 학생들과 같은 소리를 하시는군. '웃으면서 가르치고 놀면서 배운다.' 나는 이러한 에라스무스 자신의 신조대로 에라스무스의 철학을 강의하고 있지요. 그런데도 학생들로부터 인기가 별로지요. 실존주의니 구조주의니 해야 겨우 관심을 갖거든요. 에라스무스는 너무 낡았다는 거예요.

지성 그럼 에라스무스주의라고 '주의' 자를 붙여서 강의해보세요.

대학교수 낸들 왜 안 해봤겠습니까. 학생이 질문을 합디다. 어디 제냐구요. 그 사상은 구조주의보다 더 신형이며 신문 문화면에 소개된 적이 있는 것이냐구요.

(이때 소년이 하나 나타난다. 꿈을 파는 미스 허가 카운터에서 졸고 있다. 슬며시 앞에 다가서서 물건을 고르는 체하다가 흰 풍선 한 개를 몰래 훔쳐 달아난다)

지성 아무튼 딱한 사정은 충분히 알겠습니다마는 여기는 폐차장이 아닙니다. 다른 곳으로 가보시거나 돈을 내시고 사 가시거나 결정을 내리십시오.

대학교수 레비스트로스는 얼마입니까?

지성 오십만 원입니다.

대학교수 오십만 원이요?

지성 헐값이지요. 만약 선생께서 지금부터 구조주의 연구를 해보십시오. 원서를 읽기 위해서 프랑스 말을 배우는 데만 몇십 년이 걸릴 거예요. 연구하기 위해선 자료가 안 드는가요. 책값, 밥값, 잉크값, 또 어디 그게 독학으로 됩니까? 오십만 원은 원가도 안 되지요. 그뿐인가요? 겨우 써먹을 만하면 이미 한물가버린 뒤라 구조주의는 중고품이 되어버리지요. 그러나 오십만 원만 내면 당장이 지식이 머릿속으로 들어갑니다. 내일부터 구조주의자가 되는 것이지요. 좀 무겁고 두통이 나기는 합니다만 원래 지식은 무게가 나가야 행세를 하는 게 아닙니까?

대학교수 좀 더 싼 것 없을까요. 실존주의는요?

지성 상표 나름이지요.

대학교수 사르트르.

지성 아직도 시세 나갑니다. 레비스트로스와 버금갑니다. 좀 싼 것으로 골라보시지요.

대학교수 하이데거.

지성 예, 하이데거 제품은 쏙 빠졌지요. 아직 모델도 그만하면 어딜 갖다놔도……. 자, 보십시오. (하이데거 가면을 내민다) 한 모서리에 금이 좀 가서 싸게 파는 겁니다.

대학교수 금이 갔다니? 보기엔 말짱한데요.

지성 나치 때 히틀러에 협력했기 때문이죠. 그러나 이 지식을 사용하는 데는 아무 지장 없습니다. 단순히 기분 문제지요.

(순경이 나타난다)

순경 저놈 잡아라. 저놈 잡아라.

(모두 놀라서 순경을 쳐다본다)

순경 여기 수상한 사람 안 나타났어요?

지성 아무것도 못 봤는데요.

허몽녀 저두요.

순경 조심하십시오. 백화점에서 물건 날치기하는 놈이 나타났으니까요.

김시희 아이구, 그 녀석이었구먼. 미스 허 없어진 것 없어?

허몽녀 아이구머니나, 내 동심의 꿈을 훔쳐갔네. 분명히 다섯 개가 있었는데.

순경 어느 쪽이죠?

(김 손가락질한다. 순경 그 방면으로 달려나간다. 미스 허도 따라나간다. 미스 김도. 그러나 잠시 후 미스 김은 돌아온다)

지성 아이구, 놀랐습니다. 가슴이 덜컹합니다. 날 잡으려는 줄 알구.

대학교수 당신은 파는 사람인데 왜 놀라요? 피해자가 된다면 몰라도.

지성 피해자가 아니라 가끔 피의자가 된답니다. 금수품들을 밀수하는 것이 없나 단속반이 나오거든요.

대학교수 여기에도 밀수품이 있나요?

지성 그게 아니라 이렇게 주로 외래품만 취급하다 보니 말예요. 소크라테스, 하이데거, 사르트르. 자, 보세요. 베르그송, 이건 프랑스제지요. 헤라클레이토스, 이건 그리스제, 베이컨, 이건 영국제지요.

대학교수 베이컨? 베이컨은 식료품 가게에서 파는 고기가 아닙니까? 지식을 파는 데서 베이컨을 취급하다니 불결하군요.

지성 (웃는다) 교수님도 마찬가지시군. 하기야 전문가란 한 가지 것만 알고 다른 것은 몰라도 되는 특권이 있으니까. 상품명이 좀 까다롭고 복잡해야지요 상품 이름만 보고 그렇게 엉뚱한 오해를 하시는 분이 많답니다. 베르댜예프나 말리노프스키나 이런 제품은 그 이름 때문에 소련제 금수품인 줄로 오해하거든요.

대학교수 아무래도 국산품 장려를 해야겠군.

지성 요즈음 꽤 활발하지요. 저희 가게에서도 국산품 매매가 심심찮게 활발해졌습니다. 퇴계? 율곡? 정다산 (가면을 가리키며) 꽤 인기 있어요. 실학파는 외제와 거의 맞먹습니다. 또 준국산품이 있는데 기술 제휴로 만든 보세품 말입니다. 대개 비교 연구라는 상표가 붙어 있는데, 셰익스피어와 정철의 비교 연구, 신라의 화백 제도와 그리스 폴리스와의 비교 연구…….

대학교수 결국 에라스무스는 안 쓰시겠다는 거죠.

지성 값만 맞으면.

대학교수 얼마요?

지성 한 돈 만 원 갈까요?

대학교수 (흥분해서 카운터를 친다) 무슨 소리요. 에라스무스가 만 원이라니 무슨 반창고나 티눈 고약인 줄 아시오. 내가 이 지식을 얻기 위해서 예과에서 이 년, 대학에서 사 년, 대학원에서 삼 년, 박사 학위를 따는 데 이십 년이 걸렸소. 그동안 내가 피운 담뱃값이나 없앤 볼펜값만 해도 오십만 원은 넘을 거요. 저것들은 다 가짜야. 에라스무스, 오, 불쌍한 에라스무스. 당신은 살아 있을 때에나 죽은 후에

나 언제나 남들의 오해를 사고 있으니 불쌍하오. (운다) 쓸데없이 시간을 소비했군. 주간지에서 원고 청탁서가 들어왔는데 아무래도 오늘 밤 안에 쓰기는 힘들게 됐군. (시간을 파는 쪽으로 간다)

대학교수 밤 시간을 주시오. 하룻밤 사이에 원고를 다 써낼 것 같지 않구려.

김시희 원고를 쓸 시간이요? 저런, 원가도 제대로 안 나오실 텐데.

대학교수 제일 싼 시간이 어느 시간이오.

김시희 밤 12시부터 4시까지 통금 시간이죠. 인기가 없어요. 아무 쓸모가 없으니까요. 불면증 환자들이 많아서 이 시간은 팔려고 드는 사람은 많은데 사려고 드는 사람은 별로지요. 그 시간이라면 싸게 드리지요.

대학교수 두 시간만 주시오.

김시희 만 원입니다. 그런데 대체 원고료는 얼만데요.

대학교수 오천 원이지요.

김시희 그런데 왜 밑지는 장사를 하려고 하는 거예요. 밤을 새우는 것도 모자라 웃돈을 주고 과외로 시간까지 사서 그 고생을 하시다니 알 수 없군요.

대학교수 외로워서 그렇지요.

김시희 외롭다니요. 원고를 쓰시면 외롭지 않으신가요?

대학교수 제 이름이 주간지에 나오지 않습니까. 명예지요. 이름 없는 대학교수의 외로움, 당신들은 모를 거요.

지성 그러면 지식보다도 그 지식으로 명예를 사시자는 거군요.

대학교수 비꼬지 마시오. 누구나 사람들은 목이 쉬도록 자기 이름을 외치지 않습니까. 내가 여기 있다, 내가 여기에 존재하고 있다, 나를 좀 봐다오. 봐달라는 사람뿐이니 누가 나를 봐주겠소. 그러니 권력도 돈도 없는 사람에게 유일한 희망이 있다면 그건 명예지요. 이름이라도 있어야지요. 내가 이 세상 한구석에 살아 있다는 걸 증명해 보일 것은 그것밖에 없어요.

김시희 왜 공부를 그렇게 많이 하시구도 선생님은 유명해지지 않으셨나요?

대학교수 잘못 선택한 거지요. 내가 학교 다닐 때에는 '바슐라르'나 '롤랑 바르트'는 없었다오. 그걸 해야 유명해지는 건데 (한숨) 최소한 영어를 했더라면 돈은 벌었을 거요. 에라스무스를 전공한 탓으로 쓸모없는 라틴어를 했지 뭡니까. (시간을 사 들고 묵묵

히 퇴장. 숨을 헐떡이며 등장하는 미스 허와 마주친다)

허몽녀 말씀하시지 않아도 다 알아요. 눈빛만 봐도 알아요. 걸음걸이만 봐도 알아요. 축 늘어진 두 어깨를 봐도 알 수 있어요. 피곤하시지요? 인생이 하품 같지요?

대학교수 (쳐다보지도 않고) 그렇소. 권태롭고 피곤하오. 말 붙이지 마오. 나는 하품이나 해야겠소이다. (막이 내린다)

제2막

무대는 1막과 같음. 막이 올라도 무대는 어둡다. 어둠 속에서 형광 도료를 칠한 철학자들 초상의 눈, 코, 입만 유령처럼 떠오르고 사람들의 실루엣만 어른거린다. 사람들의 발자국 소리, 괘종시계 소리, 요란한 소리와 잡음 속에서 사람들이 아우성치는 소리.

소리 십만 원—시간을 달라—시간은 생명이다. 시간은 제왕이다. 시간을 파시오. 정말 절박한 사정이 생겼소. 시간 —시간, 시간 아니면 죽음을 달라. (시간을 경매에 붙이고 있는 중이다. 시간을 파는 김시희의 목소리가 그 잡음 속에서 들려온다) 자, 조용히 하세요. 마지막으로 아침 시간 9시에서 10시가 남아 있어요. 떼밀지 좀 마세요. 아침 9시.

손님1 (소리) 만 원.

손님2 (소리) 만오천 원, 오천 원 더 붙여주겠소.

대학교수 오만 원이요, 오만 원.

김시희 자, 오만 원. 오만 원에 낙찰되었습니다.

소리 시간을 달라! 시간은 제왕이다. 시간이다. 시간이다.

김시희 통금 시간이 남아 있어요. 통금 시간! 아무도 살 사람이 없군요. 그럼 돌아가주세요. 감사합니다.

(조용해지며 무대 밝아진다. 김시희 '금일 매진 사례'라고 쓴 푯말을 세우고 있다. 허몽녀는 카운터에서 턱을 괴고 하품을 하고 있다. 졸린 눈. 지성은 총채를 들고 먼지를 턴다. 사장티가 나는 손님 한 사람만이 동상처럼 시간을 파는 카운터 앞에 떡 버티고 있다)

김시희 죄송합니다. 매일 이렇습니다. 그래서 공평을 기하기 위해 경매로 시간을 팔고 있지요. 소비자는 왕이니까요. 유감스럽게도 왕께서는 좀 늦으셨군요. 오늘은 벌써 다 끝났답니다.

사장 누구라도 나 같은 입장에 있다면 그냥 돌아갈 수 없을 거요. 도저히 남처럼 하루 이십사 시간을 가지고는 살아갈 수 없는 몸이란 말씀이오. 명예, 지위, 돈 그런 것은 내 다 가지고 있소이다만 궁한 것은 시간뿐이오. 빌어먹을 놈의 시간, 원수 같은 시간, 스케줄인지 오랏줄인지 아무래도 그 놈의 줄이 목을 졸라매어 날 죽이고 말 거요.

지성 말씀하시는 투를 보니 시간보다는 지식이 더 필요할 것 같은데……. '접시는 그 소리로써 그 장소에 있나 없나를 알고, 사람은 그 말로써 그 지식이 있나 없나를 판단할 수 있다'—데모스테네스.

사장 오늘 저녁만 해도 기업인 세미나에다가 로터리 클럽 회의가 있고 야간 중역 회의에 또 국제 친선 모임이 있소. 그런데 8시 노스웨스트 비행기로 귀한 외국 손님이 한 분 오기로 되어 있단 말씀입니다.

허몽녀 저런 분에겐 야망의 꿈을 팔 수 없겠군. 가진 것만으로도 터질 지경일 테니까.

김시희 이해해주세요. 요즘엔 워낙 물건이 달린답니다. 시간이 남는 사람이 있어야지요. 한가롭다 싶으면 낚시, 골프, 등산. 한가로우니까 더 바빠지지 그렇지 않으면 텔레비전 앞에라도 앉아 있어야 합니다.

사장 시계줄인지 새끼줄인지 오늘 저녁은 그놈의 스케줄이 유난히 거미줄처럼 얽혀가지구…….

지성 그렇게 바쁘신 분이 손수 시간을 사러 다니십니까. 비서께서는 홍콩 감기라도 걸리신 모양이죠.

사장 홍콩? 예, 홍콩에도 지사가 있지요. 아니지, 참 홍콩 감기라구 그러셨지. 그게 아니라 그렇지 그게 그……. 비서에게 시간을 사오라고 부탁할 수 없는 비밀이, 뭐 비밀이랄 것도 없지만 좀 거북한 일이 있어서.

김시희 그건 곤란한데요. 비밀이 있으시다면.

사장 비밀을 밝히면 파시겠소? 비밀이라야…….

김시희 팔고 안 팔고 간에 규정이니까요. 우리는 고객들의 이름, 주민등록번호 그리고 용도를 말씀해주셔야 시간을 팔 수가 있어요. 왜냐하면 만약 범죄 사건이 벌어졌을 때 알리바이 문제가 복잡해지니까요.

사장 옛, 범죄요? 천만에, 그게 아니라 순전히 사소한 집안 문제지요. (한숨을 쉰다) 나처럼 불행한 사람도 없을 거요. 남들은 한 집 살림도 어렵다는데 난 그게 둘이나 있거든요. 예, 두 개의 지옥 속에서 살고 있는 셈이지요. (손수건으로 눈물을 닦는다)

허몽녀 비가 와야 하늘에는 무지개가 생긴다. 그리고 눈물이 흘러야 영혼에는 사랑의 무지개가 생긴다. 언니, 봐드리지 그래. 저렇게 눈물이 많은 사람치고 악한 사람은 없는 법이니까.

사장 아가씨 정말 잘 보셨어요. 난 눈물이 많은 사람이랍니다. 사원들에게 봉급을 줄 때도 난 늘 통곡을 하고 운답니다. 저런 박봉을 받고 어떻게 살아가는가. 월급 봉투를 들고 들어가는 그들의 뒷모습을 보면 불쌍해서 늘 울지요. 오늘 저녁 일만 생각해도 눈물이 흐르는걸요.

지성 저런 사람이 흘리는 눈물은 그냥 소금물일 뿐—파스칼.

김시희 누가 편찮으신가요. 큰 사모님이에요, 작은 사모님이에요?

사장 크고 작은 게 어디 있어요. 그 사모님들은 무엇이든 막상막하지요. 매사를 경쟁한답니다. 난 재수 없는 놈이지. 자식을 낳아도 왜 꼭 한날한시에 낳았는지? 오늘 저녁 양쪽에서 다 같이 생일잔치를 차리고 날 기다리는 게지요. 어린것들이 생일 케이크의 촛불도 켜지 못하고 날 기다리고 있을 거요. 이건 사업 문제와는 다릅니다. 어린것들을 실망시킬 수는 없지 않습니까? 어린것들에게 무슨 죄가 있습니까?

김시희 딱하시게 됐군요. 내일 일찍 오세요. 요즈음엔 양로원에서도 시간을 팔지 않는답니다. 사려는 사람들뿐이지, 팔려는 사람은 날이 갈수록 적어진답니다. 자살을 결심한 사람, 암환자, 고혈압으로 누워 있는 식물인간……. 고작 그 정도이지요.

사장 그게 누구의 시간이라도 좋아요. 내일 오면 틀림없는 거죠?

지성 내일은 또 누구의 생일인가요?

사장 (머리를 긁는다) 그게 아니라 괄시할 수 없는 두 친구로부터 동시에 저녁 식사를 하자는 초대를 받았거든요. 자, 이렇게 하면 어떨까요. (미스 김에게 귓속말로 뭐라고 한다)

김시희 재고 처리요? 통금 이후 시간을 파는 비결을 가르쳐주시겠다구요?

사장 시간만이 두려운 적, 장사에는 내 적이 없소이다. 내가 상술을 가르쳐줄 테니 그 대신 나에게 시간을 사는 우선권을 주시오. (다시 귀에다 대고 말한다)

김시희 파리라구요? 프랑스의 파리 피갈 광장에…….

사장 그렇소. 파리의 인생은 밤 1시부터 시작되는 거요. 그러니 통금 이후의 못 쓰는 시간들을 파리로 수출하는 거요. 수출. 내 아이디어가 어떻소?

허몽녀 그렇게 커다란 소리로 공개하실 걸 왜 귓속말로 소곤거렸나요.

사장 그것도 상술이지. 하찮은 말도 귓속말로 하면 값지게 보이거든. 더구나 이런 아이디어는 말이요. 상술 이야기가 나왔으니 하는 소린데, 나는 제일 먼저 양조업에 손을 댔지요. 막걸리, 정종, 배갈, 소주, 맥주, 위스키 좌우간 마시는 거라곤 양잿물만 빼고는 다 만들었어요. 사람들이 술을 마시니깐 간이 곯아서 얼굴이 꺼멓게들 탑디다. 난 인정이 많은 사람이라고 하지 않았습니까? 국민의 건강을 위해서 눈물을 흘렸지요. 그래서 이번에는 간장약을 만들어 파는 제약 회사를 차렸어요. 간이 튼튼해지니까 술을 더 마시구, 술을 더 마시니까 간장약이 더 팔리구, 간장약이 더 팔리니까 술이 더 팔리구, 술이 더 팔리니까 간이 약해져서 간장약이 더 팔리구, 간장약이 더 팔리니까 간이 튼튼해져서 술이 더 팔리구……. 아! 이게 돌고 도는데.

지성 그만, 그만하세요. 선생은 초인이십니다. 창과 방패를 동시에 만들어 파는 좋은 사업가, 두 아내를 동시에 사랑해주시는 좋은 남편, 배다른 아이의 좋은 아버지……. 모든 사람에게는 다 같이 하나밖에 없는 좋은 친구……. 한 몸으로 그 모든 역할을 다 해내시다니 과연 초인이십니다. 혹시 니체의 철학이 필요하지 않습니까?

사장 아이고, 내 정신 좀 봐. 그렇잖아도 난 지금 철학을 구하려고 하던 참이었소. 그것을 꼭 사야만 하오.

지성 그러실 줄 알았습니다. '기선에는 석탄이 있어야 하고 초인에겐 초인의 사상이 있어야지요. 그래야 움직일 수가 있으니까' —스탕달.

사장 (호주머니에서 메모지를 꺼내서 들여다본다) 플라톤이란 철학 파는 것 없소?

지성 놀랐습니다. 플라톤. 참 드문 일입니다. 사업을 하시는 분이 플라톤의 지식을 사시다니……. 이제 우리나라 사업계에도 바야흐로 서광이 비춰 옵니다.

사장 내가 아니라 내 여비서가 찾는 겁니다.

허몽녀 플라톤을 여비서가 구한다구요?

사장 여비서는 내 방에 들어올 때마다 플라토닉, 플라토닉이라고 조르는 거예요. 그것도 수줍어 얼굴이 붉어져서 부탁하는 걸 모르는 체할 수도 없구. 그런데 내가 그 말을 잘못 듣고 헤어 토닉을 사다 주지 않았겠소. 그런데도 또 여전히 단둘이 마주치기만 하면 계속 무슨 토닉인가를 찾는 거예요. 그래서 내가 이렇게 여기다 적어왔수다. (종이를 다시 꺼내 본다) 맞소. 틀림없이 플라토닉이오.

김시희 알 만합니다. 여비서에게 무언가 나쁜 짓을 하려고 하셨군요.

사장 나쁜 짓이라니요?

김시희 사장님이 좀 가까이 가려고만 하면 여비서는 으레 플라토닉을 찾았지요.

사장 그렇소. (놀란 표정으로) 답답해서 친구에게 물어봤더니 무슨 철학가로부터 나온 말이랍니다.

지성 바로 이겁니다. (플라톤의 초상을 꺼내놓는다) 그러나 이건 여비서에게 주지 마시고 사장님께서 직접 쓰세요. 여비서가 좋아할 거예요.

사장 이건 몇 푼이나 가는 거지요. (플라톤의 가면을 살펴보면서)

지성 그런데 사장님, 기차 값을 깎는 사람이 있다면 사장님께서 뭐라 하겠습니까?

사장 그야 갈 데 없는 촌놈이지.

지성 지식의 값어치를 모르는 사람은요?

사장 그야 무식쟁이구.

지성 좋습니다. 오십만 원만 내십시오.

사장 오십만 원. (꼼짝 못하고) 좋시다. 내 쓰리다. 여비서가 좋아만 한다면. 오십만 원이 문제겠소.

허몽녀 틀림없지요. 우리 사장님이 제일 멋진 분이라고 할거예요. 그 나이에 플라토닉 러브를 아신다구요. (호호…… 웃는다)

사장 (헤헤 따라 웃으며 수표를 끊는다) 결국 그러니까 그게 헤어 토닉이 아니었구먼……. (사장, 플라톤의 가면을 써본다. 갑작스레 점잖은 말투로 바뀐다) 골치가 빠근해지는데 이상하군. 눈앞에 있는 물건들이 모두 그림자로 보이는데……. 이데아, 이데아의 햇빛, 당신들은 그림자에 지나지 않소. 여기는 동굴이오. 햇빛은 동굴 밖에서 흘러 들어오는데, 우리는 묶여 있는 죄수이기 때문에 동굴의 벽에 어리는 자기 그림자밖에는 볼 수 없지. 그래서 그 그림자가 실재인 줄로만 안단 말이오. 이데아, 이데아. (사장 퇴장)

지성 오래간만에 지식을 팔았군. 그러나 저 플라톤의 지식을 가지고 장사를 잘해낼 수 있을까? 벌써부터 이데아, 이데아란 소리만 하고 있으니…….

김시희 하지만 플라톤의 이데아가 여비서를 도와줬잖아요. 나는 시간을 구하러 나가야겠어요. 혹시 한강에라도 나가 있으면 자살자라도 만날 수 있을지 모르거든요. 그들의 시간을 흥정해야지요. (김시희 퇴장하고 야망의 꿈을 사갔던 손님이 여자 한 사람을 데리고 등장)

허몽녀 (반가워서) 말씀하시지 않아도 알아요. 눈만 봐도 알아요.

손님1 (분개한 표정으로 터진 풍선을 내밀면서) 그래 말하지 않아도 잘 알 거다. 이런 조제품을 팔았으니까……. 자, 내 노한 눈빛만 봐도 알 수 있겠지.

허몽녀 저런 꿈이 터져버렸군요. 조심하셔야지요. 꿈과 유리그릇은 본래 깨지기 쉬운 것이라는 걸 모르셨어요?

손님1 기가 막혀서, 난 당신에게 충고를 하러 온 것이지 충고를 들으러 온 게 아니란 말이야.

지성 충고는 좀처럼 환영받지 못한다—체스터필드.

여부장 실례합니다. (명함을 내놓는다) 저는 소비자보호협회 서울지부 제삼 분과 소비자고발위원회 상담부 부장대리입니다.

허몽녀 숨 막히시겠군요. 다시 말씀해보시지요. 뭐라고 하셨지요?

여부장 마, 간단히 말씀드리자면 소비자보호협회 책임자로 아시면 됩니다.

허몽녀 무슨 꿈을 사러 오셨나요?

여부장 사러 온 게 아니라 조사차 나온 겁니다.

지성 기대는 실망을 주기 위해서 존재하는 것이지—셰익스피어.

손님1 나는 용감하게 사표를 써 들고 직장으로 나가던 중이었소. 럭비 선수처럼 당당하게 만원버스로 돌진했지요. 불가능이란 없다, 새 출발이다. 그런데 버스에 타자마자 펑 하고 터지지 않겠어요. 너무나 짧은 꿈이었어. 이 꿈이 터지기 전에는 길거리의 사람들이 흙바닥을 기어다니는 딱정벌레로 보이더군. 용기를 갖게 되었지. 그런데 이게 뭐야. 이젠 사기를 당하고도 혼자 따지러 올 용기마저 없어서…… 소비자협회에 가서 하소연을 하고 여자에게 이렇게 도움을 청하고 있으니.

여부장 예, 맞아요. 저희들은 삼천만 소비자들의 권익을 옹호하고 악덕 상인과 불량 저질 상품을 파는 사회악을 근절하기 위해서 봉사 활동을 하고 있는 중입니다. 이분이 와서 말을 하시기를 삼만 원이나 주고 산 이 꿈이 제대로 써보지도 못하고 터져버렸다는 거예요.

손님1 맞아요, 맞아요. 과장도 왜곡도 없는 진실 그대로요. 빵— 이렇게 허망하게 터져버리더구만. 저

꿈속에 들어 있는 건 가벼운 바람뿐입디다. 냄새조차 나지 않았어요. 먼지조차 안 납디다. 정신을 차려보니 나는 옛날과 다름없이 의자에 앉아 장부 정리를 하고 있었소. 갑자기 내가 이마에 더듬이를 가진 곤충으로 변해버리지 않았겠어요. 내 한숨 소리가 꿈이 터지는 소리보다 더 큽디다요. 그런 조제품으로 사기를 치다니…….

허몽녀 사기꾼이라구요? 꿈이란 본래 그런 거예요. 사람들이 많이 다니는 거리에서는 깨지기 쉬운 거예요. 꿈은 방 속에서 혼자 고이 간직하고 있어야 하는 겁니다.

여부장 (찢어진 고무풍선을 살펴보면서) 자, 보십시오. 이렇게 약한 재료로 만들었으니 금세 깨지지요. 튼튼한 강철로 꿈을 만들었다면 이런 일이 없었을 거 아녜요.

손님1 역시 여사님이 최고시다. 공정하고 합리적이며 명석하시다. 왜 강철로 만들지 않았소.

허몽녀 정말 기가 막히는군요. 꿈은 가벼운 거예요. 그건 구름같이 높이 떠 있어야 해요. 청운의 꿈이란 말도 못 들으셨어요? 강철로 만든 꿈은 이미 꿈이 아녜요. 깨지기 쉽고 가볍고 얇기 때문에 꿈인 거예요. 강철로 꿈을 만들다니…… 꿈이 탱크인 줄 아십니까? 내 참. 안경이 깨졌다구 안경알을 강철로 만들 수 있나요? 강철의 꿈이 어떻게 뜹니까?

손님1 사기꾼! 비행기는 강철로 만들어도 뜨잖아요. 배는 쇳덩어리로 만들어도 뜨잖아요.

여부장 당국에 고발할 거예요.

지성 지친 말은 매를 맞아도 겁내지 않는다—한관.

손님1 돈을 물어내든지 강철로 된 야망의 꿈을 내놓든지. (이때 공과 대학생 풍선을 들고 등장)

남학생 뭐가 어째? 뭐, 사랑이란 오래 참고 견디고 믿는 것이라구? 이건 공해야. 당신이 판 사랑의 꿈은 빛 좋은 유해 색소란 말야.

허몽녀 왜들 이러세요.

남학생 조용히 하라구? 그래 조용히 있다가 난 망쳤단 말야. 여러분, (빨간 풍선을 독이나 묻어 있는 것처럼 내던진다) 이걸 보십시오.

손님1 자네 것은 안 터졌는데……. 멀쩡하잖아. (대학생이 풍선을 버리자 주워 가지려고 한다)

남학생 손대지 말라니까요. 위험합니다. 저것이 터지면 온 세상 사람은 사랑의 공해로 죽게 될 것입니다.

악몽 같은 나날이었어요. 내가 그러고도 견딜 수 있었다니.

허몽녀 당신이 꾼 악몽이 어째서 내가 판 꿈 탓이에요. 같은 물이라도 소가 마시면 젖이 되고 독사가 마시면 독이 된다는 말도 못 들으셨나요.

남학생 그럼 내가 독사란 말이야. 사기꾼, 당신하고는 말하고 싶지도 않아.

여부장 (수첩을 꺼내 들고) 자세히 말씀하세요. 유독성 공해가 들어 있다고 하셨지요. 이건 정말 심각한 사회 문제입니다. 불량상품을 파는 것과는 유가 다르니까요. 사신 물건 이름이 뭐예요.

남학생 사랑의 꿈.

손님1 제가 산 것은 야망의 꿈입니다. 바로 저거지요. (파란 풍선을 가리킨다)

여부장 그런데 거꾸로 증오심만 늘게 되었다는 거죠. 증오심, 할퀴는 것, 눈 흘기는 것, 침 뱉는 것, 물어뜯는 것……. 무시무시해라. 증오심의 공해, 그건 사람을 악마로 만들어 소리 없이 목을 죄어 서서히 죽게 하지요. 서서히……. 서서히 죽게 합니다. 그것이 공해의 특징이에요.

남학생 그게 아니라니까. 효험이 너무 지나쳐서 저를 망쳤다는 겁니다. 꿈을 사가던 날, 그날이 바로 내가 노예로 팔리게 된 날이 될 줄이야. 나는 내 자유를 완전히 상실하고 말았단 말이오.

지성 그러기에 사람은 현명해야 되네. 이봐요, 학생. 소 잃고 외양간 고치는 사람도 어리석지만 소를 잃고도 외양간을 고치지 않는 사람은 더욱 어리석지. 그게 다 아는 것이 없어서 그렇게 된 거니 지금이라도 늦지 않았어. 여기 와서 물건을 골라 보게. '지성을 동반하지 않는 사랑은 위험한 것일세'—데모크리토스.

남학생 첫! 노예는 유식할수록 괴로움이 더 큰 법이오. 내가 무식했더라면 이렇게 한탄도 하지 않지. 무지한 개는 목걸이를 달고서도 꼬리를 친단 말이오.

지성 글쎄, 시험해보라니까. (키르케고르 가면을 쓴다) '인간은 어리석다. 자기에게 있는 자유를 이용하려 하지 않고 자기에게 없는 자유만 원하고 있다.' 어때? 키르케고르의 슬기를 가지고 있다면 학생은 지금 잃은 자유를 서러워하기보다 자기가 갖고 있는 자유를 누리려고 신바람이 나서 돌아다녔을 거요.

허몽녀 (남학생에게) 좀 차근차근히 이야기하세요. 당신의 이야기는 너무 급해서 뛰기도 전에 돌뿌리에 차여 자꾸 넘어지는군요.

여부장 문제는 점점 중대해지는군. 공해, 유해 색소, 이제는 노예 매매, 이 밝은 세상에 아직도 노예 매매를 하고 있다니……. 학생, 정신을 바짝 차려요. 그래, 당신은 누구의 노예로 팔려갔으며 누가 당신을 팔았는가 그 이름을 알려주세요.

(이때 시간 테이프를 몇 개 사들고 미스 김 들어온다)

남학생 저자와 (허몽녀를 가리키며) 미스 김이 공모를 한 것이죠. 나에게 사랑의 꿈인가 뭔가 바로 저거지요.

(붉은 풍선을 가리키며 만지려 하다가 겁에 질려 얼른 손을 뗀다)

김시희 뭐요. 아니 내가 공모를 해서 댁한테 꿈을 팔았다구요. 난 시간을 파는 사람이란 말예요. 그렇지. 증인이 있어. 지 선생, 지성 씨, 우리는 이 학생이 꿈을 사가는 것을 보고 걱정했었지요? 저 물건이 자꾸 팔리면 위험하다구요. 기억하시지요. 사랑은 지식을 폐하고 시간을 없앤다. 이 말 기억하시지요.

지성 '사람은 현재가 불행한 것이 아니라 불쾌하고 슬픈 기억 때문에 불행한 것이다. 그러한 기억에서 떠난다면 오늘 이 순간은 그런 대로 즐거운 것이니라' —아우구스티누스.

여부장 당신 자신의 애기를 하세요. 남의 지식으로는 증언이 안 됩니다. 아무리 값진 반지라도 남의 것은 제 손가락에 맞지 않는 법이거든요.

지성 그건 누가 한 소리지? 셰익스피어? 버나드 쇼?

남학생 그럴 필요 없어요. 제가 말하는 미스 김은 이분이 아니라 (김시희를 가리킨다) 내 여자 친구, 내게 꿈을 사준 여자 친구를 두고 한 소리니까.

손님1 원, 김씨가 하두 많으니 사실은 나도 김씨올시다. 이 학생이 분명히 미스 김이라고 했는데도 공연히 나보고 하는 소린 줄 알고 가슴이 뜨끔했다오. 아! 야망의 꿈이 깨지기 전에는 난 이렇게 소심하지 않았지. 심장은 전쟁터의 북소리처럼 쿵쿵 울렸고 내 사지는 가시덤불을 뛰어넘는 표범처럼 탄력이 있었다오.

여부장 자! 자! 조용히들 하세요. 나는 조사를 해야 할 입장이니까요. 그래, 당신의 애인과 이 여자가 둘이 공모를 해서 시뻘겋게 달군 쇠로 노예의 낙인을 찍고 그러고는 노예 시장에다 팔아넘겼단 말이지요.

남학생 그렇소. (가슴을 열어 보이면서) 이 가슴에 낙인을 찍었지요.

여부장 그 낙인에는 무슨 글자가 새겨져 있던가요?

남학생 사랑.

여부장 사랑?

남학생 그렇다니까요. 그 낙인이 찍히자마자 나는 미스 김의 소유물이 되고 말았지요. 나는 그녀를 위해서 모든 리포트를 대필해주었습니다. 내 공부는 다 밀어제쳐놓고 침식을 잃은 채 쓰고 썼지요. 그러면서도 그것을 즐거움으로 알았지요. 내 기다림의 생애가 시작되었어요. 미스 김은 어두컴컴한 지하 다방에 나를 앉혀놓고 한 시간이나 두 시간이나 기다리게 했지요. 교문 앞에서 난 몇 시간씩 기다리고 있었지요. 남들은 내가 바람을 맞은 것이라고 합니다마는 아니지요, 사랑의 벼락을 맞은 것이지요.

지성 '나는 기다린다. 고로 존재한다.'—데카르트.

김시희 어머나, 그 아까운 시간을 그냥 낭비해버리다니, 그런 시간이 있으면 저에게 파실 일이지. 생선 가운데 토막 같은 귀중한 시간을 다방 쓰레기통에 그냥 버리다니요.

남학생 그뿐인 줄 아십니까. 그렇게 기다리고 있자면 다른 놈들과 팔짱을 끼고 홀연히 나타나서는 이렇게 말하는 거예요. 자기 둔치 아냐? 그래, 지금까지 기다리고 있는 사람이 어딨어. 미워할래도 난 미워할 수가 없었어요. 웃었지요. 감사했지요. 미스 김 자기가 즐겁다면, 그것이 곧 내 즐거움이 아니겠어요. (눈물을 흘리며) 세상에…… 그럴 수가. 주먹을 쥐고 침을 뱉으려 했지만 뜨거운 사랑이 나의…… 원수에게까지도 뻗쳐오르는 그 뜨거운 사랑의 온천물이 솟아오르지 않겠어요. 만나는 것보다도 기다리는 그 자체가 나에겐 더 즐겁다구, 황홀하다구 말했지요. 물론 미스 김의 멍에에서 벗어나려고 애써보기도 했지요. 그러나 안 되더군요.

지성 '나는 멍에를 쓰고 있다. 고로 나는 존재한다'—데카르트.

남학생 '사랑은 오래 참고 견디는 것이며 투기하지 않으며 무례히 행치 않으며 자기의 이익을 구하지 않으며 성내지 않으며 모든 것을 바라며 견디는 것이니라…….' 이런 말이 이십사 시간 저 '사랑의 꿈' 속에서 들려오고 있었거든요. 유순한 강아지처럼 살았지요. 미스 김은 내 목을 사랑의 꿈이라는 사슬로 친친 동여매어 날 끌고 다닌 거예요.

손님1 당신은 지금 행복하시군. 그래, 아름다운 여자의 노예, 사랑의 노예……. 그런 노예라면 나라도 참겠소.

여부장 좀 조용히 하세요. 그래 남들이 뭐라고 합디까? 사랑의 순교자라고 하던가요.

남학생 바보, 바보라고 그럽디다.

허몽녀 그게 제 책임이란 말예요. 아! 미칠 것 같애!

남학생 난 당신을 고발하겠소. 당신이 그 위험한 사랑의 꿈을 팔고 있는 동안 앞으로 나 같은 희생자가 얼마나 많이 늘어나겠소. 당신은 사랑의 공해를 팔고 있는 거요. 난 버스를 타면 으레 장소를 남에게 양보했습니다. 사랑의 감정 때문이지요. 소매치기가 남의 호주머니를 털면 그 돈을 내가 물어주거나 소매치기 대신 내가 경찰서로 갔소. 그들의 죄를 대신하려고……. 거지를 보면 내 윗저고리를 벗어주고 맨발로 있는 아이를 보면 내 구두를 벗었지요. 내 생활은 엉망이 되었고 학교에서는 퇴학을 당하고 부모는 학비를 대주기는커녕 집에서 내쫓았소. 드디어 운명의 날이 왔지요. 미스 김은 어제 다른 남자에게 시집을 갔단 말예요.

김시희 결혼식은 몇 시에 있었나요?

지성 '결혼은 새장과도 같은 것이다. 밖에 있는 새들은 그 속으로 들어가려고 애쓰고, 안에 있는 새는 그 밖으로 나가려고 한다' — 몽테뉴.

여부장 그래, 그걸 보고만 있었어요?

남학생 왜 가만히 있었겠어요.

손님1 그렇지. 우리는 남자가 아니오. 야망의 꿈을 손에 넣었을 때 난 제일 먼저 복수를 해야겠다는 열정이 끓어오릅디다. 날 경멸하던 자, 바보라고 부르던 자, 좋은 친구라고 부르면서 내 간을 꺼내 먹은 자들을…….

허몽녀 어떻게 했어요? 빨리 결론을 이야기하세요. 자꾸 돌부리에 넘어지지 마시고.

남학생 나는 가만히 있지 않았습니다. 결혼식장에 나가서…… 신부 측 수부 일을 봐주었어요. 미스 김이 그러더군요. 요즈음엔 믿을 사람이 없다고, 부조금을 받아 뒷주머니에 슬쩍하는 친구들이 많으니 도와달라구요.

지성 어리석은 친구군. 분별력을 가르쳐주는 지식이 없는 탓이야. 지식 없는 사랑은 선장 없는 배와도 같은 것일세. 이건 누가 한 말이던가? 좀 이상한데 내가 한 말인가?

허몽녀 당신은 복 받을 일을 한 거예요. 사랑을 받는 것은 타버리는 것, 그러나 사랑을 주는 것은 어두운 밤에만 켜지는 램프의 아름다운 빛. 사랑받는 것은 꺼지는 것, 그러나 사랑을 주는 것은 긴긴 지속……. 당신은 사랑을 받은 자가 아니라 사랑을 준 사람이에요. 그것이 진정한 행복이란 말예요. 손해 본 것은 미스 김이지요. 그는 사랑을 받기만 했으니 곧 타버리고 꺼져버릴 거예요.

남학생 옳으신 말씀. 바보는 똑똑한 사람보다 오래 사는 법이니까.

여부장 어떻게 되어가는 거야. 자 용기를 내요. 당신은 고발한다고 했었잖아요.

남학생 (카운터를 두 주먹으로 꽝 친다) 이 수모의 날을 생각하면 치가 떨리오. 나에게 복수를 할 수 있는 증오심을 주든지 위자료를 지불하든지 빨리 선택하시오.

허몽녀 '증오의 꿈'이란 없어요. 그런 건 누구나 다 가지고 있으니까. 어쨌든 난 지금 정신이 혼란해서 어떻게 돌아가는 건지 미칠 것만 같아요. 위자료를 받을 사람은 바로 저예요.

손님1 왜 내가 이러구 서 있지. 나는 구경꾼이 아니었잖어. 그렇지, 난 꿈 값을 돌려달라고 온 거야. 조제품 사기꾼. (카운터를 친다)

남학생 노예 상인!

여부장 (이들이 열을 올리자 겁에 질린 미스 허의 얼굴을 보고는 회심의 미소를 지으며 중재를 한다) 자! 자! 지성인들이 이래서 쓰나. 나에게 일임하시오. 내가 배상금이나 위자료를 받아내드릴 테니 일단 돌아가십시다.

손님1 아니 당신은 누구 편이오?

남학생 갑자기 태도를 바꾸다니 꼭 미스 김 같군. 여사님은 얼굴을 몇 개나 가지고 계시나요.

여부장 에……, 우리 소비자보호협회는 어디까지나 중재 역할을 하는 데 목적이 있지요. 수사 기관이 아니란 말입니다. 판매자와 소비자의 다리…… 다리 역할을 하는 거예요. 예부터 흥정은 붙이고 싸움은 말리랬다는 말이 있잖습니까?

지성 어느 쪽에도 치우치지 않고 중간에서 다리 역할을 하려면 공자님이 어떠실까? 중용, 중용, 중용의 힘, 중용의 덕, 공자님의 사상이 필요하지 않습니까?

김시희 시간! 시간! 시간은 약이지요. 시간이 흐르면 모든 것이 해결되지요. 시간은 모든 것을 중재해주는 중화제지요.

여부장 다들 돌아갑시다. 저에게 맡겨주세요. 이렇게 떠들면 혼란스러워서 일이 영 엉켜버리고 말아요. 엉킨 실은 화를 낼수록 더 엉키는 것이니까……. 참을성만이 실마리를 찾는 최선의 방법이지요.

허몽녀 (미스 허 머리를 쥐고 미친 듯이 고민한다) 내가 사기꾼이라니 공모자라니……. 사랑하는 것, 희망을 갖는 것, 잃어버린 어린 꿈을 되찾아주는 것……. 이것이 내가 사람들에게 주려고 한 것인데……. 산타클로스…… 인류의 산타클로스 노릇을 한 것인데…… 사기꾼, 공모자, 사랑이 유해 색소라니, 유해 색소라니…….

여부장 다들 돌아가요. 돌아갑시다.

(불평을 하면서 손님1, 대학생 퇴장)

남학생 이 공모자! 노예 중개인!

손님1 사기꾼, 세균업자, 전쟁 상인…….

지성 여보시오. 당신들의 비극은 어리석음 때문이오. 그냥들 가지 마시고 이거 어떻소. 소크라테스, 공자, 석가모니……. 분노를 새기는 약들이오. 인생의 고통을 참게 하는 진통제.

여부장 자, 진정해요. 날 어머니로 생각하라구.

허몽녀 어머니? 어머니도 여러 종류인데? 계모겠지요?

여부장 그런 투로 이야기하지 말라구. 난 당신을 도우러 온 거요. 간단히 해결하는 법이 있어요. 난 소비자만 보호하는 것이 아니라 건실한 판매업자를 소비자의 횡포로부터 막는 역할도 한다오. 아니……, 판매업자 보호에 더 역점을 두고 있어요. 소비자란 아이들 같아서 투정이 많다오. 세상에 입에 맞는 떡이 어디 있겠수! 내 저들을 무마할 테니, (손가락으로 1자를 꼬나 보이면서) 한 장만, 한 장만 쓰시오. (귓속말로)

김시희 한 장만이라니…… 만 원요?

여부장 십만 원! 십만 원만 가지면 다 무사해진다구……. 곧 저들이 밀려오고 가게를 부수고 신문에 진상이 나오면 끝장 아니오.

김시희 저런 사기꾼. 당신이 뭐 소비자협회 분과위원회 상담부……. 그리구 또 뭐랬더라……? 어쨌든 소비자를 보호하는 사람이라구. 양의 탈을 쓴 이리.

지성 아니지, 역시 미스 김은 무식해. 이런 경우는 양의 탈을 쓴 여우라는 거야……. '양 머리를 내걸고 개고기를 판다. 양두구육'—중국 고사.

여부장 당신네들도 기필코 내 신세를 질 때가 꼭 올 거야. 곧 마시게 될 우물물에 침 뱉는 일은 현명한 것이 아니에요. (이때 순경과 함께 소년, 흰 동심의 꿈을 훔쳐 갔던 소년 등장한다. 찔끔해서) 본인은 소비자보호협회를 대표해서 한마디 하겠는데 (슬금슬금 꽁무니를 빼며 도망친다) 소비자는 왕이에요, 왕이란 말씀이에요.

지성 결국은 가짜였군. '악화는 양화를 구축한다'—그레셤 법칙.

순경 당신 가게에서 물건을 훔쳐간 자를 체포했소. 이 자가 맞지요. (흰 풍선을 손에 들고 행복한 표정을 짓는 소년)

소년 감사드리러 왔어요. 난 체포당한 게 아니라 모든 걸 뉘우치고 자수를 한 겁니다.

허몽녀 맞아요. 이건 도둑맞은 내 동심의 꿈이야. 그렇습니다. 이것은 더럽혀진 어른들의 마음을 눈처럼 깨끗이 씻어주는 순결의 꿈이지요.

순경 너는 십 분만 시간을 달라고 했지. 시간을 어기면 안 돼, 이 날치기야. (김시희를 보고) 조심하시오. 이 놈은 시간을 벌려고 이곳에 온 것인 줄도 모르니까. 시간을 훔칠지도 모릅니다. 나이는 어려도 전과 삼범입니다.

소년 걱정 마세요. 이 꿈을 훔친 순간 난 깨끗해졌거든요. 옛날의 내가 아니지요. 훔치자마자 후회했는 걸요. 이런 일은 한 번도 없었는데 기적이 일어난 거예요.

허몽녀 (동생을 대하듯이) 이봐, 그거 가져도 돼. 그 때문에 착한 아이가 되었다면 오히려 우린 축배를 들어야지.

소년 헤헤……. 애들이 무슨 축배야. 그건 어른들이나 하는 쇼라구. 누나! 나, 누나라고 불러도 돼?

(순경은 서서 시계를 들여다본다. 지식을 파는 가게에 가서 이사람, 저 사람 가면을 들여다본다)

김시희 몇 살이지?

소년 열다섯.

허몽녀 더 어려 보이는데.

소년 아니야. 누나네 가게에서 꿈을 훔치기 전에는 마흔 살도 더 먹었었지. 난 한번도 어린애였던 때가 없었거든.

허몽녀 그러면 태어나면서부터 어른이야? (웃는다)

소년 응. 추운 길거리에서 혼자 막 울었지. 난 그 이전의 생각을 할 수가 없어. 그러니까 그때 태어난 거야. 그 뒤엔 다시 운 적이 없어.

지성 저런 녀석에겐 채닝의 지식을 팔아야 하는 건데……. '가정은 우리들의 마음을 양육하는 것이 아니라 우리들의 무덤, 그 관습의 끝 칸이다'— 채닝.

김시희 저 녀석은 어린 시간을 누구에겐가 팔았던 모양이군. 늙은이들이 지루한 시간을 팔았다는 이야기는 들었어도 애들이 시간을 팔았다는 말은 처음 듣는데……. 엄마, 아빠는 어디 있었는데 혼자 길거리에서 울고 있었지?

소년 몰라, 혼자였어. 길거리에서……. 울고 있자니까 어른들이 돈을 주고 갔어. 그때부터 난 진짜로 운 적이 한 번도 없었다구. 돈이 필요할 때만 울었으니까. 이렇게. (우는 시늉을 한다)

허몽녀 저런, 딱해라. (머리를 쓰다듬는다)

소년 난 애가 되고 싶었지만 그게 영 안 됐었어. 누나 같은 사람을 갖고 싶었는데도 막상 만나면 핸드백만 보이는걸. 껌팔이, 신문팔이, 구두닦이…… 별거별거 다 해봤지. 순진한 어른들을 속여먹는 게 내 직업이었으니까. 난 어른들보다 훨씬 더 어른이었어.

허몽녀 그래도 도둑질은 하지 말았어야지.

소년 처음부터 도둑질한 건 아니야. 어른들이 날 순진한 꼬마로만 알고 믿었던 게 잘못이었지. 훔쳐갈 기회를 준 사람들이 나빠.

허몽녀 정말 넌 어린애가 되어본 적이 없니?

소년 꿈을 훔치고서야 이렇게 처음 애가 되었는걸. 거꾸로 나이를 먹은 거야. 누나네 가게에서 어린애의 꿈을 훔치지 않았더라면 난 지금도 못된 어른이었을 거야.

허몽녀 애가 돼본 적이 없었다면서 넌 어떻게 지금 애가 되었는지 알 수가 있어?

소년 꼭 한 번 있었어. 크리스마스 날.

허몽녀 아, 크리스마스 날.

소년 손이 꽁꽁 얼구 배가 고프구 아주 추운 날이었다우. 그래도 난 울지 않았어. 그런데 거리를 돌아다니다가 과자집 진열장을 들여다보고 있자니까 눈물이 흐르지 않겠어. 난 맹세할 수 있어. 절대로 과자가 먹고 싶어서 운 건 아니야.

허몽녀 (소년을 껴안는다) 불쌍한 녀석…… 내 귀여운 동생.

소년 그걸 준대도 난 먹지 못했을 거야. 하얀 설탕으로 만든 예쁜 집이었는걸. 지붕에도 창에도 흰 눈이 수북이 쌓여 있었구, 방 안에는 빨간 촛불이 켜져 있었구, 인형들이 노래를 부르고 있었어. 너무 예

빼서 난 그걸 준대도 먹을 수 없었을 거야.

허몽녀 알고 있어. 크리스마스카드에 나오는 집 같은 거 말이지.

소년 전나무에 커다란 별이 걸려 있었다구. 빨간 장화, 이발소 간판같이 흰 줄, 빨간 줄을 돌돌 만 지팡이, 초록색 양말, 모자를 쓴 인형, 이런 것들이 주렁주렁 매달려 있었다구……. 자꾸자꾸 치사스럽게 눈물이 흐르지 않겠어. 엄마야……. 처음으로 이렇게 소리를 질렀더니…… 어디선가 방울 소리가 울려오고, 노랫소리가 말야, 그건 하늘에서 울려온 걸 거야. 하얀 눈처럼 노랫소리가 한 송이 한 송이 떨어져서는 내 눈썹, 귓밥, 내 손등으로 소복이 쌓이는 거야.

허몽녀 불쌍한 내 동생. (머리를 쓰다듬는다) 그래, 알고 있어. 크리스마스이브엔 모든 것이 흰빛으로 번쩍거리지. 학예회 때 종이로 만든 것 같은 커다란 눈송이가 내리고 있었지. 모든 게 신비해 보였어. 강아지가 썰매를 끄는 사슴처럼 보이는 밤……. 종소리가 들려왔었지. 방울 소리도…… 털모자…… 빨간 장화…… 포장지와 은박지 눈송이 하나하나가 별이 되는 거야……. 촛불도 음악 소리도 모두 다 별처럼 하늘로 올라갔어.

(이때 무대로 짧은 튜튜를 입은 소녀들 북을 치며 등장. 〈북 치는 소년〉의 캐럴 음악이 들려오고 종소리가 들린다. 북 치는 소녀들의 행렬이 무대를 빙글빙글 돈다. 소년과 허몽녀, 아이들처럼 손을 꼭 잡고 꿈에 잠긴다)

소년 (시를 함께 낭송한다) 크리스마스! 크리스마스! 아빠, 촛불을 켜지 말아요. 엄마, 포장지를 열지 마세요. 그 상자 속에는 무엇이 들어 있을까? 그게 사슴이었으면 좋겠다. 그게 전나무 숲 하얀 눈길이었으면 좋겠다. 벙어리장갑을 끼고 하얀 털모자를 쓰고 엄마……, 늘 이렇게 별이 빛나구 아빠……, 나뭇가지에도 촛불이 켜지구 그게 방울소리라면 좋겠다. 눈이었으면 좋겠다. 굴뚝에 쌓이는 눈이었으면 좋겠다. 지붕에 내리는 눈이었으면 좋겠다. 엄마! 선물상자를 풀지 말아요. 아빠, 촛불을 켜지 말아요. 내일, 그리고 내일 언제까지나 꿈속에서 기다릴 거야. (북 치는 소녀 퇴장)

순경 야, 이 녀석아. 약속한 십 분이 다 됐어.

허몽녀 순경 아저씨, 얘는 지금 어린애예요. 도둑질하던 것은 어른이었지요. 그 어른은 지금 아무 데도 없어요.

순경 난 법대로 하는 거야.

허몽녀 여섯 살 먹은 어린애라구요. 크리스마스 날 첫 선물을 받은 아이……. 애는 내 꿈 때문에 애가 된 거예요. 어른은 체포할 수 있어도 아이의 손에는 수갑을 채울 수 없어요.

순경 어쨌든 상습범이었구 제 입으로 자기 죄를 다 이야기하고 자수를 한 거니까……. (소년에게 다가간다)

허몽녀 보지들만 말고 어떻게 해요. 이 애는 감옥이 아니라 크리스마스카드 속으로 집어넣어야 해……. 언니…… 시간을 줘요. 겨우 난 내 행복을 발견했는데 시간을 연장해줘.

김시희 돈만 낸다면…… 시간은 팔 수 있어.

허몽녀 (허몽녀 카운터를 뒤진다. 돈이 없다) 다 빈 서랍뿐이군. 꿈은 원래 텅 비어 있는 것이지만 이렇게 바람만 들어 있다니.

(핸드백, 온몸을 뒤진다)

지성 페스탈로치, 페스탈로치. 어른도 그 마음의 고향은 동심 속에서 찾아야 한다. 만약 마음의 순진성을 잃는다면 인간 내부의 질서는 흩어지고 지적 행복을 즐길 힘을 상실하게 될 것이다.

(순경, 소년을 묶는다)

허몽녀 어떻게 이럴 수가 있어요?

순경 죄인이니까.

허몽녀 지금은 순진한 아이예요.

소년 누나 걱정하지 마. 난 조금도 무섭지 않아. 이건 술래잡기를 하는 거라구……. 이런 장난을 하면서 놀고 싶었다오.

허몽녀 넌 이왕 어른이 되었는데 다시 애로 돌아오지 말았어야 해, 애…… 내 동생, 내 귀여운 동생. 왜 다른 걸 훔치지 하필 그 꿈을 훔쳤니…….

소년 아냐, 누나…… 이건 술래잡기하는 거라니까. 누나 고마워. 누나, 나 꼭 찾아야 해. 꼭꼭 숨을 테니까……. 누나가 술래야. 꼭 찾아내야 해……. (묶여가면서 소년, 노래를 계속 부른다) 꼭꼭 숨어라. 머리카락 보일라. 꼭꼭 숨어라. 발뒤꿈치 보일라.

허몽녀 (울면서 몇 발자국 뒤쫓는다) 그래, 꼭 찾아낼게……. 누나는 술래야 술래라구……. 꼭 찾아낼게……. (엉엉 울다가 웃는다. 미치기 시작한다) 별을 따가지고 와. 하하하……. 그건 눈송이라니까……. 눈이 와요. 눈이 옵니다. (노래를 하다가 다시 하하하 웃는다. 갑작스레 심각하게) 술래, 그래. 내가 술래가 된 거야. 어디라도 꼭꼭 숨어 있어. 꼭꼭 숨어 있으라구. (찾는 시늉을 한

다) 다들 어디 간 거야. 어디 숨어 있어.

김시희 미스 허가 미쳤어요. 빨리 의사를 불러……. (허둥지둥하며) 의사를 불러야지. (뛰어나간다)

지성 아는 것이 힘. 이런 때야말로 의사보다 지식이 필요하다. 이런 때는 어떻게 대처해야 하나. (가면을 향해서) 다들 보셨지요. 이럴 때는 어떻게 해야 되나요. 위급합니다. 허몽녀가 미쳐가고 있어요. 이 비극을 어떻게 하면 좋겠습니까? 아리스토텔레스 선생님.

아리스토텔레스 (소리) 비극은 인간의 마음을 정화시키는 교육적 효과가 있다.

지성 쳇, 이 판에 그게 도움이 됩니까? …… 데카르트 선생님!

데카르트 (소리) 생각하라, 고로 존재한다.

지성 존재가 문젭니까? 존재 자체가 무너지고 있는 판에……. 쇼펜하우어 선생님!

쇼펜하우어 (목소리) 도망쳐라.

지성 역시 안 되겠군. 신제품에 기대를 거는 수밖에. 사르트르 선생님, 이 경우엔 어떻게 해야 허몽녀를 살릴 수 있습니까?

사르트르 (목소리) 존재는 본질에 선행한다. 미친 상태는 정상 상태보다 선행하는 것이다.

지성 그럼 계속 미치고 있으란 말예요?

사르트르 선택해야지.

지성 어떻게요. 무엇을요.

사르트르 선택은 자기가 하는 것이다.

지성 책임 전가자. 절 도와주세요, 위대한 철학자들! 위험은 모든 위대한 마음의 박차다. 에프만…… (다시 니체의 가면을 쓴다) '삶의 최대의 환희를 수확하는 비결, 그것은 위험 속에 산다는 것이다.' 정신들 나갔군. 이 위급한 판국에 환희를 수확한다구. 마음의 박차라구……, 안 되겠다. 그냥 구원을 청하면 아무도 오지 않을 테고……. 옳지…… 이런 때 쓰는 방법이 하나 있지. 불이야 불이야! (소리 지르며 뛰어나간다)

허몽녀 야망의 꿈 풍선을 터뜨린다. 풍선이 터질 때 대포 소리와 박수 소리가 터져나온다. 다음엔 사랑의 꿈이 터진다. 〈환희의 송가〉 합창곡 한 소절이 풍선의 바람이 빠질 때까지 울려온다. 흰 풍선을 터뜨린다. 꼬마 아이들의 웃음소리가 터져나온다. 〈아빠와 함께 춤을〉이라는 아이들의 웃음소리……. 미스 허 나머지 풍선을 모두 끊어 날려버리며 웃는다. 하하하…….

허몽녀 꼭꼭 숨어라, 머리카락 보일라. 꼭꼭 숨어라, 발 뒤꿈치 보일라. 하하하…….

(히스테리컬한 웃음이 계속되면서 무대가 어두워지고 막이 내려온다)

제3막

같은 장소, 다만 한가운데 꿈을 파는 판매대만이 텅 비어 있다. 막이 오르면 장송곡이 들려온다. 지성과 김시희, 무대 쪽을 내려다본다. 백화점 고층 건물창으로 거리를 내려다보고 있는 중인 것이다.

지성 굉장한 장례식이군. 대체 누가 죽은 것일까?

김시희 제왕의 장례식도 저렇게 화려할 수 없을 거요. 저 남대문 같은 영정을 보세요.

지성 백마 열 필이 끄는 영구차를 보라구……. 아니…… 저 영정 어디서 본 듯한 사람 같은데…….

김시희 잘 생각해봐요. 혹시 우리 백화점 손님이 아니었나.

지성 맞다, 맞어……. 내 가게에서 플라톤을 사간 사람이다.

김시희　　저런…… 딱한 일 좀 보게. 그렇게 시간을 팔라구 신신당부를 해놓고 플라톤만 사간 그 사람이군요. 그의 여비서가 슬퍼하겠군요.

지성　　과연 플라토닉 러브로 끝났을까?

김시희　　그건 지 선생이 더 잘 알 게 아녜요. 그때 사간 플라톤의 지식이 효험을 봤다면 어디 사랑뿐이었겠어요. 모든 걸 플라톤으로 했겠지요.

지성　　그런데 죽다니, 쇼펜하우어라면 몰라도 플라톤의 철학 때문에 자살을 했을 리는 만무하지……. 그러나 왠지 기분이 나쁜데……. 내가 판 지식이 뭐 잘못된 걸까?

김시희　　이젠 선생님 차렌가 봐.

지성　　(미스 허의 빈 카운터 쪽을 보면서) 재수 없는 소리 하지 말라구. 내가 허몽녀처럼 미쳐서 죽는다는 거야. 도대체 내가 판 지식이란 몇 개 안 돼요. 그게 부작용이 날 리도 없구……. (귀부인 차림을 한 여인 등장한다)

김시희　　보세요. 품절이에요. 며칠째 이래요. 시간을 내놓는 사람이 없어서 휴점 상태지요. 딱 하나 밤 12시부터 새벽 4시까지의 밤 시간이 남았을 뿐예요.

귀부인　　시간을 사러 온 게 아녜요. 난 이 양반을 만나러 온 것이라구…….

지성 그거 보라구, 어서 오십시오. 무엇으로 드릴까요? 혹시 여성해방 운동에 필요하시다면…… 에, 또 신수입품으로 케이트 밀레트가 있지요. 미국제 신형……. 인기가 대단하답니다. 클래식한 것을 원하신다면 클론 타이가 있구요.

귀부인 여보세요. 한 번 속지, 두 번 속을 줄 알고 그래…….

김시희 보라구요. 내 예언이 맞았지요. 서서히 시작하는구먼. 그러니까 나처럼 완전 소비품을 팔아야 뒤가 개운하지요.

지성 왜 이러십니까, 점잖으신 분께서.

귀부인 내가 할 소리야. 지식을 파는 점잖은 분이 그래, 그럴 수가 있어요.

지성 자세히 말씀해보시지요. 뭐가 잘못됐나요.

귀부인 당신 입으로 분명히 말했지. 세계에서 제일 유식한 지식은 뭐니 뭐니 해도…….

지성 아……, 생각납니다. 아리스토텔레스를 사가신 분이군요. 네, 틀림없어요. 대학자들이 으레 논문을 쓰려면 아리스토텔레스를 인용하거든요. 문학은 물론이고, 정치학, 논리학, 윤리학 심지어 과학까지도요……. 틀림없어요. 제가 보장할 수 있습니다.

귀부인 뻔뻔스럽긴……. 내 자식이 아무리 머리가 나빠도 제 실력대로 시험을 치렀더라면 빵점을 받진 않았을 거예요.

지성 예? 그럼 아리스토텔레스를 사다가 댁의 아드님에게 주셨다는 겁니까?

귀부인 대학 시험에 고스란히 미끄러졌소. 아, 그래 세계에서 제일가는 석학의 지식을 몽땅 주입시켰다는 게 그 모양이에요. 내 창피해서.

지성 저런! 대학 시험에 떨어졌군요. 그건 즉 아리스토텔레스가 대학 시험을 치렀다 해도 떨어졌단 말이나 같은 건데 그럴 리가.

귀부인 그럴 리가? 웃음거리예요. 우선 한국의 역사나 지리는 통 백지란 말예요. 『난중일기』가 무엇인지도 몰랐다면 할 말 다 한 거지. 심지어 구두시험에 고래가 물고기냐, 포유류냐고 물었더니 초등학교 학생도 다 아는 걸 가지고 물고기라고 했다는 거요.

지성 그럴 겁니다. 아리스토텔레스의 시대에는 바다에서 사는 건 다 물고기였으니까요. 사실 바다에서 사는 게 물고기지, 뭐 물고기가 별건가요.

귀부인 똑같군, 똑같어.

김시희 그러게 제가 뭐랬어요. 구식 지식을 잘못 사면 시대착오가 있다구요. 밤 시간을 사셨더라면 시험 공부를 남보다 배나 할 수 있었는데, 여기 마침 마지막 떨이가 남았는데 사시지 않겠어요?

귀부인 뭐 재수생이 된 줄 알아요. 그놈의 아리스토텔레스인가 뭔가 깨끗이 그 지식을 털어버리고 2차 대학에 가서 시험을 쳤더니 수석 합격을 했다구요……. 내 여기 온 것은 다른 집 귀한 자식 신세 망칠까 봐 경고하러 온 거예요. 경고하러……. 아예 입시생에겐 팔지 마시오.

지성 (후유 한숨을 쉰다. 아리스토텔레스의 가면을 향해서) 망신입니다. 아리스토텔레스 박사……, 이건 망신입니다. 대학 시험에 떨어지시다니…….

(시골 영감, 이젠 부인이 된 여대생과 등장)

영감 빨리 오라니까.

여학생 아이, 아버지 글쎄.

영감 잔말 말고 따라와.

여학생 결혼 선물을 사주신다더니 겨우 이거예요. 여기는 기적을 파는 백화점이에요. 저희 같은 새색시들은 별 볼일이 없는 곳이라니까요.

영감 (지식을 파는 판매대 쪽으로 온다)

여학생 아버지……, 전기 제품 파는 데로 가요. 냉장고, 텔레비전, 전자 자…… 이런 게 필요하다니까요.

영감 그보다도 너에게 꼭 필요한 것이 있어. 내 너를 헛공부시켰다. 결혼하기가 바쁘게 친정 집을 측간 드나들듯이 하지 않나, 시애비 앞에서 뭐냐 그 허벅다리가 훤히 드러나는 잠자리 잠옷을 입고 다니질 않나……. 응, 그건 또 좋다. 옛날에 남편을 하늘이라 했는데, 그 앞에 벌렁 누워가지고 귀를 후비라고 해!

여학생 아버지, 요즈음엔 다 그런단 말예요. 내 친구는 목욕하고 남편에게 발톱을 깎아달라고 하는데……. 그래도 난 아직 발가락을 내밀진 않았단 말예요. 아무것도 모르면시렁…….

영감 글쎄, 귓속이구 발톱이구…… 내 널 헛공부시켰어……. 아직 우리 집안이 그렇게까진 망하지 않았어. 네게 필요한 게 있으니 잠자코 따라와…….

지성 저 여학생.

김시희 그렇군요. 공대 학생에게 사랑의 꿈을 사준 여학생이군요. 시집갔다더니만…….

지성　네, 어서 오십시오. 뭘 찾으시나요?

영감　국산품으로 주십시오. 외제품은 필요 없어. 앤, 외래품 지식 때문에 망한다니까!

지성　국산품도 여러 종륜데요.

여학생　이왕 사주시려면 독일제 저것으로 사줘요.

지성　아…… 프로이트 말씀이군요. 왜 그거 있잖습니까. 하나만 가지면 깡통도 따고 병마개도 따고 손톱도 깎고 사과도 벗겨 먹고 귀도 후빌 수 있는 다목적 특허 등산 칼 같은 게 있잖습니까. 이를테면 그런 거지요. 예, 프로이트는 특허품입니다. 만능이라 어디에다가도 쓸 수 있습니다.

여학생　아버지, 부부 생활을 하려면 심리학 지식이 있어야 하거든요. 남편이 무의식 속에서 어느 여자를 생각하는가……. 이걸 알아내야 하거든요. 남자는 겉보기와 속이 아주 다르니까요. 콤플렉스투성이예요.

영감　(들은 체도 않고) 퇴계나 율곡으로 주십시오.

지성　퇴계라……, 퇴계라……, 율곡이라……. (상품을 찾는다) 여기 있습니다. 어느 쪽을 드릴까요?

영감　어느 쪽이든 좋소. 향약을 알면 되니까. (가면을 받아 들고 돈을 치른다)

여학생 아이구머니…… 어쩌라는 거예요, 이걸……?

영감 빨리 쓰라구.

여학생 이걸요?

영감 그래도 편안한 줄 알아라……. 서당에서 회초리를 맞으며 고생고생하며 배운 걸 너는 힘 안 들이고 하루아침에 깨우치게 되었잖니……. 돈이 좋긴 좋아. 참 살기 좋은 세상이 되었어. 옛날에 이런 게 있었으면 과거 장원 급제쯤 따는 건 누워 떡 먹기였을 게다.

여학생 아버지 수염만이라도…….

영감 옛끼 불경한 놈……. 옛날 선현들의 생각은 머리나 가슴에서 나온 게 아니고 다 이 백발 삼천 장 하얀 수염에서 나온 것이란 말여.

여학생 전 여자 아니에요. 수염만은 안 되겠어요.

영감 (강제로 씌운다. 그리고 끌고 나간다)

여학생 부재기위不在其位이면 불모기정不謀其政이라……. 남편이 가만있는데 왜 아버지가 야단이야.

영감 이제야 문자를 쓰는 걸 보니 제정신이 바로 박히기 시작하는 모양이군. 참 좋은 세상이다. 그렇지, 그렇지. 부재기위이면 불모기정이라. 그 자리에 있지 아니하거든 남의 정사에 간섭지 말라는 뜻이렷다……. 아니 뭐, 저런 괘씸한 것 보게. 겨우 문자를 배워 아비한테 대드는 말부터 써먹어……. 저런 고얀 놈 보게. (딸이 퇴장한 쪽으로 급히 달려간다. 퇴장하는 영감과 부딪치며 청년 한 사람이 들어온다)

도둑 시간 파시오.

김시희 품절인데요.

도둑 저기 있잖아.

김시희 저건 통금 이후 시간이에요.

도둑 내가 찾는 게 바로 저거요.

김시희 정말 저걸 쓰시겠어요? 저것도 마지막 떨이예요. 요즈음은 해외로 시간을 수출해서…… 주로 파리의 피갈 광장에서 인기랍니다……. 물건이 없어요.

도둑 빨리 주시오. 말이 많군.

(김, 마지막 시간 테이프를 떼내어 싸준다. 돈을 치르고 도둑도 들고 나간다. 미스 김 다시 부른다)

김시희 손님! 손님! 그 시간의 용도와 주민등록번호.

도둑 별걸 다 묻는군.

김시희 규정이에요. 법적인 문제가 있으니까요.

도둑 (슬슬 나가면서) 용도는 은행 금고를 터는 일이지. 통금 이후의 시간만 가지고서는 시간이 모자란단 말씀이야.

김시희 (놀라서) 어머나…… 주민등록번호 몇 번예요? 아니지, 참 강도야…… 강도야! (도둑, 도망친다. 김, 갑작스레 졸도하려고 한다. 미스터 지가 와서 떠받쳐준다)

지성 왜 이래? 그 정도 가지구. '나 자신을 지배할 줄 알아야 남을 지배할 수 있다. 나 자신을 지배하려면 무엇보다도 침착해야 한다'—프라우스투스. 아는 것이 힘이요. 인색하게 돈 아낄 생각 말고 정신의 보약인 이런 지식을 좀 사라구. 그래야 이 빈혈증이 없어지지.

김시희 (겨우 깨어난다) 놀라서 그런 게 아니에요. 갑자기 현기증이 나면서…… 누군가 날 향해서 걸어오는 발소리가 들렸어요……. 아니에요, 알 것 없어요. 아무 일도 아니니까요. 속이 비어서 그러는가 봐요. 무얼 먹으면 곧 나아질 거예요. 뭐 좀 잠깐 사가지고 올게요.

(미스 김 퇴장하고 에라스무스 전공자 대학교수 입장한다. 낙타처럼 꾸부정하게 걷는다)

지성 어서 오십시오. 오랜만이군요. 에라스무스 강의는 잘 돼가십니까?

대학교수 예, 덕분에.

지성 학생들이 또 시간 중에 땡땡이를 쳤는가요?

대학교수 장례식엘 갔다가 지나는 길에 좀 들렀지요. 여기에 와서 냄새만 맡고 가도 좀 신식 사조를 짐작할 수 있으니까요.

지성 코가 참 좋으십니다.

대학교수 뭘요. 코보다도 눈치가 빠른 거지요.

지성 그래, 누구 장례식이었습니까? 설마 에라스무스가 다시 죽은 것은 아니겠지요.

대학교수 비슷한 이야기예요.

지성 아니 비슷하다니?

대학교수 플라톤이 죽은 것이지요. 초등학교 내 동창인데 재벌이었지요. 여자 버릇이 나쁘긴 했지만 좋은 친구였어요. 특히 죽기 직전엔…… 아주 장엄했습니다.

김시희 점점 모를 소리인데요.

대학교수 말년에 플라톤주의자가 되어버렸거든요.

지성 옛—. (펄쩍 뛴다)

대학교수 사람을 무시하는 게 아니오. 돈 버는 사람이라구 플라톤을 알면 안 되나요. 플라톤 자신도 역도 선수가 아니었습니까!

지성 (멍하니 허공을 쳐다본다) 아! 그렇게 된 거군.

대학교수 그는 불철주야 자기가 꿈꾸는 이상국을 만든다고 섬 하나를 사가지고…….

지성 플라톤의 이상 국가라…….

대학교수 그러나 시대착오였지요. 그게 될 법이나 한 소리입니까? 종업원을 모아다가 이상한 짓들을 하기 시작한 겁니다. 하나만 예를 들어볼까요.

지성 결국 플라톤 때문에 죽은 것이군요……. 아! 이번에는 내 차례구나.

대학교수 반드시 그런 건 아닙니다만 따지고 보면 플라톤의 이상국 철학이 그를 죽게 한 것이라고 볼 수도 있겠지요. 예를 들면 말입니다.

지성 예는 필요 없습니다. 예는 생선 비늘 같은 것이지요. 그런데도 사람들은 그 비늘이 곧 생선이라고 생각합니다. 현실 속에 적용될 수 있는 예란 극히 드물거든요.

대학교수 아니오. 지식을 매매하시는 분은 참고로 들어둘 가치가 있는 예이지. 당신 손님이었는지도 모르지 않습니까? 어느 날 그는 돌기 시작한 거예요. 결국 플라톤 신봉자가 된 그는 부모의 습관이나 사회에 물들지 않도록 열 살 넘은 아이들을 모조리 잡아다가 섬에 가두었지요.

지성 알겠어요. 플라톤이 논한 이상 국가엔 그런 예가 나오지요. 그래가지고 뭘 했나요?

대학교수 회사를 개조하려고 한 겁니다. 그들을 플라톤식으로 교육시켜 회사 중역 자리에 앉히고 모든 간부를 교체한 겁니다. 수위를 사장으로 사장을 수위로 말입니다.

지성 기성 사원들에 대한 불만이 있었던 모양이군요.

대학교수 그의 말에 의하면 '회사'란 말부터가 잘못된 것이라는 것이지요. 회사는 사회를 거꾸로 뒤집어놓은 말이 아닙니까?

지성 그렇군요. 회사, 사회. 사회, 회사.

대학교수 사회를 뒤집어놓은 것이 회사니까 그 모든 회사를 다시 뒤집어놔야 사회에 역행하지 않고 정상이 된다는 논법이었지요. 회사를 뒤집어놓은 결과 이상적인 회사가 된 것이 아니라 파산을 당하고 만 겁니다.

지성 그렇다고 전적으로 플라톤 철학의 잘못으로 돌릴 수는 없잖습니까. 장례식이 화려한 것을 보면 망한 것도 아니잖습니까!

대학교수 무엇인가 독자적인 자기 의견을 갖는다는 거 그것만으로도 사람은 파멸될 수 있는 겁니다. (지성,

뒷걸음질을 하고 초조한 듯이 무대를 빙글빙글 돌며 고민한다) 그 한 예로 에라스무스를 보십시오. 그는 사생아로 태어났지만 그의 철학도 결국은 사생아였습니다. 불행히도 그는 구교와 신교가 한참 싸움판을 벌일 때 명성을 누렸거든요. 에라스무스는 처음엔 양쪽에서 다 사랑을 받았고 그 때문에 양쪽에서 결국은 다 미움을 받았지요. 루터는 에라스무스의 이름을 도용해서 자기 편인 듯이 꾸몄고 교황청에서는 그가 루터를 비난할 것을 요구했어요. 반反루터의 논문을 쓰라고 했습니다. 에라스무스는 이렇게 말했지요. '사교령領을 다 준다 해도 나는 이 싸움에 끼어들고 싶지 않다. 나는 오직 공부를 하고 싶을 뿐이다.' 그의 독자성 때문에 파리에서 루벵으로, 루벵에서 프라이부르크로 떠돌아다녀야 했어요. 모든 지식인들이 구교와 신교의 두 파로 갈라져 싸움을 벌이고 있을 때 에라스무스는 혼자 우뚝 서서 제 길을 지키려 했지만……. 그건 정말 외로운 길이었답니다. 아, 제 말을 들으시지 않는군. 역시 그런 일에는 흥미가 없으시군. 어쨌든 그는 바젤에서 죽었습니다. 초라한 죽음이었지요.

지성 에라스무스를 선전해서 저에게 그 지식을 팔아 보려고 하십니다마는 전 지금 플라톤밖에 아무것도 생각할 수가 없어요.

대학교수 천만에요. 그럴 리가 있겠어요. 난 에라스무스를 사랑합니다. 에라스무스, 그것은 바로 나입니다. 나는 라틴어를 사랑합니다. 라틴어가 요즈음엔 그렇게 위안이 될 수가 없군요. 아! 죽어버린 말! 공룡같이 화석만 남은 말. 이 라틴어에서 나는 내 무덤을 생각합니다. 그건 내 무덤이요, 안식처이지요.

지성 한때는 저주하시지 않았습니까?

대학교수 내 아내의 사상에 잠시 물든 것뿐이지요. 그 노력으로 영어를 했더라면 지금쯤 출세를 했을 것이구, 그렇지 않다면 최소한 입시반 애들을 놓고 개인 교수라도 했을 것 아니냐는 거예요.

지성 그렇지요. 요즈음 입시반 학원 선생들은 자가용을 굴린답니다.

대학교수 (한숨을 쉰다) 어째서 오늘은 이 가게가 이렇게 텅 비었지요? (두 사람 사방을 둘러본다) 선생! 혹시 이뎀 페르 디엠이란 말을 아시오?

지성 글쎄요. 누가 한 소린가요?

대학교수 오늘이, 똑같은 오늘이 반복되고 있다는 라틴어지요. 허허허허.

지성 이뎀 페르디엠 허허허. (허탈하게 마주 보고 웃는다)

대학교수 에라스무스가 죽을 때 처음엔 주여!라고 라틴 말로 불렀습니다. 그러나 마지막 숨이 넘어갈 땐 뭐라고 한 줄 아십니까? 그건 라틴어가 아니었지요. 조국의 말, 세 살 때 배운 말—네덜란드 말로 '주여.'라고 불렀습니다. 유럽을 들었다 놓은 이 대학자의 마지막 소원은 자기 고향의 포도주를 마시고 싶다는 것이었지요. 어떤 진리도 살아 있는 그의 목을 시원하게 적셔주지 못했나 봅니다. 고향의 포도주만큼은…….

지성 장례식을 다녀오시더니 매우 감상적이 된 것 같습니다. 그러나 지식인은 감상에 젖어서는 안 됩니다. '낡은 슬픔 위에 새로운 눈물을 흘려서는 안 된다.' 에우리피데스의 충고지요.

대학교수 이뎀 페르디엠……. 자, 갈랍니다. 먼지 냄새를 맡게 해줘서 고맙습니다.

지성 천만에요. 얼마든지 맡으십시오. 저도 선생님 걸 맡았는걸요. 이뎀 페르디엠.

대학교수 메멘토 모리.

지성 메멘토 모리, 그건 또 뭡니까?

대학교수 '죽음을 생각하라.'는 라틴 말이지요. 작별 인사말로 쓰였던 적도 있지요. (퇴장. 텅 빈 무대. 지성 혼자서 왔다 갔다 한다. 허몽녀가 꿈을 팔던 빈 카운터에 가서 서본다)

지성 몽녀…… 텅 비어 있군. 이 자리에, 바로 이 자리에 파랗고 빨갛고 하얀 꿈들이 떠 있었는데, 지금은 아무것도 없군. 갑자기 갑자기 몽녀 생각이 나. 지금 어느 거리에서 웃고 있는 거야. 어디서 찬비를 맞고 있는 거야. 어디서 너는 술래가 되어 꼭꼭 숨은 머리카락과 발뒤꿈치를 찾고 다니는 거야……. 내가 오늘 왜 이러지? 이상하다. 메멘토 모리……. 미스 김은 왜 이렇게 늦게 오는지 모르겠네……. 흥, 나 좀 보게. 왜 내가 미스 김을 기다리는 거야. 우린 서로가 아무 볼일도 없잖어? 아냐. 그런데도 기다려지는군. 볼일도 없으면서 왜 미스 김이 기다려지는가? 습관일까? 허전해. 왜 이렇게 허전할까? 플라톤 선생님, 에라스무스 선생님……, 왜 나는 이렇게 허전하지요? 왜 까닭 없이 미스 김을 기다리지요. 파스칼 선생님, 키르케고르 선생님, 칸트 선생님! 왜 나는 지금 혼자이지요.

(미스 김, 사과를 사 들고 들어온다)

미스 김! 왜 이제 왔어?

(반색을 한다. 너무 반가워하니까 미스 김 어리둥절해한다)

김시희 절 기다렸다니요. 뭐 시간이라도 팔러 온 사람이 있었나요?

지성 아니…… 그냥 글쎄 뭐랄까……? 메멘토 모리, 이뎀 페르디엠…….

김시희 그게 무슨 소리예요?

지성 아…… 아니 아무것도 아니야.

김시희 신수입된 지식인가요?

지성 아…… 아무것도 아니라니까. (의자에 털썩 주저앉는다)

김시희 피곤해 보이네요. 우리 사과 먹어요.

(사과를 접시에 담고 칼로 그중 한 개를 깎기 시작한다. 조명을 받으며 번쩍이는 칼, 빨간 사과 껍질이 끊이지 않고 점점 길게 늘어진다)

지성 냄새가 향기로워……. (코를 갖다댄다) 사과 향기인가? 미스 김 몸에서 나는 향긴가?

김시희 맞혀봐요. 누구 향긴가?

지성 난 먼지 냄새, 곰팡 냄새만 맡으며 살아와서 코가 마비된 것 같애. 그러나 이 향기는 분명히 기억할 수 있어……. 아물아물하지만…… 파란 초원의 냄새. 아니 바다 냄새일까. 바람이 불어오고 있어……. 모든 게 떨리고 있군……. 아! 이 향내, 이건 사과에서 풍기는 향내가 아닐 거야.

김시희 어렸을 때 사과를 깎다가 어머니에게 야단을 맞았어요. 투박하게 볼품없이 깎았지요. 어머니가 그러시더군요. 얘야, 계집애가 그래가지고 어떻게 시집을 가겠니……. 어머니 말씀이 옳아요. 그래서 난 시집을 못 간 거지요.

지성 난 어렸을 때 사과를 깎지 않고 통째로 먹었어. 겨울에 꽁꽁 언 사과를 껍질째 깨물어 먹었지.

김시희 우리도 그렇게 먹을까요?

지성 그래, 그것이 좋겠어. 깎지 말고 그냥 먹자구. (둘은 사과를 옷에 문지르며 깨물어 먹는다. 서로 보고 웃는다)

지성 그래, 이 맛이야. 껍질을 깎지 않고 먹는 것. 칼로 토막 내지 않고 송두리째 먹는 것……. 이제야 알겠다고……. 이 냄새를 말야. 지식은 이성의 칼날로 늘 껍질을 벗기고 토막을 내고 씨를 도려내지. 거기에선 이런 향내가 나지 않어.

김시희 (갑자기 사과를 떨어뜨리고 졸도를 한다. 지성 황급히 끌어안는다)

지성 이봐요. 정신 차려, 장난하는 거지? 놀라게 하지 말라구.

김시희 (지성의 팔에 안겼다가 겨우 눈을 뜨고 정신을 차린다) 선생님 고마워요. 제 시간이 다 되었나 봐요. 발자국 소리가 이번엔 아주 가까운 데서 났어요. 골목을 돌아오고 있어요.

지성 그게 무슨 소리야? 손님은 오지 않았어. 팔 시간도 없는데 왜 손님 발자국 소리에 신경을 쓰는 거야?

김시희 아녜요. 손님의 발자국 소리가 아니라…… 나, 부탁이 있어요.

지성 약을 사가지고 올까?

김시희 왜 저한테 그렇게 친절하시지요. 저는 선생님의 라이벌이잖아요?

지성 무슨 소리! 라이벌이라니! 난 아까 몽녀가 서 있는 자리를 보고 하마터면 눈물을 흘릴 뻔했다오.

(빈 카운터를 쓸쓸하게 두 사람 쳐다본다)

김시희 내가 찾는 건 약이 아니에요. 사람은 죽음 앞에서도 초연해질 수 있을까요? 그냥 잠자듯이 조용히 죽음을 맞이할 수 있는 그런 지식, 그런 사상이 좀 없나요? 돈은 얼마든지 있어요. 그런 지식이 있으면 저에게 팔아요.

지성 (자기 카운터로 가서 물끄러미 철학자들의 가면을 쳐다본다. 고개를 흔든다) 그런 사상은 없어. 죽음을 이길 만한 지식은 아무리 찾아봐도 없는걸! 소크라테스, 예수 이런 분들이 죽음 앞에서 초연했지만 실은 예수님도 죽음 앞에서는 피땀을 흘렸구, 독배를 든 소크라테스의 손은 떨렸었지. 엘리 엘리 라마사박다니―주여 저를 버리시나이까, 예수님도 그렇게 외쳤어요. 소크라테스는 죽기 전에 외상 닭 걱정을 했다고 했지. 태연한 체할려구. 죽음을 생각하지 않으려구 외상진 걸 생각해냈을 거야. 사실 빚쟁이는 죽음보다도 더 무서운 것이니까. 그런데 왜 그걸 찾지?

김시희 제 시간이 다 된 거예요.

지성 시간이 다 되다니 젊은 처녀가 무슨 소리야…….

김시희 비밀이었지만요. 요 며칠 동안 전 제 시간을 모두 판 거예요. 시간을 내놓으려는 사람이 없었거든요. 할 수 없이 마지막엔 제 시간을, 사십 년 동안의 그 시간을 죄다 판 거예요. 저도 몰랐어요. 오늘은 쥐어짜려고 해도 시간이 안 나와요. 제 일생의 시간을 다 판 거지요.

지성 (소리를 버럭 지른다) 무슨 소리야? 시간을 팔아서 돈을 만들다니……. 안 돼, 절대로 안 돼. 죽어서는 안 돼!

김시희 왜 그렇게 큰 소리로 외치세요. 제가 죽든 말든 선생님에겐 아무 관계 없는 일이잖아요.

지성 안 돼. 절대로 죽어선 안 돼. 난 미스 김을 사랑하고 있단 말이야.

김시희 어머나…… 저를 사랑하다니요?

지성 난 지금 당장 결혼하겠어. 사과 깎는 것이 서툴러도 좋다구. 당신이 죽는다는 말을 듣는 순간 갑자기 내가 당신을 사랑하고 있다는 걸 알았단 말야.

김시희 우습네요. 참 우습네요. 왜 좀 일찍이 말씀해주시지 않았어요. 이젠 너무 늦었어요. 제가 원한 건 사실 돈이 아니었어요.

지성 바보, 바보. 우린 지금부터 새로 시작하는 거라구……. 어디 좀 보자구……. (김시희의 얼굴을 두 손으로 치켜올린다) 눈…… 코…… 입…… 뾰족한 턱 어디 좀 보자구……. 오늘 처음 만난 사람 같어.

김시희 동정하는군요……. 초등학교 운동회 때였어요. 밤 줍기 알아요?

지성 응, 알구말구. 만국기가 바람에 날리구, 행진곡 소리……. 상품으로 받은 하얀 공책……. 다친 사람에게 발라주는 머큐로크롬, 간호 선생의 팔에 찬 적십자 마크……. 기억하고 있어……. 우리들의 운동회…….

김시희 밤 줍기에 나갔지요. 난 밤을 싫어하는데, 다른 사람이 뛰어가서 밤을 주우니까 나도 지지 않으려고 악착같이 주웠지요. 치마 가득히…… 그뿐예요. 내가 정말 원한 건 돈이 아니었어요. 조금만 일찍 말씀해주셨더라면 우린 얼마나 행복했을까요.

지성 아니야, 당신은 죽지 않아. 이럴 때 몽녀가 있었더라면 사랑의 꿈을 사서 둘이 나눠 갖는 건데…….

김시희 걘는 너무 일찍 포기했어요. 좀 더 기다렸더라면 꿈을 사려는 사람들이 많아졌을 텐데……. 우리 두요. 우리도 샀을 거예요. (빈 카운터를 쳐다본다)

지성 가까이 오라구. (끌어안는다) 이렇게 영원히 마주 보고 있는 거야. 두 개의 동상처럼 내 시간이 있으니까 걱정할 것 없어. 같이 나누자구, 똑같이 말야.

김시희 아네요, 너무 늦었어요. 나를 향해 걸어오는 발자국 소리가 이젠 아주 가까이에서 들려요. 무서워요!

지성 나를 꼭 잡아.

김시희 감사해요. 이젠 죽음 앞에서도 태연해질 것 같애. 아! 내가 판 그 많은 시간! 그 시간이 여기 있었더라면……. 몇 분 안 남았어요. 저 발소리가 계단을 올라와 이젠 이 복도 앞에까지 왔어요. (뚜벅뚜벅 발자국 소리가 들리며 서막 세일즈맨을 훈련시키던 조련사가 까만 연미복에, 하얀 장갑에, 장의사 차림으로 가죽 채찍을 울리면서 나타난다)

조련사 김! 시! 희!…… 주민등록번호 110-136-70628.

지성 당신은 뭐야, 누구야?

김시희 예, 제가 이곳에 있습니다. 110-136-70628.

조련사 (가죽 채찍을 울린다) 당신의 역할은 끝났어. 시간이 다 되었는데 왜 꾸물거리고 있는 거야!

김시희 예, 알고 있어요. (조련사가 손을 내밀자 김시희도 손을 내민다. 손가락 끝을 맞댄다. 지성, 그 손가락을 떼어놓으려고 애를 쓴다. 조련사 가죽 채찍으로 지성을 내려친다. 지성, 쓰러진다. 손끝으로 김시희를 끌어간다. 시희, 끌려가면서 서서히 퇴장)

김시희 한 번만 저분 얼굴을 보게 해주세요.

조련사 뒤돌아보지 마라. 시간은 뒤로 갈 수가 없다.

김시희 한 번만요. 한 번만요.

(둘 다 퇴장. 조련사의 소리만 들린다)

조련사 (가죽 채찍을 울린다) 삼 초, 이 초, 일 초, 제로. (빵 총소리

가 나며 로켓 발사하는 소리)

지성 (놀라서 일어난다. 텅 비어 있다) 미스 김…… 시희, 시희, 어디 있어? (사방을 찾아다닌다) 메멘토 모리…… 메멘토 모리……. 아니야, 아니야. (귀를 막고 빈 카운터를 쳐다본다. 환상이 어린다. 후막이 열리면서 소리 없이 나폴레옹이 제스처로 핏대를 올리며 불가능은 없다고 외치며 V자를 손가락으로 그린다. 북 치는 소녀들이 제스처로만 북을 치며 지나간다. 꿈을 파는 몽녀가 풍선을 들고 미친 듯이 웃고 있다. 시희가 오색 테이프를 뿌리며 시간을 사라고 외친다. 모두 소리 없이 묵극으로 이 환상 장면이 어린다. 불 꺼지고 후면 무대 다시 어두워진다. 지성은 천천히 일어난다)

꿈은 미쳤고 시간은 자살을 했다. 어째서 지식만이 혼자 남아서 이 고통의 목격자가 되어야 하는가? 아무 쓸모도 없는 것이 무엇 때문에 그렇게 질기게 혼자 남아 있는가? 살아남아서 고통을 짊어져야 하는가? (금일 품절 사태라고 쓴 김시희 카운터의 푯말에 '바겐세일—천 원 균일'이라고 쓰고 자기 카운터에 갖다놓는다. 그리고 관객석을 향해서 외친다)

지성 대매출이요. 대매출……. 천 원 균일. 골라잡아 천 원이오.…… 소크라테스 천 원, 칸트도 천 원, 니체도, 베르그송도, 사르트르도, 레비스트로스도, 몽땅 천 원이오. 천 원……. 흥, 아무도 대답이 없군. 여러분 백 원이면 어떨까요? 몽땅 쓸어서 백 원입니다. 단돈 백 원입니다. 그래도 안 사시겠소? 십 원—그냥 십 원이오. 십 원이라도 안 사겠소? 내 거저 드리리다…… 공짜요……. 아무 대답도 안 하시는군……. 당연하지요. 당연하고 당연하지요. 좋습니다. 당신들이 사지 않으면 내가 거꾸로 사겠소. 누구, 진짜 철학, 진짜 지식 가진 분들 없으십니까? 만 원 드리리다. 이런 너저분한 것들 말고 진짜 지식 말예요. 사과 향내 같은 사상 말이오. 껍질째 통째로 먹는 겨울의 언 사과, 겨울의 언 사과 맛 같은 지식. 누구 안 가지고 계세요? 미친 몽녀를 다시 깨우고 시희를 내게 되돌려 줄 수 있는 그런 사상 없으신가요? 좋소. 십만 원 드리리다. 백만 원이오…… 천만 원…… 일억 원…… 백억……. (점점 울음 섞인 소리로 외친다)

무대 어두워지며 가면의 눈에 칠한 형광 도료만이 암흑 속에서 번쩍인다. 어둠 속에서 빛나는 눈들……. 막 서서히 내려온다.

사자死者와의 경주

(전3막)

등장인물

남편	삼십 대 후반
아내	삼십 대
의사	오십 대
변호사	오십 대
관리인	삼십 대 후반

제1막

무대의 어두운 공간, 마치 허공에 뜬 것처럼 형광 도료로 칠한 전화기와 탯줄처럼 늘어진 전화줄의 곡선만이 떠 있다. 전화벨 소리가 울린다. 벨소리가 되풀이되면서 점점 무대가 밝아진다. 빈 응접실, 전화가 놓인 탁자는 무대의 중심부에 위치해 있다. 우측 내실 쪽에서 부인 등장, 선 채로 전화의 수화기를 든다. 부인은 까만 홈 웨어를 입고 있다. 흔히 볼 수 있는 평범하고 규격화된 아파트의 응접실. 눈을 끄는 장식은 벽에 걸린 박제된 사슴과 석고상, 그리고 꽃을 꽂은 꽃병, 매일 떼내는 달력, 달력은 8일로 되어 있다.

아내 여보세요, 여보세요, 아…… 여보세요, 전화가 멀다구요? 크게 좀 말씀하세요. 뭐라구요? 서울대학…… 네…… 네, 철학과 학생이라구…… 전화 잘못 걸었어요. (끊으려다가) 예. 전데요. 누구요. 선우…… 진 씨라구요? (자기 말에 흠칫 놀라며 누가 들었을까 봐 사방을 돌아본다. 한층 낮은 목소리로) 철학과 선우진 씨라구요. (얼굴 표정이 점점 누그러지며 웃는다) 얘는, 너도 어지간히 심심한 모양이구나. 비도 오지 않는데, 뭐 내가 놀랐다구. (목소리를 죽이고) 산 사람도 전화를 주지 않는 세상에 죽은 사람이 어떻게 전활 거니? 아직도 못 잊다니 별소릴 다 하네. 그런데 어떡하다 그런 장난을 생각해냈니. 비도 오지 않는데. 정말 그래, 그땐 정말 지겨운 장마였지. 허파에서도 곰팡내가 났으니까. 장난 전화나 하구. (남자 목소리로) 여보세요? 미스 김이신가요? 저…… 여기 엠프리스 다방인데요. 저, 지금 〈황제〉를 듣고 있습니다. 음악소리 들리지요? (깔깔거리고 웃는다. 그리고 웃음 뒤끝이 쓸쓸하다) 그래, 네 말이 맞다. 난 늘 속기 잘하는 바보였지. 들쥐처럼 비를 흠씬 맞고 다방에 나가면 언제나 재미있는 얼굴을 하고 앉아 있었던 건 너였으니까. 속은 체한 게 아니라 정말 그렇게 믿었다니까. 바닷물에 빠져 죽은 사람이…… 그러게 말이다. 다방에 앉아서 커피를 마시구 〈황제〉를 듣구 전화를 걸구. 날 기다리구. 정말 난, 그런 걸 믿었다구. 비가 너무 많이 와서 그랬던 거지. 비가 오면 말이지, 죽은 사람들의 목소리가 살아 있는 사람보다 더 크게 더 생생하게 들려온단 말야. 응, 기억하고 있구말구. 그래……. 네 우산은 초록빛이었지. 바람만 불면 늘 뒤집혔잖니. 우리 둘을 감싸주는 작은 하늘…… 초록색 하늘, 초록색 버섯…… 초록색 돛대……. 아…… 생각하면 뭘 해. 우산으로 막을 수 있는 비라면 좋겠다. 8년이나 계속해서 내리는 비. 지붕을 뚫고 내리는 비지. 뭐? 흥, 넌 세월 가는 줄도 모르니. 벌써라니. 우리가 졸업한 게 언젠데. 그래 69년. 선우진이가 죽은 게 68년 여름……. 그래, 계산해보라구. 결혼한 다음부터 친대도 70 아니니. 71…… (손가락을 꼽으며) 내가 결혼한 게 72지…… 73…… 74…… 네가 미국엘 가고 내가 이 아파트로 이사 온 게 74…… 75…… 76…… 금년이 77이구. 그래도 칠 년 아니니…… 그래, 팔 년이 아니라 칠 년이라구 해두라구……. 칠 년 동안의 장마. 난 늙는 게 아니라 자꾸 가라앉는 기분이야. (남편 우측 내실 도어를 열고 등장, 사방 냄새를 맡는다. 냄새를 맡고는 고개를 내젓는다. 아무 냄새도 맡을 수 없다는 표정) 지겨운 비……. 웬일이니, 옛날처럼 장난 전활 다 걸구?

남편 비가 온다구. (창밖을 내다본다) 흥, 레인코트를 입고 전화를 거시지 그래.

아내 (남편이 말할 때는 얼른 수화기를 손으로 막는다) 그때처럼 〈황제〉라도 틀지 그래. 응…… 너 벌써 잊었니? 하이든 거 말고 베토벤 것. 전축 바꿨다구. 매킨토슈, 그런 전축이 있니. (남편이 전화 끊으라는 시늉을 한다. 밖에서 전화 걸려올 것이 있다는 것을 손시늉으로 말한다. 부인은 남편에 등을 지고 전화를 걸려고 하기 때문에 자연히 탁자를 중심으로 두 사람은 서서히 원운동을 하게 된다)

남편 (달력이 걸려 있는 벽을 보자 달력장을 떼낸다. 15일의 숫자가 나올 때까지 뜯어낸 달력장을 들고 아내에게 던지며 말한다) 오늘이 그래, 8일이란 말야? 도대체 이 방 속에만 들어오면 모든 게 뒤죽박죽이 된단 말야. 15일이 아직 8일이구, 맑은 날씨에 홍수가 나구…….

아내 (여전히 남편에게 등을 돌리고) 응…… 그래. 그런데 말야. 너 무슨 생각이 나서 옛날처럼 그런 장난 전화를 다 걸었니? 어떻게 하다가 옛날 생각을 해냈느냐구……. 뭐 철학, 철학교수 때문이라니? 어머나, (남편의 눈치를 살펴본다) 투신자살을 해? 왜 뛰어내렸다니? 부인이 죽었어? 그래— 저런…… 병원 15층에서.

남편 15층이 아니야, 14층이라구.

아내 얼마나 부인을 사랑했으면 그래, 15층이나 되는 높은 빌딩에서 떨어졌을까. 세상에…….

남편 15층이 아니라니까. 한 층을 빼야 진짜 층수가 된단 말야. 병원은 어디나 3층 다음에 5층이란 말야. 4층이란 게 없어요. 거긴 죽기 싫은 사람들만 찾아가는 곳이니까.

아내 요즈음 세상에 그런 남자가 다 있구나. 아무리 철학을 한다구 다 그럴까. 그런 농담 말어 얘. (남편 눈치를 살핀다) 정말 몰랐어. 난 신문을 잘 안 읽거든……. 신문은 그 사람 것이니까. (남편 눈치를 보며)

남편 그렇지. 전화는 당신 거구. (손짓으로 전화를 끊으라는 시늉, 밖에서 전화 걸려올 것이 있다는 것을 손짓으로 말한다)

아내 그래? 12일자 신문. (탁자 밑 신문을 뒤적인다) 가만있어 보라구. (신문을 꺼내서 펼쳐본다)

남편 한심하군. 왜들 오나가나 그 이야기들뿐이야. 할 일도 없지. 그래서 그게 어쨌다는 거야. 먹고살려고 빌딩 꼭대기에 매달려 유리창을 닦는 사람들은 본 체도 않으면서 죽으려고 뛰어내린 사람한테는 어쩌구저쩌구들 입 달린 사람이면 다 한마디씩 하니. 정말 한심한 세상이군.

아내 (기사를 찾아내고) 그래, 여기 있다. 5단 내리닫이 기사로 나왔는데. 어째서 이렇게 크게 난 기사를 못 봤을까.

남편 신문도 그렇지. 그런 걸 5단이나 높은 단수로 내다니. 원 참 웃기는군. (헤헤 웃는다)

아내 뭐가 이상해요. 당연하잖아요. 그 교수가 떨어진 게 15층이라구요, (신문을 가리키며) 15층. 그까짓 5단 단수가 뭐가 높다구 그래요.

남편 14층이라니까 그러네. 30층, 31층 빌딩 꼭대기에서 떨어졌더라면 10단 기사로 나왔겠군.

아내 집에 돌아오셨으면 옷이나 벗으시지요. (수화기에서 손을 떼고 다시 전화를 받는다) 아냐. 너보고 한 소리 아냐. 얘는…… 내가 너 같은 줄 알어? 초저녁이구 한밤중이구 우린 그런 재미 모른다구.

남편 아무렴 모를 테지. 빌딩 층수를 세느라구 워낙 바쁘시니까.

아내 난 지금 당신하구 전활 걸구 있는 게 아니라구요. 그래, 그 여잔 정말 눈 꼭 감구 죽었겠다. 물론이지. 부인이 죽으면 남자들은 장의사로 가기 전에 양복점부터 간다니까. 그게 우리 남편들이라구.

남편 (자기의 까만 양복 윗저고리를 벗으면서) 난 당신이 죽지 않

더라도 양복점엘 가야겠는데. 이거야 원. (낡은 윗저고리를 살핀다. 또 냄새를 맡아본다)

아내 (신문 기사를 읽으며) 얘, 난 이런 거 바라지 않는다. 그건 다 복 많은 사람 이야기구. 10년 동안이나 옆에서 부인 간호를 했구나. 심장병…… 얘, 좀 생각해보라구. 폐병에 걸리면 얼굴이 예뻐진다며, 더 성적으로 되구. 그런데 심장병은 붓는 병이잖니. 숨이 차니까. 그 관계도 못했을 거구. 그런데도 10년 동안을…… 이건 정말 기적 같은 이야기다, 얘.

남편 (아내가 전화를 걸고 있는 동안 계속 전화를 좀 끊어달라는 시늉) 쳇…… 10년 동안이나 간호를 해줘? 신문은 여자의 얼굴 같은 거야. 그걸 보고는 속 내용을 모르지. 진짜 간호를 받은 건 남편 쪽이었다구. 10년이나 벌어먹이구 지켜주고 살펴준 건 그 철학교수가 아니라 바로 부인이었단 말야. 철학교수 이야기라면 내가 더 잘 알고 있으니 제발 좀 전화를 끊어줘.

아내 아주 냄새를 잘 맡으시는군요. 후각을 잃었다구 야단이더니만.

남편 (다시 냄새 맡는 시늉을 한다) 그래, 그 냄새 건으로 병원에서 전활 걸어주기로 했다구. (손목시계를 본다. 그리고 괘종시계를 본다. 괘종시계는 3시) 흥, 이 방은 지금이 3시구먼. (벽으로 가서 괘종시계를 계속 돌려 6시에 바늘을 맞춘다. 시계 종소리가 계속 울린다)

아내 아냐, 아무 소리도 아냐. 얘는, 아홉 번 이상 치는 괘종시계가 어디 있니. 그 사람이 지금 시계를 맞추고 있는 중이라구. 누가 아니라니. 그 사람은 말야. 무엇이 조금만 비뚤어져 있거나 숫자가 틀리거나 시계가 1분만 틀려도 미친다구. 별이 일직선으로 있지 않고 산만하다구, 신경질이 나서 하늘을 못 보는 사람이니까. 그래, 밤낮 정돈이야. 탁자, 의자, 식탁의 반찬 그릇……. 그래, 철학하고는 촌수가 멀지. 뭐라구……? 왜 너 오늘 자꾸 그 사람 이야길 하니? 전화 걸 때부터 그러더니. 뭐라구……? 신문에 나온 사진이…… 어디가? (신문을 들여다본다) 응, 입을 꽉 다문 건 좀 닮은 것 같구나. (남편 눈치를 살펴본다. 의자를 놓고 시계 바늘을 돌리던 남편, 의자에서 내려오다가 비틀거리며 쓰러질 뻔한다)

남편 여보, 나 또 떨어질 뻔했다구. 다칠 뻔했단 말야. 의자를 좀 잡아줘야지.

아내 (계속 거들떠보지도 않고) 아무리, 철학교수라니까 그런 연상을 했겠지. 물론 난 잘 모르지만. 하긴 철학하는 사람은 보통 사람과는 좀 다른 거 같애. 뭐랄까, 끝없이 깊은 거 말야. 우리가 갖고 있지 않는 거……, 아무튼 신비하고 고상하고……. (남편의 눈치를 살핀다)

남편 눈치 볼 것 없다구. 당신은 날 엿보구, 난 당신 말을 엿듣구. 우리가 결혼하구 7년 3개월……. 그렇지 이왕이면 더 분명하게 말하는 게 좋아. 선우진이가 죽구 8년 하구 10개월 12일 동안 우린 그 짓만 하면서 살아왔지. 엿보구 엿듣구, 엿보구 엿듣구.

아내 왜 난데없이 선우 이야길 꺼내는 거예요?

남편 당신들이 전화로 먼저 선우 이야길 꺼냈잖아. (아내 흠칫 놀란다) 놀랄 것 없다구. 나두 철학교수의 투신자살 보구 선우진이 생각을 했으니까. 당신 말대로 신비하구 고상하구 뭐랄까. 우리가 갖고 있지 않는 끝없이 깊은 거 말야. 아, 하느님 감사합니다. 드디어 내 아내가 내 이야기에 관심을 갖기 시작하는군요. (아내 다시 전화에다 대고 어…… 응…… 그래…… 건성 대답을 한다) 왜 철학교수는 14층…… 15층이 아니라구, 왜 병원 14층에서 뛰어내렸을까. 그

진상을 풀기 위해서 선우진이의 도움을 필요로 했던 거지.

아내 (조금 흥분해서) 아니…… 아냐……. 다 듣고 있다구. 정말이라니까. 넌 왜 그렇게 의심이 많니? 자, 말해볼까. 그래 부인이 응급실에서 숨을 거두는 걸 보고 사람들을 다 내보내구……. 그리구…… 응 그리구. 둘이만 있게 해달라구 그러면서 그 철학 교수는 마치 산 사람처럼 죽은 시체에 대고 뭔가 긴 이야기를 했다……. 유서는 없었고 다만 수첩 메모에 우리는 두 사람이었지만 서로 하나의 심장으로 살아왔다구. 그래, 네 말을 이렇게 다 듣구 있잖아.

남편 (커다란 소리로 전화를 걸듯이) 여보세요, 여보세요. (아내 얼른 수화기를 손으로 막는다) 사람들을 다 내보내구 시체와 단둘이만 있었다구 하신 모양인데…… 그러면 그 방 안엔 아무도 없었을 것입니다. 그렇죠? 그런데 그 교수가 뭘 했는지 누가 봤지요? 미담이란 건 사회적으로 승인받은 공적인 거짓말이지. 그리구 그건 꼭 죽은 사람이어야만 할 것. 하지만 그가 남의 심장으로 살아갔다는 말은 옳은 것 같어. 철학하는 친구들은 다 남의 심장으로 살아가는 법이니까. 선우진만 해도 내 심장으로 살아간 거라구.

아내 그만하세요. 제발 좀 그만하세요. 심장이 병난 건 그의 부인이었어요.

남편 글쎄, 그치는 자기 부인의 병난 심장에 매달려서 살아왔다니까. 이건 과장이 아니야. 그의 처남한테서 들은 이야긴데. 그 철학교수의 처남 말야. 그 친구 사실 우리 회사에서 별 존재가 없는 친구라구. 그런데 그 매부의 죽음이 신문에 보도되구부터는 갑자기 스타가 되었지 뭐야. 이런 경우를 살신성인이라구 하든가.

아내 (갑자기 웃는다) 아무리 얘, 자기 집을 못 찾아서 파출소를 찾아갔을까. 그래두 그렇지. 아무리 집하고 학교만 왔다 갔다 했더라도 그렇게 지리를 몰랐겠니. 그게 사실이라면 그 교순 정말 성자다.

남편 그거라구 바로 그거라구. 그 철학교수는 길눈이 어두웠다구. 동대문과 남대문도 구분 못했으니까. 혼자서는 아무 데도 못 갔지. 그래가지고 어떻게 이 생존 경쟁에서 목덜미를 물리지 않고 용케 10년이나 남편 노릇을 할 수 있었겠는가. 그게 다 아내의 심장 덕분이었지. 그의 아내는 병들어 있다. 그의 아내는 10년째 심장병을 앓고 있다. 사람들은 그가 바보짓을 할 때마다 그렇게 생각했던 거야. 그에게 모든 예외적인 특권을 부여한 것이지. 웃을 때 웃지 않아도, 손을 내밀 때 내밀지 않아도 사람들은 그를 다 용서해주었던 거라구. 정말 아내의 심장이 남들처럼 성했더라면 그는 도저히 살아갈 수 없는 친구였어. 이것이 고상하고 신비한 철학이라는 걸세.

아내 천사…… 성자…… 시인. 아마 그런 사람 눈에는 이 세상이 온통 꽃밭으로 보였을 거야.

남편 한번은 강의실에 양말을 짝짝이로 신고 왔다는 거야. 한 쪽은 빨간 양말, 다른 한 쪽은 파란 양말.

아내 (웃는다. 남편은 자기 말 때문에 웃는 줄 알고 즐거운 표정, 그러나 상대방 전화의 이야기를 듣고 웃는 것이다)

남편 글쎄, 내 이야기를 좀 들어보라구. 사람들은 아내가 누워 있으니 경황이 없어 그랬겠지 하고 도리어 눈물을 흘려주었지. 웃은 게 아니라 울었단 말야. 그런데 그 처남이 뭐랬는 줄 알아? 그 친군 학생 때부터 그랬다는 거야. 양말을 짝짝이로 신었다고 하니까, 글쎄 그는 고민을 하면서 짝이 틀리는 이런 양말이 집에 또 한 켤레가 있다고 하더라는 거야. 이것이 고상하고 신비한 철학이라는 걸세. (웃는다)

아내 저런, 대학교수가 무슨 돈이 있다구. 부인이 얼마나 가슴이 아팠겠니. 아마 그 여자의 심장은 그런 벅찬 사랑을 받고 그만 터져버린 걸 거야. 불꽃놀이처럼, 그래 그건 불꽃놀이야.

남편 먹여 살린 건 남편이 아니라 부인 쪽이었다니까. 병든 아내가 그의 구호 카드였지. 대학 식당에서 밥을 먹어도 동료들이 밥값을 치러주지. 버스를 타도 버스비를 내주고 경조비다, 회비다 이런 것도 일체 면제라구. 다 같은 월급쟁이지만 말이야. 대학 축제서도 그랬다구. 원래 그 대학에는 철학과란 게 없어서 그치는 만년 강사였다는 거야. 그런데 부인이 심장병으로 죽어가고 있었으니까 일부러 전임 자리를 만들어준 거지. 그래, 그것이 바로 고상하고 신비한 철학이라는 걸세.

아내 당신은 무엇 때문에 철학하는 사람을 그렇게 미워하시죠? 더구나 그 사람은 죽었잖아요. 시체를 파먹는 까마귀 같아요.

남편 난 진리보다 사실을 더 믿는 사람이니까! 어서 전화 걸라구, 난 내 이야길 할 테니까. 그 교수는 썩어가는 아내의 심장을 가슴에 달고, 아니지. 썩어가는 여자의 작은 심장을 구호 카드처럼 목에 매달고 다니면서, 아니지……, 아냐. 그 교수는 그걸 깃발처럼 쇠꼬챙이에 꽂아 높이 들고 이 세상을 걸어간 거라구. 그 여잔 병든 심장으로 이미 죽었어야 할 그 남편을 연명시켜간 거야. 친정집에선 달마다 월급의 다섯 배나 되는 약값이 꼬박꼬박 전달되었구, 그는 그걸 가로채서, 헤겔, 칸트, 쇼펜하우어의 금자 박힌 철학서를 사들였지. 뭐 그 교수는 고서 수집이 취미였다나! 알아듣겠소? (갑자기 흥분한다) 썩어가는 아내의 심장과 바꾼 고서가 자그마치 만 권이 넘는다는 거야. 이것이 바로 멋있고 신비하고 고상한 철학이라는 걸세.

아내 네 동생은 정말 행운이지 뭐야. 그런 교수의 강의를 들었으니, 그래…… 그래……. 정말 그건 강의가 아니라 음악이었을 거야. 상상할 수 있어.

남편 정말 더 참을 수가 없군. 전화를 제발 끊어. 그 철학교수의 강의가 음악 같다는 거야? (다시 한 번 큰 소리로) 여보세요. 왜들 그러는 거요. 그 사람은 말이 철학교수지 교양 독일어 선생이었다구. 그래, 이게 음악으로 들려요. 데스…… 데스…… 뎀덴 디데르…… 뎀디……. (남편이 외치고 있는 동안 아내, 전화기를 보호하듯 그것을 끌어안고 있다. 남편, 정신 착란을 일으킨 것처럼 외친다) 전화를 끊으라니까. 자, 당신 이젠 좀 살아 있는 사람과 이야기를 하자구. 난 분명히 말했어. 냄새 건으로 병원서 전화가 걸려올 거라구. 그런데 왜 방해를 하는 거야. 이건 14층에서 떨어져서 이미 죽어버린 자의 이야기가 아니란 말이야. 그리구 이건 얼굴도 모르는 남의 이야기가 아니라 바로 이렇게 살아 있는 나, 당신 남편이 겪고 있는 심각한 재난이란 말야. 내 말 듣고 있어?

아내 응, 듣구 있다구. 말 계속해. 그럼, 네 여동생도 철학과에 다녔니?

남편 그 대학엔 철학과가 없었다고 했잖아. (절망적으로 아내를 쳐다본다. 벽에 걸려 있는 박제 사슴 곁으로 달려가서 그것을 끌어안고 냄새를 맡는다. 꽃병의 꽃에 코를 대고 냄새를 맡는다. 아내는 그동안 여전히 전화에다 대고 응……그래……, 그랬구나, 하고 전화를 받는다) 자, 날 좀 봐요. 난 지금 아무 냄새도 맡을 수 없게 되었단 말야. 당신은 내가 더 높은 데서 떨어지지 못한 게…… 겨우 3층 계단에서 떨어진 게 유감스럽고 분하고 치사스럽게 느껴지겠지만…… 그리구 이건 주간짓감도 못 되는 사건이구, 한 단짜리 기사의 값어치도 없는 사건이구, 미장원에서 늘어놓는 자랑거리도 못 될 테지만 말야. 나에겐 절실한 문제라구. 아냐, 나만의 문제가 아니지. 수천 번 수만 번 계단을 오르내리는 모든 아파트의 주민들이 겪어야 할 심각한 문제라구. 더군다나 문제는 아직도 해결이 안 됐어. 당신도 알잖아. 무너진 계단이 위험하니 수리를 해달라고 난 정확하게 다섯 차례나 아파트 관리소에 통고를 했다구.

아내 (갑자기) 당신식으로 계산하면 정확히 네 차례예요. 한 차례는 내가 통고했으니까. 얘, 그런데 말야. 있지…… 나이를 먹는다는 것, 그러면서도 순수성을 잃지 않는다는 것.

남편 끊어달라구, 제발 전화를 끊어달라구. 아직 내 문제는 끝나지 않았다고 했잖어. 이건 신문 기사도 미담도 철학도 아닌 우리가 먹고살아가는 현실 문제라구. 그놈들 때문에 한 사람이 3층 계단에서 떨어졌구. 그래서 한 남자가 아무것도 냄새를 맡지 못하게 된 거라구. 오백만 원의 병원 치료비가 왔다 갔다 하는 소송 사건이 걸린 현실 문제야. 난 냄새를 잃었으니까 보상을 받아야 한다구. 권리가 있어요. 의사가 진단 결과를 법적으로 증명만 해준다면 우린 오백만 원을 받게 돼. 오백만 원, 알겠어.

아내 오백만 원, (아내 일어선다) 오백만 원이라구요?

남편 그래, 오백만 원의 청구 소송을 걸었다구. 이제야 좀 정신이 나나.

아내 예, 정신이 들어요. 이제야 분명히 알겠다구요. 당신을 15층 꼭대기에서 뛰어내리게 하는 방법을 이제야 알았다구요.

남편 그러면 난 당신이 어떻게 하면 심장병에 걸릴 수 있는지를 연구해야 되겠군.

아내 그 철학교수는 사랑을 얻기 위해서 뛰어내렸지요. 당신에겐 땅 위에 오백만 원의 지폐를 뿌려놓으면 되는 거예요. 그러면 그게 15층이구 14층이구 어디에서고 뛰어내리겠지요. 이것이 철학교수와 당신의 차이예요.

남편 응, 그래. 이제야 나도 분명히 알겠군. 왜 이왕이면 그것이 선우진이와 나와의 차이라고 솔직히 말하지 않소.

아내 당신은 왜 할 말이 없어지면 늘 죽은 사람 이야기를 꺼내나요?

남편 그거야, 당신이 먼저 죽은 사람 이야기로 내 입을 틀어막으니까 그러는 거지. 지금 경우도 그렇지 않아?

아내 (수화기에 대고) 아냐, 나 수화기에서 들려오는 네 음악 듣고 있는 거라구. 볼륨을 더 올려줄래? 조금 음악을 듣다가 이야기 계속해. (남편 쪽을 바라보면서) 내가 언제 선우진이 이야기를 했어요.

남편 좋아. 당신이 아까부터 선우진이 이야기를 하고 있었다는 증거를 보여주지. 묻는 말에만 대답하라구.

아내 응, 듣고 있어. 2악장째……. 콘트라베이스와 드럼의 소리.

남편 묻는 말에만 답변하라구. 당신은 지금 어디에 있나?

아내 (눈을 흘기며) 여기요. 삼십 평짜리 아파트…… 방.

남편 누구하고 있지?

아내 유도 신문인가요? 당신요.

남편 당신이 누구냐구?

아내 남편 이름을 댈까요?

남편 당신은 이 방 안에 남편과 함께 있다고 했지. 그런데 이야기는 누구하고 하고 있나?

아내 도대체 이게 무슨 장난이에요. 오백만 원 청구 소송의 재판연습인가요? 왜 당신은 전화도 못 걸게 하는 거예요?

남편 글쎄, 누구 이야길 했느냐구?

아내 신문에 난 어떤 사람 이야기예요.

남편 무얼 하는 사람인데?

아내 철학…… 철학교수.

남편 어떻게 죽었나?

아내 떨어졌어요. 빌딩 꼭대기에서요.

남편 어디로?

아내 길거리죠.

남편 왜 떨어졌대?

아내 그 부인을 사랑했으니까요.

남편 그래, 선우진이는 무얼 하는 학생이었나?

아내 치사하군요.

남편 무얼 하는 학생이었냐고?

아내 철학요.

남편 그는 어떻게 죽었나?

아내 떨어졌어요. 보트에서요.

남편 어디로 뛰어내렸어?

아내 바다요.

남편 그는 수영을 할 줄 알았었나?

아내 아뇨, 개헤엄도 못 쳤어요.

남편 그런데 왜 물속으로 뛰어들었어?

아내 나 때문예요. 그만해주세요. 왜 이러는 거예요? 응, 듣고 있어. 얘, 음악 볼륨을 좀 높여줘.

남편 당신은 어디에 있었는데?

아내 (최면에 걸린 듯) 바다요. 파도 사이를 헤엄치고 있었어요. 위험 수역 표시를 해놓은 빨간 부표를 넘자 보트를 타고 그는 갑자기 나를 추적해와서는 내게로 뛰어든 거예요. 두 팔을 벌리고 곧장, 바다가 한번 기우뚱했어요. 그만하세요, 제발. 선우진이는 당신 친구 아녜요. 당신도 그 바다에 있었잖아요.

남편 당신 남편은 무얼 하는가?

아내 (갑자기 냉담해진다) 사업요. 전자회사에 나가고 있지요.

남편 그 사람도 떨어진 적이 있는가.

아내 예. 삼 층 계단에서요.

남편 그러니까 세 사람 다 똑같이 떨어진 거군.

아내 그렇지만.

남편 (우울하게) 그렇지만 산 사람은 그 사람 하나뿐이지. 당신의 남편. 그리구…… 그 사람만 스스로 뛰어내린 게 아니라는 거지. 그래, 그 사람은 죽지 않고 그 대신 무엇을 잃었나?

아내 후각 기능이 마비되어버렸어요. 하지만.

남편 하지만 잃은 것만 아니라 오백만 원이 생긴다는 거지. 그럼 그 사람들은 무엇을 잃었나? 그리구 무엇을 얻었나?

아내 (아무 말도 없다)

남편 그렇지. 둘 다 목숨을 잃었지. 그리구 그들이 얻은 것은 오백만 원이 아니라 신화, 영원한 사랑……. 지상의 곳간에 쌓아두는 재물은 도둑과 습기와 좀에서 벗어날 수 없어도 하늘나라에 쌓아두는 재물은 영원하지. 그들은 그걸 얻었고, 그것이 철학교수요 선우진이라는 거지. 그것이 나와의 차이라고 말하고 싶은 것이지. 당신은 그게 마땅치 않다는 것이지.

아내 (다시 전화를 건다) 라라라…… 라…… 라……라……. (〈황제〉의 한 곡을 따라서 부른다) 애, 언제 들어도 이 음악은 파도 같애. 오존을 가득히 품은 바다의 물거품.

남편 이봐. 경멸해보라구. 당신이 아무리 경멸해도 난 잃어버린 냄새를 돈으로 찾아내고야 말 테니까. 그리구 증명할 테니까. 철학교수는 아내를 사랑해서 투신자살한 게 아냐. 밟히구 쫓기구 밀리구 그러다가 할 수 없이 떨어진 것뿐이야. 이 바보야. 내 말을 좀 들어봐.

아내 (계속해서 〈황제〉를 콧노래로 부른다) 라라…… 라라라. 저건 바이올린 소리가 아니라 파도 사이를 스치는 바람 소리야. 머리카락을 흐트러뜨리기도 하고 미역 냄새가 나는 진짜 바람이라구.

남편 여자의 심장에 매달려 겨우겨우 살아가다가 그게 꺼져버리니까, 그것마저 터져버리고 마니까 밑으로 떨어진 것뿐이야……. 선우진이가 뭐라고 했는지 알아……. 그는 당신을 구명대라고 불렀지……. 알겠어? 구명대, 코르크의 덩어리…….

아내 너희 전축 참 음질이 좋구나. 상표가 뭐랬지? 매킨토슈…… 희극 배우 이름 같다. 라라라라라…….

남편 당신을 보구 선우진이는 구명대라고 했다니까……. 육지에서는 필요 없는 것…… 배가 파산하지 않으면 장식품도 못 되는 것…… 허우적거리며 물을 켜는 사람에게나 필요한 것. 큰 배가 와서 구해주면 바다에 그냥 내버리는 것…… 임시로 쓰는 것……. (반응이 없자 점점 화가 치밀어 사방을 돌아다니며 불을 끈다. 무대 어두워진다. 전축의 라디오, 뮤직 박스, 소리 나는 것을 모두 튼다. 괴상한 소리가 된다. 그리고 여기저기에 있는 스위치를 잡아당긴다) (어둠 속에서 형광 도료를 칠한 전화기만 남는다. 여전히 아내는 전화를 건다)

남편 (갑자기 누가 벨을 울리자 전축의 라디오 소리를 끈다) 가만히 있어봐. 초인종 소리가 울렸지? (잡음이 끊기자 밖에서 다시 초인종 소리만 크게 울린다. 전화 수화기에서는 무슨 소리니…… 무슨 일이 생겼니…… 무슨 소리야…… 하는 소리가 들려온다)

아내 (다시 전화를 받는다) 아무 일도 아니야. 그 사람이 전축을 고치고 있는 거야.

남편 누가 왔다니까……. (밖으로 나간다)

제2막

같은 아파트의 서재, 같은 시간, 현관 옆에 자리한 서재, 1막 끝에 울렸던 초인종 소리가 계속되고 남편이 현관문을 연다.

남편 아이구, 선생님이시군요. 이거 웬일이십니까?

의사 밤늦게 죄송합니다. 전화가 고장난 것 같아서 이렇게 찾아왔습니다. 진단서와 내 의견서도 직접 드릴 겸해서.

남편 허…… 이거…… 참…… 그 뭡니까? 전화위복이란 것……. 전 이 말을 믿지 않았었죠. 그런데…… 자 여기에 앉으시지요. (술병을 들고 컵에 술을 따른다)

의사 허, 내가 들른 것이 복福이라니 고맙습니다. 그런데 화禍는 뭡니까?

남편 선생님 댁에는 그런 화가 없나요? 이런 나 좀 보게. 의사 선생님 댁엔 그런 일이 없겠지. 급한 환자가 죽을 테니까. 전 가끔 이런 어리석은 질문을 한답니다.

의사 무슨 말인지 짐작이 갑니다. 저의 집도 마찬가지예요. 나도 그런 면에서는 가끔 전화위복이 생기지요. 전화로만 병 증상을 물어오는 얌체들이 있지요. 그런데 계속 통화 중이면 참다못해 직접 찾아온답니다.

남편 여자들이란 우리보다 머리카락만 긴 것이 아니지요. 전화통화도 길지요. 예, 아주 길지요. 저의 여편네 말입니다.

(흘끔 옆방을 보면서)

의사 뭐, 여자란 다 그런 거 아닙니까? 우리 집사람도 보통 전화통을 들었다 하면 맹장 수술 하는 것보다도 더 길답니다.

남편 전 맹장수술을 해본 일이 없어 잘 모르겠습니다마는 확실히 〈타잔〉 영화보다는 긴 것 같더군요. 전 〈타잔〉을 좋아합니다. 예, 아주 좋아하지요. 타잔은 원숭이처럼 절대로 높은 나무에서 떨어지는 법이 없습니다. 칡덩굴을 타고 아……아…… 아아…… 아아……. (타잔 흉내를 낸다) 그, 왜 철학자, 철학자들 있잖습니까. 그치들의 이 앓는 소리와 한번 비교해보십시오. 얼마나 단순하고 건강하고 생명적이고 시원하고.

의사 우리들의 아내를 위해서 한 잔! (컵을 들고 건배를 하자는 몸짓)

남편 그리구 불쌍한 타잔들을 위해서! (건배를 한다)

의사 뭐, 이거…… 오해하지 마세요. 내가 신경외과 의사라서 그런 게 아니라 아내의 전화가 길어질 때 선생님의 정신 상태는 어떠신지요. 그리구 어떤 방법으로 그걸 참나요.

남편 돈으로 환산하지요.

의사 환산을 하다니.

남편 공중전화일 경우 3분 통화에 10원 아닙니까.

의사 아니, 요금이 그렇게 올랐습니까?

남편 오를수록 좋지요. 3분마다 10원씩이니까 한 시간을 걸었다 하면 에, 또 60 나누기 3을 하면 20, 거기에 10원을 곱해주면 이백 원…… 이백 원이면 담배를 사도 몇 갑입니까.

의사 허허허…… 수입이 만만찮은데요.

남편 (갑작스레 풀이 죽어서) 아…… 그런데 오늘 밤엔 그 계산이 잘 되지 않더군요. 그건 그렇구…… 자, 냄새에 대한 이야기를 합시다.

의사 선생님 같은 경우는 아주 드문 일입니다. 층계에서 굴렀다 해서…… 15층에서 떨어진다 해도…….

남편 예?

의사 왜 그렇게 놀라십니까. 예를 들자면 15층 꼭대기에서 떨어진다 해도 골통이 부서지면 부서졌지, 후각 신경이 마비되는 일은 여간해서 없다는 거지요. 그런데 선생은 3층 계단에서 굴러떨어진 게 아닙니까.

남편 (화를 내면서) 왜들 날 이렇게 괴롭히죠. 그자가 뭔데, 대체 나와 무슨 관계가 있다구 이러는 거요.

의사 허, 왜 이렇게 화를 내시나. 갑자기 그자라니 그자가 누군지 몰라도 내가 언제 그자 이야길 했다는 거요.

남편 방금 15층에서 떨어진다는 말을 하시지 않았습니까. 알고 보면 그게 15층도 아녜요. 말이 15층이지 병원엔 4층이란 게 없으니까 진짜 층수는 14층이란 말이에요.

의사 투신자살한 철학교수 이야기시군. 그리구 선생, 그 병원엔 13층도 없대요. 3층 다음에 5층이구

12층 다음에 14층이지. 그러니까 그 철학교수가 떨어진 건 15층도 14층도 아니구 바로 마의 13층이었지. 알고 보면 이름과 실체는 모두 다 그렇게 다른 법이지요. 어디 그뿐입니까.

남편 이젠 본격적으로 이야길 꺼내시는군. 왜들 다 이러는 거야. (신경질을 낸다) 철학교수가 떨어지면 떨어졌지, 왜 산 사람까지 못살게 굴어.

의사 신문에는 15층이라고 되어 있지만 내용을 알고 보면 13층이지. 그와 마찬가지로 남들은 다 멀쩡해뵈도 정신과 의사가 보면 그게 아니란 말예요. 신문에는 그 철학교수가 아내를 사랑해서 투신자살. 결혼을 안 했더라면 정사라고 했을 것이지만…… 미담 기사로 만들어놓았단 말씀이야. 그런데 내가 볼 때에는…….

남편 그건 옳아요. 그 사람은 아내를 사랑해서 죽은 게 아니라구요. 그런데 공연히 그런 기사가 나와서 잘 살아가는 부부들을 이간질하고 싸움을 걸고 웃음거리로 만들고 멋쩍게 하고 애써 정돈해놓은 세간을 뒤죽박죽으로 만들고 모든 아내를 전화줄에 꽁꽁 묶어두고…….

의사 (입에 손을 대고) 쉬ㅡ잇 다행으로 생각해요.

남편　다행이라니…… 아내들은 지금 모든 남편들이 15층…… 아니 14층…… 아니지 13층에서 뛰어내려 죽기를 소망하고 있는데…… 그게 다행이란 말예요? 지금쯤 모든 침실이 엉망이 되었을 거요. 당신 같으면 어떻게 하겠어요. 내가 죽으면 따라 죽겠어요? 뛰어내리시겠어요? 남편들은 지금 심문을 당하고, 아니지 고문을 당하고 있는 거예요. 그 철학교수만 아니었더라면 불평 없이 편안히 살아갈 수 있었던 부부들이 말예요. (탁자를 친다…… 재떨이나 책상이 그 바람에 비뚤어지자 다시 정돈을 한다)

의사　쉬ㅡ잇 조용히 하라니까. 진상대로 기사가 나왔더라면 더 불행한 사태가 벌어졌을 거라니까요. 그러니까 13층을 15층으로 믿게 내버려둬요. 아내를 죽이려던 자를 애처가로 믿게 내버려둬요.

남편　예, 그자가 아내를 죽이려 했다구요. (말소리를 죽이고)

의사　그것 보쇼. 그걸 부인이 알면 선생까지 공연히 난처해질 거요. 의심을 할 테니까.

남편　설마 그럴 리가…….

의사　피해망상증이란 걸 아십니까?

남편　알고말고요. 특히 의사 앞에 가면 누구나 그런

증상이 생기지 않습니까. 얼마나 또 돈을 털리나…….

의사 (껄껄 웃는다) 유머를 참 좋아하십니다. 웃음은 건강에 좋다고 하지 않습니까.

남편 중학교 때 들은 적이 있어요. 웃으면 인체의 34개, 36개라든가……? 어쨌든 많은 근육이 움직인다구.

의사 그게 정신 위생상에 좋다는 것이죠. 요즈음 신경외과에서는 웃음 충격 요법이라는 걸 많이 쓰고 있거든요.

남편 환자를 웃긴다구요. 거 참, 신기합니다. 병원에는 울러만 가는 줄 알았더니, 웃기 위해서도 병원엘 간다.

의사 (가방에서 러프 머신을 꺼낸다) 자가 치료가 가능하지요. 바로 이겁니다. (스위치를 누르자 오뚝이처럼 생긴 러프 머신에서 웃음소리가 터져나온다)

남편 그만, 그만하세요. 기분 나쁜 웃음이군요. 꼭 죽은 자들이 우릴 비웃는 웃음소리 같아. (화를 내면서) 그자 이야기는 그만합시다. 중요한 것은 우리의 문제가 아닙니까. 피해망상증이고 뭐고 관계없는 이야기니까요.

의사 음, 피해망상증 이야길 하고 있었지……. 그 반대는 뭐겠소?

남편 그야 가해망상증이겠지. 그런데 좀 이상한데요. 그런 말을 아직 들어본 적이 없는데요. 가해망상증이라…….

의사 누구나 다 그런 증상은 조금씩 있지요. 애들이 우물가에서 놀고 있으면 확 밀어버리고 싶은 이상한 충동이 생기지 않습니까.

남편 알 만해요. 그래서 난 전기면도기를 쓴답니다. 그냥 시퍼런 면도칼을 쓰면 꼭 그걸로 아내를 찌를 것 같아서. 특히 전화를 오래 걸 때는…….

의사 상당한 증세군. 교수와 아주 비슷한 데가 많군.

남편 그 사람도 전기면도기를 썼나요?

의사 그 정도가 아니었지. 실제로 아내의 목을 눌렀으니.

남편 저런 그 애처가가…… 그걸 보셨단 말예요?

의사 본 거나 다름없지. 신경외과 의사는 현대의 신부라구요. 모든 사람이 찾아와서 속마음을 다 털어놓으니까, 고백성사보다 더 솔직하게 말예요.

남편 그 철학교수가 선생님에게 진단을 받았군요. 통쾌하군. 의학은 철학을 이긴다. 인간을 구제하는 건 철학이 아니라 의학이라…….

의사 (기분이 좋아서) 모든 환자가 선생처럼 의사를 믿어준다면 치료가 훨씬 빨라지지.

남편 그러나 내가 알기로는 아내가 죽기를 원치 않았을 텐데. 왜냐하면 그는 아내의 심장을 구명대처럼 알고…….

의사 의사 이야기를 믿으시오. 이건 과학적이니까. 뭐, 우리 남자끼리 이야기지만, 남자치고 자기 아내를 한 번쯤 죽여보는 공상을 하지 않은 사람이 어디 있겠습니까. 그러나 그의 경우엔 매일 밤 그런 공상을 한 거지. 10년 동안이나…….

남편 배은망덕…… 아내 때문에 체면을 유지하며 겨우 살아간 놈이.

의사 심장병에 걸리면 얼굴과 손과 다리가 붓기 마련이지요. 그는 아내를 보고 밤마다 커져가는 무슨 풍선…… 메탄 가스가 부글부글 끓어오르는 썩은, 늪은 방 안으로 번져가는 비누 거품…… 시간을 흘려보내지 못하고 그걸 그냥 먼지 속에 가두어버리는 고장난 시계……. 그런 환상으로 생각한 것이지요. 그래서 그걸 터뜨리고 헤집고 흔들어보려는 충동이 생겨난 겁니다. 즉 밤마다 아내를 죽이려는 충동이 있었지요.

남편 그런데 아내가 죽었는데 왜 뛰어내립니까? 강박관념에서 벗어난 건데.

의사 그것이 그만 더 나쁜 결과를 가져온 거예요. 마지막엔 실제로 아내를 죽이려고 한 겁니다. 목을 조르기도 하구 마구 흔들어보기도 하구. 그러나 아내가 이런 짓 말라더라는 겁니다. 날 죽이려면 더 연구를 해서 완전범죄를 하라구.

남편 완전범죄……. 사랑한 건 남편이 아니라 아내 쪽이었군. 역시 내 말이 옳았지 뭐야. (응접실에 들리도록 커다란 소리로)

의사 그렇소. 남편이 감옥에 가는 것을 원치 않았던 거지.

남편 그래, 그걸 연구했답니까. 아냐. 그치는 아내가 죽는 것을 원치 않았어. 그러면 돈줄도 동정도 다 끊기고 마니까.

의사 이불을 뒤집어씌우는 것이었지. 아, 그랬더니 천리 밖에서 들리는 가냘픈 소리로 그의 아내는 이건 완전범죄가 아녜요. 제가 가르쳐드릴게요. 이제 그냥 놔둬도 난 죽게 될 테니까. 조금만 더 기다려요. 기다려요…… 기다려요……. 그럼 완전범죄가 되는 거예요. (술을 마시고) 그 뒤에는 나타나지 않았지만 뻔한 일이지. 어느 날 아침, 물어보지 않아도 언젠가 그는 눈을 떴을 것이고 아내는 정말 죽어 있었을 것이고 그 교수는 자기가 죽이지 않았는데도 완전범죄를 저질렀구나 하는 생각이 들었을 거구. 그래서 이미 죽은 시체를 병원 응급실로 끌고 오고 결국 그 죄의식 때문에 15층에서…….

남편 13층입니다.

의사 응. 13층에서 뛰어내린 거요. 그래서 미담의 주인공이 되었지. 의사는 이렇게 많은 비밀을 알고 있지.

남편 그러나 죄의식 때문에 투신자살했다는 결정적 증거가 없잖습니까. 제 후각 상실처럼 그걸 증명할 만한 자료가 있어야…….

의사 신문기사를 자세히 보시오. 왜, 이런 말이 있지 않습니까. 아내를 죽인 건 바로 나다,라고 외치면서 울었다는 대목 말예요.

남편 (웃는다) 흔히 쓰는 말 아닙니까. 사랑하는 사람이 죽으면 누구나 그런 상투적인 말을 하지요. 진짜 죄의식을 가졌더라면 어떻게 대놓고 자신만만하게 그런 이야기를 했겠어요. 죄의식 때문이 아니라 그가 죽은 이유는 말예요. 이런 겁니다.

의사 의사의 이야기를 믿어야 해요. 무신론자들도 병에 걸리면 의사를 신처럼 믿지요. 의사는 현대의 신이라구, 구세주로 믿어야 한다구.

남편 뒷받침할 만한 증거가 없어도요?

의사 그렇소. (마치 세례 요한처럼 손을 뻗치고) 당신은 미쳤다, 라고 말하면 미친 거요. 미친 것은 뼈가 부러진 것과 달라서 엑스레이로 찍을 수가 없어요. 결국 신경외과의 질환은 의사를 믿을 수밖에 없단 말이오. 선생의 경우도 마찬가지라구. 차라리 두개골이 파열되었더라면, 눈이 멀었더라면, 발이 부러졌더라면 간단하게 증명했을 텐데, 왜 하필 후각을, 후각을…….

남편 그건 정말 그래요. 아 답답해. (냄새 맡는 시늉을 한다. 꽃병의 꽃, 잉크, 담배, 닥치는 대로 냄새를 맡는다. 숨을 들이켜고는 고개를 내젓는다) 마찬가지야. 난 아무 냄새도 맡을 수가 없어……. 이렇게 냄새를 잃은 게 분명한데. 그놈들은 재판정에서 그것을 증명해야만 된다니. 무얼 더 증명하라는 거야. (의사 앞에 가서 무릎을 꿇는다) 저를 도와주셔야 합니다. 신경외과 의사는 현대의 신, 현대의 구세주라고 하셨지요. 자, 증명해주세요.

의사 (무릎 꿇은 그의 머리에 손을 얹고) 순수한 의학적 견지에서 말하건대 당신은 계단에서 굴러 떨어져 후두부에 타박상을 입고 후각 신경에 장애를 일으킴으로써 이제 아무것도 냄새 맡을 수 없게 되었소. 꽃 냄새도 짐승 냄새도 여자의 살결 냄새도…….

남편 (감격해서 서서히 일어난다) 좋습니다. 그겁니다. 관리소 책임자와 내 변호사 앞에서 그렇게 증언해주십시오. 그럼 재판정에 가지 않아도 나는 당당 오백만 원의 위자료를 받아낼 수 있습니다.

의사 그건 어렵지 않아요. 그러나 난 어디까지나 순수한 의학적 견지에서만 증언하는 게지. 그런데 아무도 없잖소. 그런데 어떻게 증언하라는 게요. 이젠 다시 또 들를 순 없어요.

남편 조금만 기다려보세요. 조금 있으면 내 변호사와 관리소 책임자가 올 거요.

의사 여기 들르기로 했어요?

남편 아뇨.

의사 그런데 이 밤중에 어떻게 여기에 온단 말이오?

남편 선생님도 여기에 오셨잖습니까. 똑같은 이유지요.

의사 통화 중…….

남편 그렇지요. 통화 중, 누구도 그 통화 중 신호를 들으면 이성을 잃지요. 달려올 겁니다. 전화위복이라는 게지요. (바깥에서 초인종 소리)

남편 자, 보십시오. 제 말이 틀림없잖아요.

의사 누굴까?

남편 변호사죠.

의사 관리 책임자가 아닐까?

남편 천만에, 변호사는 소송으로 돈을 벌려 하고 관리 책임자는 소송으로 돈을 잃게 될지도 모르지요. 어느 쪽이 더 몸 달겠어요? 자, 보십시오. (현관에 나가 문을 연다. 변호사, 가방을 들고 들어온다)

의사 후각을 잃었다면서 냄새는 참 잘도 맡는군.

변호사 이거 밤중에 미안합니다. 궁금해서 전화를 걸었더니 계속 통화 중이라서…….

남편 천만의 말씀. 전화위복이지요.

변호사 전화위복이라니. 그럼 관리 책임자가 드디어 손을 들었나요?

남편 여긴 의사 선생님. 이를테면 현대의 신, 우리들의 구세주. (서로 인사 나눈다) 저희 집이 통화 중이라서 관리 책임자에게 전화를 거셨지요?

변호사 예. 방금 전에……. 그걸 어떻게 알았어요. 전화가 왔던가요?

남편 아뇨, 전화는 고장이라구요. 통화 중이면 딴 번호로 전화를 걸고 싶어지지요. 사람들은 누구나 그러니까요.

변호사 오늘 의사 선생의 결과가 나온다니까 댁으로 전화를 걸겠다고 하던데…… 이쪽에서 연락을 해 보십시다.

남편 아뇨. 이리로 올 겁니다.

변호사 온다고 전화가 왔어요?

남편 아뇨. 전화는 고장이라고 했잖아요. 그러니까 여기로 올 거예요.

의사 그걸 어떻게 믿습니까?

변호사 그 사람이 뭘 답답해서 오겠소.

남편 선생님들 두 분 다 여기에 오셨잖아요. 별로 답답한 일도 아니신데 같은 이유로. (이때 현관에서 초인종 소리) 자, 왔잖습니까. (문을 연다. 관리인이 화가 난 얼굴로 들어오면서)

관리인 모든 재화는 부주의에서 오는 게요. 전화기를 잘못 놓으셨어요. 에이, 한 시간이 넘도록 다이얼을 돌렸단 말예요.

남편 전화위복이지요. 여긴 의사 선생님, 이쪽은 잘 아실 테고.

의사 에, 제가 순수한 의학적 견지에서 내린 진단서와 의견서입니다. (변호사에게 내준다)

변호사 (서류를 꺼내서) 감사합니다. 이젠 서류가 완비된 셈입니다. (자기 서류를 꺼내어 대충 훑어본다)

관리인 되풀이해서 하는 말씀입니다마는 이건 정말 생트집입니다. 문제가 성립될 수 없어요.

변호사 난 변호사요. 도박사가 아니라 변호사란 말입니다.

관리인 기가 막혀서. 손이 부러졌거나 발목이 분질러졌다면 또 몰라…… 도대체 제삼자가 냄새를 맡을 수 있는지 없는지 어떻게 안단 말야. 그걸 어떻게 믿어요?

남편 (관리인에게 다가가서 냄새를 맡아본다) 분명히 아무 냄새도 나지 않잖아요. 댁 같은 사람한테서는 지독한 노린내가, 그리구 썩은 냄새가 날 텐데……. 자, 제 표정을 봐요. (킁 냄새를 맡는다)

관리인 절 모욕하시는군요. 좋소. 그 말을 받아들이지요. 자, 설사 증명된다 합시다. 하지만 방금 말을 한

대로 노린내나 썩은 냄새를 맡을 수 없다고 했는데……. 그렇다면 그건 축복을 받은 게 아니겠소. 사냥할 포인터라면 몰라도 사람이 후각을 잃었다고 해서 대체 손해 볼 게 뭐예요?

변호사 민법 정신은 재판까지 가지 않고 상호간의 협의를 통해 문제를 해결하는 데 있어요. 이래 가지고서야 원.

관리인 아파트 주민들은 며칠만 쓰레기를 치워가지 않아도 냄새가 난다고 야단, 이웃집에서 음식 냄새가 나도 야단, 굴뚝에서 그을음 냄새가 들어온다고 야단. 그런데 선생은 그 고민이 다 해결된 게 아닙니까?

남편 그래요. 죽으면 고민이 다 해결되지요. 추운 것, 더운 것, 배고픈 것……. 이런 고민을 완전히 해결해드릴 테니 잠자코 계시겠소.

관리인 그리구 말씀이에요. 여기 의사 선생님이 계시니까 말씀인데, 동물하고 인간하고 어느 쪽이 후각이 더 예민한가요?

의사 그야 물론 동물 쪽이지.

변호사 유도 신문에 걸려들지 마세요.

의사 난 그저 순수한 의학적 견지에서…….

관리인 문명이 발달해갈수록, 인간이 진화해갈수록 말입니다. 후각 기능이 퇴화해간다던데…….

의사 그건 옳은 소리요. 후각은 수렵 시대의 유물이니까.

관리인 그렇다면 후각을 잃었다는 게 가장 진화된 인간이 되었다는 것과 같은 말이 아니겠소.

변호사 포인터니 진화된 인간이니…… 다 기록해두겠소. 난 내 의뢰인을 위해 명예 훼손 조항을 하나 더 추가할 테니까.

관리인 아니 진화된 문명이란 게 명예 훼손이라면 그 말 취소하고……. 그럼 야만인이라고 정정하겠소.

남편 여보시오. 내 직업을 아시지요.

관리인 장래가 촉망되시는 전자 과학 기술자. 청향사처럼 후각을 필요로 하는 직업이 아닌 것만은 분명히 알고 있죠.

남편 컴퓨터를 아시오?

관리인 자세하겐 몰라도 그야 인간 같은 기계지요. 무얼 기억하고 계산도 하고 예언도 하고……. 요즈음엔 집도 컴퓨터가 짓고 병도 컴퓨터가 고친다고 합디다. (의사를 슬쩍 흘겨본다) 미국에선 재판도 앞으로는 변호사 대신 컴퓨터가 한다던가 원. (변호사를

흘겨본다)

남편 그렇소. 정확한 대답이오. 그런데 컴퓨터가 못하는 게 있지. 사람이 하는 일을 못하는 게 있다구.

관리인 생트집 잡는 것. 억지 쓰는 것.

남편 보시오. 컴퓨터의 기억 장치엔 모든 것을 투입시킬 수 있어. 당신 머리보다 훨씬 똑똑하지. 시각, 청각 같은 감각 기능까지도 다 기억할 수 있다구. (탁자를 탁 친다) 그런데 아시겠소? 컴퓨터가 못하는 것은 바로 냄새를 맡는 후각 기능이야. 후각만은 기억할 수 없단 말야. (흐트러진 물건을 다시 가지런히 한다)

의사 그 말은 맞아요. 사람들은 후각과 청각을 하등 감각이라고 멸시하지만 그게 감각 기능 가운데 가장 생명적이고 근원적인 것이지.

남편 그러니 후각을 잃었다는 것은 인간성을 상실했다는 것과 같은 말이지. 여기 이렇게 앉아 있는다는 것은 컴퓨터와 같은 기계에 지나지 않는다는 말이야. 이건 살인과 다름없어요.

관리인 그게 나와 무슨 상관이오. 컴퓨터든 살인이든 그건 내가 아니라 계단이 한 짓이라구요.

변호사 무책임한 소리. 계단은 누구에게나 소속되어 있어요. 개가 사람을 물면 주인이 걸리도록 되어 있어요. 모든 건 관리자의 책임으로 돌아가는 겁니다.

의사 거, 난 그 뭐랄까, 순수한 의학적 견지에서만 빨리 증언을 하고 돌아가야겠는데…….

관리인 참 딱한 일이군. 계단 한가운데를 잘라 오른쪽은 이 301호, 왼쪽은 302호에 각각 분양되어 있다구요. 그러니 계단은 분양할 때부터 자기 집 평수에 들어가 있다는 말씀입니다.

남편 아, 그래요. 그렇다면 4층에 사는 사람들은 우리 집 안방을 지나간다는 말씀이군. 앞으로 통행세를 받아도 되겠소.

관리인 그럼요. 2층 계단을 내려가실 때 통행세를 내시기만 한다면야 피차…….

변호사 계단의 소유 문제와 관리 문제는 재판소에서 결정할 것이니 더 이상 말하지 맙시다. 그러면 반쪽 계단이 내 것이라고, 거기에다가 캐비닛이다, 냉장고다, 칫솔이다, 비누다 이런 것을 죽 늘어놓는다면 어떻게 되겠소?

관리인 어떻게 되긴, 도둑을 맞겠죠.

변호사 이거 협의가 안 되겠군. 피해 보상 청구를 정식으로 내야겠어. 이렇게 의사 선생은 후각 기능이 상실되었다는 진단서와 의견서를 써주셨소. 승소는 떡 먹기요……. 자, 그럼 돌아가고 재판정에서 봅시다.

관리인 머리카락 하나 다치지 않았는데, 피해 보상이라구. 의사 말이구 뭐구 그건 인정할 수 없어요. 더구나 후각쯤.

남편 후각쯤이라니. 내게 있어선 냄새는 가장 귀한 것이라구. 난 아침마다 조간신문을 읽소. 읽는 게 아니라 냄새를 맡기 위해서지. 신문을 펼칠 때 풍겨 나오는 인쇄 잉크 냄새…… 그건 내가 40년 가까이 맡아 아침에 내쉬는 냄새요. 그리고 또 입에 문 치약 냄새와 커피 냄새……. 내가 커피를 왜 마시는 줄 아시오? 바로 그 쓴맛이 아니라 그 냄새 때문이오. 그건 모두 내 아침 냄새란 말야. 이젠 그걸 맡을 수 없게 되었어. 하루가 죽어버린 거야. 40년 가까이 맡아오던 그 냄새를 잃는 순간 갑자기 난 아침을 잃게 된 거요. 시작이 없어져버린 거라구.

의사 후각을 잃으면 동시에 미각도 잃게 되오. 미각이 없어지면 그냥 씹는 거지. 의무적으로 영양만 공급받게 되는 거요. 이건 순수한 의학적 견지에서…….

변호사 그래요, 미각까지……. 그렇다면 보상금 액수를 더 올릴 수 있겠는데…….

관리인 의사는 환자의 병세가 악화될수록 기뻐하고 변호사는 죄목이 커질수록 신이 나는군요.

변호사 빌딩 주인들은 미담만 원하구.

관리인 내가 미담을 원한다구요?

변호사 이분은 계단을 보수하지 않아서 떨어진 게 아니라 부인이 보고 싶어서 급히 뛰어 올라가다가 떨어진 것이다. 고로 책임은 부서진 계단이 아니라 갸륵한 부부애 때문이다.

남편 (새파랗게 질린다) 아니 무슨 그런 불리한 이야기를.

변호사 내 말이 아니라 이분이 그렇게 말한다는 거죠.

의사 (남은 술을 한 잔 마시며) 자, 나는 그만 가봐야겠는데…….

관리인 내가 언제 그런 말을 했단 말예요?

변호사 빌딩 관리인은 그런 미담을 만들어 책임을 전가하고 싶다는 말이지요. 왜 15층 빌딩 꼭대기에서 투신자살했다는 철학교수 말예요.

남편 아이구, 또 그 이야기군. 15층이 아니라 14층……아니 13층이란 말예요. 병원에 4층과

13층이란 게 없어요. 두 층을 빼야 실 층수가 나와요.

변호사 아, 그래요. 고소장을 만들 때 참고하겠소. 남편 고소를 하다니.

변호사 철학교수는 아내를 사랑해서 투신자살한 게 아니란 말씀예요. 신문엔 그렇게 나와 있지만 진상은.

의사 옳습니다. 진상과는 다르지요. 그 원인은.

관리인 그래요. 진상과 달라요, 그 원인은.

변호사 실족사였지요.

남편 실족사라구.

변호사 부인이 죽은 것을 보고 그 철학교수는 충격을 받았지요.

의사 알고 있어요. 충격을 받았지요.

관리인 예, 몹시 놀란 겁니다.

남편 이제야 의견들이 일치하는군. 대단히 피해가 컸지요. 아찔했을 겁니다.

변호사 그래서 찬 바람을 쏘이려고 빌딩 베란다로 올라간 거예요. 그런데 15층…….

남편 13층 베란다의 난간은 불행히도…….

변호사 13층 난간은 썩어 있었습니다. 그런데 빌딩 관리 책임자들은 그것을 은폐하기 위해서 미담을 자신의 과실에 대한 보상으로 꾸며내서…… 고인에게 애처가라는 명예를 준 거지요.

의사 천만에, 원인은 강박관념 때문이었어요. 사람 목숨을 구하는 병원에서 생사람을 죽게 하다니…… 이건 소방서에서 불이 났다고 하는 말과 같아요.

변호사 물적 증거가 발견되었어요. 나는 처음부터 의심을 품고 이 일을 조사했습니다. 난 유족과 상의했어요. 병원 상대로 위자료를 청구할 생각이에요. 천만 원은 받아낼 수 있지. 이건 과실치사의 형사문제지만…… 어디까지나 민법의 정신으로 쌍방을…….

관리인 쌍방의 화해가 아니라 협박이란 말이 좋겠지요. 어림도 없지. 물적 증거가 있다고 하겠지만 그것을 뒤엎을 증인이 있는데요.

변호사 설마 그 증인이 당신이란 말은 아니겠지.

관리인 설마가 사람 죽이지요.남편 증인이 있다구. 그 사인死因을 알려면 그의 처남에게 물어보면 되지. 그 처남은 우리 회사에…….

관리인 그 철학교수는 나와 공군에 같이 있었단 말예요.

낙하산 훈련을 받았지요.

변호사 흥, 그래서 그는 빌딩 꼭대기에서 스카이다이빙 연습을 했다는 말이군. (하하하…… 웃는다)

관리인 (묵살하며) 그런데 그는 겁이 어찌나 많았던지 비행기를 붙잡고 영 뛰어내리질 못했습니다.

남편 그건 그럴 거라구……. 철학을 하는 사람들은 다 겁쟁이란 말예요.

관리인 훈련 교관은 드디어 그를 떨어뜨리는 특수한 방법을 생각해내게 된 거지요. 비상 벨을 울리고 비행기가 폭파한다, 뛰어내려, 빨리 뛰어내리라고 소리친 거지요. 얼떨결에 그는 결국 뛰어내리는 데 성공을 한 겁니다.

변호사 그는 비행기에서 뛰어내린 게 아니라 빌딩 꼭대기에서 떨어진 거라구. 그게 대체 무슨 상관이 있다는 거야.

관리인 훈련 때마다 그런 방법을 썼지요. 제대하고 난 뒤 그러니까 이삼 년 전인가 내가 그의 아파트 옆에 새 건물을 지을 때입니다. 우연히 길에서 그를 만났죠. 그가 구경하고 싶다길래 신축 공사장엘 올라갔는데…… 펑 하고 무엇이 폭발하는 소리가 났어요. 뭐…… 공사장에서는 흔히 그런 소리가 나지요. 그러자 갑자기 그는 그곳에서 뛰어내리려 하지 않겠어요. (허허허…… 웃는다) 겨우 붙잡았지요. 온몸에 식은땀이 흘러 있더군……. 그리구 이렇게 말합디다. 조건반사라구…… 위급한 일만 생기면 자기도 모르게 어디에서나 뛰어내리는 버릇이 있다는 거예요. 낙하산 훈련 때 생겨난 조건반사. 절대로 실족사가 아녜요. 난간이 썩어서 그렇게 된 게 아니란 말예요.

변호사 그렇다구 당신의 공갈에 내가 속아 넘어갈 것 같소. 병원 걱정은 말고 당신 사건이나 생각하시오.

의사 병원 잘못이 아니오. 강박관념이라고 하지 않았소?

관리인 (의사에게) 조건반사라니까요. 의사 선생이 그것도 모르시오.

의사 (관리인에게) 당신이 뭘 안다고 그래. 아내를 죽일지도 모른다는 강박관념 때문이었소. 내게 진단 카드가 있단 말예요.

변호사 왜 이러세요……? 썩은 난간이 사고 현장에서 발견되었다는데.

남편 당신이 아무리 내 변호사지만…… 그 사람은 일부러 썩은 난간을 택한 거지요. 아내가 죽으면 살아갈 방도가 없는 가련한 철학도였으니까.

관리인 이건 또 무슨 소리야. 그럼 철학하는 사람이라구 다 떨어져 죽나.

변호사 (관리인에게) 조건반사라니, 그 사람이 서커스단의 곰이었단 말이야? 실족사라구요!

의사 그럼 병원에서 사람을 죽였단 말야? 병원을 모독하지 말아요. 기사에도 나와 있지 않소! 자기가 아내를 죽였다구.

관리인 (의사에게) 글쎄, 얼마나 충격이 컸으면 그런 소리를 했겠어요. 그는 위험하면 어디에서나 뛰어내린 다니까.

변호사 실족사야.

의사 강박관념이라구.

관리인 조건반사요.

남편 큰일 났군. 난 그걸 간단히 말할 수가 없단 말이야……. 뭐랄까, 철학…… ? 아냐…… 심장…… 심장병이야.

관리인 조건반사래두.

의사 아냐, 강박관념 때문이야.

변호사 난간이 썩어서 그래.

남편 심장…… 철학.

의사 강박관념…… 죄의식.

관리인 낙하산…… 조건반사.

변호사 실족사.

관리인 조건반사.

의사 왜들 이래? 난 의사란 말예요. (관리인을 향해 멱살을 잡으려고 한다) 당신이 뭘 안다구 조건반사니 뭐니 아는 체해. 무식쟁이들. 무식쟁이들.

변호사 들이라니, 의사만 유식쟁인가.

남편 (말린다) 왜들 이래요. 그까짓 죽은 자 때문에 왜 산 사람들끼리 싸워. (변호사를 말린다)

관리인 변호사 양반, 대체 지금 누가 누구하고 싸우는 거예요?

변호사 네놈하구……. 너 무슨 억하심정으로. (멱살을 잡는다)

의사 뭐 의사만 유식쟁이냐구…… 너 한번 유식하구나. (남편이 말린다. 변호사는 관리인 멱살을, 의사는 변호사 멱살을 잡는다. 또 관리인은 의사의 멱살을 잡으며)

관리인 이 돌팔이야. 조건반사는 너만 알아…… 너만 알아.

남편 (관리인의 멱살을 잡는다) 계단을 고치라구 했지, 당신보고 조건반사 연구하랬어?

의사 (손을 뿌리치며) 더럽군. 난 순수한 의학적 입장에서 한 소리라구. (가방을 들고 퇴장한다)

변호사 (좇아나가며) 의학적 문제? 이건 법적인 문제란 말이야. 법적인 문제.

관리인 (좇아나가며) 법…… 법…… 법이 네 호주머니 속에 있는 줄 알아? 위자료나 받아먹으려구 트집이나 잡고 다니는 놈이 뭐 변호사라구.

남편 왜들 이래요. 당신들은 내 코 때문에 모인 거 아냐. 왜 내 문제는 접어두고 죽은 놈 이야기만 하는 거요. 여보시오. 문제를 해결해야지. (싸움하느라고 흐트러진 탁자 위의 술잔들을 똑바로 정돈하다가 변호사가 놓고 간 서류를 보고) 여보시오, 서류를 두고 가면 어떻게 해. (의사가 놓고 간 러프 머신을 보고) 의사 선생, 이거 가지고 가요. (서류와 러프 머신을 들고 따라 나간다)

제3막

1막과 같은 응접실, 같은 날 밤, 부인은 여전히 전화를 걸고 있다. 시계는 11시를 가리키고 있다. 시계종이 열한 번 친다.

아내 응. 그럼……. 남자들은 다 같지. 크고 작은 것뿐이지. 달걀처럼 모양은 똑같애. 가끔 그렇지, 가끔 그 철학교수처럼 예외가 있지만. 네 말이 맞아. 그런 예외 때문에 우리는 더 초라해지기 마련이구. 종일 나갔다가 들어와서 한다는 소리가 온종일 전화통에만 매달려서 산다고 큰 소릴 치지. 그 사람들은 전화기를 그저 단순한 전화기로밖에 보지 않거든. 끝없이 밑바닥으로 가라앉는 사람의 기분은 모른단 말이야.

남편 (남편, 서류와 머신을 들고 들어온다) 아직도 전화야. 그만한 시간이라면 나폴레옹은 도시 하나를 점령했을 테고, 에디슨은 축음기를 발견했을 테고, 리즈 테일러 같았으면 결혼을 했을 것이고…….

아내 난 그래서 언젠가 이렇게 말했다구. 당신에겐 전화 거는 걸로 보이겠지만, 나는 지금 숨을 쉬고 있는 거라구. 그래 숨, 난 지금 숨을 쉬고 있는 거야. 여긴 깜깜한 바닷속이고 난 지금 잠수복을 입고 있는 거야.

남편 잠수복이 아니라 잠옷인데…….

아내 전화줄은 그 잠수복과 연결되어 있는 구명선……. 왜 있지, 산소를 공급해주는 줄 말야. 그 구명선이라구.

남편 그래, 그만 전화를 끊어. 바깥 산소를 공급해줄 테니까.

아내 물론 창이야 있지. 그러나 열 수 없는 창이야, 소음 때문이지. 그리구 새까맣게 오염된 공기……. 그래, 창에 매달려 바깥을 내다보는 것 그게 전부라구. 니네 창에선 뭐가 보이니?

남편 여보, 의사가 왔다구.

아내 교회당의 녹슨 지붕…… 바람에 비뚤어진 십자가하구……. 처음 세울 땐 하얀 십자가였는데 지금은 회색빛으로 보여.

남편 변호사, 변호사가 왔다 갔어.

아내 그리구 조그만 아이들의 놀이터가 있지. 그네가 있는데 다 썩어서 녹슨 쇠사슬만 매달려 있어. 바람이 불면 그게 흔들거리는 게 보이지.

남편 관리인도 왔었다구. 오늘은 좀 기가 꺽인 것 같았어.

아내 구름향나무가 여섯 그루 있는데 그중 세 개는 다 말라죽어버렸어. 왜 죽은 나무를 잘라버리지 않는 걸까? 언젠가는 톱을 든 사람들이 죽은 나무를 자르러 오겠지 오겠지 하면서 매일 창문 너머로 지켜보고 있는데 소식이 없어. 벌써 2년째나 그대로라구.

남편 제발 날 도와줘, 전화를 끊어달라구.

아내 아무것도…… 아무것도 변하는 것은 없어. 하루에도 수백 번 수천 번 똑같은 걸 바라다보는 거지.

남편 여보, 그들도 다 가버렸단 말이야. 저희들끼리 마시고 싸우고 그러다가 밑도 끝도 없이 사라져버렸어.

아내 보지 않고도 지금 창밖에서 무엇이 일어나고 있는지 환히 다 알 수 있어. 구구단을 외우듯이 외울 수가 있지. 공터를 둘러싼 판자벽에 쓰여진 글자……. 그리구 그 공터 안에서는 사람들이 시멘트 블록을 찍구 있다구. 물을 길어 올리는 사람처럼 허리를 굽혔다 폈다……. 온종일 같은 동작을 되풀이하고 있는 거야.

남편 당신도 이걸 들으면 재미있어할 거야. 난 그들을 모아놓고 비밀 녹음을 했거든……. (호주머니에서 소형 녹음기를 꺼낸다)

아내 판자벽에는 한성호텔 신축부지 공사장이라고 쓰여 있어. 아무 의미도 없는 그 글자를 매일 읽는 거야.

남편 어느 장면이 제일 재미있을까? 그래, 그 철학교수의 사인에 대해서 의사가 한 말…… (녹음테이프를 앞으로 돌리다가 고정시키면 엉뚱하게 녹음기에서) 우리끼리 이야기지만 누구나 한번쯤 아내가 죽었으면……. (놀라서 얼른 테이프를 앞으로 보낸다. 회전 속도가 달라지면서 괴상한 테이프 소리가 들린다)

아내 그게 내 주문이라구. 알리바바는 돌문을 열 때 '열려라 참깨'라고 했지만 나는……. (남편이 테이프를 앞으로 말다 감다 하며 녹음을 재생시키면)

테이프 소리 (남편의 목소리) 왜들 다 이러는 거야. 철학교수가 떨어지면 떨어졌지…… 왜 산 사람까지 못살게 굴어. (회전음, 다시 의사 목소리) 신문에는 15층이라고 되어 있지만 내용을 알고 보면 13층이지. 그와 마찬가지로……. (회전음. 남편 녹음기를 앞으로 감는다)

아내 심심하니까 그 글씨를 거꾸로 읽어본다구…… 전연 다른 뜻이 생겨. 공사장의 끝에서 두 자를 떼내어 거꾸로 그걸 읽으면 장사가 돼. 사장이 장사가 되는 거지. 사막을 지나가는 아라비아 상인. 시장 속의 장사들, 때로는 장사, 장사 지내는 것, 죽은 사람의 장례식 생각이 들기도 하지.

테이프 소리 (하히하…… 러프 머신이 웃는 소리)

남편 (스위치를 끈다) 아, 이게 아닌데…… 이게 아니라구…….

아내 장사…… 공지…… 부축…… 신텔호…… 성한…… 한성호텔 신축부지 공사장을 거꾸로 읽으면 아주 생소하고 이상한 낱말들…… 주문 같은 말들이 생겨나. (계속 녹음기 잡음 소리) 그러면 공기를 휘젓는 것처럼 이 세상이 새롭게 보이는 거야. 전연 예기치 않던 새로운 세계.

테이프 소리 메탄 가스가 부글부글 끓어오르는 썩은 늪. 온 방안으로 번져가는 비누 거품……. 시간을 흘려보내지 못하고 그걸 (테이프를 빨리 돌리는 소리, 그러다가 정지되면) 그냥 놔둬두 난 죽게 될 테니까…… 기다려요…… 기다려요…… 기다려요, 그러면 완전범죄가. (테이프 빨리 돌리는 소리. 남편이 테이프 리와인드를 했다가 포워드를 했다가 이야기의 한 대목을 찾느라고 골몰한다)

아내 모든 것을 거꾸로 읽어보라구. 응……. 어렸을 때 장난한 것처럼…… 때 묻은 말들이 싱싱하게 살아나게 돼. 미장원은 원장미가 되구.

테이프 소리 의사 이야기는 믿어야 (테이프 돌아가는 소리) 미쳤다 하면 미친 거구.

아내 병원은 원병이 되구.

테이프 소리 그건 정말 그래요. 아! 답답해.

아내 눈물은 물눈이 되구.

테이프 소리 순수한 의학적 견지에서 말한 건데.

아내 정치는 치정이 되고 사기는 기사가 되고 변소는 소변이 되고. (점점 빠른 목소리로 미친 듯이) 계단은 단계가 되고 장미는 미장이 되구…….

테이프 소리 아뇨…… 전화는 고장이라구요. 통화 중이면 딴 번호로…….

아내 그러면 엉망진창이 되지. 더러운 게 깨끗해지고 깨끗한 게 더러워지고 빤히 아는 말이 라틴어나

아랍말처럼 신비하게 들리기도 하고.

테이프 소리 그래요……, 죽으면 고민이 다 해결되지요……. 그야 물론 동물 쪽이지. 유도 신문에 걸려들지 마세요.

남편 (녹음기를 끄고 내던진다) 왜 이래, 쓸데없는 소리만 자꾸 나오잖아. (녹음기를 던지는 순간 쏴 하는 물소리가 난다)

아내 아니, 아무 소리도 아냐. 11시가 됐구나. 꼭 이 시간이면 위층 목욕탕에서 목욕물 빼는 소리가 난다구.

남편 우리 집만 그런 게 아냐, 아파트는 다 그래.

아내 그게 아파트라는 거지. 내 천장은 위층 사람의 마룻바닥, 내 마룻바닥은 아래층 사람의 천장……. 이런 노래 가사가 있잖니.

남편 여보, 이건 중대한 이야기야. 그 철학교수는 아내를 죽이려고 했대. 그 강박관념 때문에 투신자살한 거래.

아내 내 천장은 위쪽 사람의 마룻바닥이라구.

남편 아니야, 조건반사 때문에 죽은 거래. 그는 군대 있을 때 낙하산 훈련을 했지, 급하면 어디에서나 뛰어내려.

아내 내 마룻바닥은 아래층 사람의 천장.

남편 여보, 왜 놀라지 않는 거야. 내 말을 들어봐. 그 철학교수는 자살한 게 아니라 실족사를 했다는 거야. 난간이 썩어 있었대잖아. 증거물도 있구.

아내 내 위층 사람 4층에서 사는 사람들의 천장은 5층에서 사는 사람의 마룻바닥이고.

남편 허! 참, 그러구 말야, 그건 15층도 14층도 아니고…… 정확하게 말하자면 13층이란 거야. 그 병원에는 외국인 환자가 많아서 13층이란 층수도 없었다는 거지……. 그러니까 4층과 13층을 빼면 13층이 되는 거야.

아내 5층에서 사는 사람의 천장은 6층에서 사는 사람의 마룻바닥이구. 6층에서 사는 사람의 천장은 7층에서 사는 사람의 마룻바닥이구. (위층을 향해서 머리를 든다. 눈물이 흘러내리지 않게 하려는 몸짓)

남편 그만…… 그만해둬……. 정말 미치겠군. 7층에서 사는 사람의 천장은 8층에서 사는 사람의 마룻바닥이고 8층에서 사는 사람의 천장은 10층에서 사는 사람의…….

아내 천장은 마룻바닥이 되고 마룻바닥은 천장이 되고 그러면서 끝없이 끝없이 올라가지. 영원히 그렇게 해서 올라가구 영원히 그렇게 해서 내려오구……. 침몰…… 침몰하는 것이지.

(바깥에서 초인종 소리)

남편 이 밤중에 누굴까, 변호사, 의사, 관리인. (문밖으로 나간다. 바깥에서 떠드는 소리) 임마, 우유를 지금 배달하면 어떻게 해. 이런 미친놈…… 상하구 안 상하구가 문제야 이 녀석아, 순서가 틀리잖아…… 임마 하루의 맨 처음은 교회당 새벽 종소리가 들리구, 그 다음에 우유가 배달되구 그리구 나서 조간신문이 오는 거란 말이야. 그런데 지금이 새벽야 임마. (남편의 얼굴이 벌겋게 달아올라 가지고 우유병을 가지고 들어온다) 여보, 우유가 왔어. 늦게나마 우유가 왔으니까 오늘은 진짜 15일이 된 거야. 아니 당신 울고 있잖아. 자자, 이젠 조금 있으면 16일, 16일이 되지. 자, 새롭게 새로운 날이 오도록…… 우리 건배를 할까? 죽은 사람들의 이야기는 다 잊어버리자구.

아내 응……. 텔레비전에서 나도 봤어……. 깜깜한 바위 속…… 바다 밑바닥…… 그런데도 예쁜 산호가 있구 별처럼 불을 켜고 다니는 이상한 물고기 떼가 있더구나……. 이 바닥에까지 내려가는 거야. 잘난 사람들은 자꾸 위층으로 올라가서 구름이나 잡으려는 거지……. 바다 밑바닥…… 그 밑바닥의 밑바닥.

남편 여보. 난 당신을 그 전화줄에서 해방시켜야겠어. 자, 그러기 위해서…… 이걸 찢어버리겠어. 이게 뭔지 알아. 오백만 원 지폐나 마찬가지라구. 의사 선생도.

아내 가라앉은 배들.

남편 증언하기로 했구.

아내 옛날 스페인의 상선.

남편 변호사도 승소할 자신이 있다구 했어.

아내 해적선.

남편 관리인도 풀이 죽어 있었지…… 오백만 원.

아내 보물선.

남편 오백만 원을 탈 수 있는 이 서류를…… 착수금 십만 원을 낸 이 서류를 찢어버릴 거라구……. 자, 보란 말야. (남편 고소장을 천천히 찢는다)

아내 진흙 바닥 속에는 떠밀려온 난파선들의 찌꺼기들이 가득 차 있지…….

남편 (종이를 다 찢는다) 오백만 원이 산산조각이 났는데도 아무렇지도 않아? 정말 말리지도 않는 거야?

아내 죽은 자들이 가는 곳이지. 햇볕이 없는 바다 밑바닥으로…… 해초들은 영혼처럼 미친 듯이 흔들리구. 그렇지만 조용한 침묵……. 물결 소리도 안 들리지.

남편 좋아, 좋다구……. 그렇다면 더 충격적인 이야기를 하지. 이번만은 당신이라도 수화기를 떨어뜨리고내 품 안으로 뛰어들겠지.

아내 어머니는 나보고 말했어. 소풍 가는 날…… 운동회가 열리던 날……. 그 전날 밤에 도시락을 싸시면서 이렇게 말했단다.

남편 난 부서진 계단에 걸려 굴러떨어진 게 아니라 내가 자진해서 뛰어내린 거라구. 소송은 가짜란 말이야.

아내 얘, 너무 기다리면 안 돼. 너무 기대를 걸면 비가 온단다……, 비가……. 정말 기다리고 기다렸는데, 그렇지, 소풍 가는 날 아침에 눈을 떠보면 비가 왔었지.

남편 묻지 않을 거야. 왜 떨어졌냐구? 궁금하지도 않나?

아내 어머니 말대로 다시는 무얼 기대하지도 기다리지도 않았지. 난 너무 애를 갖고 싶어 했기 때문에 애가 없었다구. 내가 너무 좋아했던 사람들은 다 죽었지. 어머니도 아버지도 내 동생도…… 심지어는 강아지, 십자매까지도 다 죽었어.

남편 또 한 사람 있지. 선우진이도……. 자, 이제 이쯤에서 우리들의 경주를 끝내야겠어. 이번만은 당신도 동요하고 전화통을 내던질 거야. 여보, 왜 떨어졌는지 알아. 당신 때문에 뛰어내린 거야.

아내 ……. (처음으로 남편을 멍하니 쳐다본다)

남편 왜 이제 정신이 들어? 우리 어머니는 당신 어머니와는 달랐어. 모든 걸 기대하고 기다리고 무엇이든 붙잡고 늘어지라고 했어. 높은 곳까지 한 발자국 한 발자국 올라가라고. 올라간 자리에서는 절대로 내려오지 말라고……. 우리 어머니는 그렇게 가난했으니까.

아내 응, 듣고 있다구……. 말 계속해…….

(그러나 여전히 전화에 시선을 주지 않고 남편 얼굴을 쳐다본다)

남편 난 어머니 말대로 잘 뛰고 잘 오르고 잘 붙잡고 열심히 기어 올라갔다구. 여기까지 말야, 대大전자회사의 중역 자리가 바로 내 눈 위에 기다리고 있단 말이야. 그런데…… 당신은 지금 날 무너뜨리려 하고 있어……. 죽은 자들과 공모를 해서.

아내 (전화에다 대고) 음악 한 곡 더 듣자…… 무슨 판이 있니?

남편 당신은 왜 까만 옷만 입는 거야? 까만 블라우스, 까만 치마, 까만 핸드백, 까만 구두…… 심지어 침실에서 입는 잠옷까지……. 당신은 선우진의 장례식에서 아직 돌아오지 않았단 말야. 당신은 죽은 자와 함께 칠 년을 살아왔어.

아내 그게 무슨 곡이야? 혹시 장송곡 아니니?

남편 선우진이가 그때 죽지 않았더라면 난 꼭 그놈을 이길 수 있었을 텐데. 죽은 자와는 씨름을 할 수가 없어. 지금도 그놈은 스물다섯 살, 새파란 대학생이지. 당신의 기억 속에는 아직도 그놈은 까만 셔츠를 입고 있겠지. 그놈은 다방에서 〈황제〉를 듣고 철학책을 겨드랑이에 끼고 휘파람을 불고 강둑이나 산책을 하고 세상 살림살이와는 관계도 없는 고상하고 신비하고 거룩한 이야기나 늘어놓고 있겠지. 돈을 더러운 종잇조각이라 부르고, 그걸 쫓아다니는 사람을 속물이라고 비웃겠지……. 당신이 선우진이와 결혼을 했더라면, 그리고 만약 당신이 심장병에 걸려 죽었더라면 틀림없이 그는 빌딩 꼭대기에서 뛰어내렸을 거라고 믿고 있겠지. 말을 해요. 말을 좀 하라구.

아내 응, 그냥 듣고만 있을게……. 아까는 나 혼자 말을 많이 했으니까 이젠 네가 이야기해. 응, 아무 이야기나 말야. 미국 이야기, 일요일에 놀러간 이야기, 너희 남편 이야기.

남편 왜 내가 그날 계단에서 뛰어내렸는지 알아? 그날 밤도 난 계단을 올라오면서 생각했지. 줄곧 그랬으니까. 직장에서는 동료들과 경쟁하고, 길거리에서는 남들과 버스를 타기 위해서 다투지……. 난 어떤 싸움에서고 이겨왔었지……. 그런데 말이야. 한 칸 한 칸 계단을 밟고 이 아파트 방으로 올라올 때만은 그렇지가 않았어. 내가 이긴 것들이 전부 가짜처럼 느껴지는 거야. 웬일인지 올라가는 게 아니라 자꾸 밑으로 떨어져 침몰해가는 기분이 든단 말야……. 패배했다는 생각, 이길 수 없다는 생각, 그러다가 방문을 열지. 그리구 당신 얼굴을 본단 말야! 내가 사들인 가구들. 장롱, 탁자, 냉장고, 전기스탠드, 양탄자, 죽어라 하고 내가 사들인 것……. 이런 것들이 날 비웃는 소리가 들려오는 거야. 그 웃음소리, 그게 바로 선우진이란 말이야. 선우진……. 그놈이 살아 있어야 했을 텐데, 그래야 그놈도 역시 나이를 먹고 장가를 들고 빚을 졌어야지. 뒤통수 머리카락이 빠지고 여섯 시간씩 딱딱한 책상에서 꼬박 글씨를 쓰다가 견비통에 걸리구…… 노새처럼 허리가 구부러지고 사장실 문 앞에서 몇 시간이나 서성거려야 했을 텐데…… 철학책이 아니라 때 묻은 서류 봉투를 들고 서성거려야 했을 텐데……. 당신이 그것을 봤더라면…… 나는 이길 수 있었을 텐데, 그놈은 철학자인 채로 죽고 말았단 말야. 선우…… 대체 네가 뭐냐…… 시험을 칠 때에는 내 답안지를 훔쳐봤고, 담배를 피우고 싶으면 내 호주머니를 뒤졌지. 나는 너보다도 30센티미터나 키가 더 컸다구. 그런데도 넌 날 비웃고 있었단 말야……. 나도 모르겠어. 그놈 곁에 가면 지금까지 번쩍거리던 금붙이도 구리 조각이 되었지. 비단이 넝마가 되어버리는 거야. 그놈만이 날 존경하지도 인정하지도 않았지. 그놈은 내가 가지고 있지 않은 검은 빛깔, (조소하듯) 철학적인 빛깔을 가지고 있었던 거야. 이제 분명히 알겠다구. 그건 내가 가지고 있지 않은 죽음의 빛깔이었어……. 그래서 그놈 앞에 가면 난 늘 초조해지고 멋쩍어지고 맥이 풀리고 무언지 무시당하고 있다는 기분이 들었어……. 그 무렵에 재수 없게도 당신이 나타난 거지.

아내 애, 아무 소리도 들을 수 없게 음악을 좀 크게 틀어주겠니?

남편 설명할 수 없던 묘한 감정이 현실이 되어버린 거지. 무엇 때문에 당신은 머저리, 병신, 가난뱅이……. 그런 놈에게 끌렸냐구. 무슨 힘 때문이었냐구.

아내 음악의 볼륨을 더 높여줄 수 없니? 아니야, 〈황제〉를 다시 듣고 싶어.

남편 〈황제〉? 그렇지, 그놈은 음악 속의 황제처럼 죽었어. 내가 그놈을 죽였는데도 그놈은 황제처럼 살고 있단 말야.

(아내 전화기를 놓쳤다가 다시 줍는다. 놀라운 얼굴로 남편을 쳐다본다)

남편 왜 쳐다보는 거야? 미안해, 아무래도 이번만은 내가 당신과 선우진을 이기게 될 것 같군.

아내 (멍하니 쳐다본다)

남편 그래, 선우진이는 내가 죽인 거야. 그날 밤에도 계단을 올라오면서 그 생각을 했지. 죽였기 때문에 내가 진 거라구. 당신은 내가 없는 빈 방에서 영원히 늙지 않는 대학생과 커피를 마시고 꽃을 꽂고 음악을 듣고 이야기를 하고 책을 읽고 있었지. 7년 동안이나 긴 세월을 두고.

아내 음…… 듣고 있어……. 매킨토슈라고 했지, 정말 좋은 소리구나, 얘, 이번 여름에 바다에 가자. 우리끼리만 가는 거야. 옛날처럼 말이지.

남편 그래도 전화를 못 끊겠어? 내가 선우를 죽였다고 했잖아.

아내 별처럼 흩어져 있던 것. 그게 뭐랬더라?

남편 응, 믿지 않는군. 잘 생각해봐. 그해 여름 바다에 있었던 일을 자세히 생각해보라구.

아내 응, 이제 생각나……. 너무 예뻐서 멋모르구 그걸 집으려고 했지. 징그러워서 소리를 쳤었지. 이제 생각난다구……. 그래, 불가사리!

남편 맞아, 그놈은 그때 해변에서 불가사리를 보고 있었어. 당신은 바다 깊은 곳까지 들어가 수영을 하고 있었지……. '어이, 선우 저기 빨간 부표가 떠 있지……. 그 옆에 떠 있는 게 설마 인어는 아니겠지……. 저긴 상어가 있으니까.' 상어가 있다는 건 거짓말이었어. 난 선우를 말릴 수도 있었구 당신을 구해볼 수도 있었지. 그러나 난 다만 관찰하고 있었어. 행복한 풍경을 말이야.

(아내 벌떡 일어난다. 남편에게 무엇을 말하려다 말고 그 자리에 그냥 주저앉는다)

이제야 선우와 당신을 진짜 이길 것 같군. 난 그냥 관찰하고 있었다고 했지. 선우는 당신을 향해 뛰어들더군. 그래도 난 움직이지 않았다구. '철학보다는 수영을 배우게.' 이것이 내가 그 친구에게 가르쳐주려던 교훈이었다구.

아내 내가 바다에 가면 다시 부표가 떠 있는 바다 너머로 수영해갈 거야. 절대로…… 절대로…… 이번에는 실수를 하지 않을 거야.

남편 하지만 수영도 제대로 못하면서 쫓아갈 사람이 또 있을까.

아내 얘, 볼륨을 올려줘……. 아주 크게. 언제 들어도 그 음악은 진짜 바람 같다구. 머리카락을 말갈기처럼 날리게 하는 바람, 아니야. 그건 파도라구.

남편 평생 동안 지킨다던 내 비밀을 고백했어. 그런데 당신은 정말 아무렇지도 않은 거야?

아내 얘, 나 너한테 고백할 것이 있다. 평생 지키고만 있으려던 비밀이야. 너 나한테 전화 걸 때 '선우진입니다.'라고 장난을 쳤지?

남편 뭐라구, 선우가?

아내 놀랐느냐고 했지. 응……. 그때 난 시침을 뗐지만 정말 놀랐다구. 그이가 전화를 건 줄 알고 말이지.

남편 당신 다시 시작하는 거야? 전화줄에 걸린 불쌍한 검은 나비인 나 좀 보라구.

아내 난 늘 선우의 전화를 기다리고 있어. 언젠가는 꼭 전화벨 소리가 울리고 '여기 엠프리스인데요'라구 굵은 목소리로 그이가 전화를 걸 거라구.

남편 선우는 내가 죽였다니까.

아내 거짓말이 아니야. 응, 그 사람 지금 내 옆에 있어. 자기가 선우를 죽였다는구나. 천만에…… 천만에…… 난 똑똑히 보았지. 그는 바다 밑으로 가라앉는 나를 두 팔로 끌어안고는 이렇게 말했었지……. 자, 함께 가자구……. 그이는 물에 빠진 게 아니었지……. 쫓아오라고 손짓하면서 수평선 쪽으로 서서히 헤엄쳐나간 거야.

남편 병신 같은 소리 하지 말어……. 선우는 허우적거리면서 물 위에 세 번이나 떠올랐다가는 가라앉고 말았어.

아내 너도 알지? 해가 맨 처음 떠오르는 바다, 거기서 불어오는 바람은 늘 향기로웠지. 비늘처럼 번쩍이는 파도를 손으로 쓰다듬듯이 천천히 헤치면서…… 나는 분명히 보았다구. 너무 눈이 부셨지만 말이야. 그이가 커다란 활 모양을 그리며 똑바로 헤엄쳐 나가는 것을 분명히 보았어. 그는 물에 가라앉은 게 아냐. 우리가 한 번도 가보지 못한 곳을 향해서 말야. 천 년을 산다는 바다 거북처럼 황제와 같은 음악 위에 둥둥 떠서 가버린 거야. 이젠 나도 헤엄쳐갈 거다. 그때는 그 사람 혼자 보냈지만 이번에는 절대로 실수하지 않을 거야. 어느 날 갑자기 그는 그 바다에서 돌아오는 거야. 온몸에 해초 냄새를 묻히구. 하얀 소금기가 묻은 팔로 내 손을 꼭 쥘 거라구…….

남편 제발! 이렇게 빌 테니까 제발! (아내에게 매달려 포옹을 하듯이 붙잡고 애원하다가 갑자기, 머리카락에 코를 묻고 심호흡을 하듯이 냄새를 맡는다. 그러고는 절망적인 얼굴을 하고 서서히 뒷걸음질 친다) 여보, 당신의 냄새를 맡을 수가 없어……. 난 냄새를 맡을 수 없게 되었단 말야……. (미친 듯이 꽃…… 탁자의 담배…… 양탄자…… 아무 데나 킁킁거리며 냄새를 맡아본다)

아내 우린 처음 만난 사람처럼 인사를 하는 거지, 온

몸에서 뚝뚝 떨어지는 바다 냄새를 맡으면서. 바다에 안기듯이 난 취해서 쓰러질 거야. 아, 3악장째…… 라라라…… 라라…… 라…… 라…… 라…… 볼륨을 다 틀어. 파도처럼 쾅쾅 치게 하라구. 진짜 바람처럼 숨도 못 쉬게 말야.

남편 여보, 난 후각을 잃었어. 냄새를 맡을 수가 없어. (게처럼 엎드려 빙글빙글 돌면서 냄새를 맡는다)

아내 (마치 오르가슴에 달한 여인처럼 온몸을 비튼다) 난 지금 부표가 떠 있는 경계선을 넘어가는 거야. 이번엔 절대로 실수하지 않을 거야.

남편 냄새를 잃었다. 냄새를 잃었다. 난 냄새를 맡을 수가 없어. 관리인…… 변호사…… 어딨어……? 의사 선생님을 빨리 불러줘. 어서, 냄새를 잃었어. 철학교수 때문이야. 강박관념, 조건반사, 실족사…… 심장…… 선우……. 아냐…… 우유 배달부 녀석 때문이지……. 전화야, 전화 때문이야. 전화를 끊어……. 빨리 전화를 끊어.

(허둥지둥대다가 러프 머신을 건드려서 떨어뜨린다. 그러자 러프 머신의 스위치가 눌러져서 웃음소리가 터져나온다) 하하하…… 하…… 허…… 헛 허허……. (놀라서 러프머신의 웃음소리를 들으며 서서히 뒷걸음질. 창문 있는 쪽으로 간다. 갑자기 자기도

따라 웃으며 창밖으로 몸을 던진다. 유리창 깨지는 소리…… 깨진 창문에서 갑자기 자동차의 클랙슨 소리와 소음들이 왈칵 들어온다. 부인 비로소 전화를 내던지고 달려온다. 허리를 구부리고 깨진 유리창 너머로 어두운 심연을 바라본다. 태엽이 풀리면서 러프 머신의 웃음소리 점점 천천히 괴상하게 울리다가 멎는다. 무대 어두워지면 형광 도료를 칠한 1막처럼 전화기와 전화줄만이 어렴풋이 어두운 공간에 어린다. 탁자에서 떨어진 전화줄에 매달린 수화기가 흔들흔들 시계추처럼 흔들리고 그 수화기에서 소리가 울려 나온다)

수화기 소리 얘…… 무슨 소리니, 무슨 일이 생겼니? 무슨 소리야…… 얘얘…… 대답 좀 해봐. 무슨 소리야?

그 수화기에서 〈황제〉의 마지막 장 음악이 점점 크게 들려오면서 서서히 막이 내려온다.

세 번은 짧게 세 번은 길게

(전8장)

등장인물

김종실 56호에 사는 삼십 대의 가장. 이펙트맨.

여자 66호에 사는 콜걸.

목수, 기자

아나운서, 해설자

제1장

베토벤의 운명 교향곡 첫 소절 따―따―따―땅의 음악 소리에 이어 그와 흡사한 박자로 찌찌찌 찌―찌―찌― 세 번은 짧게 세 번은 길게 버저가 울리는 소리. 그러고는 조금 침묵이 흐르다가 열쇠 돌아가는 소리. 문이 열리면서 무대 점점 밝아진다. 김종실 황급히 들어온다. 안에서는 목욕하는 소리.

김종실 하필 이 시각에 웬 목욕이야? 열쇠가 없었더라면 한참 기다릴 뻔했잖아. (손가방을 내려놓고 의자에 앉으려다 깜짝 놀라면서) 쳇, 또 시작했군. 도대체 왜 이렇게 가구를 바꾸는 거야. 모자를 바꿔 쓴다고 해서 바보가 똑똑해지는 줄 알어? 뭐 그렇다고 당신이 바보란 말은 아니구. (물소리와 목욕탕 문 열리는 소리) 세상에 이럴 수가 커튼, 탁자, 양탄자 이번엔 아주 몽땅 바꿔버렸군. 이왕이면 남편까지 바꾸시지 그랬어.

여자 (사람이 온 것을 보고 깜짝 놀라 머뭇거리다가 겁에 질려) 누구세요?

김종실 흥, 목소리까지 바꿨어? 새 의자에 새 여자. 이거 정말 새장가를 든 기분인데.

(여자, 남자의 반응을 살펴보면서 제자리에 그냥 서 있다)

김종실 하기야 심심하고 따분하기도 하겠지. 언제 봐도 똑같은 방, 방은 언제나 사각형이구, 똑같은 의자, 의자는 발이 네 개 달렸구, 똑같은 창문, 창문으로는 또 남의 집 창문만이 보이지. 뻐꾸기 시계는 1시엔 꼭 한 번 울고, 2시엔 꼭 두 번 울고, 그렇지 그놈이 일곱 번 울고 나면 이번엔 똑같은 남편이 똑같은 가방을 들고 똑같은 얼굴로 들어온다 이거지. 초인종 누르는 소리도 똑같어. 세 번은 짧게 한 번은 길게……. (여자, 남자 뒤에 서서히 다가온다. 남자 곁눈질로 흘깃 쳐다보고 일부러 놀래주려고 능청) 그리고 그놈의 TV 광고까지 똑같단 말야. 달라지는 건 달력의 날짜뿐이겠지……. 그러나 오늘은 그렇지 않단 말씀이야. 모든 게 달라졌단 말야. 남편이 달라지고 세상이 확 바뀌었어. 자, 놀라지 말라구! (수표가 든 봉투를 꺼내 들고 홱 돌아선다. 그래놓고 자기가 놀란다) 아, 이거 실례했습니다. 내 집사람인 줄 알고, 그런데 이 사람 어디 갔습니까? 방금 전에도 전화를 받았었는데, 댁은 누구시지요?

여자 그건 내가 묻고 싶은 말씀예요.

김종실 저는 김종실이라 합니다마는.

여자 이름 같은 걸 알자는 게 아녜요. 무슨 볼일로 왔느냐구요. 그리고 어떻게 여길 들어왔죠?

김종실 그야 퇴근을 했으니까요. 제집 두고 길거리에서 잘 수는 없는 일 아닙니까? 더구나 전 7시 넘어서 집에 들어와본 적이 한 번도 없습니다. 뭐 그게 잘못됐습니까?

여자 참 알 수 없는 분이군요. 물건을 가지고 들어온 걸 보면 도둑은 아니구, 물건을 팔러 온 판매원이라면 너무 당당하시구, 술에 취한 사람이라면 너무 점잖으신데…….

김종실 뭐요, 도둑? 판매원? 술주정꾼? 대체 당신 누구요? 손님치곤 너무 버릇이 없구, 파출부치고는 고상하신데…….

여자 술에 취하신 모양인데 빨리 나가세요. 경찰을 부르겠어요.

(전화 있는 쪽으로 간다)

김종실 나야말로 경찰을 불러야겠군! 아니지. 진희 엄마부터 불러야겠군……. (내실을 향해서) 여보! 여보.

여자 (송수화기를 든다) 경비실이죠. 여기 66호인데요.

김종실 (깜짝 놀라며 여자에게서 수화기를 빼앗아 올려놓는다) 66호라구요. 그거 정말입니까?

여자 이제야 정신이 들어요? 술을 자셨으면…….

김종실 아닙니다. 전 호밀밭 근처에도 못 가는 사람입니다. 이거 참 실례했습니다. 저는 56호 그러니까, 바로 이 아래층에 사는 진희네…….

여자 전 이사 온 지 얼마 안 되어 아무도 모릅니다. 빨리 나가주시기만 하면 돼요.

김종실 이럴 수가! 이거 실례 많았습니다. (도망치듯 문 쪽으로 뛰어나간다. 그러나 문손잡이가 고장나서 움직이지 않는다) 아니 문이 잠겼는데요?

여자 이번엔 무슨 짓을 하려는 거죠?

김종실 제발 절 빨리 내보내주세요. 전 정말 도둑도, 치한도 아닌 바로 이 밑의 층에 사는…….

여자 (문 쪽으로 가서 손잡이를 잡고 연다. 그러나 정말 잠긴 채 열리지가 않는다) 어쩌지 정말 문이 안 열리네. 손잡이를 어떻게 해놓은 거예요?

김종실 어떻게 해놓다니요? 이 열쇠로 분명히 열고 들어왔는데…….

여자 결국 댁이 고장을 내놓았군요. (둘이서 문을 열려고 애를 쓴다)

김종실 다른 문 없습니까?

여자 방범 장치가 돼 있어, 출입구는 딱 이거 하나예요. (이때 초인종 소리. 김종실은 놀라서 어쩔 줄을 모른다. 여자 역시 허둥지둥 대면서 김종실을 눈에 안 띄는 곳에 숨기고는) 누구세요!

김종실 경비실에서 나왔습니다. 전화가 도중에 끊어졌길래! 이상 없으십니까?

여자 네! 아무 일도 아녜요. 문손잡이가 고장났나 봐요. 안 열려요. (바깥에서 손잡이를 돌리는 소리)

소리 밖에서도 안 열리는데요!

여자 어떡하지요? 사람을 보내주시겠어요?

소리 예, 어떻게 해보죠.

여자 여보세요. 빨리 좀 보내주세요.

(응답이 없다)

김종실 전 지금 바로 나가야 합니다. 아내에게 7시에 들어간다고 전화를 걸어두었고 또 손님까지 오기로 되어 있단 말예요!

여자 정말 딱한 분이시군요. 난처한 건 댁이 아니라 바

로 저란 말예요. (여자, 계속해서 문손잡이를 신경질적으로 돌린다. 김종실은 전화를 건다)

김종실 여보세요! 여보세요! 당신이요? (갑자기 놀란 얼굴로 전화를 끊는다)

여자 왜 전화를 끊지요?

김종실 제 아내는 여기가 어디냐고 묻지 않겠어요? 갑자기 할 말이 있어야지요. 내가 바로 위층에 와 있다고 할 수도 없구.

여자 이젠 전화로 연락도 할 수 없게 되었군요. 공연한 의심을 사게 되었으니!

김종실 의심이라니요. 저는 결백합니다. 아니 그러나 정말 무어라고 설명한다?

여자 저에게 설명해야 될 일이 많을 텐데요. 술을 못 드신다고 하셨는데?

김종실 정말입니다. 난 결혼하고 7시 뒤에 집에 돌아와 본 적이란 한 번도 없었지요. 오늘도 정각 7시에…….

여자 맨정신으로 남의 집에 들어왔다 이거지요. 물론 실수로 남의 집에 들어올 수는 있어요. 아파트는 복도도 같고.

김종실 그렇죠. 문도 방 안의 구조도 꼭 같지요.

여자 그렇지만 살림살이는 다르잖아요?

김종실 거 참 설명하기가 곤란한데 말이죠. 진희 엄마는 가끔 방 안을 나도 모르게 감쪽같이 바꾸는 나쁜 취미를 가지고 있거든요. 무슨 주간지에서 본 모양입니다. 「남편 사육법」 뭐 그런 기사가 있지 않습니까? 권태기에 들어선 남편의 바람을 막으려면 이따금 방 안의 분위기를 새집처럼 바꿔놓을 것.

여자 좋아요. 그런데 왜 초인종은 세 번은 짧게 세 번은 길게 누르셨지요?

김종실 허 참, 별걸 다 따지시는군요. 그건 제 버릇입니다. 문 앞에 서서 초인종을 누를 때면, 그 베토벤의 운명 교향곡. 따따따따 있잖습니까? 그것이 자꾸 생각나거든요. 오늘은 확실히 제가 정상이 아니었나 봅니다. 그만 마지막 두 번을 더 길게 눌렀으니까!

여자 별수 없어요. 이젠 경비실에서 사람을 보내줄 때까지 기다릴 수밖에 별 도리가 없게 됐어요.

김종실 이거 큰 낭팬데, 일거리가 밀렸는데…… 부인, 어차피 실례한 건데, 내 여기에서 좀 일을 할 게 있으니 들어가 기다리시죠.

여자 사람이 곧 올 거예요, 좀 참고 계세요. (여자 안으로 퇴장한다)

제2장

김종실 테이프틀 꺼내고 간단한 음향 장치를 꺼내 녹음을 한다. 쇠막대로 유리 창문을 긁는다. 자동차가 급브레이크를 밟는 끽 하는 소리 서너 번 되풀이한다.

여자 이게 무슨 소리예요. 거기에서 뭘 하고 계시는 거죠?

김종실 쉿— 조용히 하세요. 지금 녹음 중예요.

여자 유리창을 깨도 쇠창살이 있으니 소용없대두요. 사람이 올 때까지 기다리기로 했잖아요.

김종실 유리창을 깨려고 하는 게 아녜요. 오늘 중으로 꼭 해야만 될 일입니다.

여자 지금이 몇 신데 일을 해요. 그리고 방금 자동차 브레이크 소리가 났는데 그건 또 뭐예요?

김종실 이 소리 말입니까? (다시 유리창을 긁는다. 자동차 브레이크

소리)

여자 (귀를 틀어막으며) 제발 그만둬요. 그 소리만은 제발. (공포에 떤다)

김종실 진정하세요. 아무것도 아닙니다. 제 직업은 이펙트맨입니다.

여자 뭐요. 배트맨이라고요? 그건 애들이 보는 TV 만화 주인공 이름 아녜요? 사람을 놀리는 거예요, 뭐예요.

김종실 모르시는 게 당연하지요. 쉽게 말해서 여러 가지 소리를 만들어서 파는 사람이죠.

여자 소리를 만들어 팔아요? 설마 눈 뜨고 잠꼬댈 하는 건 아니겠죠.

김종실 왜 효과음이란 게 있지 않습니까? 영화나 방송국 같은 데서도 쓰고……. 아, 그보다도 말이지요. 요즈음 TV 광고에서 요란한 소리를 잘 내지 않습니까? 병마개 따는 소리라든가, 알사탕을 아드득 깨무는 소리라든가 바로 그런 소리들이죠.

여자 그게 전부 선생님이 만들어서 판 소리란 말예요? (웃는다)

김종실 워낙 특수한 직업이라서…… 난 누가 뭘 하는 사람이냐고 묻는 게 제일 무서워요. 그걸 설명하기가 아주 힘들거든요. 그래서 그냥 연예계에 종사하고 있다고 한답니다. 왜 믿기지 않는 사실보다 누구나 믿을 수 있는 거짓말을 하는 경우가…….

여자 방금 제가 한 말에 복수를 하시는군요. (같이 웃는다)

김종실 며칠 전 세무서에서도 지금과 똑같은 경험을 했지요. 탈세범처럼 쩔쩔맸으니까요. 직종별 과세 종목이 ○○○이나 된대요. 잘은 모르지만 부인이나 부군께서도 무슨 직업을 갖고 계신다면 틀림없이 그 종목에 들어 있을 겁니다.

(여자 직업이란 말에 당황하면서 화제를 다른 곳으로 돌린다)

여자 네? 직업이라고요. 아니, 그게 아니라 저 마실 것 좀 가져올까요? 뭘 드시겠어요?

김종실 '뭘 드시겠어요'라고 말하는 사람은 서비스업에 속한대요. (웃음) 그런데 이펙트맨은 ○○○종목의 직업 중에도 적혀 있지 않다는 거죠. 그 분류대로 하면 직업이 있어도 난 무직자나 다름이 없어요.

여자 그 사람들에게도 소리를 만들어 판다고 하셨나요?

김종실 예, 그렇게 말했더니 뭘 만드는 직업이니까 분명히 제조업에 속하는 것이라고 하더군요. 그리곤 공장이나 그 가게가 어디 있느냐, 원료가 뭐냐 꼬

치꼬치 캐묻지 않겠어요. (웃음)

여자 그건 저도 마찬가지네요. 그 공장과 가게는 어디 있지요?

김종실 (허공을 가리키며) 하늘에 있어요. 제 제품은 바람 같은 거니까요. 섭섭하게도 제 제품을 매일같이 소비하고 있으면서도 아무도 그걸 모르고 있거든요. 부인도 그 섭섭한 사람 중의 한 분입니다만.

여자 (녹음테이프를 보면서) 이건가요?

김종실 백문이 불여일견이라지만 제 경우엔 정반대로 백견이 불여일문이지요. 들어보세요. (여자, 녹음기를 누른다. 병마개 따는 소리, 여러 가지 폭발음과 쏴 하고 포말이 올라오는 소리)

여자 (후—하고 숨을 내쉬며) 답답한 속이 확 뚫리는 것 같아요. 참 시원한 소리예요. 사이다 병마개 따는 소린가요?

김종실 뭐 그런 거요. 그들이 원하는 것도 바로 속이 확 뚫리는 그런 효과를 내는 소리죠. 난 그런 소릴 찾아내려고 풍선을 이백 개나 터뜨려봤지요. 이 소리가 TV 광고를 통해서 전 세계에 쏘아질 것입니다. 바로 오늘 그 특허 계약을 하고 왔으니까요. 에, 또 그리고 이것은 오늘 중으로 만들어야 할 주문서들이구요.

여자 (읽어본다) 자동차의 급브레이크 밟는 소리, 긴박감과 공포의식을 주되 듣는 사람에겐 묘한 쾌감을 불러일으키도록 만들어줄 것. 세상에 뭐가 이런 게 있어요. 멀쩡한 사람에게 공포감을 일으키고 거기에다가 또 무슨 쾌감을 줘요? 도대체 이게 무슨 야만스런 짓들인가요.

김종실 흥분하지 마세요. 남이 죽어야 장사가 되는 장의사도 있는데요 뭐. 재해보험회사에서 발주한 광고용 소리지요. 그것이 지금 제가 방금 만들던 소립니다. 이런 효과음은 아주 간단해요. (다시 유리창에다 쇳조각을 대고) 이렇게 하고 긁으면 그 속도에 따라서…….

여자 (소리가 울리자 갑작스레 표정을 바꾸며) 제발 하지 말아요, 부탁예요.

김종실 (다시 창문을 긁으려 한다) 남편은? 남편의 직업은? 그분은 정말 해외여행 중이신가요? (여자, 머리를 쥐고 발작적인 몸짓으로 전율한다. 김종실 놀라서 여자를 포옹해서 진정시킨다) 좋아요, 아무 말도 하지 마세요. 부인께서 자동차 소리를 그렇게 무서워하는 줄 미처 몰랐어요. 괴롭혀드릴 생각은 조금도 없었어요. 그저 장난으로 한 것입니다. 진정하세요. (여자, 김종실에게 안겨 있는 것을 알고 얼른 몸을 피한다) 기분 전환을 시켜드리죠. (기분 전환을 시키려고) 식료품 가게에 가면 왜 가끔 맛이 다른 통조림이 죽 진열되어 있지 않아요. 복숭아, 토마토, 오렌지 이런 과일이 있는가 하면 쇠고기, 고등어, 꽁치, 별거별거 다 있지요. 저는 소리의 통조림을 만드는 사람이지요. 어떤 통조림을 원하십니까? 시원한 것? (물 흐르는 소리) 분노를 터뜨리는 것? (불꽃 터지는 소리) 평온한 것? (새소리) 무엇이든 있어요. 원하시는 게 있으면 말씀만 하세요. 무엇이든 소리를 만들어드릴 수 있어요. (효과음을 틀 때마다 여자의 표정과 행동이 바뀐다)

여자 그게 다 진짜 소리가 아니라 선생님이 만들어낸 소린가요?

김종실 물론이지요. 더러는 진짜 소리를 따온 것도 있지만 거의 모두가 다른 소리로 만들어낸 거지요. 바람 소리를 진짜 녹음해보세요. 그건 절대 바람 소리처럼 들리지 않을 테니까요. 이렇게…… 이렇게 해야 바람 소리가 납니다. (김종실, 바람 소리를 만들어낸다. 바람 소리 계속 울린다)

여자 벌써 12시네요. 내일 아침이나 되어야 사람이 올

모양이군요. (점점 어두워진다)

김종실 이 밤중엔 내보내준대도 이젠 집으로 들어가기는 다 틀렸군요.

제3장

효과음, 갖가지의 바람 소리. 김종실과 여자 함께 커피를 마신다. 아침.

김종실 참 커피 맛이 좋은데요. 기분이 기지개를 켠 것같이 아주 삽상한데요.

여자 댁에서는 아침에 커피를 안 드시나요?

김종실 물론 꼭 한 잔씩 하지요. 그렇지만 이런 커피는 처음 맛보는데요.

여자 아무 데서나 파는 인스턴트 커피인걸요.

김종실 오해하지 말구 들으십시오. 오래간만에 난 아침이란 것을 느끼고 있는 중입니다. 무언가 색다른 죄를 저지른 것처럼 불안하면서도 호기심에 가득 찬 아침의 유혹…… 이 기분 때문에 남자들은 아마 외박을 하는가 보죠.

여자 정말 선생님은 7시 넘어 집에 들어간 적이 한 번도 없었어요?

김종실 전 거짓말을 못하는 사람입니다.

여자 곤란한데요?

김종실 예, 그래요? 친구들도 외박 한 번 못해봤다면 다들 곤란한 사람이라고 하죠.

여자 그게 아니라 부인을 만나서 어젯밤 이곳에 있었다는 말을 절대로 해서는 안 됩니다. 믿을 수 없는 사실보다 믿을 수 있는 거짓말을 하세요. 더구나 여자들은 눈치가 빠르고 질투심이 강하니까요.

김종실 그런데 부인은 부군께서 집을 비우시는데도 그렇게 태연하시군요.

여자 남의 부인까지 걱정할 때가 아닐 텐데요.

김종실 (여자 표정이 바뀌는 것을 알고) 맞습니다. 문제는 내 발등에 떨어진 불덩어리죠. 자, 어디에 있었다고 해야 믿어줄까요? 여자 마음은 여자가 잘 아시잖습니까? 어디 한번 연습을 해볼까요?

여자 연습을 해보시겠다구요?

김종실 사실 전 워낙 외박이란 걸 해본 적이 없어서 경험이 통 없기 때문에…….

여자 외박이 처음이라니 정말 큰일 날 소릴 하시네요.

김종실 아니, 문자 그대로 예고 없이 밖에서 그냥 잔 게 처음이란 말입니다. 제 친구들은 진짜 외박을 하고도 끄떡없는데 말입니다. 전 왜 이렇게 떨리는지 모르겠어요. 그들은 교묘하게 알리바이를 만들어내지요. 그 방법도 가지각색예요. 밤낚시 알리바이, 출장 알리바이, 초상집 알리바이.

여자 초상집 알리바이라니요? 누가 원할 때마다 죽어주는 사람이라도 있나요.

김종실 그게 아닙니다. (신문을 펴 들고) 외박할 일이 생기면 조간신문을 이용합니다. 신문치고 부고 안 실린 날이 없으니까요. 거기에서 그럴듯한 부고를 하나 고르는 거지요. 헛, 이 친구가? 그러고는 밥을 먹다 말고 숟가락을 내던집니다. 비통한 표정을 짓고 부인한테 군자금 조로 부조금까지 타내가지고 출근을 합니다. 밤중에 전화를 걸지요. 아무래도 초상집에서 밤샘을 해야 될 것 같다고 말하고는 문단속 잘하라는 말로 끝내는 겁니다. 아무리 극성스러운 부인도 초상집 전화번호까지 대라고는 하지 않을 테니까요.

여자 문단속 잘하라구요?

김종실 남자들이 집에 못 들어갈 때 잘 쓰는 말이죠. 들기에도 부드럽고 집안 걱정을 하는 자상한 남편이란 인상도 주고 또 실제 방법에도 좋구요.

여자 (쓸쓸한 표정) 남자들은 남의 부고까지 팔아 다른 여자를 찾아가는군요. (한숨) 속고 사는 부인들도 그렇지만 그렇게 해서 오는 남자들을 받아들이는 여자 쪽도 너무 불쌍해요.

김종실 부인! 너무 상심하지 마십시오. 그런 거짓말을 하고 사는 남편들도 보통 불쌍한 게 아닙니다. 당장 보십시오. 저같이 외박도 제대로 못해보고 이렇게 거짓말을 짜내려고 벌벌 떠는 사람도 있지 않습니까?

여자 참, 연습을 하신다고 했지요? 어디서 하룻밤을 지냈다고 하실 건가요?

(이때, 찍—초인종 소리. 김종실은 정말 놀라 벌벌 떤다)

여자 내실에 들어가 계세요.

김종실 분명히 초인종 소리가 세 번은 짧게 세 번은 길게 울린 것 같던데요. (다시 초인종 소리)

여자 자, 들어보세요. 짧게 두 번씩 울렸어요. 경비실에서 보낸 목수일 거예요. (김종실 커튼 쪽으로 가서 숨는다. 여자 문 쪽으로 가 밖을 확인하고는) 들어오세요. 밖에서 따보세요. (쿵쿵 하는 소리. 문이 열리고 목수 들어온다)

목수 　밤새 무사하셨군요. 다행입니다.

여자 　무사하다니요, 문이 고장난 것뿐인데요 뭘.

목수 　바로 아래층에서 사건이 생긴 모양이던데요. 형사들이 잔뜩 와 있어요.

여자 　(남자가 숨은 켠을 불안한 얼굴로 쳐다보며) 사건이 생겨요? 아래층이라니 몇 호인가요?

목수 　사모님 댁 바로 아래층 말씀입니다. 거긴 56호가 되나요?

여자 　무슨 일이래요, 부인이 어떻게 됐나요?

목수 　부인이 아니라 그 집 남자가 행방불명이라나요. 부인이 실종 신고를 했다나 봐요.

여자 　남자가 실종됐대요? 아니 그새 실종 신고를 해요.

목수 　그새라니요. 사모님은 그 집 내막을 잘 아시는가 보군요. 부인은 남편이 누구에겐가 납치됐을 거라는 거죠. 밤중에 괴상한 전화가 왔다가 끊겼다는 거지요. 헌데 실종이 아니라, 그냥 집을 나간 게 아닌가 하고 수군대는 사람도 있지요. 원래 부부 사이가 나빴다나 봐요.

여자 　그렇지 않을 거예요. 그 댁 선생님은 7시 넘어서 한 번도 집에 들어간 적도 없구요. 술도 안 마시고 외박 같은 건…….

목수 내야 뭐 압니까. (문을 고치면서) 내가 아는 건 이런 연장하구 문짝이지 사람 속까지야 알 수 있나요. 그저 모여서 부인들이 떠드는 소문을 들은 것뿐입죠. 매일 밤 그 집에선 뭘 부수는 소리가 난대잖아요. 아무튼 거 살림깨나 왕창 부순 모양입니다. 그래도 사람 치는 놈보다야 낫지요.

여자 혹시 그 집 바깥분이 안에서 무슨 소리를 내야 되는 특수한 직업을 가진 분인 줄도 모르잖아요.

목수 (껄껄 웃는다) 저희들처럼 목수 일을 한다 이거지요. (쾅쾅 때리면서) 대장장이네 집에 식칼이 없대잖아요. 목수는 제집에서 못질이나 톱질을 안 하는 법이지요. 그뿐인가요? 뭐 하는 사람인지 그 직업도 알쏭달쏭하다는데요. 그리고 세간 살림을 치지 않았으면 그 부인이 열흘이 멀다 하고 그걸 실어 내다 바꿨겠어요.

여자 (멍하니 서 있다. 먼 데서 패트롤카의 사이렌 소리) 그야 취미로 살림살이를 자주 바꾸는 사람이 더러 있지요. 주간지에 보면 「남편 사육법」이라는 기사가 있는데.

목수 별말씀을 다 하시는군……. 아, 가구가 나들이 다니는 옷인가요. 취미로 가구를 바꾸다니…… 그럼 우린 떼돈 벌게요. 자, 됐습니다. 참 아파트 문 치고 성한 게 없으니…… 경비실로 연락해주세요. (문을 잠갔다 열었다 시험해보고 목수 퇴장)

김종실 (뛰어나오며) 저런 나쁜 놈들. 내가 뭐 살림을 때려 부숴? 그건 내가 녹음테이프를 틀어보는 소리란 말야. 부인, 이렇게 억울할 데가 어디 있어요. 가구를 바꾸는 게 아내의 못된 버릇이라고 내가 설명했지요. 기억하시지요.

여자 (팔짱을 끼고 천장을 보면서 근심스러운 얼굴) 지금 저에게 변명할 때가 아녜요. 부인께서 실종 신고를 냈대요. 형사들이 몰려와 있구.

김종실 예, 다 들었어요. 아니 남자가 더러 안 들어올 때도 있지, 그새 실종 신고를 내면 어떻게 해. 실종 신고가 무슨 분실 신고야. 남편이 물건이야. 내 원 참…… 기가 막혀서. (김종실 화가 나서 밖으로 나가려고 한다. 여자 문을 가로막는다)

여자 어딜 가는 거예요?

김종실 어딜 가다니요. 이대로 있을 수 없잖아요.

여자 안 돼요. 일이 커졌어요. 그건 바로 제 일이기도 해요. 상대는 이제 부인이 아니라 수사관들이거든요. 서투른 거짓말은 통하지 않게 됐어요. 경찰은 저까지 못살게 굴 거예요.

김종실 우리 사이엔 아무 일도 없잖습니까? 우린 죄인이 아녜요. 결백해요. 경찰에게 바른 대로 말해야겠어요. 더구나 증거가 있잖습니까? 문이 고장나서 고친 목수가…….

여자 그러나 우린 하룻밤 사이에 같이 있었어요. 우리가 깨끗하다는 것을 뭘로 증명하죠?

김종실 아, 또 그 설명할 수 없는 사실은 사실이라도 사실이 아니란 말인가요?

여자 일단 수사가 착수되면 저한테까지도 쓸데없는 것을 다 따지려 덤빌 거예요. 본적, 현주소, 나이, 직업……?

김종실 혹시 경찰을 꺼리시는 일이라도 있으신가요? 그렇지 않으면 부군 쪽인가요?

여자 선생님은 지금 무슨 죄가 있어서 부인을 두려워하고 있나요? 어떻게 생각하시든 좋아요. 어쨌든 지금은 못 나가요. 비가 올 때에는 우산을 받고 나가거나 우산이 없으면 처마 밑에서 기다리거나 이 두 가지 방법밖엔 없는 거예요.

김종실 우산을 빌려주시지요. 이제 기다리는 건 질색입니다.

여자 농담할 때가 아녜요. 이건 선생님 자신의 일이에요. 아직도 사태를 잘 모르시겠어요? 아파트 전체에 소문이 났어요. 여길 나간다 해도 사람들이 선생님을 쳐다보는 눈초리가 달라질 거라구요. 밤사이에 모든 게 변한 거라구요. (밖으로 나가려 한다)

김종실 아니 어딜 가는 거예요? 절 여기에 혼자 놔두고 어쩌자는 거예요.

여자 우산을 구하러 간다잖아요. 비를 피할 길을 찾으려면 우선 동정부터 살펴야 할 게 아녜요. (여자 나간다)

김종실 안 돼요. 여기 있으라니까. (따라 나가면서 문을 열려고 한다. 문이 쾅 닫히는 소리) 이젠 문이 열려 있어도 나갈 수 없게 됐군. (주저앉는다)

3장과 4장 사이의 인서트

멀리서부터 점점 가까이 '신문요! 신문요! 신문요! 신문요!……' 그러다가 점점 멀리 사라져가는 신문 배달 소년의 목소리가 지나가면 무대 좌측에 앉아 있는 취재 기자에 스포트라이트.

기자 처음 신고를 받고는 단순한 가출 사건으로 알았죠. 하루에도 이런 사고는 수십 건씩 들어오니까요. 그런 현장엘 가보면 남편이 술에 고주망태가 되어 코를 고는 일이 있는가 하면, 신고자와 실종자가 대판 싸움을 벌이고 있어 그저 부부싸움이나 말리고 오는 일이 많죠. 더구나 주민들의 말을 종합해보면 그집 부부 사이가 원만치 않았다는 거고, 관리인의 말로도 실종되었다는 그 시각쯤에 틀림없이 김종실 씨가 아파트로 올라가는 것을 봤다는 거예요. (수위 사진) 하룻밤 사이에 실종 신고를 낸 부인 태도도 납득이 가지 않아요. 부인 말로는 (부인 사진) 결혼 이후 남편은 7시 이후에 귀가한 적이 한 번도 없었다는 거지만 헤헤…… 나도 남자지만 참새가 방앗간을 그냥 지나갔다는 말을 믿으면 믿었지, 어디 그게 있을 수 있는 일입니까? 더구나 아파트 주민들은 그들 부부 사이가 좋지 않았다는데도 말예요.

김종실 그건 사실이야. 그건 사실이라구. 난 그렇게 길들여져 있었단 말야.

기자 또 그 부인은 귀가 직전에 상의해야 될 중대한 일이 생겼다면서 전활 걸었다는 사실과 김달성이라는 친구를 집에 초대했으니 저녁 준비를 하라고 했는데 아무 연락 없이 소식이 끊어졌다는 점, 그땐 몰랐지만 지금 생각해보니 전화 목소리가 매우 초조했다는 것.

김종실 맞아요. 그날 나는 알라콜라 회사에서 백지수표를 받았단 말예요. 얼마를 써넣을지 몰라서 난 초조했었다구. 그래서 아내에게 전활 걸구 내 친구를 급히 불렀던 거요.

기자 그러나 현장엘 나가보니 부인은 뭘 숨기고 있는 것이 분명했어요. 석연치 않아요. 그날 밤 부른 친구는 결혼식 때 신랑 들러리를 선 사람인 것을 보면 우리 추측으로는 그 중요한 상의 건이란 게 아무래두 이혼 문제인 것 같았구 그 부부는 그날 저녁 그 문제로 싸움하던 끝에 남편은 집을 뛰쳐나갔고 부인은 홧김에 실종 신고를 낸 게 아닌가? 그렇지 않으면 관리인이 분명히 김종실 씨가 7시쯤 아파트로 들어가는 것을 봤다는데 부인이 잡아뗄 리가 있느냐 이거죠. 그날 그 집에 왔던 친구의 말을 (친구 사진) 들어봐도 부인은 줄곧 화를 내고 있었다는 겁니다.

김종실 이거 정말 미치겠군. 그건 손님을 청해놓고 내가 나타나지 않으니까 그랬겠지. 보라구. 난 이렇게 갇혀 있잖아? 내 말을 믿어주기만 한다면 당장이라도 그런 건 다 해명할 수 있단 말야.

기자 그런데 새로운 다른 정보가 들어왔어요. 알라콜라 회사 측에서 그날 김종실 씨에게 CF용으로 제작된 효과음 사용의 특허권으로 백지수표를 주었다는 거죠. 백지수표란 것은 수표를 받은 사람이 자기가 원하는 액수를 마음대로 써넣을 수 있는 것으로 이건 보통 수표와는 성질이 다르다는 말입니다. (백지수표 사진) 예술 창작이라든가 뭐 그런 값을 매기기 어려운 창작품의 대가에 대해서 최대의 경의를 표할 때 이따금 이런 백지수표를 떼주는 경우가 있어요. 상대방의 인격을 믿고 예우를 하는 거니까 받는 쪽에서도 신사적으로 합당한 액수를 써넣게 되는 거죠. 피차 명예와 인격으로 거래할 때 쓰는 수법인데……. 아! 그렇죠. 리즈 테일러도 언젠가 출연료로 이런 수표를 받았구요. 소문엔 오나시스도 여자와 놀고 나서 곧잘 이런 수표를 뗐다더군요. 본론을 얘기하자면 김종실 씨는 이런 수표를 처음 받게 되고 그 내막을 잘 모르니까 누구에겐가 발설을 했다. 그 정보가 새어나가 악질적인 갱들이 그를 납치, 거액의 돈을 적게 하고 사인을 하라고 협박 중이다. 그날 밤에 남편으로부터 전화가 걸려왔지만 곧 끊어졌고 그래서 부인도 재빨리 실종 신고를 냈기 때문에 이 납치범들은 계속 그를 감금할 수밖에 없었거나 그렇지 않으면 죄를 은폐하기 위해서 그를 살해하고 시체를 유기했을지도 모른다.

김종실 뭐요? 살해를 해? 납치? 여보시오. 농담들 하지 말라구. 난 이렇게 멀쩡하게 살아 있어요.

기자 그래서 은행은 물론 요소요소에 수사진을 파견

하고 수색전에 나서게 된 겁니다. 그러나 알 수 없는 건 그가 틀림없이 귀가를 했다는 관리인의 증언인데, 그것도 수사 심리학적인 견지에서 보면 매일 똑같은 것을 되풀이해서 보는 사람은 습관적으로 보지 않고서도 본 것처럼 믿을 때가 있다는 겁니다. 김종실 씨가 언제나 7시에 꼬박꼬박 귀가했으니까 관리인은 그날도 본 것 같은 착각이 든 것뿐이란 말입니다.

김종실 엉터리, 엉터리야. 가정 불화설을 말할 때는 7시 귀가설을 믿을 수 없는 사실이라고 하더니 납치설을 주장할 때는 또 그것을 그대로 믿어? 어느 쪽이야, 어느 쪽.

기자 골치 아픈 사건예요. 처음엔 그저 단순한 것 같았는데 호두 속같이 자꾸 복잡해지고 있어요. 또한 광고계에서도 벌컥 들고 일어났어요. (광고 회사 CF 장면 사진) 김종실 씨에게 CF, CM 등 효과음 제작을 의뢰했다는 회사가 20여 군데가 넘어요. 조사해 보니 전부 계약 날짜에서 조금씩 다 지나고 있어요. 요즈음 갑작스레 분 광고 바람에 효과 제작이 바빠진 거죠. 그러다 보면 과중한 업무를 욕심껏 받아놓고 계약일은 가까워지니까 그냥 슬그머니

도주해버린 게 아닌가 그 점도 무시할 수가 없어요. 큰돈도 생겼겠다. 더구나 가정이 불화했다면 가정쯤 내팽개치고 잠적해버릴 수도 있어요. 친구들의 말을 들어보면 그는 매우 충동적이었다는 거요.

김종실 뭐야, 이 판을 이용해서 자기 회사의 공짜 광고 공세를 하고 있군. 난 여기 갇혀 있으면서도 계약 날짜를 지키려고 효과음을 만들고 있었단 말야. 계약회사도 여섯 회사밖에 없어요. 스무 군데가 넘어? 미치겠군, 이거. 아니, 그리구 뭐야 충동적이야? 그것들이 친구야, 그래 알아보지도 않고 날 뺑소니꾼으로 몰아붙여? 이런 나쁜 놈들…….

(뉴스 소리 암전)

'경찰은 임시 수사본부를 마련하고 이상 세 가지 각도에서 수사에 착수했습니다. 그중에서도 당국은 납치되었을 가능성이 가장 짙은 것으로 보고 고속도로를 비롯, 검문 검색을 강화할 것이라고 말했습니다. 다음 스포츠 소식, 한국을 방문중인 서독 프랑크푸르트 팀과 우리나라 대표팀은 오늘 낮 서울 운동장에서 2차 경기를 가졌습니다.' (중계 장면 인서트)

아나운서 김성배 선수 두 사람을 제치고 센터링— 달려오던 최인후 재빨리 슈—ㅅ (함성) 아깝게도 골포스트를 살짝 지나가는 슈팅이었습니다.

해설자 예. 참 아깝네요. 그 골대 안쪽으로 살짝 밀어만 주었어도 골인 아닙니까! (함성 소리)

제4장

김종실 (미친 듯이 왔다 갔다 한다) 이건 전적으로 부인 때문에 생긴 일입니다. 이젠 다 틀렸어. 너무 늦어버렸어. 날 밀어내도 난 나갈 수 없게 됐어요. (신문을 내던진다) 자, 보세요. 읽어보라구요. 모두가 당신 책임이란 말예요.

여자 뭐예요. 저 때문이라고요?

김종실 처음부터 날 붙잡았잖아요. 어젯밤 일은 그렇다 칩시다. 어쨌든 문이 고장났었으니까. 그러나 무엇 때문에 이곳에 날 놔두고 나갔었느냔 말예요.

여자 형사들이 깔려 있었잖아요? 당신은 경솔하게 그때 나가려고 했어요. 그들이 가고 난 뒤 부인이 실종 신고를 취하하면 간단하게 일이 끝날 수 있었던 걸 말예요.

김종실 그래 일이 지금 간단히 끝났습니까? 신문이란 신문마다 사회면 전체를 온통 내 실종 기사로 도배질을 했구, 텔레비전에서는 특별 뉴스에 마치 범인처럼 얼굴만 도려낸 내 사진을 스포트로 계속 내보내고 있어요. 경찰이 문젭니까, 뉴스가 터져버렸는데 나 원 창피해서.

여자 뉴스에 난 것이 제 책임이란 말예요?

김종실 그럼 누구 책임예요? 내가 나가려고 할 때 말리지만 않았더라면 당신이 경찰을 두려워하지만 않았더라면, 혼자 밖으로 나가지 않았더라면, 아냐 좀 더 일찍이 돌아오기만 했더라도 최소한 신문에 이렇게 내 얼굴이……. (신문을 뒤지며 울먹거린다)

여자 (담배를 태운다) 제가 늦게 돌아온 건 제 입으로 어젯밤 일을 사실대로 털어놓으려고 부인을 찾아갔기 때문예요.

김종실 그래 만났어요, 모든 걸 다 말했나요?

여자 신문이나 방송에 뉴스가 나온 것은 순전히 댁의 부인 때문이었어요.

김종실 집사람이 내가 여기 있는 걸 알고 있느냐고 묻고 있잖아요.

여자 제가 부인을 만났을 때 이미 일은 터지고 있었어요. 부인은 신문사, 방송국에 전화를 걸고 있었구

몇 군데서는 벌써 기자들이 와서 취재를 하고 있었거든요.

김종실 그래서 말을 못했다 이거요?

여자 제가 무슨 말을 꺼낼 수 있었겠어요. 그들이 우르르 몰려와서 저에게 인터뷰를 청했을 텐데. 온 국민들을 향해서 이렇게 외치기라도 하란 말예요. 친애하는 국민 여러분, 저는 어젯밤 김종실 씨와 함께 잤어요.

김종실 바로 그거요. 여자의 목걸이 같은 체면 때문에 한 남자가 그 심장을 잃었다, 바로 그거란 말야. 당신은 소문이 두려워서 남편이 오해할까 봐 두려워서 생사람을 실종자로 만들었단 말야.

여자 맞아요. 여자의 목걸이, 당신 부인은 그 체면의 목걸이 때문에 서둘러 매스컴을 이용한 거죠. 소문이 돌까 봐 남들이 손가락질할까 봐 서둘러 납치 사건으로 각본을 만들고 있었다고요. 당신보다는 훨씬 치밀하고 침착하게요.

김종실 뭐요, 이젠 내 부인까지 모함하기요.

여자 모함이 아니라 사실을 얘기하는 거예요. 부인은 알라콜란가 뭔가 하는 선전부장과 치밀한 실종 수색 작전을 펴고 있었어요. 마치 손과 장갑처럼 서로 죽이 잘 맞더군요.

김종실 그놈이 우리 집에 있었단 말이오? 금테 안경에 구레나룻을 기른 놈이죠? 알겠어, 그 녀석이 기자를 끌어들였군. 그래, 그놈이 내 집에서 뭘 하고 있던가요?

여자 안심하세요. 사람들 보는 앞에서 설마하니 부인과 포옹이라도 하고 있었다고 생각하세요?

김종실 비웃지 말아요. 당신은 처음부터 내가 집으로 돌아 가려고 애쓰는 걸 보고 비웃었단 말야. 시기를 했단 말야. 가정 파괴자. 무엇 때문에 당신은 날 이 방 안에 가두어두었느냐 말야.

여자 (신경질적으로 웃는다) 이봐요, 당신이 가지고 있었다는 백지수표가 탐이 나서 그랬어요.

김종실 뭐요? 백지수표?

여자 그래요. 부인도, 그 금테 안경도, 구경꾼들도, 기자들도 모두가 그 백지수표에 관심이 쏠려 있었다구요. 찾고 있는 건 당신이 아니라 그 수표였단 말예요. 수표가 실종된 거구 당신은 다만 그 수표를 넣고 있는 호주머니에 지나지 않았단 말예요. 난 당신을 처음 봤지만, 만난 지가 겨우 하루도 안 되지만 적어도 그런 사람들과 같지는 않아요.

당신 일을 걱정하구 있단 말예요.

김종실 그래, 그 사람들이 날 제쳐놓고 백지수표만 얘기합디까?

여자 끝까지 제 얘길 들으세요. 저도 화내고 싶지 않아요. 부인과 그 부장이란 사람은 신문사 방송 기자들을 일일이 접대하고 백지수표를 강조했어요. 참 친절하고 융숭한 대접을 하더군요. 마치 잔칫집 같았어요. 그게 선생님의 환갑날이라 해도 그렇게 화려하고 풍성하진 않았을 거예요. 섭섭한 건 누가 그 잔치의 주인인지 모르겠다는 거…….

김종실 백지수표가 엉뚱한 사람 손에 들어갈까 봐 놈들은 겁이 났겠지. 아내는 멋모르고 박부장의 꾐에 넘어간 거라구.

여자 넘어진 게 아니라 일어선 것 같던데요. 박부장은 마치 지휘자 같았구 부인은 바이올린을 열심히 켜고 있는 악사 같았어요.

김종실 한 번 더 그런 말투로 이야기하면 가만두지 않겠어.

여자 저야말로 가만히 있지 않겠어요. 자, 나가세요. 내가 당신을 붙잡았다구요, 가정을 파괴해요. (문을 연다) 빨리 나가세요.

김종실 (겁에 질려 문을 닫고) 쉬잇, 음성을 낮추세요.

여자 지금까지 누가 큰 소리로 떠들었게요? 난 아무 말도 하지 않으려고 했어요. 당신의 부인을 만난 것도 박부장인가 뭔가 그런 이야기를 꺼낼 생각은 처음부터 없었어요. 흥미 없는 일예요. 그런데 당신은 날 몰아세우고 까닭 없이 모욕을 했어요. 신문에 뉴스가 난 것이 내 책임이라고 하니까 사실을 밝히자는 것뿐예요.

김종실 (풀이 죽는다) 미안합니다. 부인. 바꿔 생각해보세요. 답답해서 죽겠어요. 하지만 내가 지금 누굴 붙잡고 화라도 낼 수 있겠습니까? 세상이 넓어도 내가 지금 나서서 말할 사람이라곤 부인밖에 더 있습니까.

여자 그건 저도 마찬가지예요. 이건 우리만이 알고 있는 비밀이잖아요.

김종실 진희는 어디 있었어요? 울고 있습디까. 날 찾으며…….

여자 박부장 회사에서 가져온 선물인가 봐요. 따님은 박부장인가 하는 사람의 무릎에 앉아서 차도르를 쓴 중동 인형과 놀고 있었어요. 『아라비안 나이트』를 보는 것 같던데요.

김종실 아직도 비꼬고 계시는군요. 어린아이야 뭘 알겠소. 그래 집사람은 기자들에게 뭐라고 합디까?

여자 부인께선 가정 불화설을 극구 부인하더군요. 선생님이 얼마나 좋은 남편인가를 선전하구 있었구, 박부장은 납치설을 강력하게 주장하면서 선생님이 얼마나 천재적이고 국보적인 소리의 마술사인가를 열심히 선전하고 있었어요. 기뻐하세요. 두 사람은 모두 선생님의 열렬한 사도들이었구 훌륭한 전도사들이었어요. 그리고 기자 인터뷰도 빈틈이 없었어요. 불화설을 부정하기 위해서 부인께선 화목한 지난날의 가족사진들을 증거품으로 내놓았고 박부장은 내일부터 선전광고를 내게 될 선생님의 역작 백지수표를 주고 산 그 효과음 테이프를 틀어 보이더군요. 그리고 서로가 각기 상대방의 증인이 되어 박부장은 부인의 화목설을, 부인은 박부장의 피납설을 뒷받침하는 증언을……. (부들부들 떨고 있는 김종실을 보고) 왜 기뻐하지 않으세요? 거짓말 아녜요. 신문에 나온 기사를 보면 될 거 아녜요. 자, 자, 여길 보세요. 이 신문의, 소리의 마술사 알라콜라 회사의 백지수표를 받고 갑자기 증발. 이건 박부장의 말이구요. 7시 귀가를 한 번도 어긴 적이 없는 충실한 가장. 이 기사는 부인께서, 그리고 여기 그는 일밖에는 모르는 성실한 이펙트맨으로, 이건 부인과 박부장의 합작이라구요.

김종실 (벌떡 일어나며) 그만, 그만 떠들라구. 아내는 불화설 때문에 훼손된 자기 명예를 찾기 위해서 그런 짓을 했다는 거지. 내가 거액의 돈을 갖고 가출을 했다기보다는 갱들에게 둘러싸여 돈을 빼앗기고 어느 지하실에서 피를 토하며 죽어가고 있는 편을 원하고 있었다는 게지. 그리고 박부장 그 녀석은 내 실종의 기회를 이용해서 내 실종을 극적으로 아주 센세이셔널한 뉴스거리를 만들어서 알라콜라의 선전을 하고 그것으로 판매고를 올리고 그래서 그 회전의자가 더 푹신해지고 구레나룻에 덮인 그 볼따귀에 더 많은 개기름이 흐르겠지. 좋아, 좋다. 너희 회사는 백지수표를 줄 만큼 인심 후한 신사들의 회사이구 그 콜라 선전은 세계적인 소리의 마술사가 만든거구……. 그 주인공은 지금 실종 중이다. 아, 미스터리의 주인공이다. 화제에 굶주린 자들이여, 이 뉴스를 마셔라, 새로 나온 이 콜라를 마셔라.

여자　　진정하세요. 왜 이러시는 거예요? (의자를 끌어 앉힌다) 제가 공연한 소릴 했군요. 그보다도 백지수표가 은행으로 돌기 전에 그걸 찾으려고 서둘러 실종 신고를 한 것 같아요.

김종실　　감사합니다. 부인, 부인 때문에 이렇게 된 게 아닙니다. 전 부인에게 감사를 드려야 합니다.

여자　　선생님을 괴롭히려고 한 소리가 아니었는데……. 정말 미안해요.

김종실　　이제 뭔가 어렴풋이 보이기 시작합니다. 부인이 제 눈을 뜨게 한 것이죠. 안개 속에서 갑자기 햇살처럼 그렇게 부인은 내 앞에 나타나신 겁니다.

여자　　열이 있으신 게 아녜요. (이마를 짚는다)

김종실　　열 같은 것은 없어요. 오히려 조금씩 깨어나고 있는 중입니다. 아주 오랜 잠에서……. 부인 이 사건의 핵심인 백지수표란 게 뭔지 아세요?

여자　　잘 모르겠어요. 하지만 백지수표가 벌써 유행어처럼 사람들 입에 오르내리고 있어요. 관심들이 대단해요.

김종실　　가지고 싶지 않으세요. 부인도 그런 수표를 받아 보고 싶지 않으세요?

여자　　전 무엇이든 종이 쪼가리로 된 것은 믿지 않아요.

종이로 만든 것으로 제일 유익한 것은 화장지밖에 없으니까요.

김종실 큰소리치지 마세요. 부인도 이 종이를 보면 마음이 달라질 겁니다. (백지수표를 꺼낸다) 바로 이겁니다. 이젠 손가락이 떨리지 않아요. 그러나 처음 그들이 수표를 내주었을 때 내 손은 마치 신장대를 잡은 무당 손처럼 떨리고 있었지요.

여자 대체 그게 뭐예요. 어쨌다는 거예요. 뭐길래 그렇게들 야단들예요.

김종실 참, 순진하시군요. 복 받겠습니다. 그걸 모르고 지내는 사람에게 신은 축복을 내릴진저!

여자 하필이면 그들은 백지수표를 준 거죠? 그 이유가 뭐예요?

김종실 가령 제가 재벌이라 합시다. 그리구 부인은 나와 은밀한 관계로 하룻밤을 지냈다고 합시다.

여자 뭐요? 은밀한 관계요? (화를 낸다)

김종실 가령 말입니다. 단순한 비유지요. 아침이 되었어요. 난 신사처럼 보여야겠지요. 상대방의 명예를 지켜줘야겠죠. 더구나 근으로 달아 파는 쇠고기를 산 것도 아니니 딱 얼마라고 액수를 정하기가 어려운 거래가 아닙니까. 그때 나는 액수가 적혀 있지 않은 수표를 줍니다. 고급 콜걸들이 이따금 이런 행운을 얻지요. 마음대로 그 백지에 자기가 원하는 대로 돈을 써넣으라는 겁니다. 자, 내가 그 백지수표를 줍니다. 부인은 그걸 받았어요. 거기에다 얼마를 쓰시겠습니까, 부인 같으면 얼마를 쓰겠어요?

여자 (착잡한 표정) 모르겠어요. 전 그런 거 몰라요. 상상하기도 싫어요.

김종실 십만 원?

여자 왜 이래요, 정말.

김종실 백만 원입니까, 말씀해보세요.

여자 무슨 짓이에요. 내가 몸이라도 파는 여자란 말예요?

김종실 말해봐요. 수표는 백지입니다. 얼마를 써도 좋아요. 일억? 백억? 일조?

여자 몰라요, 몰라요. 제 남편은 아침에 집을 나갈 때마다 저에게 돈을 주지요. 침을 축이고 누런 지폐를 한 장 한 장 세지요. 그리고 그걸 저 응접세트 위에 가래침을 뱉듯 내던지고 나갑니다. 나는 그것도 차마 셀 수가 없는데, 그런데 내가 백지수표에 뭘 써넣을 수가 있겠어요.

김종실 자, 보세요. 난 이 수표를 어제 12시에 받았어요. 석유로 돈을 번 중동 산유국에선 세계 시장을 독점하고 있는 미국의 콜라 회사에 도전하기 위해 새로운 콜라 회사를 차리고 광고전을 벌이기 시작했어요. 일종의 선전포고죠.

여자 골치 아파요. 그런 얘긴 그만해요. 여기에서 빠져나갈 상의나 어서 하세요. 이대로 있을 순 없잖아요. 자, 힘을 내세요.

김종실 박부장은 저와 중학 동창생이구 연극도 같이 했던 친구예요. 그치가 저에게 일을 맡기더군요. 힘을 다해서 만들었어요. 들어보셨죠, 풍선 이백 개를 터뜨려서 소리를 골라내고 거기서 콜라 회사 이름이 나오는 여운을 곁들였지요. 이 아이디어가 적중했어요. (콜라 병마개 따는 시늉 효과음으로) 팩 알라 알라. 그들은 이 소리를 전 세계의 간판 광고로 쓰겠다고 했어요. 그러더니 백지수표를 주더군요. 마음대로 원하는 액수를 써서 은행에 넣으라는 거예요. 저는 멋모르고 처음엔 알라 신에게 감사를 드렸지요. 그리고 점잖은 신사들에게도 경건하게 무릎을 꿇었습니다. 아, 내 손에는 알라딘의 램프가 들려져 있다.

여자 그런데 어쩌다 그런 실수를 했어요. 어젯밤에 이 방에 잘못 들어오시지만 않았더라면 모든 게 행운으로 끝났을 텐데요.

김종실 (말을 가로막으며) 들어오도록 되어 있었던 거지요. 그건 실수도 우연도 아녜요. 그들이 날 이 방으로 처넣은 겁니다.

여자 설마 그들이.

김종실 그들이 내 넋을 빼놓은 겁니다. 얼마를 쓸까? 수표의 하얀 공란을 쳐다보는 순간 난 흔들리기 시작한 겁니다. 십만 원, 아니지, 백만 원, 아냐, 억이나 일조 억이라도 써넣을 수 있다는 자유. 그런데 그게 아니더군요. 난 자유롭지 못했어요. 얼마를 써넣을까, 얼마를 써넣을까? 내가 터뜨린 풍선보다도 더 많은 동그라미가 떠올랐다가는 그것들이 또 허망하게 터지는 거예요. 그 숫자는 골프장 같은 파란 잔디가 깔려 있는 저택이 되기도 하고 고래같이 번쩍거리는 벤츠차와 요트가 되기도 하고, 아라비아산의 말이 되어 달리기도 합니다. 아내와 나는 페르시아의 양탄자 위에서 커피를 마시기도 하고, 밍크목도리와 달걀만 한 다이아 반지를 낀 아내와 함께 나는 파리의 맥심에서 달팽이 요리를 먹습니다. 팔랑개비처럼 숫자와 풍경들이 내 머리를 빙빙 돌고 있었어요. 그러나 보세요. 아직도 이 수표는 그대로 있잖아요. 나는 이 위에 무수한 숫자, 무수한 동그라미들을 적었다 지웠다 했습니다. 나는 술에 취한 게 아니라 이 모든 숫자에 취해서 정신을 잃은 겁니다. 전 자유롭지 못하다는 걸 알았어요. 백지는 자유가 아니라 더 큰 구속이었어요. 그들은 그걸 잘 알고 계산했던 겁니다. 기껏 백만 원도 써넣지 못하는 좁쌀이라는 걸 그들은 간파하고 있었던 거요. 그들은 날 제집도 제대로 찾아내지 못하는 바보로 만들었고 실종자가 되게 했어요. 그래서 결국 이 수표는 휴지가 됐구요! 아냐, 이건 휴지가 아니라 순대라구.

여자 순대라구요. 정말 정신을 잃고 헛소릴 하는 거예요.

김종실 순대라니까요. 먹지도 못하는 (웃는다) 어느 날 가난한 나무꾼 부부가 숲의 요정을 도와줬대요. 요정이 말했지요. 무엇이든 네 소원이 있으면 세 가지만 말하라 다 들어주겠다. 그들은 소원이 너무 많았어요. 너무 가난했으니까. 그래서 한참 동안 흥분해서 궁리를 했어요.

여자 아내는 배가 고팠지요. 마침 어디서 순대 굽는 냄새가 났어요. 아이구 순대를 먹었으면, 그러자 순대가 하늘에서 떨어졌지요.

김종실 남자는 화가 났지요. 한 가지 소원이 벌써 없어졌으니까 아내가 미웠어요. 저놈의 순대가 코끝에나 가서 붙어버려라. 말대로 순대는 아내의 코끝에 가 붙었어요.

여자 두 가지 소원이 없어졌어요. 남은 건 이제 한 가지뿐.

김종실 아내가 애걸을 했어요. 코끝에서 순대를 떼달라고. 착한 남편은 하는 수 없이 떨어져, 라고 그랬지요. (허탈하게 웃는다) 세 가지 소원이 다 없어졌지요. 그들에게 남은 것은.

여자 잊어버리세요. 잘하면 다시 새롭게 시작할 수 있잖아요.

김종실 저 뉴스 속으로 걸어 나가란 말입니까? 전 못 나가요. (백지수표를 내던지며) 순대여, 코끝에서 떨어져라.

여자 (수표를 집어 남자의 셔츠 주머니에 집어넣는다) 이건 순대가 아녜요. 선생님은 소리의 마술사예요. 누구도 만들어내지 못하는 소리를 만든 겁니다. 그 소리가 세계에 울려퍼질 거예요. 일억을 써넣어도 부끄럽지 않아요.

김종실 무엇 때문에 저에게 이렇게 친절하시죠? 이 수표가 용기 있는 사람의 손에 들어가기 전에 재빨리 그들은 실종신고를 낸 겁니다. 그리고 그들은 내 실종을 이용해서 선전들을 하고 있어요. 김종실을 찾아라, 김종실을 찾아라. 그러나 그들은 날 찾고 있지 않아요. 내가 누군지도 몰라요. 화제를 찾고 있는 거예요. 수표를 찾고 있는 거예요. 내 실종은 수십억 원어치의 선전 광고가 된 거죠. 각자 자기가 필요한 것을 찾고들 있지요. 그런데 왜 당신은 그러지 않는 거예요. 왜 날 도우려고 하지요?

여자 아녜요. 모든 사람이 지금 선생님을 찾고 있어요. 처음엔 부인이 다음엔 모든 아파트 사람들이 그리고 지금은 신문과 방송을 듣고 있는 모든 사람이 선생님이 무사하게 돌아오기를 기다리고 있어요. 소리의 천재를 찾고 있는 거예요. 가세요. 소리를 찾고 있는 사람들에게로 어서 돌아가세요. 전 괜찮아요. 그들이 절 창녀라고 욕한대두 전 상관없어요.

김종실 줄에서 떨어진 곡예사처럼 그들에게로 떨어져 죽으란 말예요? 내가 웃음거리가 되는 것을 보고 박수를 치시겠어요. 난 쥐새끼처럼 평생 숨을 구멍만 찾아다니게 될 겁니다. 아내나 친구는 뭐라고 할까요. 아니지 난 아내도 친구도 이젠 없어. 그러나 당신에겐 남편이 있잖아요. 자신의 걱정이나 하세요.

여자 그러지 말고 빨리 자수를 하시라니까요.

김종실 자수라니요. 제가 죄를 지었나요?

여자 아녜요. 내가 여기에 살아 있다구. 모든 건 다 거짓말이라구 외치세요. (전화를 갖다준다. 신문을 찾는다) 수사본부로 전화를 걸어요.

김종실 자수 출연 신고? 뭐라고 말하든 좋아. 문제는 내가 어떤 방식으로 그들 앞에 나타나야 하는가 그게 문제죠.

여자 우선 진상을 알려요. 제 문제는 제가 처리하겠어요.

김종실 (전화를 건다) 여, 여보세요. 거기 김종실 실종 사건을 다루는 수사반 예, 예, 수고하십니다. 저 수사에 참고가 되는 정보를, 김종실 씨는 바로 그 아파트에서 가장 가까운 곳에 있을 것입니다.

여자 바른 대로 자신이라고 말하세요.

김종실 예? 그러니까요. 이렇게 생각해보세요. 김종실 씨는 그날 밤 백지수표를 받고 흥분한 나머지 남의 방에 잘못 들어간 거죠. 예, 예. 그러니까 바로 그 위층이나 아래층예요.

여자 (초조하게 왔다 갔다 한다)

김종실 아니 그런 게 아니라 글쎄 들어보세요. 그런데 공교롭게 그 방문이 고장이 났다고 생각해보세요. 그래서 하룻밤을 거기서 자고 나오려고 하는 판인데 하도 밖에서 떠들어대니까 예? 장난 아닙니다. 누구냐구요? 예, 저는요. 그러니까 왜 탐정소설 같은 걸 보면 의외로 범인이 범인이 아니지.

(전화 끊어지는 소리)

여자 뭐래요, 이곳으로 오겠대요?

김종실 믿지 않아요. 절 미친놈이래요.

여자 본인이라고 말하라니까.

김종실 내가 미쳤다는군. 거액을 에워싼 갱들의 납치, 그들은 이 말을 믿었지. 매일 밤 살림을 부수는 난폭한 가장, 그들은 이 말을 믿고 있어. 과중한 업무로부터의 도피, 그들은 이것도 믿고 있어. 그런데도 사실은 믿지 않는 거야.

여자 수사란 으레 미궁 속을 뒤지는 게 아녜요. 그러니까 여러 갈래로 추측들을 하는 거지요.

김종실 아내도 마찬가지겠지. 그 사람도 형사처럼 날 미친놈으로 알겠지. 세상에 기다려보지도 않고 실종 신고를 내. 부인 같으면 실종계를 내겠어요?

여자 그 사람은 늘 소식도 없이 떠납니다. 실종계를 낼 수 있는 남편을 가진 아낸 행복한 거예요. 그만큼 믿었다는 증거죠.

김종실 전 지금 납치된 거지요. 그래서 갱들 앞에서 피를 흘리며 죽고 있는 거예요. 저는 지금 도주 중입니다. 업무상 약속이행을 하지 못하고 손해 배상이 두려워 쥐새끼처럼 도망치고 있는 중예요. 전 거액의 돈이 생기자 아내와 자식을 내던지고 지금 가출한 탕아예요. 그 세 개를 다 합친 놈인지도 모릅니다. 저같은 걸 동정하시지 말아요. 그중 어느 하나를 선택할까 그것만 연구 중입니다. 그때까지만, 초인종이 울릴 때까지만 절 이곳에 있게 해주세요.

여자 (마치 어머니처럼 김종실의 머리를 쓰다듬는다) 비가 멎을 때까지 제집 처마를 빌려드리지요. 열흘 가는 소문이 없어요. 소문이 걷힐 때까지 시간을 버세요. 남들이 선생님을 잊어버릴 때까지요. 결국 제가 또 붙잡는 사람이 됐어요. (여자 비장하게 김종실을 바라본다)

4장과 5장의 사이 인서트

아나운서 10시 마감뉴스를 말씀드리겠습니다. (효과음 들리고 알라콜라 광고)

기자 계속 수색 작전을 펴고 있습니다마는 아직까지 아무런 단서가 잡히지 않는군요. 그런데 문제가 다시 심각해졌습니다. 지금 알라콜라 회사의 광고 테이프를 수거해서 병마개 따는 소리를 분석 중에 있습니다마는 시청자들이나 광고 관계 전문가의 의견을 종합해보면 그 효과음 속에는 이상한 초음파가 작용하고 있다는 주장입니다.

(사진과 소리)

엄마 그거 말고 새로 나온 콜라…… 응? 알라콜라! 사막의 갈증도 적셔주는 알라콜라! (선인장, 피라미드 사이로 낙타가 있는 오아시스 풍경, 콜라병이 총을 쏘듯이 차례로 병뚜껑이 열리며 팩 알라, 팩 알라……)

기자 그 소리를 들으면 일종의 최면 효과가 생겨나 사람들의 마음에 이상한 반응이 일어나게 된다는 겁니다. 갑자기 목이 마르고 자기도 모르게 알라 콜라를 마시고 싶은 충동이 일어난다는 거죠. 물론 지금 그 문제의 콜라가 품귀될 정도로 많이 팔려 나가는 것이 꼭 그 광고의 효과음에 초음파가 있었기 때문이란 건 속단이겠지요. (콜라 광고 사진) 지금까지 본 프로보다 광고의 시청률이 더 높은 기현상은 이번이 처음인데 그건 김종실 씨의 실종이 워낙 전국적인 화제로 번지고 있기 때문입니다. 그런데도 말입니다, 떠도는 소문이나 주위 사람의 얘기를 들어보면 실종된 김종실 자신이 몇 년 전부터 초음파총이란 것을 만들고 있었다는 사실. 그리고 그 총만 완성되면 사람의 마음을 초음파 음향으로 마음대로 조종할 수 있다고 발설한 점 등을 미루어보면 결코 공상 만화로만은 처리될 수 없다는 것입니다.

김종실 그게 아냐, 그건……. (답답해서 무언가 변명하려 한다)

기자 에…… 또 아직 구체적인 증거는 없으나 상황 증거는 여러 개 있어요. 아무리 아이디어가 좋다 하더라도 선뜻 백지수표를 내놓은 그 음료 회사 측의 태도도 그렇고 실종되기 바로 직전 산딸기 다방에서 김종실 씨가 색안경을 쓴 이상한 사람과 무슨 설계도 같은 걸 몰래 주고받으며 밀담을 하는 것 같았으며 레지가 그걸 들여다보려고 하자 김종실 씨는 몹시 당황하며 사진을 감추고 주위를 살펴봤다는 점 등입니다. (레지 사진, 색안경을 쓴 사람 사진)

김종실 아냐, 그 색안경을 쓴 사람은 내게 춘화를 사라고 지분대던 놈이라구. 난 그 사람을 알지도 못해. 레지가 내 손에 있는 그 춘화를 볼까 봐 그런 것뿐예요. 난 그걸 사지도 않았어.

기자 만에 일이라도 김종실 씨가 효과음을 연구하다가 초음파총을 제작하게 되었다면, 그리고 그 정보가 범죄자들이나 불온분자들에게 새어나갔다면 중대한 사태가 벌어질 것입니다. 범죄는 물론 전략 무기로까지 사용될 우려가 충분히 있기 때문에 안보적인 차원에서도 김씨의 행방과 이 초음파총의 제작여부를 가려내야 될 것입니다. 국외로 도주할 우려가 있기 때문에 우선 모든 해안선과 공항 등을 봉쇄하고 계속 과학적인 분석 결과를 기다려봐야만 될 것입니다. 과학자들은 그에 대해서 다음과 같이 추리하고 있습니다. '에…… 살인 광선총이란 게 개발되고 있으니까 초음파 음향총이란 것도 일단은 생각해볼 수 있죠. 마…… 그…… 고속으로 달리는 전철의 음향 관계로 지하철에서는 쥐가 살지 못하는 것이라던가, 또 정형외과에서 사용되고 있는 초음파 마사지 기구라던가, 이미 몇몇 분야에서는 실제 사용되는 경우가 있습니다. 그렇지 않다 하더라도 로렐라이 전설 뭐 사이렌이라고도 하죠. 암벽에서 그 여인이 노래를 부르면 뱃사람들이 홀려 바위 쪽으로 배를 몰다가 좌초해서 죽는다……. 과학적으로 이 신화를 분석해보면 일종의 초음파 작용이라고도 볼 수 있어요.' 옛날부터 전쟁터에선 북을 쳐서 군인들의 사기를 돋우기도 하고 반대로 피리를 불어 적병의 사기를 저하시키는 작전을 쓴 것도 일종의 음향 무기라고 할 수 있으니까 그것을 좀 더 과학화시키면 그런 신병기가 나올 수도 있겠죠. 에…… 또…… 어쨌든 인간이 들을 수 있는 가청 음파는—미리크리온에서—미리크리온 사이인데…… 그 이상이나 이하의 음파가 인간의 뇌에 어떤 작용을 일으키느냐 하는 것은 충분히 연구 과제라 할 수 있겠습니다. (텔레비전 뉴스 소리 점점 커지면서 무대 밝아진다) 음향총이 단순한 공상에서 나온 소문인가 혹은 과학적인 근거가 있느냐? 이 문제를 놓고 예의 분석 검토 중에 있으며 수색전을 강화하는 한편 일단 모든 해안 루트를 봉쇄하기로 임시 조처를 했다는 소식입니다. 수사에 결정적인 단서, 그리고 김종실 씨에 대한 소재나 그 행방에 관해 시민들의 협조를 바라면서 당국은 유력한 정보를 제공하는 사람에게는 현상금 백만 원을 지불할 것이라고 발표했습니다.

제5장

김종실 꺼버려요.

여자 왜요? 너무너무 재밌는데요. (김종실 텔레비전을 꺼버린다)

김종실 어느 쪽이 재미있다는 거요. 현상금? 내가 드디어 거물급 안보 관계 혐의자가 된 거?

여자 둘 다 아녜요. 선생님은 진짜 천재예요. 정말 멋있어요. 그 초음파 음향총이란 거 진짠가요? 그걸 쏘면 정말 사람들 마음을 마음대로 조종할 수 있어요?

김종실 부인마저도 이러깁니까? 그게 사실이라면 신고를 하시고 현상금을 타시겠어요?

여자 신고? 현상금? (웃는다) 그런 총을 가지고 있는 사람을요? 내 목숨을 주고서라도 그런 총 한번 갖고 싶군요.

김종실 뭘 하시게요?

여자 복수하게요.

김종실 누구에게요?

여자 사실을 믿지 않는 모든 사람들에게요. 우선 그걸 들고 나가서 사람들에게 사실을 믿게 하는 총을 쏘세요. 그러면 선생님 문제는 간단히 해결되거든요.

김종실 거짓말을 믿게 하는 총은 많죠. 그런데 사실을 믿게 하는 총은 없어요.

여자 초음파총이 있잖아요.

김종실 자, 그렇다 칩시다. 부인은 그 총으로 무얼 하겠어요.

여자 사랑하게 하는 음향을 쏘겠어요. 우선 두꺼운 문들을 향해서 쏘아댑니다. 아! 상상해보세요. 기적이 벌어질 거예요. 백화점 점원들은 산타클로스처럼 손님들에게 슬슬 물건을 빼돌려 한 아름씩 그냥 안겨줍니다. 은행에선 지점장이 나와서 돈을 광고지처럼 나눠주고요. 그래서 두꺼운 문은 모두 열려요. 열쇠란 것이 없어집니다. 은행의 금고문, 교도소의 문……. 저는 한때 권총이 있었으면 하고 생각한 적이 있었어요. 남을 쏘든가 나를 쏘든가. 그러나 권총은 너무 구식예요. 총을 들고 억지로 물건을 뺏을 수는 있겠지요. 위협해서 말이죠. 그러나 그게 돈이든 사람이든 상대방이 정말 원해서 주는 건 아니잖아요. 하지만 초음파총은 그렇지 않아요.

김종실 (권총 효과음에 쓰는 장난감 딱총을 꺼내면서) 바로 이거 말씀인가요?

여자 (놀랍고 겁에 질린 표정) 어머, 정말 그 총이……. (와서 살피려 한다)

김종실 가까이 오지 마세요. 우선 부인에게 먼저 쏘아보겠어요. 사실인지 거짓말인지 궁금하시지요?

여자 (뒤로 물러서며) 무슨 짓을 하는 거예요.

김종실 이 총을 쏘아 소리가 발사되기만 하면 부인은 최면술에 걸린 것처럼 순간적으로 마음이 변해버리게 될 것입니다.

여자 농담이시겠죠. (앞으로 다가선다)

김종실 가까이 오지 마시라니까?

여자 무슨 음향이 들어 있나요? 내 마음을 어떻게 조종하나요?

김종실 전쟁터에서 사용되는 음향탄입니다. 일개 사단쯤 파괴할 수 있는…….

여자 (공포에 질린다) 기분 나빠요. 그 총을 치우세요.

김종실 박격포나 기관총을 쏠 필요가 없어요, 그건 구식입니다. 과학 소설에서 나오는 살인 광선총도 여기에다 대면 석기 시대의 유물 같은 거지요.

여자 절 어떻게 하겠다는 거예요?

김종실 (천천히 총을 겨누면서) 적병들이 죽이려고 옵니다. 눈은 증오에 불타고 입술은 살의로 이지러져 있지요. 손에는 총과 칼을 들고 심장을 도려내기 위해 그 적병들이 이리 떼처럼 몰려옵니다. 그때 이 총을 쏘는 거죠. 신비한 음향은 포성 사이로 비둘기 떼처럼 날아갈 겁니다. 그러면 일시에 적의와 증오, 살의의 눈과 얼굴은 평화와 웃음으로 바뀌는 겁니다. 전쟁터가 무도회로 바뀌는 거지요. 총을 들었던 손엔 꽃을 들고 춤을 추듯이 걸어와서 악수를 청하고 미친듯이 포옹을 하지요. 엉엉 우는 자도 있을 겁니다. 형제요, 친구요, 나는 당신들을 사랑하오!

여자 그렇다면 그게 애정을 일으키게 하는 음향탄인가요?

김종실 그렇소, 이제야 이 전파총을 사용할 때가 온 것 같소.

여자 그걸 저에게 쏜단 말예요?

김종실 물론이지요.

여자 제가 그럼 칼을 들고 공격해오는 적병이란 말예요?

김종실 오랫동안 그랬지요. 저에게는 천년같이 긴 세월이었지요. 이 방에 들어온 뒤부터 난 당신의 포로였고 노예였어요.

여자 참 우스운 얘기를 다 하시네요. 내가 선생님을 붙잡아두었다는 건가요? 지금이라도 늦지 않았으니 나가세요. 문은 열려 있어요. 시시한 총을 휘두르지 않아도 얼마든지 걸어나갈 수 있어요.

김종실 바로 그겁니다. 언제라도 나가라. 내가 널 잡은 적이 없다. 그런 말이 나올까 두려워서 난 뜬눈으로 밤을 지새웠던 겁니다. 날 들개처럼 밖으로 쫓아낼까 봐 부인의 얼굴에 잡히는 주름살 하나에도 신경을 쓰고 숨소리 하나에도 가슴을 태웠지요.

여자 왜 절 그렇게 미워하세요. 전 지금까지 선생님 편이 되어주었는데……. 당신이 실종되지 않았다는 진실을 알고 있는 사람은 이 세상엔 단 한 사람밖에 없어요. 전 그걸 소중하게 간직하고 있어요. 그런데 제가 그 수표를 노렸던가요. 현상금을 타려고 밀고를 했나요? 왜 저를 그렇게 미워하세요?

김종실 미움이 아니라 질투지요.

여자 질투?

김종실 문 바깥에는 내가 하루만큼씩 커져가고 있고 문 안쪽에서는 내가 하루만큼씩 꺼져가고 있어요.

여자 꺼져가고 있다니요. 눈사람인가요?

김종실 말할까요? 이 방엔 남자들이 쓰는 모든 물건들이 있어요. 남자용 화장수도 머릿기름에서 포마드까지 종류가 열 개도 넘어요. 파이프 담배에서 여송연까지 없는 담배가 없어요. 그건 다 참을 수 있어요. 그리고 당신이 갖다주는 잠옷, 구겨지지 않는 그 빳빳한 진솔 잠옷이 날 괴롭게 합니다. 부인이 저에게 갖다준 잠옷은 첫날은 라지 사이즈, 둘째 날은 미디엄, 셋째 날은 스몰 (손으로 잠옷 소매 길이를 나타내 보이면서) 아시겠어요? 처음엔 몰랐지요. 내 한숨은 멀쩡한 사람이 쥐덫 같은 방에 갇혀 실종자가 되어버린 그 고통에서 흘러나오는 걸로 알았어요. 그러나 그 한숨은 그게 아니었어요. 이 잠옷 때문이었어요. 오늘 밤엔 어떤 잠옷이 나오나 그게 두려웠던 거죠. 소매가 긴 잠옷이 나오나 그게 두려웠던 거죠. 소매가 길면 내 손이 늘어나는 것 같구 소매가 짧으면 손이 잘려 나가는 것 같은 아픔을 느꼈지요. 매일 밤 내 키와 허파와 사지가 달라지는 것을 깨달았어요. 도대체 세 번은 짧게 세 번은 길게 초인종을 울리며 나타나신다는 당신 남편은 저보다 큰가요, 작은가요. 그렇지 않으면 컸다 줄었다 하는가요. 여송연과 파이프와 궐련을 다 같이 피우는 재주가 있나요. 도대체 당신의 남편은 몇이나 되십니까? 알고나 그 사람의 역할을 합시다.

여자 대체 그 사람이 백이든 천 명이든 무슨 관계가 있어요. 뭣 때문에 괴로워하는 거예요.

김종실 그렇지요, 관계가 없죠. 저도 그랬어요. 아니다. 난 그냥 이 집 여자 방에 잠시 신세를 지고 있는 중이다. 나와는 관계가 없는 여자다, 비를 피하는 처마 밑을 빌려준 여자다, 저 여자가 애인을 하나를 거느리든 둘을 거느리든 열 사람이든 백 사람이든 관계없다. 난 잠옷을 입으며 이렇게 타이르죠. 그런데 그게 안 된단 말예요. 알아듣겠어요? 당신은 내 앞에 있는 유일한 사람이구 내가 말하고 듣고 볼 수 있는 하나밖에 없는 여자니까 난 초연할 수 없단 말예요. 무관심할 수 없어요. 더구나 당신은 아름다워, 아름답단 말야. (권총을 쏜다) 난 당신의 마음을 마음대로 조종할 수 있어. 날 사랑하게 할 수 있단 말야. (여자, 놀라서 귀를 막는다)

김종실 왜 귀를 막는 거야. 그렇지, 날 사랑하게 될까 봐 두려워서 그래? 그렇게 되는 게 싫단 말이지, 좋아요. 안심해요. 귀를 막지 않아도 된다구……. 이건 장난감 화약총. 그렇지, 이것은 그냥 효과음을 내는 평범한 내 직업적인 도구야…….

여자 아녜요. 화약 터지는 소리가 무서워요. 그냥 귀를 막는 것뿐예요.

김종실 실망하셨겠군. 그게 진짜 음향총이었다면 현상금을 받을 수 있었을 텐데…….

여자 치사스럽군요. 왜 그렇게 자꾸 비뚤어 나가요. 전 그게 장난감 권총이든 진짜든 관계없어요.

김종실 그래요. 난 곧잘 비뚤어 나간다구. 내가 이펙트맨이 된 것도 사실은 비뚤어진 생각에서였지. 이왕이면 왜 연극 배우가 되거나 희극 배우나 연출자가 되지 않고 뒤에서 나무때기를 두드리는 이펙트맨이 되려고 했겠나.

여자 좀 쉬세요. 누구나 한 방에 이렇게 오래 갇혀 있으면 정상적인, 정말 정상적인 행동을 할 수가 없겠지요. 전 선생님이 실종되지 않았다는 것을 알고 있듯이 선생님이 품고 있는 마음의 진실을 알 수 있을 것 같아요.

김종실 (조소 섞인 웃음) 알 것 같아요? 알긴 뭘 알아, 당신이 어떻게 그걸 알겠어요. 그건 벌써 2, 30년 전 얘기라고. 가난해서 언제나 옷이 크는 키를 따라올 수 없어 짧은 바지를 입고 다니던 아이가 있었지. 뚜껑 머리를 한 아이, 햇빛을 처음 본 것처럼 언제나 눈을 둥그렇게 뜨고 다니던 아이, 글쎄 그 아이가 어느 날 학예회에서 갑자기 왕자 역을 맡게 됐단 말이야. 그때 그 아이 마음이 어떠했는지 당신이 그걸 안단 말야. 그 애는 외쳤다고. '엄마! 엄마! 내가 왕자가 된 거야. 열세 명의 시종을 거느리고 황금의 왕관과 황금의 옷을 입은 왕자가 됐단 말이에요.' 온 동네를 향해서 외쳤지. 우리를 과부집 가난뱅이라고 업신여긴 모든 사람들을 향해서 외쳤어. 처음으로 숨을 쉬기 시작한 거야. 그런데 다음 날 선생님은 왕자 역할을 뺏어버렸어. 대문이 열두 개나 되고 대청마루만 열 칸이나 되는 기와집 아이가 내 역을 뺏어간 거지……. 과부집 아이는 집으로 돌아갈 수 없었어요. 학예회 연습을 할 때마다 한구석에 쪼그리고 앉아서 시키지도 않는데 남의 대사들을 따라 외우고 있었단 말이야. 그걸 당신이 어떻게 알겠어. 그 애의 슬픔이 무언지 그래 알고 있단 말이야? 선생님은 그 애를 따돌려 보내려고 무진 애를 썼지만 몇 시간이고 연습장에서 기웃거리는 그 아이의 고집을 꺾지는 못했던 거야. (허탈한 웃음) 선생님이 그러더군. 얘야, 좋은 생각이 떠올랐다. 너는 말이야, 모든 사람의 역할을 다 하는 거야. 왕자, 시종, 대신들, 병사들, 그 모든 것을 할 수가 있단 말이야. 알았니? 자, 그리고 나무때기를 주면서 그들의 발자국 소리, 문 여는 소리, 떠드는 소리, 바람 소리, 말이 달리는 소리, 무대의 막 뒤에서 그 소리를 내라는 거야. 무대 뒤에서 말이야. 학예회 날 어머니는 내 얼굴을 끝내 찾지 못했지. 비뚤게 세상을 살기 시작한 내 마음을 이해할 수 있다는 거야. 속으로 결심했어. 너희들은 휘황한 등불 밑에서 그리고 그 무대 뒤에서 마시고 싸우고 호령하고 사랑하고 죽이고 약탈하고 그리고 눈물을 흘려라. 나는 무대 뒤에 있겠다. 너희들에게 모든 소리를 주겠다. 관객들이 기억할 수 없는 보이지 않는 얼굴로 남아 있겠다.

여자 보세요, 날. 나도 이 무대 뒤에 있잖아요. 혼자가 아녜요. 이제 둘이 된 거예요.

김종실 동정하지 말아요. 당신은 소매가 길고 짧은 무수한 잠옷을 입은 남자 시종들을 거느린 여왕이잖아. 종이로 만들었는지 진짜 금이나 은으로 만들었는지 그건 알 수 없어. 그러나 분명히 당신은 왕관을 쓰고 있단 말야. 세 번은 짧게 세 번은 길게 울리는 초인종 소리는 여왕님을 환호하는 팡파르란 말이야. 지금은 성문이 굳게 닫혀 있지만 그 우렁찬 팡파르 소리가 울려오면 저 문이 열리고…… 나는…… 나는…….

여자 (말을 가로막으며) 그까짓 것이 뭐예요. 당신은 사람의 마음을 마음대로 조종할 수 있는 초음파 음향총을 가지고 계시잖아요.

김종실 초음파 음향총? 흥, 그 때문에 이젠 당신이 정말 미워져도 이 방을 나갈 수 없게 됐어. 그렇지 자업자득이지. 글쎄 말이야, 어렸을 때 학예회와 같은 똑같은 일이 벌어지지 않았겠어. 내가 효과음을 넣은 마지막 총성이라는 영화가 감독상, 작품상, 주연상 심지어는 음악상까지 다 휩쓸었을 때 효과음만은 상이란 게 없었단 말이야. 처음부터 원래 그런 상이라는 것이 없었어.

여자 저도 그 영화를 봤어요. 마지막에 울리는 열두 발의 총성, 그건 정말 전율적이었죠. 역시 선생님은 소리의 천재예요.

김종실 그들도 그러더군. 사람들이 나를 동정했어. 지금의 당신처럼 말이야. 그 영화를 살린 것은 라스트 신의 열두 방이나 울리는 총소리라고……. 난생 처음으로 술을 먹었지. 기억해요? 그리고 그들에게 외쳤어. 난 소리로 사람들의 마음을 마음대로 요리할 수 있다. 그까짓 열두 방의 총성이 뭐야. 사람들의 마음을 마음대로 조종할 수 있는 초음파 음향총을 만들 수 있어. 그걸 쓰기만 하면 너희들을 울릴 수도 있다. 불안에 떨게 할 수도 있고 큰소리치던 놈도 쥐새끼처럼 수챗구멍으로 들어가게 할 수도 있다고 젠장. (웃음소리) 그땐 아무도 그 사실을 믿지 않았지. 내가 실종이 됐다구 하니까, 유명해졌으니까, 방방곡곡에서 떠드니까, 이제 그게 비밀 전략 무기로까지 비약했군 그

래. (울적한 태도로 풀이 죽어 있다)

여자 자, 이젠 내 노예로 돌아오세요. 얌전한 포로가 되세요. 당신은 아까 제 포로, 제 노예라고 하셨잖아요. 자! 이제부터 우리 정말 그런 음향총을 만듭시다. 이건 명령하는 거예요.

김종실 사람의 마음을 움직이는 총이 어디 있어. 쫓겨나지 않기 위해선 당신이 발을 핥으라고 해도 네발로 기어다니며 그 짓을 할 수 있지.

여자 정말 그렇게 할 수 있어요?

김종실 난 당신의 포로니까, 노예니까.

여자 (발을 올린다) 자, 해보세요.

김종실 (여자의 발을 끌어안는다. 그리고 입을 갖다대려다 말고 발을 내동댕이친다) 콜걸, 창녀.

여자 당신은 아직도 겁쟁이구 위선자예요. 열 번 실종을 당해도 당신은 관객들만 생각하는 무대 위의 허수아비예요.

김종실 난 무대 뒤에 숨어서 연극의 효과를 돕는 이펙트맨, 당신은 침대 뒤에 숨어서 남의 연극을 돕는 콜걸이야.

여자 (남자를 끌어안는다) 우린 마찬가지군요. 당신은 내 마지막 사람예요. 마지막 남자예요. 마지막 밤손님예요.

김종실 아냐, 당신은 창녀가 아냐. 시인하지 말아. 당신은 콜걸이 아냐.

여자 그래요? 그럼 콜걸이 아녜요. 당신 좋을 대로 하세요.

김종실 그럼 잠옷은 어떻게 된 거야. 믿을 수 없는 사실이기보다 믿을 수 있는 거짓말 쪽이 편하다고 했지. 믿을 수 없더라도 좋으니 이번만은 사실을 얘기해.

여자 그 소리 때문이에요. 유리창을 쇠막대로 긁었지요.

김종실 자동차 브레이크 소리…….

여자 그거예요. 여름휴가였어요. 온 가족이 차를 타고 해안 도로를 달리고 있었지요. 그런데 갑자기 그 소리가 나면서 파도소리가 멈췄어요. 아무것도 들리지 않았습니다. 눈을 떠보니 저 혼자였습니다. 바다가 아니라 하얀 병원의 벽이 보였지요…….

김종실 알겠어요. 그만둬요.

여자 아버지, 어머니, 오빠 그리고 동생 모두가…….

김종실 그만하라니까! 괴롭히려고 한 소리가 아녜요. 이

제 내가 당신의 아빠와 오빠 그리고 동생 몫을 하면 되잖아. 그 잠옷을 입고 머리에 기름을 바르고……. 그러나 당신 남편 것만은 입지 않겠어.

여자 그래요. 이제 그 잠옷은 입지 말아요. 절대로 절대로 그걸 입어서는 안 돼요……. 아직 다 말하지 않았어요. 내가 당신을 알고 있듯이 당신도 내 전부를 알아야 해요. 왜냐하면 우리는 이 방에 단둘이 앉아 있으니까 서로 싸우고 오해하는 것보다는 그 편이 훨씬 편하지 않겠어요?

김종실 아무 말도 하지 말아. 말은 늘 우리를 배신하니까. 여자와 남자가 한자리에 있을 때 그리고 그들은 말이 실없다는 것을 알고 있다면 그때 그들은 어떻게 할까?

여자 아마 짐승들처럼 울부짖거나 털을 세우든가 꼬리를 흔들겠지요.

김종실 사람에게는 털도 꼬리도 없어요. 아시겠어요? 이렇게 말을 할 거예요. (김종실, 여자를 포옹한다. 둘은 열정적으로 포옹한다. 여자, 김종실을 내실로 끌고 가면서)

여자 오늘부터 내 등갓을 빌려드릴게요. 찬비를 맞은 날갯죽지를 말리세요. 오랫동안 처마 밑에 있었군요. 여긴 너무 추울 거예요. 불쌍한 사람. 죽지가 부러진 제비가 언젠가 내 방으로 날아 들어온 적이 있지. 다른 제비들은 다 바다를 건너갔을 텐데 혼자 비를 맞고 등갓에 올라앉아 부들부들 떨고 있었다구.

5장과 6장 사이 인서트

전화벨 소리 거기 수사본부죠? 저 학생인데요. 우리 클럽에서 등산을 갔었거든요. 그런데 설악산 신흥사에서 김종실 씨와 인상이 비슷한 사람이 삼십 대의 등산복 차림을 한 서너 명과 대청봉을 향해 걸어가는 것을 봤어요. 예, 새벽 7시쯤요.

전화벨 소리 서적상을 하고 있는 사람인데요. 그 사람은 늘 전파 관계 서적을 우리 집에서 사가곤 했거든요. 그런데 실종되기 며칠 전에 지리산 부근의 5만 분의 1 지도가 있으면 빌려달라고 하데요. 무심히 들었지만 지금 생각해보니 수상하잖아요. (목소리)

김종실 아냐 아니라구. 그건 새소리 채집하려고 한 거야. 내가 그때 그랬잖아.

전화벨 소리 거기 알라콜라 회사죠? 정말 그게 초음파예요? 그 광고를 보고 온 식구가 지금 두통이 났단 말야. 당신들 책임지라구.

전화벨 소리 여기 보세요. 저는 안양유원지에서 구멍가게를 내고 있는 사람인데 김종실 씨가 나타났어요. 소주 두 병하고 오징어를 사가지고는 급히 관악산 등산로로 갔는데 말씀야. 거스름돈도 받지 않고 말씀야.

김종실 난 술을 먹지 않는다구!

전화벨 소리 김종실 씨 댁예요? 현상금 때문이 아녜요. 부인을 동정해서인데요. 난 변산반도 해수욕장엘 갔다가 까치섬에 갔었는데요, 틀림없어요. 댁의 남편이 열여덟쯤 됐을까, 그런 여자애하고 함께 숲에서 나오는 것을 봤다구요.

기자 모든 범죄에는 여자가 끼어 있기 마련인데 제일 믿을 만한 정보는 변산반도에 있는 까치섬에 그가 십 대의 여인과 나타났다는 겁니다. (여인 사진) 티셔츠와 바지를 입고 그리고 평소에 그가 잘 다니던 천지다방 레지의 말로는 김종실이 실종되던 날쯤 다방을 그만둔 최모 양과 가깝게 지냈었고 또 최모 양이 이따금 한숨을 쉬면서 아무도 모르는 시골로 가버리겠다고 말한 점 등으로 미루어 치정 관계에 얽힌 단순가출이 아닌가 하는 점입니다. 형사대를 급거 파견, 늦어도 내일까지는 확실한 소재 파악이 가능해질 것 같습니다.

김종실 난 변산반도가 어디에 붙어 있는지도 몰라. 최모양이란 게 누구야. 아, 알겠어. 내 참……. 그 앤 내가 광고 관계로 CF 감독들과 만나는 걸 보고 영화인인 줄 알고 말이지, 배우가 되고 싶다고 내게 추파를 보낸 것뿐이란 말예요. 나중엔 광고모델이라도 써달라고……. 치정 관계라니 이게 말이나 돼?

제6장

열쇠 소리, 김종실은 당황해서 숨으려고 한다. 문이 열리면서 여인 등장. 식료품을 사들고 돌아오는 길이다.

김종실 왜 이렇게 늦은 거요?

여자 겨우 한 시간도 안 됐는데요.

김종실 시간이 달라요. 바깥 시간하고 이 방 안의 시간은 달라요. 그쪽이 한 시간이면 여기서는 열 시간, 아냐, 열두 시간이 아니라 열흘일지도 몰라.

여자 누가 초인종을 울리지 않았어요?

김종실 울리긴 울렸지. 그렇지만 그 초인종 소리는 아니었어.

여자 신문 배달부?

김종실 응. 그 녀석은 악마의 사자지. 이젠 신문조차도 읽을 수가 없어. (신문을 내던진다)

여자 바깥소문은 더 떠들썩해서 어디에서나 그 실종 얘기들을 하고 있어요. 제각기 추리하고 예언하고 심지어 내기를 거는 사람까지 있어요. 살았느냐 죽었느냐.

김종실 시끄러워, 입 닥쳐. 당신까지도 지옥의 사자 노릇을 하겠소?

여자 집에서도 부인에게 늘 그런 말씨를 썼나요?

김종실 미안해요. 머리가 부어터질 것 같아.

여자 담배 피우시겠어요? (거북선을 내놓는다)

김종실 고맙긴 하지만 내가 피우는 건 거북선이 아니라 한산도란 말예요.

여자 이상하네요. 담배 가게를 지나는데 사람들이 또 선생님 얘기를 하잖아요. '아, 그 사람은 우리 가게에서 늘 거북선을 사갔었지. 지금 생각하니 좀 수상쩍은 데가 있었어. 며칠 전엔 담배 한 갑 사는데 만 원짜릴 내놓잖어.' 그래서 난 거북선을 달라고 했는데.

김종실 쳇, 단골 가겐데 내가 거북선을 피웠다구. 그리고 그건 만 원짜리가 아니라 오천 원권이었어. 모두가 저희들 멋대로야. 자, 그런 이야긴 집어치우고 그냥 바깥세상 얘기 좀 해줘요. 아! 바깥세상……. 다시 신발을 신어야지. 넥타이를 매만지면서 아파트 마당을 가로질러 거리로 나가는 거야. 구두창이 아스팔트와 마주치는 가벼운 음향이 뇌수 속으로 메아리처럼 번져가겠지? 난 버스 정거장에서 45번 버스를 기다리면서 담배를 피우지. (독백)

여자 그 버스를 타고 어디로 가시게요?

김종실 가긴 어디로 가. (화를 낸다. 침묵) 아, 아직도 정원에 한련이 피어 있습디까?

여자 거의 다 졌어요. 그 대신 능소화가 피었던데요.

김종실 그 버스 정류장 말이야. 그 옆에 목판을 세워놓고 라이터 수리를 맡겨놓았는데 그 녀석은 벙어리라고. 그 녀석 아직도 말 못합디까?

여자 (웃는다) 벙어리가 말할 만큼 세상이 달라진 줄 아세요? 모든 게 다 똑같다구요.

김종실 난 새벽마다 버스 정류장이 있는 그 둑길을 산책했었지. 지금도 아파트로 들어오는 그 길목에 맨홀 뚜껑이 열려져 있습디까?

여자 누가 그런 것까지 일일이 보고 다녀요.

김종실 그렇지 않다구. 거기엔 특별한 의미가 있어요. 맨 처음 나타나는 건 우유 배달부 녀석이지. 새벽 안

개 속에서 신나게 자전거를 몰고 나타나는 거야. 그러다가 꼭 한 번씩 그 맨홀에다 자전거를 처박고 쓰러져요. 그러곤 뭐라는 줄 알어? 듣는 사람도 없는데 새벽길을 향해서 큰소리로 욕지거리를 하는 거야. 에이 씨. 그런데 그 욕이 상스럽지가 않구 아주 신선하게 느껴지거든. 가로수도, 가게 덧문들도 그 욕을 듣고 눈을 비비며 일제히 일어나는 거야. 그 녀석은 먼질 툭툭 털고 일어나서는 깔깔대고 웃는 것처럼 소리가 나는 낡은 자전거의 페달을 밟으며 사라져버리지. 그놈이 불고 다니는 휘파람은 '쨍하고 해뜰 날……'이라는 노래였어.

여자 새벽 얘긴 집어치워요. 난 아침이 제일 싫어요, 아침을 저주한다구요.

김종실 늦잠을 즐기시나요? 그러지 말고 내일부터 새벽 산책을 해봐요.

여자 나 혼자서요?

김종실 글쎄, 아, 새벽엔 아무도 없겠지? 아냐, 안 돼. 아파트 앞에서 사는 꽃집 아줌마 있잖아. 그 여잔 말이야. 중풍에 걸린 남편을 새벽마다 데리고 걸음마를 시키거든. 그 아줌마는 먼 데서도 날 알아보고 꼭 안녕히 주무셨어요? 라고 인사를 하는 걸. 강아지도 날 알아보고 가까이 와서는 냄새를 한 번씩 맡고 간다고. 날 몰라보는 건 아마 그 중 풍쟁이뿐일 거야. 울고 있는 애처럼 눈물이 질질 흐르는 눈으로 날 물끄러미 쳐다보고 있었지.

여자 그 집 강아지가 섭섭해하겠어요.

김종실 그럴 줄 알았으면 나도 개 한 마리를 기를걸. 최소한 그놈은 신문을 못 읽으니까 방송을 못 들으니까 나에 대한 뜬소문을 모르고 있을 거 아니야. 개가 있었더라면 그놈만이 꼬리를 치고 옛날처럼 날 대해 줬을 거야.

여자 그러나저러나 바다에서 선생님과 함께 있었다는 그 여자 말이에요. 진짜 그럴 만한 여자라도 있었어요?

김종실 쳇, 부인께서도 소문을 믿으시나요?

여자 부인 말고 또 사랑하는 여자가 있었냐니까요?

김종실 점잖은 체하면서도 세상 사람들은 다 그런 걸 원하는가 보지? 남자는 아내 말고 또 하나의 여자를, 여자는 남편 말고 또 하나의 남자를, 그러길래 내 실종을 자꾸 그런 방향으로 몰고 가는 게 아니겠어?

여자 고백해보세요. 딴전 피우지 말고 바다에라도 같이 가고 싶어 했던 여자가 있었나요?

김종실 물론 있지.

여자 어떤 여자예요?

김종실 내가 실종되지 않았다는 사실을 잘 알고 있는 여자.

여자 핏, 그럴 용기 있으세요?

김종실 내가 그렇게 하면 정말 세상 사람들이 재밌어할 거라구. 아까 그 공식이 제대로 맞으니까 남편 말고 또 하나의 남자, 아내 말고 또 하나의 여자가 바다로 갔다, 그러지 말고 우리 정말 떠납시다.

여자 진담으로 하는 소리예요?

김종실 우리 둘이서 떠납시다.

여자 그 바닷가로요?

김종실 신문을 보면서 생각했지. 어쩌면 그게 진짜 나였는지 모른다고……. 어디선가 정말 내가 말야, 사랑하는 여자와 바닷가를 거닐고 있는 것 같애. 그들이 보았다는 나이에 어울리지 않게 오렌지빛 티셔츠를 입고 줄무늬 감색 바지를 입고 말야.

여자 아내나 남편이 있는 사람의 사랑은 남들이 사랑이라고 부르지 않아요.

김종실 신부와 여행하는 것은 '허니문', 남의 여자와 여행하는 것은 치정 도피행각. (이때 초인종 소리. 남자 놀라서 허둥지둥대며 몸을 감춘다)

여자 그런 도피는 뭐라고 부르나요? (웃는다. 여인 문 쪽으로 간다. 잠시 문을 열고 나갔다가 종이를 한 장 가지고 들어온다)

김종실 누구야?

여자 당신을 찾아온 손님.

김종실 농담할 때가 아냐.

여자 당신이라니까.

김종실 내 몽타주 사진 아냐?

여자 (웃으면서) 몽타주 사진 참 멋있어요. 절대로 해외로 나가서는 안 되는 소리의 마술사이며 동시에 비밀무기의 일급 안보 요원.

김종실 당신은 그 몽타주 사진이 그렇게 즐겁소?

여자 그럼요, 미남잔걸. (몽타주 사진에 입을 맞춘다) 그리구 이건 또 하나가 늘어서 애인과 도피 중인 일대의 돈후안. (여자 손에 든 전단을 내놓는다)

김종실 (몽타주 사진을 보며) 열 명의 다른 얼굴들이 있군. 이게 다 나란 말야?

여자 이 몽타주는 당신이 콧수염을 달고 색안경으로 변장하여 사십 대의 사장으로 가장했을 경우고요. 이건 장발의 가발을 뒤집어쓴 재수생 청년 차림, 그러니까 이십 대가 된 얼굴. 또 이건 대머리로 분장한 늙은 중이 된 산속에 숨은 육십 대의 분장, 이건 또 시골 농부 차림으로 탈바꿈한 분장, 어휴 많기도 해라. 그런데 한 가지 공통점은 매력이 넘쳐난다는 것.

김종실 그만둬요. (한숨을 쉬며 몽타주를 찢는다) 분장을 하고 당신과 시골로 숨는 그 꿈마저도 깨져버렸어. 언제나 한발씩 늦었어.

여자 처음부터 그건 깨진 꿈예요. 몽타주 사진이 아니라도 우리는 어디에도 갈 수 없어요. 아파트 방 이것이 우리에게 남은 섬……. 그것도 무인도지요.

김종실 우리가 아니라 나겠지. 지금은 우리지만 결국 마지막엔 나 혼자 남게 되지.

여자 절대로 내쫓지 않을 거예요. 아이큐 테스트에 합격하면 자…….

김종실 뭐, 또 웃기는 얘기로 날 위로해줄라구……. 그 소릴 들으면 웃음이 아니라 눈물이 나. 그리고 질투.

여자 또 질투야.

김종실 그런 농담을 누구에게 들었을까 의심이 생기거든.

여자 (끌어안으면서) 비행기를 타고 초등학교 애들이 수학여행을 떠났다. 너무 시끄러우니까 승무원이 선생보고 불평을 했다. 아무 걱정 하지 마세요. 그리고는 선생님이 아이들을 향해 뭐라고 한마디 했다. 아, 그랬더니 비행기 안이 거짓말처럼 아주 조용해졌다. 선생님이 뭐라고 말했게요?

김종실 뭐, 실종 신고를 내겠다고 했겠지.

여자 쳇…… 그게 아니라 떠드는 놈은 바깥으로 내보낸다. (함께 웃는다) 당신도 바깥으로 내보낼 거예요.

김종실 난 바깥으로 내쫓기는 그 운명의 날을 기다리는 거야. 대체 당신의 남편은 언제 오기로 되어 있어? 세 번은 짧게 세 번은 길게 운명의 신이 문을 두드리는 소리지.

여자 〈운명 교향곡〉은 그렇지 않아요. 안심하세요. 그건 세 번은 짧게 한 번은 길게 따따따땅—.

김종실 그게 언제냐구! (소릴 지른다)

여자 정말 안심해요. 다시는 그런 초인종 소리는 울리지 않을 거야. 그 사람이야말로 지금쯤 어느 여자와 바닷가에서 파도를 타고 있을 거예요. 자, 당신 계획대로 우리도 바다에 가요.

김종실 바다?

여자 당신은 세계 제일의 이펙트맨이지요. 무슨 소리든 다 만들 수 있잖아요. 자, 어서요. 파도 소리와 모래 바람과 발자국 소리를 만드세요. 그들에게 우리가 자유롭다는 것을 알려줘야 해요. (여인 방으로 뛰어 들어간다)

김종실 좋아! 당신 말이 맞어. 이 방 안은 내 세계고 내 우주지. 당신은 인간의 전부야. (테이프를 챙기고 준비를 한다) 난 못 나가는 게 아냐. 안 나가는 거야. 다시는 너희들에게 돌아가지 않어. 너희들이 나를 찾고 있지만 그건 내가 아냐. 나와는 아무 상관 없는 사람을 찾고 있는 거지. 이제야 알겠어. 난 처음부터, 태어날 때부터 이미 실종됐었던 거라구. (여인 비키니 수영복을 입고 나온다. 흔들의자에 앉아서 선풍기를 켜 놓고)

여자 바닷가로 나와요. (눈을 감고 흔들의자에서 흔들흔들한다) 빨리 날 바닷가로 데려다주세요.

김종실 눈을 감어. 그리구 바다를 생각해. 햇빛이, 무수한 바늘같이 번쩍이는 햇살들이 살갗으로 쏟아져 내리고 있어. 파랗고 빨간 비치파라솔 아래서 우린 지금 햇살로 미역을 감는 거야. (김종실 효과음으로 파도 소리를 낸다. 바람 소리를 낸다. 여인 행복하게 웃는다)

여자 당신은 어디 있어요? (손으로 더듬거리며 김종실의 손을 잡는다)

김종실 당신 곁에 있잖아. 두꺼비집을 만들고 있는 거야. 당신과 내가 영원히 함께 사는 작은 집이지. 아무도 우릴 찾아낼 수 없어. 아니지. 우린 작은 두 마리의 게처럼 집게를 곤두세우고 바다와 하늘이 마주치는 것을 바라보며 살고 있는 거야.

여자 자, 일광욕을 다 했으면 바닷물로 들어가요. 작은 조개가 됩시다. 단단한 껍질을 두른 소라가 됩시다. 남이 밟아도 이젠 부서지지 않을 거예요.

(남자 반지로 나무를 때리며 모래 밟는 소리를 낸다)

여자 뛰어가요. (선풍기를 더 강하게 틀어놓고 머리카락을 날린다. 김종실은 점점 빠른 발자국 소리를 낸다)

김종실 배를 타야지. (삐걱삐걱 노 젓는 소리를 낸다)

여자 (눈물을 흘린다) 어디로 가는 거예요.

김종실 당신이 원하는 곳이면 아무 데고. (계속 노 젓는 소리)

여자 아무도 없는 곳으로 가요. 사시사철 금단추 같은 노란 오렌지 열매가 매달려 있는 섬을 찾아가요. 거기에는 소문도 없고 신문도 없고 초인종 소리도 없어요. 온통 숨소리 같은 바람과 바다의 음향만이 있어요. 효과음들이 없어도 모든 게 싱싱하게 살아서 움직일 거예요. 그곳에서 우리들 둘이서만 마주 선 두나무처럼 오래오래 서로 쳐다보며 사는 거예요.

김종실 아냐, 그건 너무 외로워. 우리들의 얼굴을 몰라보는 외국으로 가. 해안선으로 양파 같은 모스크 사원들의 지붕이 보이는 이스탄불은 어때. 황혼보다 먼저 빨간 등불이 켜지는 마르세유도 좋지. 리우데자네이루의 선창에서 우리는 브라질 커피라도 한잔 마실까.

여자 너무 멀린 가지 말아요. 배가 너무 작아 거기까지 가기 전에 당신 손은 다 부르트고 피가 맺힐 거예요.

김종실 그럼 요트로 할까?

여자 오나시스같이.

김종실 그보다 더 크고 더 빠르지. (요트 소리를 낸다. 기적 소리)

여자 돛은 무슨 색깔이에요?

김종실 갈매기 날개처럼 희지. (계속 기선 소리를 낸다)

여자 진짜 갈매기는 없어요?

김종실 왜 없겠어. 우리를 알아보는 저쪽 섬을 봐. 저런

새들이 우릴 보고 일제히 날아오르는데. (새 날개 소리 낸다)

여자 우리들의 요트에서 파티를 열어요. 세계에 있는 모든 왕자를 다 불러요. 당신은 소리의 황제니까. (여인 천천히 일어선다. 그리고 전축을 켜고 벗어놓은 홈 웨어를 입는다)

김종실 한꺼번에 그 많은 효과음을 낼 수 없잖아.

여자 당신도 와서 춤을 춰요.

김종실 (효과음으로 채집한 카세트를 켜며) 이것으로 대신하지. (커다란 소리로) 난 춤을 못 추는데.

여자 제가 가르쳐줄게요. 자— 퀵퀵퀵— 슬로, 슬로, 슬로…… 세 번은 짧게! 세 번은 길게!

김종실 안 돼, 안 돼.

여자 또 질투하는 거예요?

김종실 안 돼. 세 번은 짧게 세 번은 길게라니.

여자 이런 때도 또 그 생각이군요. 잊어버려요. 다른 춤으로 바꿔요.

(레코드를 바꾼다. 둘이서 빙글빙글 춤을 춘다. 춤을 멈추면 음악 소리와 여러 가지 효과음 섞이면서)

자, 여러분 축배를 들어요. 축배. 우리는 실종된 김종실 왕자님을 찾았답니다. 삼십 년 만에 왕자님이 돌아오셨어요.

(김종실 샴페인 터뜨리는 소리를 낸다)

6장과 7장 인서트

기자 드디어 김종실 사건은 오늘로 매듭을 짓고 임시 수사반을 해체했습니다. 결국 자살이었더군요. 그가 해변가에 남긴 시계, 구두, 라이터 등은 부인에 의해 본인 것이 틀림없다고 확인되었고 시체를 건지기는 했으나 워낙 물고기 떼에 의해 형체를 알아볼 수 없게 되었지만 머리카락, 혈액형 등…… 모든 것이 김종실의 것과 일치되는 것으로 판명됐습니다. 특히 그 멍게장수의 증언을 통해서 보았을 때 김종실 씨는 심한 정신장애를 일으킨 것 같았으며 정상적인 행동이 아니었다는 겁니다. 사계의 권위 있는 의사들은 조울증에 의한 정신질환이 원인인 것 같다면서 이렇게 말하고 있어요. '현대인이 걸리기 쉬운 병이지요. 노이로제의 일종인데 막 기분 좋게 떠들다가도 갑자기 심한 우울증을 나타냅니다. 지금까지 각광을 받지 못했던 김종실 씨가 갑자기 광고 일을 맡기 시작하자 벌써부터 바빠져 생활양식이 바뀌게 되고 또 정신 상태에도 긴장감이 계속된 것이라고 믿습니다.'

김종실 뭐? 조울증이라고? 떠들다가 갑자기 우울해져? 이봐요. 그건 내 둘째 발가락에 생긴 무좀 때문이라고. 갑자기 가려워지면 사람들 앞에서 긁을 수도 없구 그래서 얘기하다 말고 그런 표정을 지은 것뿐야. 네가 의사야? 아! 무좀이나 고치라구. (발바닥 사진)

제7장

김종실 바다, 바다, 하더니 드디어 내가 바다에서 죽었군. 이제 밖에 나가면 난 나의 유령이 되는 거겠지.

여자 아네요. 자유로워진 거죠. 모든 사람들로부터 소문으로부터 풀려난 거예요.

김종실 그들이 만들어낸 날 그들이 손으로 파묻고 있군.

(신문을 들여다보면서)

여자 결국 실종극은 비극으로 막을 내렸군요.

김종실 천만에 해피엔드지. 조울증에 걸려 자살로 끝났다. 이 결말은 누구도 해치지 않았으니까. 바보도 자살을 하면 천재로 보이는 법이니까. 알라콜라는 날 계속 천재로 떠받들면서 콜라를 팔 수 있을 게고……. 적을 이롭게 할지도 모르는 초음파총이 공상 만화로 끝났으니 애국자들도 다리를 뻗을 테고, 혐의를 받던 내 친구들 그리구 내가 드나들던 이발소, 다방, 하여튼 날 아는 모든 사람들이 수사를 받지 않게 됐으니 이젠 베개를 높이 베겠지.

여자 슬퍼하는 사람도 많을 거예요. 우선 상복을 입은 부인과…….

김종실 말하지 말아. 10년이나 함께 살아온 여자, 그 사람이 내가 지니고 다닌 소지품도 몰라봤다니 내 라이터는 던힐도 아니구 더구나 그건 벙어리 녀석에게 지금 수리를 맡겨놓고 있단 말야. 그리고 매일 아침 자기 손으로 닦았던 구두도 몰라봤어. 우린 서로 건성건성 보고 얘기하고 그렇게 살아온 거지. 그래. 내 죽음이 확인돼야 아내는 그 돈을 차지할 수가 있는 거지. (전화벨 소리에 김종실 흠칫 놀란다)

여자 (전화를 받는다) 여보세요? 응……. 잘 있었니? 어떻게 알았어? 귀찮아서 알리지 않은 것뿐야……. 아, 그래…… 아니 올 것 없어. 몸이 좀 불편해서…… 내가 한번 나갈게……. 뭐 누가? 가르쳐주면 안 돼…… 안 돼, 절대로 안 돼……. 뭐라구? 조울증에 걸렸다구? 세상에 너희들두 사람이니, 그래? 한 사람이 죽었는데 말야. 아무리 모르는 사람이라도 그렇지, 이 판에 조울증이라니 그게 어디 유행어니? 아니…… 내가 그 사람을 어떻게 알아……? 그래두 그게 아니잖니. 야, 끊자, 골치 아프다. (전화 끊는다)

김종실 누구야? 누가 이리로 온대?

여자 (약간 흥분한 상태) 아녜요, 걱정 마세요. (우울한 표정) 제가 옛날에 다니던 미장원에 있는 아이예요. 글쎄 이애가 날 보고 조울증에 걸린 것 같다나요. 신문에 난 것과 아무래도 증상이 똑같다면서.

김종실 흥, 호랑이는 죽어서 가죽을 남기고 김종실은 죽어서 조울증을 남겼구나. (조종 소리처럼 종이 울린다) 뭐야, 저 종소리는?

여자 교회당 종소리예요. 오늘이 일요일이잖아요. (쓸쓸한 표정)

김종실 (여자에게) 이봐요. 난 죽지 않았어. 날 보라구, 뭐가 슬퍼서 그래.

여자 (고개를 숙이고 있다가 돌아본다. 둘이 눈이 마주친다) 슬픈 게 아니라 우스워요. (물끄러미 쳐다본다)

김종실 슬퍼하는 것도 우스워하는 것도 난 다 싫단 말야.

여자 가끔 공상해봤어요.

김종실　사람이 죽는 거?

여자　아뇨, 영화 같은 걸 보면 어느 날 갑자기 쫓기던 사람이 우연히 여자 방으로 뛰어 들어오죠. 살인범이든 뭐든 쫓기고 있는 사람, 총에 맞아 피를 흘리는 사람, 그 여잔 무섭겠죠. 그러나 난 그런 사람이 언젠간 나에게로 찾아왔으면 했어요. 왠지 알아요? 그 남자는 절대로 밖에 나갈 수 없으니까요.

김종실　왜 하필 그런 공상을 했어.

여자　모든 걸 다 설명을 해야 하나요? 공상까지도 설명을 해야 돼요?

김종실　아무래도 이상하군. 무슨 전화길래 그래?

여자　우리만은 서로 설명하지 않기로 해요. 우리는 이제 믿을 수 있는 거짓말보다는 거짓말 같은 사실 속에서 살아요. 아직도 그걸 모르시겠어요. (가까이 와서 손을 잡는다) 이것이 내 전부예요. 그리고 이것은 당신의 전부…… 또 뭐가 필요하세요.

김종실　하지만 누군가가 이 방으로 걸어오고 있어. 이 창문을 기웃거리고 있단 말야. 언젠가 저 문이 열리고 화산은 터지겠지. 여긴 화산 위에 올라앉은 낙원이야.

여자 (입을 틀어막는다) 우리 잠시 동안이라도 좋으니 이대로 있어요. 새로운 창세기가 시작되는 거예요. 우리들뿐예요. 당신은 아담이고 나는 이브고……. 여기엔 날개 돋친 뱀도 없어요. 나 잠깐만 바깥에 나갔다 올게요.

김종실 안 돼. 오늘은 안 돼. 이대로 있어줘.

여자 누가 와서 아무리 초인종을 울려도 문을 열어주지 않으면 돼요. 문을 꼭 잠그고 계세요.

김종실 뭐 하러 나가는 거야.

여자 우리 요트에 기름을 넣으러 가는 거예요. 당신은 나에게 육지를 떠나는 항해술을 가르쳐준 최초의 사람예요. 네, 선장님.

김종실 호칭이 여러 번 바뀌었군. 처음엔 날 댁이라고 불렀지, 그리고 선생님 다음엔 당신…… 이젠 선장님.

여자 내가 나갔다 들어오면 그땐 또 호칭이 바뀔 거야.

김종실 어떻게?

여자 진짜 이름을 불러줄게요. 김종실.

김종실 김종실 그는 죽었어.

여자 그리구 다시 태어났지요. (김종실의 이마에 키스하고 나가려 한다)

김종실 잠깐만, 두 가지 부탁이 있어. 내 아내를 찾아가 줘. 문상하러 왔다구. 그리구 가장 크고 멋있는 조화를 갖다주라구……. 내 장례식을 초라하게 보여주고 싶지 않어.

여자 또 한 가지 부탁은요?

김종실 내 딸 진희를 이 창가에서 볼 수 있는 저 마당까지 데리고 나와. 딱 한 번 그 애를 보고 싶어.

여자 가능할까요?

김종실 바로 위층에서 살고 있는 이웃인데 수상할 게 없잖아? 애비 잃은 아이를 달래주는 게 이웃 사람의 인정 아니겠어. 그리고 제일 맛있는 초콜릿을 사줘요. 그 애는 별님 초콜릿을 제일 좋아해. 그 초콜릿 광고에 나오는 소리는 바로 그 애가 입맛 다시는 소리를 딴 거지. 가장 은은한 소리를 내는 풀벌레도 그런 소릴 내진 못해요. 그들 말대로 내가 아무리 소리를 만들어내는 곡예사라 해도 어린애가 입맛 다시는 소리는 만들지 못하지.

여자 불쌍한 사람. 당신은 죽은 거예요. 다 잊으세요.

김종실 내가 죽지 않았다는 진실을 알고 있는 사람은 당신뿐이고 그것을 알려줘도 될 사람은 그 애 하나뿐이라구.

여자 (다시 와서 손을 잡는다) 창가에서 기다려보세요. 어떻게 해서든 데리고 나올게요.

김종실 잠깐만 들려줄 게 있어.

여자 당신은 내 진희예요. 진희보다도 더 어린애예요. 이제 갓 태어난 갓난아이…….

김종실 이 소리를 좀 들어봐. (녹음 테이프 이상한 소리) 새 우는 소리는 아냐.

여자 그럼 로봇? 화성인들이 서로 사랑하는 대화?

김종실 응, 비슷해. 이건 말야. 당신에게 주려고 녹음한 말을 거꾸로 튼 거야. 이펙트맨들은 가끔 이런 수법을 써서 요상한 소릴 내지.

여자 똑바로 틀어보세요.

김종실 (거꾸로 회전시킨다) 처음 당신의 방은 쥐덫이었다. 두 번째…… 당신의 방은 소문의 벽돌로 쌓은 어두운 감옥이었다. 세 번째 당신의 방은 내 모든 기억을 묻는 향기로운 무덤이었다. 그런데 지금 당신의 방은 바다로 향해 열려 있는 포구, 그 위에 떠 있는 작은 배……. 어디로 가느냐고 묻지 말아요. 당신이 가르쳐준 곳. 사랑— 그 거짓말 같은 진실이 사는 곳. (녹음기 끈다) 용서해줘. 당신에게 준 헌시야. 바깥엘 나갈 수 없으니 이런 것밖에는 선물할 게 없군.

(남녀, 사랑의 동작)

여자 고마워요. (퇴장)

시간의 흐름. 애들이 왁자지껄하고 노는 소리, 삐걱거리는 그네 소리. 김종실 혼자서 그 테이프를 되풀이해서 튼다. 창가에 앉아서 바깥쪽만 내다보고 있다. 음악, 갑자기 홀이 밝아지며 김종실, 창문으로 다가선다. 진희가 나타난 걸 보고 손을 흔든다. '진희야' 어금니를 깨물고 울음을 참는다.

김종실 이젠 너에게도 누가 상복을 입혔구나. 용서해라. 계단을 열 개만 디디면 난 네가 있는 곳으로 갈 수 있지. 그런데 그것이 없단 말야. 내려갈 수 있는 계단이 없어요. (음악, 자기 집으로 전화를 건다) 여보세요, 김종실 씨 댁이죠? 부인을 바꿔주세요. 진희 엄마 말예요. 예…… 저는…… 바로 제가…… 그 남편인데, 뭐요? 장난전화라니 아니, 여보세요, 아니, 꼭 한마디 말할 게 있어요. 뭐 어쩐다구…… 도대체 당신은 누구요? 장난전화가 아니라니까.

(전화 끊기는 소리, 이때 먼 데서 장례식 추도식 환청이 들려온다. 애

도사를 읽는 소리. 목탁 소리, 조종 소리, 최면술에 걸린 사람처럼 일어나서)

여러분! 여러분들은 나의 죽음을 애도하기 위해서 오늘 이 자리에 모였습니다. 창자를 끊는 듯한 여러분들의 훌륭한 애도사를 듣고 어떻게 제가 잠자코 있을 수가 있겠습니까? 식순에는 없습니다만 저에게 그 답사를 허락해주십시오. (와글와글 떠드는 소리) 조용히들 하십시오. 장례식은 검은색처럼 경건해야 합니다. 제가 무엇 때문에 제 스스로의 손으로 자신의 장례식을 망쳐놓겠습니까. 물론 압니다. 원래 장례식에는 추도문만 있고 답사란 것은 없는 법이니까. 여러분들의 입장이 난처해지는 것도 무리가 아닙니다. 그런데 여러분, 세상의 모든 추도사는 모두가 고인에 대해서 말하고 묻는 형식으로 되어 있죠. 여러분도 그랬습니다. 저기 우인 대표석에 앉아 있는 김도식 박사의 추도문만 해도 그렇습니다.'넌 왜 우리를 두고 혼자 떠나버렸니? 너는 늘 술자리에서도 곧잘 혼자 슬그머니 자리를 뜨더니 이번에도 너의 잔에 부어놓은 술을 그냥 남겨둔 채 몰래 가버렸구나! 이 매정한 친구야!' 이렇게 비장한 말로 그는 날 애도했습니다. 제 아내가 가장 소리 높여 울어대기 시작한 것도 바로 이 대목에서였습니다. 감동적이지요. 제가 부르기만 한다면 금세 동행이라도 할 만큼 아주 갸륵한 우정이지요. 그러나 여러분, 제 아내는 물론 저기 있는 이성식 군, 박수완 군, 심재연 군 모두가 다정한 옛 친구들이죠. 그들은 제가 술을 입에 대지 못하는 사람이란 걸 잘 알고 있을 것입니다. 그리고 더더구나 김도식 군과 저는 한 번도 술집에 간 적이 없고 그가 내 잔에 술을 부어준 적도 없습니다.

(와글와글 떠드는 소리)

아닙니다. 바닷고기와 민물고기처럼 우리는 서로 만나게 된 적도 별로 없으며 어쩌다 마주쳐도 그는 '해라'를 할 만큼 경솔한 동창생은 아니었습니다. 그는 국회의원이며 회장님이며 박사이시기 때문입니다. 사실 우인 대표라면 나와는 점심 때 가락국수를 같이 먹던 저…… 저기 뒷자리에 앉아 있는 김달성 군이 되어야 했을 것입니다. 그러나 불행히도 그는 박사나 회장의 칭호가 없거든요.

(와글와글 떠드는 소리)

김도식 군을 욕되게 하자는 것이 아닙니다. 그가 왜 혼자 자리를 떴느냐고 물었기 때문에 단도직입적으로 다시 말하면 왜 자기들을 놔두고 자살했느냐고 물었기 때문에 단지 거기에 답변하는 것뿐입니다. 여러분들은 제가 살아 있을 때 한 번도 저를 예술가라고 불러주지 않았습니다. 그런데 오늘은 신문도 방송도 이 추도식에서도 모두가 날 위대한 예술가라고 불러주고 있습니다. 죽으면 누구나 일계급 승진을 합니다. 그걸 아는 사람이라면 혼자서 슬그머니 이 세상을 떠나고 싶겠죠.

(와글와글 떠드는 소리)

내 아내의 말이 생각납니다. 초상집에 다녀온 아내는 저에게 이렇게 말하더군요. 상복을 입은 자기 친구가 너무도 예뻐 보였고, 매력적이었다고요. 심지어 비키니를 입은 여자보다 상복을 입은 여인 쪽이 더 섹시해 보인다구요.

(와글와글 떠드는 소리)

과연 아내의 말이 옳았습니다. 10년이나 함께 살았지만 내 아내가 아름답게 보인 적은 한 번도 없었어요. 내 아내도 오늘 날 애도하기 위해 상복을 입으면서 아마 거울을 많이 보았을 것입니다.

(와글와글 떠드는 소리)

화들 내지 마세요. 당신들은 왜 내가 자살을 했느냐고 묻지 않았습니까? 이건 그에 대한 저의 해명이며 답사입니다. 아내들을 아름답게 해주는 것 말고 남편들이 그들에게 줄 수 있는 그 이상의 선물이 또 어디 있겠습니까? 내 아내를 욕되게 하자는 것이 아닙니다. 여자들에게 있어 한순간이라도 자신의 용모를 잊게 할 만큼 슬픈 비극이란 이 세상에 존재하지 않는 법입니다. 아시겠어요. 여러분. 그러니 그걸 아는 사람은 혼자서 슬그머니 자리를 뜨고 싶겠지요. 여러분들의 고민은 김종실의 죽음이 아니라 김종실의 장례식에 얼마의 부조를 해야 자기 신분에 합당한가를 결정짓는 일이었겠죠.

(와글와글 떠드는 소리)

여러분들의 애도사는 죽은 김종실이 아니라 여기 모인 조객들을 위한, 살아 있는 자들을 위해 쓴 모범 작문인 것입니다. 이것을 알고 있는 사람이라면 이 세상에서 누구나 먼저 슬그머니 자리를 뜨고 싶었겠죠. 내 얼굴도 모르는 조객들도 많이 있군요. 저분은 기자이십니까? 당신은 혹시 광고 회사 수위가 아닙니까? 알라콜라 회사에서 나온 사람은 어디 계십니까? 박부장 나왔어요? …… 예, 바쁘시겠죠. 콜라가 품귀될 정도로 인기가 높아졌으니까 바쁘시겠죠.

(와글와글 떠드는 소리)

여러분들은 진짜 제 나이도 모르고 있지 않습니까? 저는 1945년 1월 25일생으로 되어 있죠. 지금은 이미 붉은 줄이 쳐져 있겠지만 호적에도 주민등록증에도 신문 기사나 고인의 약력에도 모두 그렇게 되어 있습니다. 그러나 여러분, 그건 우리 어머니께서 저를 호적에 올리실 때 과태료를 물지 않기 위해서 내 출생보다 두 달이나 늦은 날짜를 그대로 신고했기 때문입니다. 그러니 제 진짜 나이는 서른다섯 살이 아니라 서른여섯 살입니다.

(와글와글 떠드는 소리)

여러분들은 진짜 소리보다 가짜로 만든 소리를 더 진짜로 믿고 있습니다. 그 덕분에 지금껏 저는 살아올 수가 있었고, 또 그 덕분에 여러분들보다 먼저 자리를 떠야 했습니다. 여러분들은 제가 만든 소리를 도처에서 듣고 있을 것입니다. 제가 죽고 난 뒤에도 그 소리는 남아 있을 것입니다. 그러나 말이 달리는 이 소리를 들어보십시오. 그건 플라스틱 공기를 두드리는 소리에 지나지 않고 (테이프를 모두 찢어서) 갈대밭을 지나는 바람 소리도 바로 이 테이프를 이렇게 흔드는 소립니다. 사람의 발자국 소리, 그건 반지로 타일을 두드리는 소립니다. 그건 말이 뛰는 소리가 아녜요. 바람 소리도 사람이 걷는 발자국 소리도 아니란 말예요. (점점 흥분한다) 거짓말만 믿고 계신 여러분, 슬퍼하는 그 청승맞은 얼굴들도 이젠 다 집어치웁시다. 당신들은 남의 부고를 이용해서 외도를 하는 위선자들입니다. 남의 장례식까지 이용해서, 체면과 명예를 빛내자는 묘지의 까마귀들입니다.

(와글와글 떠드는 소리, 호루라기 소리, 끌어내리라고 고함치는 소리 등등)

여러분, 그래서 나는 가짜 소리로부터 떠나기로 결심한 겁니다. (절을 한다) 여러분들은 날 매장하러 이 자리에 모였습니다만 난 여러분들을 묻으러 이곳에 온 것입니다.

(이때 초인종 소리, 김종실 놀란다. 주저앉는다) 찌찌찌 찌—

찍— 찍—

김종실 세 번은 짧게 세 번은 길게…… 뭐야? 누구야? 아, 저 소리. 그만 눌러. 그만.

(계속 초인종 소리. 구두 발자국 소리. 어쩔 줄 모르고 왔다 갔다한다. 소리 끊기고 구두 발자국 소리 사라진다. 다시 구두 발자국 소리. 세 번은 짧게, 세 번은 길게, 김종실, 쇠막대를 들고 집문 앞에 서 있다. 들어오면 찌르려는 태도. 계속 초인종 소리) 그만해, 그만두란 말야. 야, 이놈들아. 무덤까지 빼앗는 놈들아. (쇠막대를 가슴에 꽂고 비틀비틀 내실 쪽으로 가서 쓰러진다) 내가 정말 죽으면 될 게 아냐.

제8장

여인 오렌지, 과일 봉지 등 찬거리를 들고 나타난다.

여자 어딨어요? 안심하세요. 저예요! 또 숨어 있는 거예요. 죽은 당신에겐 아주 멋있는 조화를 선물했어요. 하얀 실국화와 노란 국화, 막 피어나는 봉오리들로 골랐으니까 장례식이 끝날 때까지는 시들지 않을 거야. 그리구 굉장한 문상객들이 있어요. 복도도 화환이 가득 차 있어요. 꽃의 폭포수였어요. 동양영화사, 한국 TV, 알라콜라사, 마이제과, 제왕의 장례식도 그렇게 화려하지 않았을 거예요. 그리구 다시 태어난 당신을 위해서 하얀 장미를 사왔어요.

(장미를 놓으려고 탁자에 갔다가 거기에서) 이 꽃을 봐요. 당신 어딨어요? (사방을 둘러본다. 내실 쪽에 쓰러진 김종실을 보

고) 여보세요. (오렌지 흩어진다. 김종실을 일으킨다. 붉은 피) 아—ㄱ — (비명) 여보세요? (전화를 건다) 거기 병원이죠? 빨리요. 구급차를 빨리 보내주세요. 여기가 어디냐구요? (김종실을 돌아본다. 김종실 손을 저으며 가까이 오라는 손짓. 전화통을 내던지고) 안 돼. 안 돼요. 내 얘기를 다 들어야 해요. (김종실을 끌어안는다)

김종실 세 번은 짧게 세 번은 길게……. 드디어 초인종이 울렸어요. 행복한 아…… 아내가 되…… 되시기를. 빨리 침입자로 신고해. 현상금은 무효가 됐지만……. (숨을 거둔다)

여자 아녜요. 아녜요. 처음부터 그런 건 없었어요. 저에겐 남편이 없어요. 그건 저를 찾는 손님들의 암호였단 말예요. 당신 말이 맞아요. 난 콜걸이었어요. (머리카락을 손으로 잡는다. 밖에서 초인종 소리) 내 말이 들려요? 모든 진실을 다 말하려 했는데 왜 기회를 주지 않는 거예요. 내 말이 들리느냐구요. 난 길고 짧은 남자 잠옷을 열 벌이나 준비해두고 남자들을 기다리던 매춘부였다구요. 그래, 그 초인종 소리가 그렇게 무서웠나요. 당신만이 아녜요. 눈을 감으려고 하면 그 초인종 소리가 울려요. 세 번은 짧게, 세 번은 길게. 아무리 문을 닫아걸어도 소용이 없었어요. 저는 그 소리를 피해서 여기까지 온 거예요.

(서서히 일어선다)

차가 갑자기 바다 낭떠러지로 떨어졌어요. 그때 난 가족을 잃었다고 했지요. 남들은 누구도 그 말을 곧이듣지 않았지만 그건 정말예요. 당신도 알지요. 그 뒤부터 난 배가 고팠다고요. 무얼 해야 밥을 먹을 수 있을지 모르는, 겨우 스무 살짜리 여대생이었으니까요. 그날 밤도 그랬어요. 막차가 지나간 지하철역은 텅 비어 있었구 어디선가 물방울 떨어지는 소리가 들려오고 있었죠. 커다란 맥주 광고판 아래에 있는 으슥한 벤치였어요. 어느 신사 하나가 게선인장처럼 쭈그리고 앉아서 맛있게 피자를 먹고 있데요. 너무 배가 고파서 피자 한 쪽만 주시겠어요, 하고 말했어요. 그랬더니 그 신사가 웃데요. 난 배가 고파서 그런 건데 그 신사가 날 쳐다보며 웃데요. 난 왜 웃는지 몰랐어요. 나도 모르게 그냥 피자 한 쪽만 구걸한 건데……. 신사가 웃데요. 날 쳐다보며 웃데요. 피자 한 쪽만 달라고 한 건데.

(덥석 주저앉는다. 세 번은 짧게 세 번은 길게 초인종 소리)

아! 저 소리. 그날 밤이 지나고부터 저 소리가 울리기 시작했어요. 그러나 걱정 마세요. 이젠 저 소릴 겁내지 않아도 돼요. 우리의 배는 지금 잘 가고 있으니까요.

(초인종 소리)

기억하시죠. 사시사철 금단추 같은 오렌지 열매가 진짜 나뭇가지에 매달려 있는 당신의 섬에 가까이 왔어요. 샴페인을 터뜨립시다. 당신은 돌아온 거예요.

(초인종 소리)

믿을 수 있는 거짓말보다 믿을 수 없는 진실이 더 소중한 나라, 따뜻한 그 섬이 우리에게 가까이 오고 있어요. 네, 선장님.

(초인종 소리)

영화 〈세 번은 짧게 세 번은 길게〉 포스터·스틸컷

영화 포스터

1981년 영화로 제작된 〈세 번은 짧게 세 번은 길게〉의 포스터. 감독: 김호선, 주연: 송재호, 장미희, 최불암, 정영숙. 이어령 원작의 이 영화는 제2회 한국영화평론가협회상 작품상과 감독상을 수상했다

이펙트맨 김종실은 실수로 위층 여자의 집에 들어간다. 이 한 번의 실수는 부인의 실종 신고로 납치 사건으로 발전하고, 덕분에 오도 가도 못하고 여자 집에 갇혀버린 김종실은 자신의 삶을 되찾으려 애를 쓴다.

기자 드디어 김종실 사건은 오늘로 매듭을 짓고 임시 수사반을 해체했습니다. 결국 자살이었더군요. 그가 해변가에 남긴 시계, 구두, 라이터 등은 부인에 의해 본인 것이 틀림없다고 확인되었고 시체를 건지기는 했으나 워낙 물고기 떼에 의해 형체를 알아볼 수 없게 되었지만 머리카락, 혈액형 등…… 모든 것이 김종실의 것과 일치되는 것으로 판명됐습니다.

김종실 이젠 너에게도 누가 상복을 입혔구나. 용서해라. 계단을 열 개 만 디디면 난 네가 있는 곳으로 갈 수 있지. 그런데 그것이 없단 말야. 내려갈 수 있는 계단이 없어요.

여자 오늘부터 내 등갓을 빌려드릴게요. 찬비를 맞은 날갯죽지를 말리세요. 오랫동안 처마 밑에 있었군요. 여긴 너무 추울 거예요. 불쌍한 사람. 죽지가 부러진 제비가 언젠가 내 방으로 날아 들어온 적이 있지. 다른 제비들은 다 바다를 건너갔을 텐데 혼자 비를 맞고 등갓에 올라앉아 부들부들 떨고 있었다구.

김종실이 갑자기 사라지자 김종실의 아내는 즉시 납치 신고를 한다. 경찰들이 그의 집을 조사하는 장면.

여자 아녜요. 모든 사람이 지금 선생님을 찾고 있어요. 처음엔 부인이 다음엔 모든 아파트 사람들이 그리고 지금은 신문과 방송을 듣고 있는 모든 사람이 선생님이 무사하게 돌아오기를 기다리고 있어요. 소리의 천재를 찾고 있는 거예요. 가세요. 소리를 찾고 있는 사람들에게로 어서 돌아가세요. 전 괜찮아요. 그들이 절 창녀라고 욕한대두 전 상관없어요.

김종실 진정하세요. 아무것도 아닙니다. 제 직업은 이펙트맨입니다.

여자 뭐요. 배트맨이라고요? 그건 애들이 보는 TV 만화 주인공 이름 아녜요? 사람을 놀리는 거예요, 뭐예요.

오! 나의 얼굴

(전3막, 모노드라마)

등장인물

사진사 삼 대째 가업을 이어오고 있는 중년 남성.

제1막

아침 느낌을 주는 경쾌한 음악 소리. 사진사 그 소리에 맞추어 총채로 먼지를 턴다. 입에 마스크를 하고 있다. 바깥문 쪽에서 문을 두드리는 소리.

사진사 김군인가? 문 열렸어. 그냥 밀고 들어와. (문 열리는 소리. 문이 열릴 때마다 자동적으로 울리는 딸랑이 소리가 들린다) 야, 이 녀석아, 일찍일찍 나와야지. 지금이 몇 시인 줄 알어…… (문 쪽으로 고개를 돌리다가 깜짝 놀란 표정을 하고) 아이구, 이거 실례했습니다. 저어 조수인 줄 알고 그만……. 네! 네……. 조금만 기다리세요. 자, 여기 앉으셔서 담배라도 한 대……. 이렇게 일찍 찾아오신 걸 보니 꽤 급한 사진인가 보지요? (라이터를 꺼내 담뱃불을 붙여주는 시늉) 네? 아하하…… (마스크를 떼며) 아닙니다. 감기에 걸린 게 아닙니다.

먼지를 좀 털고 있었지요. 에이, 이 빌어먹을 먼지! 밤낮 털고 털어도 어디서 이 많은 먼지들이 날아 들어오는지 원……. (손님을 향해서) 이렇게 털고 털어도 늘 이 모양이지요. (사이) 그야 왜 전들 모르겠어요? 맞습니다. 먼지는 터는 게 아니라 그냥 덮어두는 게 제일이지요. 부스럼하고 여자하고 먼지는 건드릴수록 손해 보는 거니까요. 하지만 사진사와 먼지는 그게 아니거든요. (사진틀의 렌즈를 닦으며) 사진틀 렌즈에 먼지가 앉으면 제아무리 솜씨 좋은 사진사라도 소용없어요. 어디 그뿐인가요. 현상할 때에도 마찬가지랍니다. 어쩌다 사진을 굽고 말리다가 먼지 한 올이라도 붙어보십시오. 그게 잘 떨어지지도 않아요. 아무리 작은 놈이라도 그놈이 눈이나 콧잔등에라도 앉으면 얼굴 전체가 못 쓰게 되지요.

누구더라……? 이름은 잊었습니다마는 아주 유명한 사진사였는데. 에…… 또…… 큰일예요. 왜 요즈음엔 사람 이름을 자꾸 까먹는지 원…… 선생님도 그러시다구요……. 남들도 다 그렇다니 마음이 놓이긴 합니다만……. 전번엔 글쎄, 호구조사를 나온 동회 직원이 마누라 이름을 묻지 않겠어요? 그런데 그 이름이 생각나야지요. 저의 집 강아지 이름 '썬더.' 하도 잘 짖어서 누가, 허 또 그 사람 이름을 잊어버렸군. 어쨌든 누군가가 썬더라고 이름을 붙여주었지요.

썬더는 영어로 뜻이 천둥이라면서요? 아! 글쎄, 그 썬더라는 개 이름은 생각이 나는데 이십 년 동안 같이 살아온 저희 집 마누라 이름은 영 생각이 나지 않잖아요……. 아이구, 이거 죄송합니다. (열심히 사진틀을 마른걸레로 계속 닦으면서) 그렇지, 참 죄송합니다. 우린 먼지 얘길 하고 있었지요.

어쨌든요, 이름은 잊었지만 세계적으로 이름난 사진사가 이런 명언을 한마디 남겼지요. '훌륭한 사진사가 되려면 사진기의 렌즈에 앉은 먼지를 털기 전에 먼저 자신의 눈과 마음에 앉은 먼지부터 털어라!' 그러니까 먼지와 사진사는 불구대천지 원수지요. 바깥의 먼지도 털기 바쁜데 가슴속에 앉은 먼지까지 털라니 원……. 왜 속담에 '털어서 먼지 안 나는 놈 없다.'라는 게 있잖아요. 근데 먼지를 터는 놈을 또 털어보세요. 거기에서도 먼지가 나오지요. 남의 먼지를 터는 그 사람을 또 털어보세요. 결국 터는 놈을 또 터는 바로 그놈을 또 털면…… 이거 끝이 없군요. 누구나 먼지는 있는 법이니까. 터는 쪽이 나쁜 것으로 되어 있고 또 털 자격도 없지요. 그래서 먼지와의 싸움에서 도저히 이길 수 없다는 걸 알고 사람들은 간단히 두 손 번쩍 든 거지요. 그냥 두 손만 든 게 아니라 악수를 청하면서 먼지와 평화조약을 맺은 거랍니다. 먼지가 있어도 서로 못 본 척하고 없는 척하고 그냥 살아가자는 겝니다.

한데 사진사만 혼자 그 무서운 먼지를 적으로 돌리고 싸움을 하자니…… 참 외로운 싸움이지요. 뭐요? 구식이라구요. 싸우는 게 구식이라니요. (얼굴 표정을 바꾸어 웃는다) 아! 난 또 나보고 하는 소린 줄 알고……. 이 사진틀 말씀인가요? 허허허…….

카메라는 자꾸 신형이 나와서 모양이 바뀌어가는데 사진관의 사진틀만은 이렇게 오십 년 전이나 지금이나 안방 마님처럼 별로 달라진 게 없대두요. (삼각대와 자바라를 사람에게 하듯 정답게 툭툭 치면서 웃는다)

선생님 얘길 듣고 보니 정말 옛날 생각 나네요. 소학교 졸업식 기념 사진도 꼭 이렇게 생긴 놈으로 찍었잖아요. (사이) 아무렴요, 생각나고말고요.

어쩌다 시계라도 찬 시골 신사들이 사진틀 앞에 서면 이렇게. (어깨를 들어올리고 시계를 찬 왼손 소매가 올라가도록 팔을 굽히며 손목시계가 찍히라고 폼을 잡고선 시골 사람의 흉내를 내면서) 하하하…… 참 세상 많이 변했지요. 큰 나팔을 단 옛날 유성기와 지금 전축을 비교해보세요……. 물론입지요. 잠자리 같던 프로펠러 비행기가 이젠 고래가 됐어요. 요즘 제트기가 날아다니는 하늘을 보면 그게 하늘이 아니라 바다 같다는 생각이 들지요. (의자에 가 앉는다) 자! 담배라도 한 대 피우시고……. (라이터를 켜서 붙여주는 시늉을 하고 자기도 담배를 말아 피워 문다) 기차요? 응! (명상에 잠겨 상대방 이야기에 귀를 기울이는 표정) 그랬지요. 화통에서는 꼭 이런 담배 연기 같은 걸 뻐끔뻐끔 내뿜으면서 (담배 연기로 동그란 원을 만들어 내뿜는다) 산모퉁이를 돌아 논둑 위를 달립니다. 옛날 기차는 그게 말이 기계지, 사람이나 꼭 무슨 살아 있는 짐승과 같았지요. 숨을 쉬었으니까요. 칙칙폭폭…… 그리고 왜 그 기적 소리 있잖습니까? 비가 뿌리고 안개라도 쫙 껴보십시오. 처량하지요. 어디 웬만한 피리 소리가 그걸 당하겠습니까? 방정맞게 땡땡거리고 다니는 디젤 기관차야…… 그렇지요. 어디 여운이란 게 있습니까? 그러고 보니 선생님도 시골 태생이신가 보군요.
자! 사진을 찍어보실까요. 여권용이라고요? 아이구! 외국엘 가시는구먼. (일어나 사진기 쪽으로 간다. 자바라를 조작하면서) 그러고 보니 이놈이 꼭 구식 기차의 화통처럼 생겼군요. 하지만 안심하세요. 이래 봬도 안소니 A형 최신 기계랍니다. 생김새는 옛날 사진틀 같아도 사진은 기차게 잘 찍히지요. (필름을 갈아 끼우고) 여권용이라고 하셨지요? 아! 미국! 로스앤젤레스! 이민을 가시는 거면 당분간 여긴 못 오시겠군요? 거긴 눈 같은 걸 구경 못한다면서요?
자, 이리 앉으시고 여길 보세요. 턱을 아래로 빼시고 자! 가만히 계세요. 됐습니다. 찍습니다. (손짓으로 얼굴 위치를 잡아주고는 조명을 비춘다. 그러고는 셔터를 누르려다가 말고) 아니…… 왜요! 다른 걸로요? 아! 마그네슘 말씀이시군요. 아! 알겠어요. (웃으며) 펑! 소리가 나지 않으면 찍힌 것 같지가 않으시다 이 말씀이지. 참, 선생님은 별나시군요. 보통 손님들은 마그네슘 쓰는 것을 아주 질색한답니다. 그때마다 깜짝 놀라는 바람에 사진을 꽤 많이 버렸지요.

그렇다구 필름 값을 따로 받아낼 수도 없는 일 아닙니까? 죄가 많은 사람일수록 천둥 소리를 무서워한다는데……. 그런 사람은 남모를 죄를 많이 지었나 보죠?…… 아니 그래서가 아니라 사실 마그네슘을 터뜨리는 것은 위험성도 있거든요. (마그네슘 장치를 가져와 조작을 하면서) 옛날엔 사고도 있었지요. 제가 그런 건 아니고 친구한테 들은 얘깁니다마는, 아! 글쎄 마그네슘을 잘못 터뜨려 사진을 찍으려던 손님이 얼굴에 온통 화상을 입었다는 거예요. 사방 수술을 하고 성형을 하니 그 얼굴이 어디 남아난 구석이 있었겠어요? 전연 얼굴이 딴판이 된 거지요.

자, 이제 찍어보실까요? 아니! 왜 그렇게 부들부들 떠십니까? 뭐 언짢으신 일 있으세요? …… 아…… 그래서 어떻게 되었느냐구요? 바쁘시지만 않다면…… 전화위복이라고, 이리 꿰매고 저리 꿰매고 긁어내고 때우고 피고 하다 보니 아주 예상치도 않게 미남자가 되어버린 거지요. 선생님 얼굴만큼이나……. 왜 그렇게 화를 내세요? 아첨이 아니라 사실 아닙니까? 그런데 그게 또 비극이었거든요. 집으로 돌아와 보니 아내가 자기 얼굴을 몰라보더라는 거예요. 아내는 더구나 남편이 실종된 뒤 죽었다고 믿었던 거지요. 물론이죠. 전연 다른 사람이라고 생각한 거지요. 얼굴은 자신의 인감도장과도 같은 게 아닙니까? 누구나 사람들은 자신의 얼굴로 자신을 증명하는 법이니까요. 그 반대 경우를 생각해보면 알지요. 자신을 숨기고 싶을 때 서양 귀족들은 대낮에도 가발을 쓰고 다녔고, 요즈음에도 할리우드 배우들은 잠자리 날개 같은 큰 선글라스를 쓰고다니지 않습니까? 에이! 과찬의 말씀! 철학자라니요. 난 철학의 철 자도 몰라요. 남의 얼굴을 찍는 사진사일 뿐이지요. 그러니 어떻게 합니까? 그 사람은 자기가 그 여자의 남편이란 걸 증명하려고 별의별 방법을 다 써본 거지요. 이거 딱한 일 아닙니까? 예, 예, 그렇지요. 선생님이 꼭 경험해본 것처럼 말씀하시는데……, 아니 물론 누구나 당할 수 있구말구요……. 그래서 그 사람은 이렇게 했다나요.

'여보! 나라니까! 나! 진짜 나라구……. 허, 이거 참. 그래, 가만있어. 그걸 얘기하면 믿겠어? 지나간 일을 뭐든지 물어보라구. 우리들은 1951년

4월 8일 신도 예식장에서 결혼을 했잖어. 맞지? 그때 봄비가 내리구 있었구……. 당신은 머리가 젖을까 웨딩드레스가 젖을까 그것만 걱정하고 있었어. 신혼여행을 떠나던 기차간에서도 빗방울이 굴러떨어지는 차창을 보면서 당신은 이렇게 말했었잖어? 결혼식 날 비가 내리면 내내 울게 된다는데……. 그러고는 한숨을 쉬었지? 자! 물어보라구! 그때 내가 뭐라고 말했나. 아냐! 결혼식 때 비가 내리면 내내 애정의 샘물이 고이게 된다구. 뭐라구? 기억에도 없는 말을 꾸며댄다구?…… 아!…… 이거 정말 미치겠군. 그럼 당신 벌써 그걸 다 잊었단 말야?…… 조금만 기다려. 당신 남편한테 들은 말이 아니야……. 실토라니. 당신이 날 자꾸 타인 취급하니까 나를 당신 남편이라고 표현한 것뿐야……. 경찰이 문제가 아녜요…… 지금. 그렇지, 우리는 해운대에서 첫날밤을 보냈어. 침대 속에서의 우리 둘만이 알고 있는 비밀을 이야기할까? 그러면 믿어주겠어? 잠옷은 흰빛이었구. 나는 핑크빛이면 더 좋겠다고 했지. 그리구 당신의 왼쪽 젖가슴 밑에는 까만 사마귀가…… (상대방 여자가 물건을 던지는 것을 손을 들어 피하는 몸짓을 하면서) 여보! 왜 이래…… 난 당신 남편이라구…… 치한이라니…… 글쎄…… 말해두 될 사이니까. 내가 누구보고 그런 소릴 했겠어……. 이거 어떻게 설명하나. 내가 당신이 흘린 앵혈을 보구…… 아…… 글쎄…… 좋아…… 좋아. (다시 피한다) 그럼 다른 이야길 할게. 자! 못 믿겠거든 내 서재에 가서 윗서랍을 열어봐……. 당신이 치우지 않았다면 거기 생일 선물로 받은 던힐 라이터와 여행용 전기면도기가 있을 거야. 그리구 캐비닛을 여는 비밀번호는 좌로 세 번 32, 우로 두 번 16, 다시 좌로 3…… 그걸 열면…… 뭐 어째? 사기꾼이라구……? 절도범……? 뭐라구? 신고를 한다구……? 훔치다니 왜 내가 내 물건을 훔쳐? 가만있어. 그 캐비닛 위 꽃병 속에 당신 모르게 숨겨둔 돈이 있다니까……. 뒤져봐. 이젠 믿겠지. (쫓아가는 시늉) 결국은 백차가 오고 (손에 수갑을 차는 시늉) 실려간 거지요. 물론 그 아내가 신고를 한 거지요. 하하하…… 신분증요? 그게 무슨 소용이 있겠어요. 신분증이야 있었겠지만 사진이 옛날 얼굴인데……. 그렇지요. 어디서 훔친 거냐고 죄목만 하나 더 늘게 된 거지요. 경찰서에서 가까스로 풀려나온 그 사람은 매일 밤, 자기 집을 손님처럼 방문해서는 몰래 숨어서 울타리를 빙빙 도는 신세가 된 거지요. 매일 밤, 그렇지요. 매일 밤 박쥐처럼 담에 매달려서는 자기 집을 들여다보며 속으로 외쳤던 거지요.

저건 내 집이다. 저건 내 아내다. 저건 내가 신던 슬리퍼, 아……, 저건 내가 매일 물을 주던 금잔화 꽃밭. 당신 혼자서 커피를 마시는군. 벌써 날 잊었어, 당신? 난 크림을 치지 않지. 설탕은 두 스푼, 당신은 세 스푼, 단 걸 먹으면 살이 쪄요. 당신 무얼 찾고 있는 거야? 손톱깎이?…… 그건 경대 서랍이 아니구 문갑 왼쪽 세 번째 서랍에 있어. 날 죽었다구 믿으면서 저렇게 혼자서 커피를 마시다니……. 당신은 왜 울지 않는 거야? 쓸쓸하지도 않어? 내가 없어도 저녁 식사를 하고 시계 태엽을 감고 커피를 마시고 손톱을 다듬고……. 어떻게 그렇게 똑같은 생활을 할 수가 있어?'

재미가 없으십니까요? 정말 그러세요? 진짜 재미있는 얘긴 지금부터입니다만……. 아니죠. 잘 살고 있어요. 아주 정답게요. 글쎄 그게 비극이란 말입니다.

그 사내는 작전을 바꾼 거지요. 자기를 증명하는 방법을 포기하고 아예 딴사람으로서 아내를 유혹한 겁니다. 자기 집으로 다시 들어가서 아내와 살기 위해서는 그 방법밖에 없었던 거죠. 요컨대 다시 장가를 든 겁니다. 하하하…… 같은 사람이 같은 여자에게 두 번 장가를 들었는데, 그러나 그게 어디 쉬운 일입니까? 자기가 자길 질투하는 거예요. 아내가 수절하지 못하고 쉽게 유혹을 당한 것도 그렇지만, '전남편보다 어떠냐?'라고 물으면 말예요. '당신이 더 좋다.' 할 게 아니겠어요? 이거 질투가 나는 거지요. 얼굴이 변하기 전의 옛날 자기와 완전히 둘로 갈라져서 자꾸 비교를 하고 싸우는 바람에 기뻐해야 할지 화를 내야 할지 모를 일들이 생기는 겁니다. 네! 아주 복잡하지요. 아내가 냉정하게 대하면 지금의 나는 섭섭하지만 옛날의 나는 손뼉을 치고 기뻐하는 거예요. 거꾸로 아내가 열정적으로 대해주면 옛날의 나는 슬퍼하는데 지금의 나는 행복한 거예요……. 물론이지요. 얼굴이란 건 그렇게 중요한 거랍니다. 선생님이 찍으려는 여권 사진만 해도 그렇지 않습니까?

그런데 말씀예요……. 뭐 이왕 얼굴 이야기가 나왔으니 하는 말인데……, 한국 사람이 외국엘 가면 아주 조심해야 할 게 있다는군요. 아? 여기서야 그럴 일이 없지만 서양엘 가면 말예요. 동양 사람의 얼굴을 다 똑같이 본다는 거예요. 서양 사람들의 눈에는 얼굴이 다 노랗고 펀펀하고 몽고의 코, 거 왜 그러니까 있잖아요. 코가 다 납작하고 눈이 툭 튀어나오고……. 우리야 다 한 사람 한 사람 얼굴의 차이를 손금 보듯이 식별해낼 수 있지만 그 사람들은 그게 안 된다는 거예요. 그게 뭐 조심할 일이냐구요? 아이구! 선생님두……. 미국엔 툭하면 대낮에도 (총 쏘는 시늉을 하며) 이 짓들 많이 하잖습니까. 범인이 동양인인 경우, 그 현장에 얼씬거리다가는 꼼짝 못하구 걸린다는 거예요. 목격자들은 다 서양인들이라 아무나 잡아다가 물어도 바로 이 사람이라구 증언을 한다는 거예요. 아! 내 친구 동생도 지금 억울하게시리 감옥에 갇혀 있대요. 물론이죠. 총소릴 듣고 무슨 일인가 하고 달려가 보니까 저놈이다! 라고 외치더라는 거지 뭡니까? 바다 하나 건너가면 제 얼굴은 있으나마나 한 게지요. 천만에! 선생님에게 겁을 주다니 무슨 말씀을. 이거 죄송합니다. 잔소리가 많았습니다……. 천만에요……. 공연한 소릴 한 모양이군요. 절대로 걱정하지 마십시오. 얼굴을 잃다니, 될 법이나 할 소립니까……. 안 찍으시겠다구요. 먼저대로 전기 조명으로요?…… 그건 실감이 없다고 하시잖았어요. 자, 마음대로 하세요. (마그네슘기를 놓고 전기를 켠다)…… 왜 또 그러십니까? 마그네슘 쪽이 아무래도 좋을 것 같다구요……. (마그네슘을 잡는다)…… 여러 번 실패를 해서 그런다구요? 사진에 얼굴이 안 찍혀요?…… 뉴욕에서 있었다는 일…… 뭐 비행접시 같은 얘기지……. 멀쩡한 얼굴이 있는데…… 사진이 왜 안 나옵니까? 요즈음엔 뜨내기 사진사가 많아서 큰일입니다. 안심하십시오. 전 이 일로 잔뼈가 굵은 사람이니까. 자, 뭘로 하시겠습니까? 허허, 참……. 제가 공연한 이야길 했군요. 자, 그러면 이렇게 합시다. (동전을 꺼내서) 거북선이 나오면 마그네슘, 오십 원짜리 수가 나오면 전기 조명…….

(동전을 던진다)

거북선입니다. 자, 결정하세요. '빠꾸'라는 조

명 기계는 없는데……. 아, 빽……, 배경 세트 말씀이시군요……. 시골 풍경을 배경으로 놓고 기념 사진으로 한 장 찍어가고 싶다고요? 네 네, 알겠습니다. 로스앤젤레스엔 눈이 안 온다잖아요……. 좋습니다. 시골까지 내려갈 시간도 없으실 거고……. 내려가봤자 어디 그게 옛날 시골입니까? 세트 쪽이 훨씬 낫지요. 진짜 진배없는걸요. (세트 여러 개를 밀고 나와 시골 풍경을 고르면서, 그중 에펠탑이 있는 것이 나오자) 이것 보세요. 누가 이걸 가짜라고 하겠습니까? 뭐 이거 할 소린 아닙니다만, 어느 날 손님 한 분이 찾아와서는 이 외국 배경들을 죽 놓고 수십 장 사진을 찍어갔어요. 천연색으로요……. 근데, (목소리를 죽이고는) 뒤에 알고 보니 말예요. 그 손님이 외국 관광을 떠난다고 술좌석에서 실없는 농담을 지껄였지 뭡니까? 암요? 환송파티까지 열어준다 어쩐다. 이걸 어쩝니까? 결국 이 사진관에서 세계 일주를 하고 만 거지요. 그런데도 뒷말이 없어요? 모 여성지를 보고 내 깜짝 놀랐습니다. 네, 바로 이거요— 바로 이 에펠탑…… 우리 사진관에서 찍은 사진을 턱 내놓고는 그 손님이 글쎄, 파리 기행문을 쓰지 않았겠어요? 허…… 사진은 세트, 글은 백과사전을 놓고 긁어낸 거죠. 그런데 더구나 선생은 혼자 기분으로 보시는 시골 사진인데, 누가 말할 사람이 있겠습니까? 옳지, 여기 한 장이 있었군요. 요즈음엔 이런 세트는 통 인기가 없어서 치워버리지나 않았나 했더니……. (정면으로 시골 풍경 세트를 끌고 나와 장치를 해놓는다) 어떻습니까? 선생님 고향 풍경과 비슷한가요? 아! 냇물이 이쪽으로 흐르고, 응, 저 산이 좀 더 높았다…… 하지만 냇물이 이리 흐르든 저리 흐르든 옛날 냇물에는 이따위 (팔뚝을 가리키며) 붕어가 헤엄쳐 다니지 않았습니까? 어찌나 맑았던지 저녁에 별이 뜨면 냇물로 그 별들이 뛰어드는 소리가 퐁당퐁당 들리는 것 같았지요. 이 냇물가에는 (냇물을 가리키며) 엿구대가 자라고 모래밭에는 송장땅개비란 놈이 팔딱팔딱 뛰어다니구. 지금 냇물은 어디 가나 갈증을 느끼지요. (고개를 끄덕끄덕하며 얘기를 듣는 제스처) 그러믄요. 고기가 다 뭡니까. 여기엔 아마 댐 같은 거라도 생겼겠지요……. 높든 낮든 산에 가보십시오. 머루, 다래, 산토끼에다 노루, (산을 여기저기 가리키며) 이쪽에서 망을 보며 몰이꾼이 이리로 몰아오면 송아지만 한 노루가 뛰지요. 꿩? 말하나마나지요. 서리가 내리면 까투리가 이런 밭에까지 내려오질 않습니까? 아, 여기 좀 보세요. (황토흙과 풀숲이 있는 길을 가리킨다) 이런 길로 십 리나 걸어서 늘 학교에 다녔었답니다. 선생님두요……. 이 풀숲에서는 살모사란 놈이 개구리를 잡아먹고 있을 텐데…… 지금은 아스팔트로 된 고속도로가 뻗쳤을거고…… 이렇질 않을 거예요……. 그렇지요…… 네……. 그렇지요. 징검다리는 없어지고 여기쯤엔 광고 선전탑…… 칼텍스나 코카콜라 선전탑이 서있을 거구요. 이 초가지붕엔 빨간 고추가 널려 있기도 하구요. 근데 지금은 슬레이트 지붕…… 빨갛고 파란 슬레이트 지붕 아닙니까……. 물론 편해지긴 했어요. 왜 꼭 가난해야만 자기 고향으로 느껴지는건지 원……. 외할머니하고 고향만은 사진틀처럼 구식이어야 되나 보지요. 허허허…… 아! 아까 말씀드렸지요. 우리 집 강아지 '썬더'란 놈은 사람만 보면 짖어대요. 도시에선 찾아오는 사람마다 낯선 사람들뿐이니까, 모두 도둑으로 보는 거지요. 시골 개야 어디 그렇습니까? 일 년에 한두 번 짖을까 말까……. 다들 아는 사람인 걸요. 자동차 소리라니요? 말하나마나지요. 어림도 없는 일. 어찌나 조용했는지 풀잎에서 이슬이 굴러떨어지는 소리가 들리는 것 같았지요……. 네, 시인이라구요……? '시' 자도 모르는 사람이라구요. 그저 사람 얼굴을 찍는 사진사일 뿐이에요. 그런데 고향에서 찍으신 사진이 한 장도 없었나요? 저런! 변하기 전에 찍어두시지 그랬어요. 잠시도 제자리에 있는 것이라곤 없어요. 자꾸 변해요. 그리고 어디 한번 떠나버린 게 다시 오는 일이 있는가요? 시간이란 놈은 꼭 생쥐 같아서 잽싸게 달려가지요. 가두어둘 수 없어요. 아무리 작은 틈바구니라도 날렵하게 빠져 달아나는걸요. 그러고는 날카로운 이빨로 잠시도 쉬지 않고 모든 걸 쏠고 파고 갉아먹고, 결국은 다 파괴해버리고 맙니다. 사람의 얼굴뿐이겠어요? 우리들의 고향은 그렇게 허물어져가고 있답니다. 그러니까 이 사진틀은 그놈의 생쥐를 잡는 쥐덫과 같은 겁니다. 찰칵 하는 소리가 들립니다. 아! 분명히 이 손아귀로 느낄 수가 있지요. 선생의 직업이 뭔지 모르지만 아마 그 기분 모를 거예요. 사진틀 앞에서는 모든 순간이 정지합니다. 사진사는 시간을 멈추고 가두어 두는 거룩한 제사장이지요. 우리 할아버지는 구한말 때 안바삼각의 사진틀을 처음으로 이 땅에 들여와 사진관을 연 최초의 사진사였죠. 제사장은 제왕처럼 세습제여야 합니다. 저의 아버지 역시 사진사가 되었고, 지금은 제가 삼 대째 이 사진관 주인이 된 것이지요. 변하는 것을 멈추게 하라! 한순간일지라도 저 시간의 고삐를 잡아라! 멸종해가는 공룡들이 천길 땅속의 바위 속에 자신의 흔적을 남겨놓듯이 죽어가는 생명을, 그 얼굴들을 찍어라…… 찍어라……. 이것이 숙명적으로 우리에게 내려진 생명이지요. 그러나 변했지요. 제 자식놈이 사 대째의 사진사가 될는지? 저에겐 고민이 많아요. 요즈음 애들은 찍는 일보다 찍히는 걸 더 좋아하니까요. 저희 조수만 해도 나가서는 며칠째 들어오지 않아요. 휘황한 조명이 비치고 있는 곳을 찾아 나갔나 봅니다. 그 녀석은 영화배우나 탤런트가 되는 것이 소원이었으니까요. 다들 그래요. 자! 찍어보실까요? 너무 오래 기다리게 했군요. (의자를 세트 중앙에 갖다놓고) 제가 너무 말이 많았나 보죠? 여기 앉으세요. 좋습니다. (손으로 얼굴 위치를 잡아준다) 좋아요. 아주 좋습니다. (사진틀 쪽으로 물러나며) 아주 얼굴이 배경하고 잘 어울립니다. 장은 뚝배기에다 끓여야지요. 하…… 하……. 선생님이 촌뜨기라니요. 만약에 그 머리가 노랗고 눈알만 파랗다면 영락없는 서양 배우 같으신데, 그럴 리가……. 그것두 그냥 배우가 아니라 알랭 들롱의 눈, 존 웨인의 코…… 말론 브란도의 입술…… 몬티의 눈썹……. 좋은 점을 다 따다가……. 왜 이렇게 화를 내십니까? 비꼬는 게 아니구요, 아무리 서구적으로 생긴 사람도 한국인이요, 누구나 저런 시골 풍경에 잘 어울린다는 말을 하고 싶은 것뿐이었지요. 오해 마세요. 허허, 또 그 이야길 하십니까? 얼굴이 안 찍힐 일이 없어요. 필름이나 어디서 광선이 새어 들어와서 그랬겠지요. 절대 그런 일에서는 안심하시고……. 이왕에 실감나게 찍읍시다. 자! (손을 들어 위치를 잡아준다) 좋아요, 좋습니다. 고개를 치켜들어 하늘 쪽을 바라보세요. 구름을 보는 것처럼 말예요. 도시에서는 하늘의 구름까지도 오염이 돼서 먼지나 연기와 구별할 수가 없지 않습니까? 좋습니다. 냇물 소리를 들으세요. 새소리를 들으세요. 좋습니다. (마그네슘 플래시를 터뜨린다)…… 아이구 미안합니다. 마그네슘으로 결정하시지 않으셨습니까? 자, 그러면 여권용은 전기 조명으로 찍어드리지요. (의자의 위치를 바꿔놓고 전기 조명을 켠다) 뭘 그렇게 생각하십니까? 증명사진에는 표정을 쓰지들 않더군요. 하기야 서류에 붙이는 사진은 감정 표현 같은 건 상관 안 하니까 그래도 부드럽게……. 이번엔 로스앤젤레스라도 생각해보시지요. 뭐 거긴 눈이 안 온다죠……. 자— 하나! 둘! 셋! (셔터를 누른다. 그러고는 마치 제왕에게 경배를 하듯 허리를 굽혀 절을 하고는) 다 됐습니다. 안녕히 가십시오. 내일 아침이면 될 겁니다. (의자 옆에 놓인 서류를 발견하고는) 손님, 여보세요! 여기 수속 서륜가 본데, 이걸 가지고 가셔야죠. (출입구 쪽으로 뛰어나간다)

(무대 텅 빈 채 막)

제2막

사진사, 절망적인 표정을 짓고 의자에 멍청히 앉아서는 사진 필름을 검사하고 또 인화된 사진을 조사하면서 머리를 내젓고 있다.

사진사 끔찍한 일이다. 알 수 없는 일이야. 이럴 수가 있나? (자기 얼굴을 만져보다가 탁자 위에 내던진 조간신문을 다시 주워 읽는다) 사진에 얼굴이 안 찍히는 괴변이 발생…… 서울에서만도 천여 건……. 앞으로 더욱 늘어갈 듯…… 신분증 발급, 대학 입시 전형 등에 큰 혼잡이 벌어질 듯……. 흥! 얼굴들을 잃어버린 건데 걱정이 고작 신분증이고 입학시험이야!

(신문을 내던진다. 전화벨 소리. 전화를 받는다)

—네, 현대사진관입니다. 뭐요? 신문사라구요……? 네…… 네……. (한숨을 쉰다) 난 앵무새가

아니라 사진을 찍는 사진사라구요. 몇 번이나 같은 말을 되풀이해야 합니까?…… 글쎄, 다른 신문사건 다른 구문사건 간에 이젠 더 할 말이 없어요……. 협조를 안 하는 게 아니라 사진관은 지금 초상집이 된 거나 다름없어요. 사진사는 사람의 얼굴을 찍기 위해서 있는 거죠? 하루아침에 꽃이 없어졌다면 꿀벌들은 어떻게 될까요? 술상이 있으니까 기생이 있는 거고, 말이 있으니까 기병대가 있는 거고, 밭이 있으니까 농사꾼이 있는 거고, 종이가 있으니까 신문기자가 있는 게 아닙니까. 네, 그래요! 안 찍히는데 사진사가 어디 있습니까? 글쎄 사진사 잘못이 아니라는데 뭘 자꾸 캐자는 거요? 글쎄 조수가 집을 나갔기 때문에 줄곧 내가 이 손으로 찍고 이 손으로 현상을 하고 바로 이 눈으로 확인했단 말예요……. 맞아요. 분명히 한 사람을 제외하고는 얼굴이 나온 사진이라고는 한 장도 없어요. 왜 그 사람만은 찍혔느냐구요? 그걸 알면 내가 이렇게 한숨을 쉬겠어요? 이민 가는 사람인가 봅디다. 그것도 여권 사진은 하나도 없고 기념사진이라고 배경 넣고 찍은 것만……. 뭐 경력! 내가 손님 경력을 어떻게 알아요? 아! 내 경력 말인가요? 쳇…… 나는 태어나면서부터 사진사 노릇을 한 거나 진배없다구요. 모든 게 정상이었다구요. 핀트그라스에도 손님들 얼굴이 비쳤었고, 셔터에도 고장은 없었고, 사진틀에도 빛이 샐 만한 곳은 없었지요. 여느 때와 마찬가지로 찍은 겁니다. 물론이지요. 마그네슘을 사용했지요. 그 빛이면 불개미 뒷다리의 털까지도 찍히지요. 원판은 코닥! 에이 바이 에이, 제조 연월일은 1978년 3월 20일로 돼 있고 (필름통을 조사해보면서) 감광지도 마찬가지예요……. 그런데 기자 양반, 물을 건 이쪽이요. 네, 답답한 건 이쪽이니까요. 허허…… 그러니까 모든 사진관, DPE 가게, 신문사 사진부에서도요. 그렇게 뻔히 다 알면서 왜 캐물으시는 거요? 뻔히 아는 것을 묻는 게 바로 기자라는 직업이라구요?…… 허허허, 뉴욕에서 제일 먼저 발생했다……. 허허…… 저도 그건 신문 해외 가십난에서 일주일 전에 읽긴 했습니다……. 원래 그 가십난이란 게 거짓말 같은 요상한 이야기만 주워다 싣는 곳이 아닙니까? 쥐가 고양이를 물어 죽였다든가, 소방대원이 방화를 했다느니, 사람 뱃속에서 가위, 실패, 펜치가 나왔다느니, 열 살 먹은 어린애가 갓난아이를 낳았다든가……. 거 그러니, 그런 데 나온 이야기에 신경 쓰겠어요? 런던…… 파리, 동경…… 그래요? 서울이 스물일곱 번째라. 그거 꼭 국민소득 랭킹과 같은 순위군요. 전 세계가……. 그럼 그게 무슨 공해의 일종이 아니겠어요? 이 판에 코멘트입니까? 코멘트고 코멘츠고 어디 눈도 귀도 입도 안 찍히는데 코인들 무사하겠어요. 좌우간 기자 양반도 한번 사진이나 찍어보세요. 얼굴이 나오나. 뭐요? 배우가 아니니까 안 찍혀도 겁날 것 없다구요? 사건만 있으면 먹고산다고……. 베개를 베지 않고도 코 골고 잘 주무시겠군. 신문사와 의사와 장의사는 궂은 일이 있어야 경사가 생기는가 본데……. 그러지들 말아요. 같은 '사' 자 돌림이라두 사진사는 그 축에 못 끼니 섭섭하군요. (바깥에서 문이 열리는 댕그랑 소리) 이크, 드디어 손님들이 몰려드는가 봅니다. 아……, 여보세요. 이만 끊겠습니다. 자세한 건 방송이나 석간신문을 보라구요? 역시 뻔한 충고를 하시는군……. 어쨌든 감사합니다. (전화기를 놓고 출입구 쪽을 본다) 어서 오십시오. 아…… 아니지, 어서 오십시오는 안 되지…… 네, 네, 좀 앉으시죠. 바쁘시다구요…… 신혼? 아, 그러니까…… 알겠어요. 아…… 일전에 출장 나가서 찍은 사진이군요. 신랑이나 신부는 결혼식장에서는 딴사람처럼 꾸며놓으니 어디 알아볼 수 있겠습니까? 축하드립니다……. 거 바쁘다는 얘기 자주 하지 마세요. 누구나 결혼을 한 첫해는 그렇지요. 집에 일찍 들어올 구실을 찾는 거죠. 그런데 얼마 안 있으면 부인을 향해서 바쁘다고 말하게 된답니다. 허허…… 집에 늦게 들어올 구실을 찾는 거죠. 아니, 댁이 그렇다는 게 아니라 세상 사람들이 다 그렇다는 일반적인 얘기지요. 신혼여행은 어디로 가셨습니까? 제주도? 그것 보세요. 누구나 요즈음은 신혼여행을 거기로 간다니까요. 옛말에 사람을 낳으면 서울로 보내고 망아지 새끼를 낳으면 제주도로 보내라는 말이 있었는데, 이젠 망아지가 없으니까 결혼한 신랑신부를 제주도로 보내…… 아이구, 깜짝이야. 왜 그렇게 소릴 지르세요. 자꾸 제 말에 오해를 하시는데, 댁을 설마하니 망아지와 동격으로 놓고 한 소리겠습니까? 그런 뜻이 아니고 사람들이 하도 똑같은 일을 하니까 속담이란 게 생겨나는 거고, 그러다 보니…… 네…… 네, 자꾸 소리치지 마세요. 댁도 그 소식을 듣고 꽤 불안하신 모양인데 놀라지 마세요.행복한 예감은 빗나가는 법이 있어도 불행한 예감은 빗나가는 법이 없답니다. 잔소리를 하고 싶어서가 아니라 시간을 서로 좀 벌자는 게죠. 이왕 피할수 없는 불행이면 내일 만나자. 내일은 언제나 있는 거니까요. 내일이 되면 또 내일이 꼬리를 물고 오니까요. 그러니까 내일은 영원히 내일인 채로 있는 거지요. 불행은 피할 수 없지만 내일의 감옥에다 가두어둘 수는 있어요……. 연설까지 말라구요? 그것도 요즈음에 유행하는 상소리군요. 욕도 여자의 옷처럼 시대를 따라 변합니다. 그래, 좋습니다. (사진을 뒤진다) 사진이 안 나왔더라도 놀라지 마십시오. 신혼 재미로 바깥세상을 좀 모르시는 모양인데 신문도 못 보셨습니까? 정말 답답하군. 원 난데없는 아파트 얘긴…… 그게 아니라, 사람들의 얼굴, 그래도 모르시오? 이를테면 댁이 사진을 찍었지요. 그런데 사진사는 무심코 현상을 한다. 그런데 뽑혀 나오는 사진을 보니…… 있어야…… 할 있어야 할…… 얼굴이…… 얼굴이…… 눈, 코,

입…… 이런 얼굴이(결심을 한 듯 사진을 뽑아 들고 내민다) 이렇게 하나도 찍혀 나오지 않고, 자 보십시오. (사진을 들이밀며) 몸뚱이와 양복만 쭉…… 뭐요? 양복점 진열장을 찍은 게 아니냐구요? 뭐요? 참 태평하시군. 드라이클리닝한 옷을 세탁소에서 널어놓은 거라……. 참 정말 딱하시군. 이 겹겹이 늘어선 양복들이 바로 댁의 결혼식장에 모인 축하객들이라고요. 오로지 신부는 드레스를 입었으니까 금세 찾을 수 있겠군. (사진을 손가락으로 가리키며) 이게 그러니까 신부일 테고 그 옆에 흰 장갑을 낀 게 댁이다, 이런 말입니다. 아니지, 흰 장갑이니까 주례인 모양이고 이쪽이 댁이오. 양복이 새것으로 보이지 않습니까? (껑충 뒤로 물러선다. 상대방이 폭언을 했을 때의 몸짓) 아! 왜 이렇게 소릴 지르십니까? (멱살을 잡힌다. 멱살 잡은 손을 뿌리치다가 손에 든 사진이 바닥으로 쏟아진다) 아니, 왜 자꾸 이래? 이건 내 잘못이 아니래도! 지금 전 세계적으로…… (상대방이 폭행하려는 것을 피하려고 여기저기 쫓겨 다니며) 만연되고 있는 사건으로서…… 그건 공해의 일종으로서 서울에서도 이미 천여 건이 신문에도 나왔다니까……. 신성한 결혼을 모독한 건 내가 아니라 바로 당신들이지. 사진에 찍히지 않는 얼굴이란 말야. (다시 멱살을 잡힌다. 이때 바깥에서 문이 열리는 댕그랑 소리) 좋소. 사진 찾으러 누군가 온 모양인데 신문이나 방송을 통해 이 진상을 알 테니까…… 이 사진관 잘못이 아니라는 것을 알 테니까, 아, 글쎄 조금만 참으시오. (출입구 쪽을 향해) 어서 오세요. 어서 오십시오. (후유 한숨을 내쉰다) 손님도 사진을 찾으러 오셨겠지요? 자…… 이분에게 설명을 해주세요. 자자, 여기 앉읍시다. (두 사람을 앉히는 시늉, 왼쪽 의자에 먼저 온 A 손님, 오른쪽 의자엔 뒤에 들어온 B 손님을 앉힌다. B 의자를 보고 손으로는 A 의자를 가리키며) 이분은 신혼이신데 아마 금슬이 좋으신 모양이에요……. 그래서 신문도 안 읽고 방송도 안 듣고 오로지…… 아, 글쎄 제 이야기를 듣고 말하세요. 오로지 신부하고만 생활하다 나오신 모양입니다. 그래서 사진에 얼굴이 안 찍히는 그 괴변을 전혀 모르고…… 제가 글쎄 결혼식 사진을 잘못 찍었다구 폭행까지 하려구 들지 않겠어요? 제 말은 안 들어도 같은 처지에 있는 손님 말은 들을 게 아닙니까……. 자, 오늘 조간신문에 나온 걸…… 설명해주세요…… 네? (놀란 표정) 무슨 말인지 모르다니, 그럼 선생도 신문을 안 읽으신 모양인데……. 읽으셨다구요? 그런데 왜? 하하…… 알겠어요. 신문은 읽는 둥 마는 둥 하는 게 혈압에 좋지요. 알겠어요. 고혈압으로 보이시는군요……. 아니 걱정하는 게 아니라…… 속성으로 배달하는 신분증 사진이 났어요……. 글쎄 선생 것도 나오지 않았어요……. 급한 거 왜 모릅니까? 전국적으로 만연되어 가고 있는 현상을 낸들 무슨 수로……. 변명이라니요……. 아이구 왜들 이러세요. (A, B 의자 양쪽에서 협공을 당하자 얼른 피해가며 조금 전 탁자 위에 내려진 신문을 찾아내서는 내민다) 자, 여기에 조간이 있어요, 보면 될 게 아니오. 등잔 밑이 어둡다고, 아! 간단한 방법이 있는 걸. 자요. (신문을 펴서 사회면 톱을 가리키면서 두 사람에게 보인다)…… 붐…… 붐…… 붐이라니……. (그제서야 신문을 자세히 들여다본다) 토지 투기 붐……, 아니 이 신문엔 온통 붐 얘기들만 있잖어. (날짜를 확인한다) 날짜가 맞는데. 내 분명히 이 신문 이 자리에 주먹만 한 글자로 찍힌 걸 봤어요. 이럴 수가…… 사진에 얼굴이 안 찍히는 괴변이라고 톱기사로 크게 나온 걸 봤대두요……. 다른 신문인가…… 분명히 이 신문인데…… (다시 몸을 피하며) 아니 거짓말이 아녜요. 곧 내가 확인시켜 드릴 테니 이러지들 말어요. 방송을 들을 수도 있구, 신문사나 다른 사진관에 전화 한 통이면 끝날 거 가지구……. 가만있어, 다른 신문을 좀 찾아봅시다. 아니 이것두 아니구……, 아니 저것두 아니구……. (신문 뭉텅이를 들추면서 한 장 한 장 내던진다. 다시 두 사람 폭력을 쓰려고 하는 것을 피하며) 조금만 참으세요. 전화를 걸어봅시다. 아니 제가 미덥지 않으면 직접 물어보세요. 난 방금 전에 신문사와 전화 인터뷰까지 했어요. 성급하게 굴지 않아도 오늘 밤 댁으로 돌아가면 곧 알게 될 겁니다. 그 이유를 아시겠어요. TV에 탤런트 얼굴들이 비치지 않아 TV 방송국에서는 흘러간 명화만 틀고 있을 거예요. 자, 전화를 걸어봅시다. 신문사로 걸 테니 직접 문의하세요. (다이얼을 돌린다. 띠띠 통화 중 신호) 신문사 전화는 늘 이렇게 바쁜가 봅니다. 원…… 이거 어디…… 사실 신문사 전화와 병원 전화가 서로 경주를 하면 누가 이길까? 하는 생각을 해보지요. 급할 때 걸면 늘 통화 중이라니까! 농담으로 얼버무리려고 이런 소릴 하는게 아녜요. 상식적으로 생각해보세요. 어떤 친구는 급한 환자가 생겨 병원에 전화를 걸었지만 통화 중이에요. 결국 통화를 하긴 했지만, 그러나 그것은 병원이 아니라 장의사였답니다. 뭣 때문에 제가 얼굴 안 나오는 사진을 만들어놓고 거짓말을 하겠습니까? (전화에서 다시 통화 중 신호 소리) 허! 이 신문사도 통화 중이군……. (댕그랑, 바깥에서 문이 열리는 소리, 세 번째 손님이 들어오는 소리다. 출입구 쪽을 두려움과 희망에 찬 표정으로 살핀다) 손님도 사진 찾으러 오셨습니까? (쪽지를 받는 시늉…… 그것을 들여다보다가) 알겠습니다. (안도의 한숨을 쉬며) 아! 입학 원서용 사진이었지요? 안 찾으셔도 됩니다. 신문에 나지 않았습니까? 사진에 사람들의 얼굴이 찍히지 않게 되자 대학 당국에서는 입학시험 기일을 무기한 연기했다잖아요. 뭐 학부형이니 저보다 더 잘 아시겠지? 원서를 접수 중이라고요? 손님도 신문에서 그런 얘길 읽은 적이 없다구요? (이번에는 손님 C가 대들자 허둥지둥 사진 한 장을 꺼내 들고) 마감! 오늘이 마감 날짜라고? 그럴 리가! 이게 찍은 사진입니다만, (갑자기 사진이 마룻바닥으로 툭 떨어진다) 아이구, 이걸 또 어떻게 설명하나……. (울먹이는 목소리로) 아무리 찍어도 얼굴이 사진에 나오지 않는다구요. 우리는 지금 모두가 얼굴을 잃어버린 거라구요. 겉으로 보기에는 멀쩡해도 얼굴이 없어지는 병에 걸린 거예요. 뉴욕, 워싱턴, 런던, 파리, 모스크바, 프라하, 부다페스트, 북경, 동경, 서방이든 동방이든 간에 전 세계가요. (세 손님이 대든다. 전화기 있는 쪽으로 떼밀리면서) 내가 왜 미쳐요? 아니, 내가 미쳤다니오? 전화를 걸어봅시다.

(사람들의 손찌검을 피하면서 필사적으로 다이얼을 돌린다. 찍찍찍찍 효과음으로 다이얼 돌아가는 소리와 통화 중 신호 소리가 점점 커진다. 그러다가 신호음이 길게 울린다)

됐어요. 됐어요. 통화가 되었습니다. (몹시 잡음이 들리고 혼선이 일어난 통화 소리 속에서)

'여보세요. 거기 중외일보지요?'

'크게 좀 말하세요.'

'신문사지요?'

(상대방 전화에서 혼선된 목소리가 들려온다. 웃음소리. 여자 목소리로)

'5시 알지? 설화다방이 아니라 설파다방.'

(두 배음으로)

'여보세요!'

'네, 네.'

(소리가 작은 소리로 계속된다. 삑삑 하는 잡음)

'자장면 두 그릇하고 짬뽕 하나…….'

'임마 잔소리 말고 빨리 보내.'

'여보세요. 거기 신문사죠? 혼선이 됐나 본데, 사실을 좀 말해주세요. 진상을 좀 얘기해줘요.'

(공포와 대소, 마치 손님들이 칼을 목에 대고 위협하는 것처럼 목을 뒤로 젖히며)

'바른 대로 좀 이분들에게 알려줘요.'

(계속 전화 속에서는 잡음 소리. 가는 목소리로)

'여보세요, 여보세요, 말씀하세요.'

(소리와 함께 혼선된 전화 소리. 다방 음악인 듯, 굵은 남자 목소리로)

'마담, 그러지 말고 한 번만 봐주지 그래. 허허허, 콱 썩어질 몸 가지고 뭘 그래? 살아 있을 때 잘 지내자구요.'

(사진사 떨리는 손으로 그리고 절망적인 표정으로 수화기를 놓는다)

여러분 거짓말이 아닙니다. 흑사병처럼 지금 온 시내 온 마을을 이 끔찍스러운 병이 휩쓸고 있어요. 원인을 규명 중이지만…… 우리가 이럴 때 아네요. 사진사를 없앤다고 해결될 문제가 아닙니다. 이건 바로 우리의 문제고 우리가 같이 해결할 문제입니다……. 거짓말이라니요…… 내가 왜 이런 위험한 장난을 하겠습니까? 글쎄 그 신문이 어디로 갔을까?

(발작적으로 흩어진 신문 쪽을 엎드려 찾는다. 절망적으로 마룻바닥에 널린 신문을 뒤지다가 서서히, 그러나 각오한 듯이 사진사 일어난다) 이게 어떻게 된 거야? 난 분명히 이 두 눈으로 그 기사를 읽었소. 그런데 어째서 당신들은 그걸 못 봤다는 거요? 신문사는 계속 통화 중이거나 혼선이고. 낸들 어떻게 하겠소? 사실인데, 이게 모두 사실인데……. 사진을 찍으면 그게 누구의 얼굴인지도 모르는, 눈도 코도 입도 없는 문어 같은 얼굴만 찍혀 나오는데…… 나보고 어쩌란 말이오? 이게 내 잘못이란 말이오?…… 신문사는 모두 통화 중이고 혼선이니……. 좋소. 이번에는 마지막으로 다른 사진관에다 걸어봅시다. 그리고 이 무서운 사실들이 내가 꾸며낸 거짓말이 아니라는 걸 여러분들 귀로 똑똑히 들으시오. (탁자에 가서 다시 전화를 돌린다. 신호음) '네, 바다사진관입니다.' (하는 상대방 전화 소리) 이제 해결됐습니다. 가까이 오셔서 들으세요. (송화기만 자기 입에 대고 수화기는 손님들 쪽으로 보내고) 바다사진관이지요? 여기는 현대사진관인데 고생이 많으시지요. 자, 이분들에게 큰 목소리로 설명을 해줘요. 얼굴 안 찍히는 병 말예요. 거기에서 찍은 사진에서도 얼굴이 찍혀 나오지

않는다는 걸 말예요…… 사실대로 말씀해주십시오.

(전화 목소리) '무슨 얘길 하는지 통 모르겠는데요. 사진에 사람 얼굴이 안 나와요? 하하하.'

농담할 때가 아닙니다. 저는 지금 손님들에게 포위당해 있소. 이분들은 아무것도 모르고 그게 다 제 잘못으로 알고 있단 말예요……. 난처하오.

(전화 목소리) '댁이야말로 농담 마시오. 여기도 손님들이 자꾸 몰려 들어와서 야단났소.' (사진사 반색을 하며) 그렇지요? 댁도 나와 똑같은 곤욕을 치르고 계시는군요. 위안을 해드리지요. 사진관도 이젠 마지막이군요.

(전화 목소리) '무슨 잠꼬대 같은 소리를…… 손님들 사진 찍고 사진 내주고 하느라고 바빠 죽겠다는 얘기요. 자, 바쁘니 그만 끊으세요. 할 일이 많으니까요!'

(전화 뚝 끊긴다. 다급한 목소리로) 농담할 때가 아니야. 아, 여보세요. 아, 여보세요. (전화를 꽝꽝 친다. 사진사 다시 손님들에게 몰린다) 이건 모략이라구. 이 기회에 사진관을 망쳐놓으려는 동업자의 모함이오. 얼굴이 안 찍히는데 저 혼자 살 줄 알아? 바다사진관이라고

했지……. 어디 두고 보자……. 배가 가라앉는데 너 혼자 에이스를 쥐고 있대서 돈을 딸 것 같으냐? (댕그랑, 문 열고 손님이 들어오는 소리. 머리를 싸맨다) 아 또 왔군. 여러분들! 처음부터 끝까지 이성을 잃지 말고 내 얘길 잘 들어보세요. 손님도 이리 오세요. (댕그랑, 문 열고 손님 들어오는 소리) 손님이 또 오신 모양이군. 사진 찾으러…… 이리 오세요. 우리도 지금 심각한…… (댕그랑, 손님이 들어오는 소리) 손님도 이리 오세요. 사진을 찾으러 오셨지요? 자, 설명해드릴 테니 이리 오세요. 우리는 지금 심각한 (댕그랑, 문 열리는 소리) 사진 찾으러 오셨다구요? 자, 아무 의자에나 다들 앉으세요. 담배라도 피우시고 흥분을 가라앉히세요. 흥분하면 보이던 것도 보이지 않으니까요. (사진사 모든 의자를 끌어다가 강의실처럼 나란히 놓고 일일이 앉으라고 권한다. 사진사는 사진기 옆에 서서 마치 단체 사진 찍으려는 포즈로 연설을 시작한다. 댕그랑, 손님이 들어온다) 자, 뒤에 오신 분, 사진을 찾으러 오신 분들은 불편하지만 거기에 서 계십시오. 참고 들어주세요. (잠시 고개를 숙이다가 시계를 본다) 여러분, 저는 사진을 찍는 사람이지 연설을 하는 사람은 아닙니다. 그리고 오늘은 참으로 불행한 날입니다. 보통 때 같으면 난 이 사진기로 여러분들의 그 얼굴을…… 제각기 다른 자랑스러운 한 분 한 분의 얼굴을, 세상에 단 한 번밖에는 없는 1978년 12월 13일의 여러분들 얼굴을 찍었겠지요.

(댕그랑, 출입구 쪽을 본다. 손으로 거기 서 있으라는 제스처) 난 이날까지 무수한 손님들의 얼굴을 찍었지요. 코끼리 같은 짐승이나 느티나무 같은 수목이나, 혹은 집이나 다리 같은 풍경들도 찍어왔어요. 그러나 같은 사진이라도 사람 얼굴을 찍을 때만은 그것들과 다른 것을 느껴요. 그것들은 자기가 사진을 찍힌다는 걸 모르니까 일방적으로 그냥 찍힐 뿐입니다. 그러나 사람 얼굴을 찍을 때에는 찍는 사람과 찍히는 사람 사이에는 하나의 대화가 오고 갑니다.

(손님들이 와글와글 떠드는 소리, 효과음. 두 손으로 조용히 하라고 제어한다) 분명히 사진을 찍는다는 건 대화를 하는 겁니다. 나는 눈으로 많은 손님들과 이야기를 나누었습니다만, 불행하게도 오늘은 입으로 직접 말을 나누게 되었군요. 대개 사진을 찍으려고 할 때 찍히는 손님들은 자신의 얼굴을 의식하게 되는 거지요. 거울을 볼 때처럼 말입니다. 이마가 너

무 넓은 사람은 머리카락을 (자신의 머리카락을 앞으로 내민다) 내려, 그걸 캐머플라지하려고 합니다. 눈이 뱁새처럼 가는 분은 무엇에 놀란 것처럼 (자신의 눈을 크게 뜬다) 부엉이처럼 동그랗게 뜹니다. 왼쪽 볼에 점이 박힌 사람은 오른쪽 프로필로 포즈를 잡고, 코가 납작한 사람은 자꾸 그게 초로 만든 코이기라도 하듯이, 콧날을 손으로 끌어올립니다. (자기 코를 만지면서) 그러나 나는 손으로, 눈으로 말합니다. 괜찮아요. 남의 얼굴과 다르다는 것 하나만으로 그건 얼마나 자랑스러운 얼굴이냐고……. 주근깨에다 빈대 코를 한 여자도 엘리자베스 테일러의 얼굴과 바꿀 수 없다고……. 아, 그렇지요. 사람들은 제각기 '나의 얼굴'을 가지고 있고 이 세상에 하나밖에 없는 것이니까. 그 자체로 완성된 것이지요. 우주는 생명의 독창성을 인정하기 위해 도장을 찍었습니다. 옥새와 같은 도장을. 그게 바로 '나의 얼굴' 입니다. 얼굴은 누구도 변조할 수 없는 생명의 봉인입니다. 수천 수만의 얼굴을 찍고 또 찍는 이날 이때까지 살아온 이 사진사는 한 번도 같은 얼굴을 찍어본 적이 없습니다. 같은 사람이라 할지라도 아침의 얼굴과 저녁의 얼굴은 다르니까요. 나는 사진을 다 찍고 나서 으레 (모자를 벗는 시늉을 하고 머리를 숙여 공손히 절을 한다) 손님에게 절을 합니다. 잘됐습니다, 손님……. 형식적인 절이 아닙니다. 비빔밥이나 팔고, 양복 가봉을 끝내는 손님에게 인사를 하는, 식당 주인이나 양복점 가게의 그 재단사와는 다른 절입니다. 나는 자랑스러운 인간의 얼굴, 그 생명을 찍는 사진사이니까요. 한 분 한 분이 제왕과 같기 때문입니다. 참으로 경건한 절이지요. 마음속으로 드리는 존경의 절이지요. 돌상 앞에 앉은 갓난아이라 할지라도 마찬가집니다. (댕그랑, 문소리. 다시 출입구 쪽을 보며 거기 서 있으라는 표정을 짓는다. 다시 와글와글하는 손님들의 웅성거림. 회오리바람 소리. 바람이 덜컥거리고 창문을 두드리는 것 같은 효과음)

저는 어린아이들의 얼굴을 찍을 때마다 가슴이 뿌듯해진답니다. 어린애들의 눈은 언제나 먼 곳을 바라다보지요. 이 세상의 끝보다도 더 먼 곳으로 그 초점은 향해 있지요. 그리고 그 눈은 크고 맑고 하늘처럼 파란 기운이 감돌지요. 떼를 쓰는 아이가 있으면 나는 딸랑이를 흔듭니다. (딸랑이를 가져와서 어린애를 찍는 시늉을 한다) 올놀놀 놀놀놀

놀……. 딸랑이를 흔들면 아이들은 그들이 온 세계, 태어나기 이전의 그 세계를 향해 귀를 기울이는 거지요. 고사리같이 작은 젖내 나는 그 손은 아직 돈이나 칼자루를 쥐어본 적이 없기 때문에, 딸랑이밖에는 갖고 싶지 않은 거지요. 햇빛을 처음 본 사람의 표정처럼 아이들은 경이에 가득한 눈을 하고 손을 내밀며, 사진사에게 다가오려고 해요. 사진사가 셔터를 누르는 순간은 바로 이때입니다. 내게로 행복이 오는 순간이기도 하지요. 이렇게 해서 사람의 얼굴은 탄생하는 겁니다. 눈, 귀, 코, 입, 인간의 하나하나가 조각되는 순간이지요. 나는 그 앞에 고개를 숙이지요. 당신은 제왕이십니다. 존경 속에서 허리를 굽히는 겁니다. 이 세상에 하나밖에 없는 것은 다 귀중하고 신성한 것이니까요. 시간이 그의 얼굴을 조각해 갑니다. 그러다가 그 애가 노인이 되면 수염과 깊은 주름이 진 얼굴로 바뀌어가지요. 그러나 그건 다른 얼굴이 아니라 한 얼굴입니다. 그렇게도 다른 얼굴이 한 사람의 얼굴이라니……. 기억의 튼튼한 밧줄로 매어진 이 무수한 얼굴, 돌상에 앉았던 그 얼굴이 이제는 환갑 잔칫상 위에 앉아 있습니다그려……. 나의 얼굴……. 그는 어떻게 살았건, 단지 육십 년의 한 얼굴을 지켜왔다는 것만으로 승리자이며 존경을 얻을 만한 권리가 있어요. 노인들의 사진을 찍을 때마다 로마의 제왕 앞에 선 노예처럼 허리를 숙이지요. (절을 한다) 그 얼굴은 생명을 가진 거대한 바위와도 같지요. 시간도 잠시 비켜섭니다. 자기의 얼굴을 허물어뜨리려는 모든 적과 싸워온 투쟁을 보는 거지요. 이빨이 빠지고 군머리카락이 뽑히고 이마와 얼굴엔 골짜기 같은 주름이 파여도…… 그렇지요. 눈, 코, 입, 그것이 모두 붕괴당한다 해도 사라지지는 않습니다. 그 얼굴은 누구도 지울 수가 없어요. 그는 한 얼굴을 형성해놓은 것입니다.

(다시 웅성거리는 소리와 바람 소리, 천둥 소리 효과음. 조용히 하라고 손짓으로 제어한다. 댕그랑 댕그랑, 점점 빠른 간격으로 문이 열리는 소리. 손님들이 자꾸 들어온다)

조금만 참으세요. (손목시계를 본다) 10분만 있으면 곧 정오가 되고 12시 뉴스가 시작될 겁니다. 그때까지만 참아주세요. 10분 뒤에 저는 라디오를 켤 것이고, 여러분들은 슬픈 뉴스, 인간의 그 자랑스러운 얼굴이 죽었다는 슬픈 소리를 들을 겁니다. 천둥 소리가 비로 바뀌듯이, 여러분들의 분노는 슬픔으로 바뀔 것이고, 저에 대한 증오는 가시 위에서 장미가 피는 것처럼 연민과 사랑의 감정으로 바뀔 것입니다. 여러분들이 자신의 사라진 얼굴을 느끼고 나서야 사진사의 역할과 고마움을 깨닫게 될 것이기 때문입니다. 생각해보십시오. 여러분들에게 어린 시절의 사진이 없었더라면, 청년 시절의 그 얼굴을 찍은 증거가 없었더라면, 어떻게 여러분들은 이미 사라진 그 시간을 내 몸속에 가두어둘 수 있었을까요. 그 여러 얼굴을 하나의 얼굴로 잡아매둘 수 있었을까요? 그런데 여러분, 비극이 일어난 것입니다. 오늘의 여러분들의 얼굴을 영원히 남길 수 없게 된 것입니다. 현상실에서 여러분들이 찍은 그 사진을 들고 나올 때의 저의 비통한 심정을 이해해주세요. 나만을 위해서가 아니라, 난 여러분들을 위해서도 울었지요. 사진사의 마지막은 여러분의 마지막과 같기 때문이지요. 얼굴이 없는 사람들을 보자 나는 그 자리에서 졸도해버렸습니다. 거기엔 김씨도 박씨도 없었고, 연령도 성별도 없었습니다. 미국 사람인지 한국 사람인지도 분간을 할 수 없었습니다.

포도알 같은, 다만 둥근 윤곽, 눈도 코도 입도 없는 달걀 같은 희미한 윤곽만이 있는 그 인간의 몸뚱어리는 이미 사람이 아닙니다. 그게 우리의 현실이 됐다는 겁니다. 분노하고 있는 건지, 웃고 있는 건지 표정을 알 수 없었기에, 이 비극의 증인들은, (사진을 뿌린다) 이 사진들은 서러워하고 있는 자신마저도 표현 못하고 있습니다. 자, 시간이 됐군요. 장송곡을 들읍시다. 그리고 서로 포옹하고 서로를 문상하십시오. 이미 조문조차 없는 우리들 얼굴의 죽음을 장사 지내기 위해서 우리는 이렇게 이 자리에 모였군요. 여러분, 마지막 사진사의 얼굴을 기억해두십시오. 서로의 얼굴을 묵묵히 기억해둡시다. 이 순간이 지나면 이 순간의 얼굴들은 아무데도 남겨둘 수 없으니까요.

(천천히 라디오가 있는 쪽으로 걸어가 스위치를 돌린다. 맥주 회사 CM송이 울린다. '거품은 맥주의 꽃' — 맥주병 마개를 따는 소리, 쏴 거품이 이는 소리 — '와' 하는 소리와 '칼스버그! 칼스버그! 칼스버그! 칼스버그!'라고 외치는 사람들 소리와 박수 소리, 유리컵 부딪치는 소리, '맥주는 칼스버그, 현대인의 사랑, 당신도 칼스버그, 나도 칼스버그. 우리 모두가 칼스버그.' 라디오의 어나운스먼트)

'칼스버그 맥주 회사가 보내드리는 정오의 뉴—

스 시간입니다. 먼저 국내 주요 뉴―스, 대낮에 도박판을 벌여온 억대 대규모 주부 도박단들이 오늘 낮 11시 경찰에 체포되었습니다. 서른 명으로 구성된이 상습 주부 도박사들은 카메라의 플래시가 터지자, 얼굴을 가리느라고 미처 도망칠 겨를도 없이 모두 그 자리에서 체포되었으며, 조사 결과, 저명인사의 부인들이 대부분이라고 합니다. 다음, 오늘 12시 현재 각급 대학에서는 정원의 약 삼십 퍼센트의 입학원서가 접수되어 부진한 형편인데 서로 눈치를 보다가 마감 직전에 일시에 모여들 것으로 예상……. 혼잡을 피하기 위한 대책을 강구 중입니다.'(사진사의 표정 굳어진다) '다음, 김장철이 지나자 시내 채소류 값이 폭락하여……' (갑자기 바람 부는 소리, 의자가 엎어지는 소리, 사진관에 모여든 손님들이 사진사에게 대드는 효과음)

사진사 왜들 이래요? 뉴스가 아직 끝나지 않았잖습니까? 기다려봐요. (사진사 이리 밀리고 저리 밀리고 얼굴 배 등 뭇매를 피하느라고 비틀거린다. 라디오에서는 뉴스가 계속되고 있다. 축구 중계하는 소리 같은 스포츠 뉴스의 한 토막. 혼란의 장면. 사진사 사진기를 끌어안는다)

안 돼요. 안 돼요. 사진틀이 무슨 죄가 있어요? (사진기를 끌어안고 쓰러진다. 짓밟혀 꿈틀댄다. 사방이 조용해진다. 라디오에서는 감미로운 음악이 흘러나온다. 손님들이 다 물러가고 쓰러진 채로 있다가 그는 서서히 일어난다. 얼굴에 피멍이 들어 있다) 여보세요! 여보세요…… 내 말을 믿어주세요. 어디들 갔어요?

(벌떡 일어나 사방을 둘레둘레 본다. 출입구 쪽을 막연히 쳐다본다. 그때 라디오 소리 뚝 끊기고) '…… 긴급 뉴스를 말씀드리겠습니다. 오늘 낮 12시, 사진에 얼굴이 안 찍히는 괴변이 일어나자, 그 긴급 대책을 강구하기 위해 비상 각의가 열렸습니다. 사진을 필요로 하는 모든 서류 일체와 신분증 발급 등 업무가 모두 중단되었으며, 이에 대해 각의에서는 역시 휴무 상태로 돌아간 데 대해 각의에서는 임시 대책위원회를 구성, 다음과 같은 사항을 결의했습니다. 첫째, 신분증의 대용으로 자동차 번호판같이 봉인이 달린 배번을 다는 안과, 아우슈비츠에서처럼 팔뚝에 신분증 일련번호의 문신을 다는 방법 등이 강구되었습니다.' 여보세요. 뉴스가 나왔어요. 이 소리가 안 들려요? 여보세요. (아무도 없다. 출입문 쪽으로 뛰어나간다) 가지들 마세요. 뉴스가 나오고 있어요. 뉴스를 들어보세요. (울음 섞인 목소리. 막 내려온다)

제3막

같은 장소, 시간은 3막으로부터 3, 4일이 경과한 뒤. 변한 것은 없으나 낡은 사진틀이 대여섯 개 더 진열되어 있다. 사진사 어두운 표정으로 마치 사진틀들의 사열을 받는 것처럼 그 앞으로 오락가락하면서 하나씩 어루만지며 독백을 한다.

사진사 그동안 수고들 했다. (가장 낡은 사진틀 앞에 서서 우두커니 들여다보다가 어루만진다) 야시카 A— 너는 할아버지 때부터 충성을 다해왔지. (삼각대를 만지며) 몇 번이나 다리가 부러졌지만 장하다. 아직도 튼튼하게 이 땅을 디디고 서 있구나. 그땐 갓을 쓴 사람들, 무명옷을 입은 사람들의 얼굴이었지. 너는 그 사람들의 얼굴이었지. 너는 그 사람들의 얼굴을 다 기억하고 있을 게다. 할아버지는 자전거 꽁무니에 널 태우고 잔칫집들을 돌아다녔다고 하더라. 사진틀도 처음 보고 자전거도 처음 보던 시절이었으니까 할아버지가 나타나는 곳마다 구경꾼들이 모여들었다고 하더라……. 허허허……. 널 보니까 비로소 웃음이 나온다. 삼 일 만에 웃는 웃음이다. 왜 웃는지 아니…… 할아버지가 널 꽁무니에 태우고 시골길을 달리면 시골 사람들은 모를 심다 말고 이렇게 소리쳤다는 거야. 저 영감 좀 보게. 얼마나 게으르면 글쎄 뛸 때도 저렇게 앉아 있네그려……. 허허허…… 자전거 타는 게 앉아서 뛰는 걸로 보인 거지……. (다음 사진틀로 간다. 꽉 포옹한다. 냄새를 맡는다) 야시카 B2…… 너에게선 아직도 아버지 냄새가 나는구나. 붉은 장미도 사진에서는 언제나 검은빛으로밖에 찍히지 않았던 시절. 검은색의 밤과 흰빛의 낮밖에는 구별되지 않았던 시절— 그래도 그때의 네 명성은 자자했었다. 내 돌 사진을 찍은 게 바로 너였지. 정직한 충복들. 내가 핀트그라스로 세상을 처음 바라보며 가슴을 두근거리게 했던 것도 바로 너였다. 핀트그라스에 비친 것은 모든 게 거꾸로 보였었지. 산도 집도 길도 강물까지도 하늘과 땅이 뒤바뀐 풍경을 보았어. 그래도 용케 강물이 엎질러지지 않고 흘러가는 것이 놀라웠지. 그러나 (사진틀을 죽 돌아다보고) 우리가 작별할 때가 왔구나. 사람의 얼굴이 없어졌으니 우리는 다 같이 주인을 잃고 만 거야. 사진관 간판을 내렸다. 잘 참았다. 얼굴 없는 사진을 보고 사람들은 나와 너희들 욕을 했지만……. 알겠지……, 그건 우리 탓이 아니야. 횡단보도에 뭉쳐서 있던 사람들이 일시에 길을 건널 때, 지하철 계단으로 홍수처럼 사람들이 쏟아져 들어오고 쏟아져 나갈 때, 행렬 속의 사람들이 줄지어 걸어갈 때, 제복을 입은 사람들이 뭉쳐 다닐 때…… 무수한 로터리, 무수한 사무실, 무수한 공장……. 아침과 저녁이 똑같이 흘러갈 때…… 어디에 사람들의 얼굴이 있더냐……. 어느 얼굴에 초점을 맞춰야 했던가? 초점이 있어야 얼굴을 찍지……. 우리의 시대가 끝났다. 이제 쉬거라. (기진맥진하여 의자에 주저앉는다. 꽝…… 꽝……. 바깥에서 문을 두드리는 소리) 사진관 이사갔어요. 아무도 없어요. (꽝꽝 계속 문 두드리는 소리) 사진관을 폐업했대두 그래.

(출입구 쪽으로 나갔다. 목소리만 ― 아이쿠 왜 이제 오십니까. 사진사, 손님과 함께 들어오는 몸짓을 하며 다시 등장한다)

사진이 나온 건 선생님 얼굴뿐이었어요. 한데 얼

굴이 안 찍힌 사람들만 모여들어 날 욕보이고, 막상 얼굴이 찍힌 선생만 나타나지 않았던 거죠. 으레 뱃삯 없는 놈이 배에 먼저 오른다는 속담이 있지 않아요? 그때 오셨더라면, 내 증인이 되어주셨을 텐데.

(사진 두 장을 꺼내온다)

여기에 앉으세요. (손님 옆에 걸터앉는 자세) 이게 시골을 배경으로 해서 찍은 겁니다. 잘 나왔지요. 지금보다 훨씬 얼굴이 젊어 보이는데요……. (한숨) 그러나 웬일인지 막상 중요한 여권 사진은 안 나왔어요……. 예…… 이게 더 중요하다구요? 아니…… 이민 가는 거 그만뒀어요? 왜요? 사진 때문인가요?…… 감사합니다. 손님들 가운데 절 정말 알아주는 건 선생뿐입니다. 하마터면 통성명도 못하고 그냥 지나칠 뻔했군요. (악수하는 몸짓) 진채호입니다. (명함을 받아드는 시늉을 하고) 아! 윤길호 선생…… 윤 선생님이시군요. 왜 처음 뵐 때 자꾸 이름을 까먹는다고 했지요. 절대로 선생님 이름은 잊지 않을 겁니다. 제가 마지막으로 찍은 얼굴, 그것이 바로 선생님이니까요. 윤길호 선생님, 그들은 글쎄 떼를 지어 몰려와서는 자기 얼굴이 안 나온 게 사진관 탓이라고 하지 뭡니까. 전 세계의 현상이라 해도 그들은 통 믿질 않고 폭행을 합디다. 지금도 가슴이 떨리는걸요. 사진관까지 부수려 하는 걸 가까스로 말렸지요.

사진들은 거짓말을 안 한다고 말하지 않았습니까? 있는 것만 찍지요. 진짜로 존재하는 것만 찍습니다. 있는 그대로를요……. 그런데 이상하지 않아요? 어떻게 선생님 얼굴만 찍혔을까요? 그것도 시골 배경으로 한 사진만…… 네…… 마그네슘 터질 때 얼굴 화상 입은 이야기…… 예…… 제가 했지요. 뭐 들은 얘기니까 사진을 찍듯이 정확한 얘긴 아닙니다만…… 아니? 뭐요? (벌떡 일어선다)…… 설마……그게 바로 윤 선생이라구요?…… 난 농담할 기분이 아녜요…… 그러시지 마시고 왜 미국으로 가시는 건 포기하셨는지요? 그게 바로 그 이유라니요? 마그네슘이 터져서.

(효과음. 스포트라이트 위치가 상대편이 앉아 있는 자리를 비춰주면 사진사 변장하여 윤길호가 된다)

윤— 마그네슘이 터졌지요. 온 세상이 번쩍! 하더니 깜깜해지더군요. 아시겠습니까? 진 선생, 과일 속에 씨가 들어 있는 것처럼 빛 속에는 어둠

이 있지요. 빛이 너무 밝아지면 그게 어둠이 되는 겁니다. 그때 그것을 알았지요. 병원에서 의식이 들자마자 난 거울을 찾았습니다. 내 얼굴 내 얼굴…… 두 눈만 남겨놓고 온 얼굴을 붕대로 친친 감아 맨 제 얼굴을 발견했을 때 난 칼을 찾았지요. 칼! 아니죠, 뾰족한 것, 가슴이나 목을 찌를 만한 것이면 무엇이든 됐어요. 의사들은 엄중히 경계를 했고 날 특수 병실에 가두어버렸던 거죠……. 진 선생 질문하지 마세요. 혼자 말하게 내버려두세요. 사진을 찍듯이 그저 제 얼굴만 지켜봐줘요……. 성형수술의 가장 좋은 실험물로써 제 얼굴이 이용된 거죠. 의사들은 제 아내와 나를 불러다놓고 대질을 시키더군요……. 글쎄 질문을 하시지 말라니까! 네, 옳아요. 선생이 그때 얘기한 건 다 옳습니다. 단지 아내가 날 몰라봤다는 것만 틀린 얘기지요. 아내는 그때 병원에 있었고 자진해서 의사들과 공모하여 내 얼굴을 바꾼 거니까요. 어떤 얼굴이 마음에 드느냐 선택하라는 거였어요. 아내는 내가 말할 틈을 제대로 주지도 않고 백화점에서 브로치나 반지를 고르듯 자기가 이상으로 그리는 남자들의 얼굴 샘

플을 고르기 시작했어요. 이이는 눈이 너무 작아요. ○○○처럼 해주세요. 코는 존 웨인 형으로, 그리고 눈썹은 몬티, 그래요. 몬티가 좋겠어요. 특히 엘리자베스 테일러와 공연한 〈레인 컨트리〉 때 나오던 식으로 말예요. 턱과 입술은 말론 브란도…… 의지가 굳어 보이도록요. 이 사람의 윗입술은, 너무 무거워 보이거든요. 되도록 아랫입술을 강조하셔서요…… 여보! 좋지요? 당신은 얼굴을 볼 수 없잖아요. 그렇지, 뭐 내 얼굴은 당신의 마음에 들면 그만이고 당신 얼굴은 내 취미에 맞으면 되는 거죠. 뭐…… 허허허……. 아내는 새 옷을 갈아입듯이 남편 얼굴을 새 얼굴로 바꿔 버렸지요. 옛날 내 얼굴로 해줘요. 삼십 년이나 가꿔온 내 얼굴을 되돌려줘요…… 이렇게 외치고 싶었지만 난 용기가 없었어요. 아내는 지금껏 내 얼굴을 마땅찮게 생각했구나……. 몇 번이나 수술을 받았지요. 정확하게 말해서 그건 수술이 아니라 조각이었어요. 아내가 '그거다! 바로 그 얼굴이 내가 찾던 그 얼굴이다!'라고 만족할 때까지 말입니다. 네! 옳아요. 진 선생의 말은 정확합니다. 난 한 여자에게 두 번 장가를 든 셈이고 전의 내 얼굴과 아내가 만든 내 얼굴은 줄곧 싸움을 벌여왔지요. 재수 없게 이런 생각까지 들더군요. 아내는 내 얼굴을 자기가 소녀 시절에 첫사랑을 한 어떤 남자의 얼굴을 본따 만들었는지도 모른다구요. 달라진 건 내 얼굴만이 아니었지요. 날 대하는 아내는 옛날과 딴판이었어요. 친절하고 로맨틱하고 잠자리에서도 아주 열렬했어요. 전연 하지 않던 짓까지. 그러나 난 행복하지 않았어요……. 잃어버린 내 얼굴, 그러니까 그 여자의 전남편이었던 나는 죽어가고 있었고, 그 시체에서 새로운 내가 탄생했으며, 그들은 서로 질투를 했습니다. 얼굴이 달라지니까, 아내만이 아니라 전 세계가 모두 달라집디다. 그래서 난 동창회에도 나갈 수 없었고, 옛날 친했던 친구를 만나 아무리 설명을 해도 그 우정은 서먹해지는, 내 과거를 몽땅 도둑맞은 거나 다름없었고, 난 모든 사람들에게 낯선 손님이 된 것입니다. 그래요. 난 어디에서나 손님이었어요. 새 얼굴에서 도망치기 위해서 옛날 내 얼굴을 찾기 위해서, 나는 갖은 노력과 시험을 다 해봤지요. 그놈의 얼굴이 불쌍했습니다. 그래서 내 옛날의 얼굴이나 지금 얼굴이나 다 같이 알아보지 못할 낯선 외국으로 도망쳐 새로운 생활을 하려고 한 거지요. 그런데 어느 사진관에서 찍어도 여권 사진이 나오질 않잖습니까? 아마 한국에서 얼굴이 안 찍히는 병에 제일 먼저 걸린 게 바로 나였던가 봅니다. 선생, (손을 잡는 시늉을 한다) 그때 선생을 만난 거예요. 새 얼굴이 지워지자 희망이 생겼던 거지요. 그 희망을 당신이 주었어요. 시골 얘기를 하셨지요. 말은 하지 않았지만 자란 그 고향과 얘기가 비슷했지요. 그 옛날 고향과 내 새로운 얼굴이 일치되는 순간 난 구제를 받은 겁니다. 새 얼굴도 옛날 얼굴도 없었어요. 당신이 마그네슘을 터뜨렸을 때 그 얼굴은 하나가 된 겁니다. 두 얼굴이 마주치는 소리를 들었어요. 펑…… 세상이 도로 환해집디다. 어둠 속에는 빛의 씨앗이 있었던 거지요. 아! 바로 이 사진이군요. (행복하고 그리운 눈초리로 사진을 들여다본다) 고맙소, 선생. (손을 흔든다) 내 얼굴을 찾게 해줘서 고맙습니다. (손을 흔들며 서서히 퇴장)

(손님으로 분장했던 사진사, 다시 제 모습으로 돌아와 기도를 하듯이 의자에 손을 얹고 마룻바닥에 꿇어앉는다. 사진사에게로 스포트라이트 이동하면)

이제 찍을 수가 있어요. 얼굴을 찍지 못하게 하는 그 병과 투쟁하는 방법을 선생은 나에게 가르쳐 주고 간 거요. 왜 선생만이 사진에 그 얼굴이 찍혔는지, 그걸 난 알아냈단 말이오……. (벌떡 일어난다. 사진틀을 일렬로 다시 점등시키고는 시골 풍경, 즉 그린 세트를 밀고 나온다. 사진틀들을 향해서) 자 봐라. 너희들은 사람의 얼굴을 다시 찍을 수가 있을 거다. 옛날의 얼굴들, 시간 속에서 사라진 수많은 내 얼굴들을 불러들이면 되는 거야. 한순간의 얼굴만 가지고 떼를 지어 살아가는 사람들—그 사람들에게 과거의 시간들, 과거의 나…… 조각난 그 얼굴들을 강물처럼 흐르게 해주는 거다. 방법은 최면술같이. 그렇지, 윤 선생의 얼굴을 찍을 때처럼 자기 암시를 주어 과거의 일들을 생각하게 해주는 거다. 나를 생각하게 해주는 거다. 자, 시험해보자구, 내가 거짓말쟁이가 아니란 걸 그들에게 보여주자구……. 그것이 성공을 하면 난 사람의 얼굴을 다시 찍어내는 마지막 기적의 사진사가 되는 거야……. 누구도 내 직업을 뺏을 수는 없다. 난 사진사니까 사진을 찍어야 한다.

(사진틀을 조작한다. 세 대의 사진틀을 세트에 고정, 까만 포대를 얼

굴에 덮고 핀트그라스로 초점을 맞춘다. 세트 앞에 왕실의 의자와 같이 생긴 노란 사진관 의자를 중앙에 갖다놓는다. 그리고 그 의자에 자기가 가 앉는다) 자, 나를 찍어라. 힘을 내라. 야시카 A2— 코니카그 형— 부로니 16— 모두들 힘을 내라, 난 여기 앉아서 잃어버린 내 과거들을 생각해봐야지……. 무엇이 좋을까? 지금은 없는 시골 목화밭을 생각해보자. 가을의 목화밭, 목화송이는 작고 하얀 구름들처럼 뭉쳐 있었지. 구름이 이슬처럼 맺혀 있었고, 그 밭고랑 사이를 걷고 있으면 어디에선가 개똥지빠귀 소리가 들려왔었지. 매미소리와 유성처럼 흘러가던 개똥벌레도 생각해보자. 모기를 쫓는 모닥불이 타는 연기 내음. (냄새를 맡듯이 숨을 쉰다) 최초로 만난 그 계집애 얼굴도 생각해봐야지……. 무명옷처럼 투박한 살결이었지만, 온몸에서는 머루 냄새가 났었고 목화송이처럼 부드러웠었다구……. 뭐가 또 없을까? 지금은 없는 것들…… 잃어버린 것들……. 겨울밤에 장난감 같은 전차가 지나간다. 허옇게 성에가 핀 전차의 차창, 물끄러미 바깥을 내다보고 있는 승객들의 조각난 얼굴…… 굴렁쇠…… 풍향기…… 빨간 장화…… 별사탕…… 엿장사의 가위 소리…… 건초 냄새……. (몸을 편다. 자동 셔터가 돌아가는 소리, 점점 목소리가 커지며 분노의 외침으로) 자! 여기에 내가 앉아 있다. 인간의 얼굴을 가진 마지막 황제이다. 내 얼굴을 찍어라. 사라져가는 공룡들이 그 모습을 화석에 찍듯이 인간의 얼굴을 남겨라. 인간의 얼굴은 사자가 아니다. 인간의 얼굴은 여우와는 다르다. 너구리, 뱁새, 뱀, 거북과 토끼……. 인간만이 가진 이 얼굴을 봐요. 눈과 코와 입을 어서 찍어라. 이것이 바로 보고 듣고 말하는 인간의 표정이다. 주근깨 하나 머리카락 한 올도 빠뜨리지 말고 모든 걸 찍어다오. 분노의 얼굴, 통곡하는 얼굴, 웃고 외치고 사랑하는 이 얼굴의 모든 걸 찍어라. 그리고 그걸 증언하라. 이것이 바로 사람의 얼굴이라고, 자랑스러운 얼굴이라고. 단 하나밖에 없는 나의 얼굴을 찍어라. (자동 셔터 소리 점점 크게 들린다)…… 바다, 바람, 꽃, 사랑, 음악 소리, 사람 얼굴.

(손을 천천히 들면서 마치 지휘자가 최종 악장을 연주하는 것 같은 몸짓으로—그때 사진사의 외침과 재조명, 점점 어두워지고 블랙 라이트는 밝아진다. 사진사의 얼굴은 조명 효과로 점점 어둠 속에 묻히고 반대로 형광 도료를 바른, 하얀 장갑을 낀 손과 의상은 모두 점점 뚜렷하

게 암흑의 공간 위에 부각된다. 그 순간 스톱 모션처럼 사진사가 입을 벌리고 절규하는 얼굴이 섬광 속에 나타난다. 두 번째 플래시, 이번에는 심각하게 사색하는 표정—세 번째 플래시…… 행복하게 웃고 있는 표정—음악 소리와 함께—)

당신들은 내리지 않는 역

(전2막 8장)

등장인물

역장 육십 대 노인. 유순의 할아버지

매월 사십팔 세의 여인. 봉수의 어머니

봉수 이십 세의 청년 (고교를 졸업함. 봉쇠라고도 불림)

유순 십구 세의 처녀

할머니 칠십 대 노인. 장수의 어머니

측량사, 인부

손님1, 손님2

신임역장, 쇠팔이

장소

폐역이 된 산골 역 광장

시대

현대

제1막 제1장

숲, 새소리와 바람 소리가 들린다.

봉수 (나무를 잘라낸 그루터기에 마치 로댕의 생각하는 사람처럼 앉아서 두 눈을 감고 주문을 외듯이) 모내리역, 모내리역, 모내리역. (점점 반복하는 말이 빨라진다. 한 손엔 시집을 들고 있다)

유순 (버섯을 딴 소쿠리를 들고 입장. 봉수를 보고) 그게 무슨 짓여. 얼래 실성했나베…….

봉수 모내리역, 모내리역…….

유순 아니, 모내리역이 우쨌다는 거여. 너도 이젠 우리 아버지나 늬 어머니를 닮아가는구나. 기차도 서지 않는 게 무슨 놈의 역이라고 밤낮 그 모내리역만 찾는 거여들.

봉수 (고개를 들고 유순을 뚫어지듯이 쳐다본다. 낯선 사람을 쳐다보듯이)

유순 (진짜로 불안한 표정이 되어 조금 뒤로 물러나며) 왜 그려, 아따

왜 그리 쳐다보는 거여. (얼굴에 무엇이 묻었나 손으로 닦아 보기도 한다)

봉수 응, 유순이구나. (실망한 듯이 고개를 떨군다. 다시 책을 펼쳐서 읽으려 한다) 모르면 가만히나 있어. 내가 뭐 모내리역이 좋아서 그러는 줄 알어…….

유순 그런데 우째서 신들린 사람처럼 모내리역만 찾는 거여.

봉수 모내리역을 떠나고 싶어서 그런다. 너도 한번 해봐. 똑같은 말을 자꾸 되풀이하면 말여, 그 말이 꼭 처음 듣는 말처럼 된다구.

유순 처음 듣는 말처럼…….

봉수 그려. 낯선 말처럼, 뜻을 생판 알 수 없는 외국말처럼 되는 거여. 너도 해보라구. 이렇게 눈을 감고 무언가 늘 하던 말들 있지? 그중에서도 지겹게 들리는 말, 잊어버리고 싶은 말…….

유순 꼭 그런 말이 아니라도 돼?

봉수 아무 말이나 하나 골라가지고 염불 외듯이 자꾸 외워봐. 뜻은 점점 사라져버리구 소리만 남게 돼. 결국은 그 말에서 떠나버리게 되는 거여. 그러면 딴 세상에 온 것처럼 된단 말여. 한번 해봐!

유순 무슨 말이 좋을까? 모내리역은 니가 했으니까.

그려, 밤낮 얄밉게 혼자 내빼버리는 기차! 기차, 기차, 기차, 기차……. (최면술에 걸리듯) 응, 이상하다. 정말 그렇구나, 넌 정말 보통 사람이 아녀. 너 어떻게 해서 그런 걸 알아냈니? 기차…… 기차…… 허 참 이상하다.

봉수 우리 어머니가 밤이나 낮이나 모내리역, 모내리역하니까 듣다 보니 그리 된 거여. 그건 우리가 태어나기도 전 일인디, 오늘 일어난 일처럼 일정 때 모내리역 얘기만 하는 거여. 그땐 정말 기차가 여기에 섰었다는 거지. 지금은 다 삭아빠진 모내리역 푯말뿐이지만……. 그것도 니 할아버지가 신주 모시듯이 하니까 남아난 것이지만 말여…….

유순 (자랑스럽게) 그야 우리 할아버지는 역장님이니까.

봉수 그려, 역장님이시니까 역은 없어도 역장은 역장님은…… 어쨌든 지금은 글자도 알아볼 수 없는 푯말뿐이지만 삼십 년 전에는 정말 여기에도 기차가 섰다는 거여.

유순 누가 그걸 모를까 봐……. 뻔한 말 듣자구 예까지 온 줄 알어……. 그건 니 어머니만 그러는 게 아니니께. 우리 할아버지도 매일반이여. 해방되구 삼십 년 동안이나 한 번도 기차가 서지 않았다던디 할아버지는 아직도 역장님 행세를 하고 계시단 말여. 니 어머니는 그래도 말루만 씨부리지만 울 할아버지는 매일 역장 노릇을 한다구. 나까지 들볶으니 사람 살것어?

봉수 난 눈이 없어 그걸 모를까 봐. 뻔한 말 듣자구 널 여기서 만나자구 한 게 아녀.

유순 아이구 할 말이 없응께 남의 말만 숭내 내고 앉았네……. 그런디 말여, 난 정말 모를 게 있어. 넌 아냐?

봉수 무얼 알아?

유순 여기 역 말여, 일정 시대 때에는 여기다 역을 세웠는디 워째서 해방이 되고 없앤겨? 할아버지한테 물어봤더니 아이구 화만 벌컥 내구, 소릴 지르지 않겠어? 기차 화통을 삶아 먹었는지 크다란 소리로 '없어지긴 뭐이가 없어졌어! 그때나 지금이나 여긴 우리 역이고 나는 모내리 역장이여!' 그럴 땐 꼭 자기 정신이 아닌 것 같어.

봉수 전쟁이 끝났으니까 역이 없어진 거여. 철길만 있다구 기차가 다 서는 게 아니라구. 이까짓 산골에 기차가 서봤자 타고 내릴 사람이 있어야 말이지.

유순 그게 전쟁하고 무슨 상관여. 전쟁 때에는 없던 모내리 사람들이 땅속에서 꾸역꾸역 나온단가!

봉수 그러니까 왜놈들이 모내리에다가 군수품 공장을 세우려고 한 거란 말여. 이 산골에다 간이역을 세웠던 거여.

유순 공장을 무엇 땜에 이런 산골에다 세워.

봉수 보라구 한번. (하늘을 쳐다본다. 유순도 따라서 본다) 우물 속에 들어앉은 것 같잖여? 빽빽한 산뿐이잖여? 하늘이 맷돌짝만 하게 뚫렸지. 비행기가 새라도 이런 곳에다간 폭격을 못한다구.

유순 폭격!

봉수 그려, 폭격 말여. 폭탄을 떨어뜨릴 수가 없다구. 자, 봐. (사방을 돌아다본다) 산과 산, 굴과 굴 그리구 돌과 돌, 나무와 나무…… 우린 이 틈바구니 속에 끼어서 살아가고 있는 거라구…… 버섯처럼 말여.

유순 (버섯이란 말을 듣구 다시 바구니를 뒤져본다) 이상한 일이여! 먹는 버섯은 밉게 생겼구, 못 먹는 버섯은 이쁘게 생겼지. 처음엔 멋모르구 이쁘게 생긴 빨간 버섯만 잔뜩 따 가져왔더니 울 엄마가 그걸 보고 깜짝 놀래가지구 말여.

봉수 사람은 독버섯이 돼야 한다……, 그렇지 않으면 남들이 다 잡아먹으니까…….

유순 참, 너 아까 떠나구 싶다구 했지? 그게 무슨 소리여? 고등학교까지 나오구선……. 또 웃학교에 갈려구 그려?

봉수 여자들이 하는 소린 늘 똑같단 말여. 울 엄니도 무슨 소릴 하구 한 시간쯤 지나면 그제서야 그렇게 말하지. '아이구 얘, 너 아까 뭐라 했냐? 니 대체 그게 무슨 소리여?' (웃는다)

유순 그래도 물어봐야 할 건 물어봐야지. 너 떠나구 싶어서 그런다구 했잖어? 그래 너 혼자 내뺄 셈여.

(기적 소리)

봉수 기차다!

유순 아이구 내 정신 봐? 할아부지가 찾을 틴디……. 벌써 3시가 됐나베.

(기차 소리. 좌에서 우로 지나간다. 봉수와 유순 둘이 서서 소리를 따라 시선을 움직인다. 지나가는 기차를 보고 있는 것이다)

봉수 저놈은 우리를 무시하구 있어. 거만하게 아는 체도 하지 않고 여기가 무슨 무인도나 되는 것처럼 거들떠보지도 않구…… 그냥 굴러가버린단 말여.

유순 아녀, 날 봤어. 날 보고 있었단 말여.

봉수 보긴 누가 뭘 봐!

유순 날 보고 있었단 말여. 눈이 마주쳤는디……. (꿈꾸듯이) 얼굴이 아주 하얀 젊은 신사가 말여. 창에서 얼굴을 내밀고 나를 한참 동안이나 우두커니 쳐다보고 있었어. 기차가 굴속으로 들어갈 때까지 쳐다보고 있었단 말여.

봉수 흥! 쳐다보면 어쩔 거여? (질투 섞인 목소리로) 너야말로 혼자 내뺄 거냐?

유순 (시무룩하고 슬픈 말투. 혼자 말하듯이) 참말 이상한 일이여!

봉수 뭐가 밤낮 이상하다는 거여.

유순 참말 이상한 일이여. (유순, 다시 기차가 사라진 우측 끝을물끄러미 바라본다) 화물차에 실려가는 소들만 그런 줄 알았는디 사람들도 똑같구먼. 워째서 기찰 탄 사람들은 다 그렇게 멍하니 쓸쓸한 눈으로 창밖을 내다본다냐. 날 쳐다보던 젊은 신사도 그랬어. 곳간 차에 실려가는 소처럼 말여. 큰 눈을 멍하니 뜨고 물끄러미 내 얼굴을 쳐다보고 있잖어. 넋이 나간 사람처럼 처량하고 슬픈 눈을 하고 말여.

봉수 기차 타고 가는 사람들은 다 그러는 거여.

유순 우리두?

봉수 기찰 타고 창밖을 내다보면 누구나 다 그렇게 되는 거여.

(침묵. 새 우는 소리가 들린다. 솔바람 소리)

유순 참 별난 일이네.

봉수 이상한 일, 별난 일. 넌 무슨 일이 그렇게 많냐?

유순 매일 사람들을 저렇게 실어가는데도 기차 타는 사람들이 아직도 있으니 말여. 어디를 다 그렇게들 다니길래 밤낮 저렇게 만원이랴……. 그 많은 사람들이 다 어디로 떠나가는 거여?

봉수 모내리 사람이 아니니까 그렇지. 그 사람들은 우리 어머니나 니 할아버지가 아니니까 말여. 지금 모내리 밖에서는 많은 일들이 벌어지고 있단 말여.

유순 왜 그려? 모내리 사람들이 아니라구 별거 있간디? 숨 쉬고 밥 먹기는 매일반이여. 모내리나 모내리 밖이나 다르면 얼마나 다르겄어? 너는 들어앉아서 밤낮 책만 읽으니까 딴생각을 하는 거여. (책을 뺏는다. 책을 들여다보며) 책 속에 있는 건 맹탕 헛것들이여. 그게 참말이면 무엇 하러 책에다 그런 걸 쓰겄냐? (책을 펼치고 띄엄띄엄 읽기 시작한다)

봉수 네 소쿠리 속에 들어 있는 건 참말뿐이구? (소쿠리

속에서 버섯을 꺼내 냄새를 맡아본다)

유순 (초등학교 교과서를 읽듯이) 자, 나의 작은 배여 너와 더불어…… 어서 가자. 거친 바다를 가로질러……. 다시 고향만 아니라면 어느 나라로 날 싣고 가든 상관하랴.

봉수 (독백을 하듯이) 모내리 밖에서는 많은 일들이 벌어지고 있어. (유순이 떠듬떠듬 읽는 시를 봉수도 외어본다) '다시 고향만 아니라면 어느 나라로 날 싣고 가든 상관하랴.'

유순 오너라…… 어서 오너라, 검푸른 바다여……. 이윽고 그 파도 내 눈길에서…… 사 사라질 때 오너라, 사막도…… 동굴도 고향이여 잘…… 잘 있거라. 뭐, 별소리도 아니네. '바둑아 오너라 이리 오너라 나하고 놀자.' 초등학교 때 배운 거하고 똑같네 그려…….

(봉수 책을 뺏는다. 유순이가 읽던 시를 외어서 읽는다. 오너라……)

봉수 기차가 아무리 달리고 또 달리구 해두…… 기차를 타야 할 사람은 한정이 없지. 그렇지. 밖에서는 많은 일들이 벌어지고 있으니까.

유순 이러구만 있을 거여? 기차가 내려갔으니께 틀림없이 할아버지가 날 찾고 있을 틴디……. 난 그만

갈란다.

봉수 그려, 정말 그렇다구. 모내리 밖에서는 사람들이 술래잡기를 하듯이 매일매일 쫓아가구, 도망가구…… 도망가구.

유순 (슬슬 눈치를 보며 퇴장한다) 쫓아가구 도망가구, 도망가구 쫓아가구. 너 또 아까처럼 똑같은 말 외어보는 장난하는 거냐.

봉수 (봉수는 무엇에 홀린 듯이 독백을 한다) 그 사람들은 서지도 않는 기차나 멀거니 바라다보고 사는 것이 아니라 자기들이 기차가 되어 달리는 거야. 연기를 뿜고 불똥을 튀기고, 쇠바퀴 소리를 내고, 눈에 불을 켜고 칙칙폭폭 이렇게 기관차 소리를 내고…… 떠나구, 달아나구, 찾아다니구, 쫓아다니구, 도망가구, 쫓아가구, 찾아다니구.

(무대 어두워지면서 본막이 오른다)

제1막 제2장

모내리역 구내와 작은 광장.

역장, 퇴색한 역장 모자와 제복을 입고 있다.

역장 유순아! 유순아! (유순이를 부르며 나온다) 얘가 또 어딜 갔나? (낡은 회중시계를 꺼내 보며) 기차 올 시간이 다 됐는디……. 쯧쯧, 유순아, 유순아.

매월 (마치 메아리처럼 소리만) 봉쇠야, 봉쇠야. (봉수를 부르며무대로 나온다) 야가 또 어딜 갔나? 기차 올 시간이 다 됐는디.

역장 유순이 못 봤소?

매월 우리 봉쇠 못 보셨수?

역장 내가 먼저 물었잖소? 우리 유순이 못 봤냐구?

매월 틀림없이 그게 또 꼬리를 친 모양이구먼. 봉쇠야, 봉쇠야!

역장 그게 꼬리를 치다니……. 그게 누구여! 우리 유순일 두고 하는 소리여? 사내보고 꼬릴 치는 것은 매월이가 하는 일이 아니던감?

매월 그렇구말구유, 사내보고 꼬리 치는 게 내 일이유. 그런데 역장님 하는 일은 대체 뭐유?

역장 (모자와 옷을 정제하며) 지금 나보고 역장님이라고 부르고서두 몰라. 내 일이야 이 역을 지키는 거지.

매월 역을 지킨다구. 췻, 기차가 서지도 않는 역도 역이랍디까? 모자 쓰고 옷만 입고 지나가는 차에 손만 흔든다구 역장이랍디까. 허수아비는 참새라도 쫓지요.

역장 그건 내가 물을 소리구먼. 벌이 없는데도 꽃인가? 사내가 없는데도 기생이여. 매월인 기차가 서지도 않는데 왜 밤낮 차 시간 되면 술상을 봐놓고 기다리는 거여. (역장, 사방을 기웃거리며 무엇을 찾는다)

매월 아니 유순이를 찾으신다면서 풀섶은 왜 들여다보시우.

역장 단추! 내 단추 찾는 길이오. 이젠 단추가 세 개밖에 안 남았어요. (철도원 단추 세 개를 들여다본다. 어디서 삐걱하는 소리가 난다)

매월 기차 소리가 아녀. (철길 쪽을 바라본다) 난 눈 감고도 알 수 있지. 그건 기차 소리가 아녀.

역장 기차는 15시 13분에 지나간다구. (낡은 회중시계를 꺼내서 들여다본다)

매월 (시계를 들여다본다) 아니 지금 10시 아녀? 얼래 워째 시계바늘이 하나밖에 없댜?

역장 (회중시계를 얼른 감추며) 시계를 볼 줄 모르면 가만이나 있어. 이 시계는 삼십 년 동안 일 초도 틀린 적이 없어요. 시계 점호— 첫째, 시간 엄수는 철도원의 생명이다. 둘째, 안전은 철도원의 본분이다. 시계 점호를 할 때에는 가와다 조역도 마쓰무라 역원도 다 이 시계에다 시간을 맞췄어. 이래 봬도 상원역에 있을 때 공로상으로 받은 시계라구. 시마 열 석짜리……. 보석이 열 개나 박혀 있어요.

매월 무슨 소리유. 사람 병신으로 아시나베. 시계 바늘이 두 개라는 것쯤은 나두 알유. 흥, 나두 열 석짜리 손목시계가 있었다구요. 금딱지 시계, 뭣이라드라 일본 여자 이름 같은 거였는디. 게이코…… 세리코…… 그렇지, 세이코, 세이코 손목시계. 나카무라 헌병이 선물로 준 시계였는디……. 주인 아줌마가 늘 탐을 냈었지. 나카무라가 무서워서 뺏진 못하구말유…….

역장 매월이는 그 시계를 자랑하느라구 손님들 앞에서 '아이구 골치야' '아이구 골치야'…… 그러고는 이마를 짚었잖어? 시계가 보이라구…….

매월 (깔깔거리고 웃는다) 정말 골치가 아파서 그랬다니까요. 30년이 지나도 그 말을 곧이듣질 않으니 원…….

(웃다 말고)…… 그려, 아무도 없으면 말여, 눈곱쟁이만 한 그 손목시계에서 소리가 들렸었지. 기차가 들어오면 정신없이 손님들이 몰려들어 왁자지껄하다가두 다들 떠나가버리구, 노래도 끝나버리구 한밤중에 혼자 눈을 뜨면, 영락없이 손목에서 꼭 벌레 우는 것처럼 재깍재깍 시계 소리가 들렸다우. 벌레 우는 소리처럼…… 그 시계 소리가 워째서 그렇게 구성지게 들렸었던지……. (눈물을 닦는다)

역장 (동정 어린 눈으로 바라본다)

매월 그새나 저새나 지금 몇 시나 되었을까? 기차가 올 때가 됐었는디.

역장 (독백하듯이) 어서 단추나 찾아봐요. 난 언제나 시계를 보지 않구서두 알아맞힐 수가 있다구. 남들은 기적 소리를 듣고서야 알지만 나는 그놈이 시끄럽게 울기 전에 벌써 가까이 다가오고 있는 걸 알고 있었지.

매월 나는 단번에 알아맞혔지요. 손님들이 들고 들어오는 가죽 가방만 척 봐도 그게 서울 손님인지 시골 손님인지.

역장 그놈이 역을 향해 달려오고 있을 때면 선로가 가늘게 떨구, 난 맥을 짚듯이 그걸 알 수 있었어. 그놈의 숨소리를 먼 데서도 다 들을 수 있었단 말여.

매월 손님들의 숨소리가 이상해지면 언제나 같은 소리를 했지요. '이런 시골에서 썩기는 정말 아깝다.' '이런 산골에서 썩기는 인물이 아까워.' 그런 소리를 할 때 손님들은 늘 눈빛이 이상했구요. 조금만 숨소리가 달라져도 난 금세 눈치를 챘다우.

역장 산봉우리에 아무리 가는 연기가 올라가도 나는 그게 구름인지 기차 연긴지를 금세 알 수가 있었지. 모내리에서 아무리 눈이 밝은 사람도 그것을 알아맞히는 사람은 나 한 사람뿐이었어. 나는 코루두 알 수가 있었지. 그놈이 가까이 오면 바람에 실려오는 석탄 연기 냄새가 나거던. 정말 그랬어. 땡— 땡—땡— 세 번 폐색기의 전화가 울리구, 상역에서 기차가 발차한다는 신호가 들어오면 철거덕 통표가 튀어나온단 말야. 암행어사의 마패같이 생긴 놋쇠루 된 통표가 말여…….

매월 ‘부릉부릉……’ 사이드카 소리가 났지요. 어느 땐 새벽에 어느 땐 한밤중에……. 대낮에도 그랬어요. 나카무라 헌병대장은 사이드카 소리를 내고 왔지유. 내 손목을 꼭 쥐고 그렇게 말했지요. 시골에 그냥 두기는 정말 아깝다고. 사납기가 살쾡이 같다고 동리 사람들이 벌벌 떨던 나카무라 헌병대장까지도 말예요. 남들은 그 앞에서 설설 기고 주인 아주머니는 사이드카 소리만 나도 숨도 크게 못 쉬었지만 난 하나도 무섭지가 않았다구. 그 녀석이 차구온 일본도를 장난감처럼 가지구 놀았다니까요.

역장 그까짓 일본도가 문제여. 통표는 역장만이 가질 수있는 것이지. 암행어사의 마패 같은 통표. 이 통표를 기관사에 건네주지 않으면 아무리 뿔 빼는 높은 양반이 타고 있어도 그 기차는 절대로 떠날 수가 없어. 손을 들어주지 않으면 기차는 꼼짝두 못하구 역에 갇혀 있어야 해. 외양간 말뚝에 고삐를 묶인 황소처럼 말여.

매월 황소 고삐를 단단히 잡아야 한다. 주인 아주머니는 나카무라 헌병대장이 나타나기만 하면 늘 나에게 말했었다우. 내가 다른 손님들과 어울리면 무슨 내 서방이나 되는 것처럼 술도 들어가기 전부터 얼굴이 삶은 꼴뚜기처럼 되어가지구 황소처럼 씩씩 뜨거운 입김을 내뿜고 달려들었다우. 그러다가도 내손이 닿기만 하면 얌전한 고양이처럼 목에서 가래 끓는 소리를 내면서 내 무릎 위에 다소곳이 오그라들어가지고 맥을 못 썼지유. 내 무릎 위에서 말유. (매월이 남자를 애무하고 노는 성희性戱)

역장 정말 그놈은 맥을 못 쓴다구. 파시 3형 기관차 30톤짜리의 시커먼 무쇠 덩어리……. 힘이 좋았지. 850마리의 말이 끄는 힘을 가졌으니까. 알아들어. 파시3형 기관차는 850마리나 되는 말과 그 힘이 같었단 말여. 이놈이 몰아닥칠 때는 쿵, 쿵, 쿵……. 모내리역이 들먹들먹한단 말여. 하지만 제아무리 힘을 써도 포인트를 젖히고 신호가 떨어지구, 내가 두 손을 번쩍 들기만 하면 그놈은 꼼짝도 못하구 멈춰 서는 거여. 파시 3형 850마리의 말이 끄는 힘을 가진 기관차 그놈이 천천히 그리구 아주 얌전하게 내가 서 있는 발밑에 와서 뜨거운 입김을 내뿜고 멈춰 서는 거여. 통표를 받아 든 기관차 조수의 이마에서도, 화통 아가리에서도 바퀴 밑에서도 왼통 뜨거운 입김과 땀이 흐르고 있었지.

매월 왼통 뜨거운 입김과 땀이 흐르고 있었지유. 목, 가슴, 다리, 등 뜨거운 땀이 흐르고 있었어유. (남자를 애무하는 성희)

역장 모두들 내 눈치만 보고 있는 거여. 제가 어디루가! 내가 손을 들지 않으면 누구도 그놈을 달리게 할 수는 없단 말야. 천 명이 넘는, 알아들어? 기차에 탄 손님들이 천 명이 넘는단 말야. 모내리 사람을 백 번 태워도 자리가 남지! 그렇게 많은 손님들이 말여. 내 손바닥에 갇혀 있단 말여.

매월 살쾡이같이 무섭다는 나카무라도 내 손바닥 속에서 놀아났다구유. 자기 말에 부하가 백 명이 넘는다구 흰소리를 했지만, 아무리 살쾡이 같은 놈이라두 내 앞에서는 생쥐만두 못했다구유.

역장 그래, 그놈의 나카무라는 살쾡이 같은 놈이었지. 그놈 말이라면 공사장 십장들도 벌벌 떨었어. 시찰 나온 마쓰모토 군수도 봉변을 당했으니까. 그런데 두나한테만은 에키조도노…… 에키조도노

경례를 붙이고서는…… 역장님 하구 깍듯이 굴었단 말여.

매월 술주정을 하면 동리 사람들은 날 부르러 왔었지요. '매월이! 매월이! 아무래도 자네가 좀 나와봐야겠네.' 사람들은 내 눈치만 봤었지요. 일본도를 빼들고 황소처럼 날뛰다가도 내가 나타나기만 하면…… '매월이 유루시테쿠레 유루시테쿠레.'

(비는 시늉을 하며)

역장 맞어요, 맞어. 황소처럼 날뛰다가도 나만 보면 '에키조도노! 유루시테쿠다사이' 하며 살살 빌었단 말야. 그러니까 내가 기차를 타고 발차시키려고 할 때 술 취한 나카무라 헌병이 뛰어나와서는 기차를 멈추라는 거야. 자기 부하들이 올 때까지 기차를 세우라구 말야. 그래서 나는 그놈에게 기차가 서고 떠나는 건 역장인 나의 권한이구 그 권한은 일본의 덴노헤이카도 어쩔 수 없는 것이라구 말해줬지. 그놈은 일본도를 뽑아 들드구먼. 난 눈 하나 꿈쩍 안 했지. (마치 눈앞에 있듯이) 발차 시간이다. 비켜서라!

(멱살을 붙잡는 손을 뿌리치는 시늉을 하며……) 3분 정차 그 이상은 1초도 늦출 수 없어……. 안다구, 당신이

헌병대장이라는 거 다 알구 하는 소리여……. 좋소, 마음대로 하시우. (헌병을 떼밀면서 손을 들어 발차 신호를 한다) 발차!

(옛날 기관차의 소리로 기차가 발차하는 소리, 기적 소리)

매월 아, 찾았다, 찾았다. 어유. (구석 자리에서 50전 은전을 찾아낸다. 흙을 닦는다)

역장 (매월이 손에 든 것을) 응, 찾았어.

매월 아녜유. 내 은전 말예유. 이 은전을 잊어버리구 닷새나 잠을 못 잤다구유. 서울에서 내려온 무슨 사장이라든가? 응, 이걸 화대로 놓고 갔지유. 봉황새를 그린 진짜 은전을 술상에 탁 던지지 않겠어유. 땡그렁 소리가 났었지유. 소리가 달랐어유. 어둑한 등불 밑에서도 오십 전짜리 은전은 달처럼 퍼렇게 서기를 내면서 번쩍이더라니까유……. 어디 모내리 사람들은 그걸 만져보기나 했겠시유……. 이거 하나면 옥 같은 쌀을 석 섬이나 살 수 있었다구유! 역장님두 아실 거예유.

역장 나카무라는 다음 날 술이 깨가지고 역장실에 와서는 불공을 드리듯이 빌지 않겠어. 건빵 열 봉지를 가지구 와서는 말이야……. 같은 건빵이었지만 일본놈들에게 배급되는 건 훨씬 맛이 있었어.

(건빵 먹는 시늉을 한다) 정말 맛이 좋았지. 매월이는 아마 알 거여. 저희들이 먹는 건빵에는 꿀이 들어 있었다구……. 우리한테는 썩은 것만 주구선, 나쁜 놈들.

매월 (애교를 부리면서) 사실이지 역장님. 어디 나카무라 헌병만 그랬나요, 역장님도 그러셨잖아요. 늘 출근을 하실 때마다 곁눈질로 우리 집 마당을 흘낌흘낌 넘겨다보시구선.

역장 (큰기침을 하며) 출근할 시간을 맞추어서 세수를 한 게 누군데. 속옷만 입구서……. 양치질을 하는 체 하구. (관중을 향해 양칫물로 목을 헹궈내는 흉내를 낸다) 그러구선 모르는 체 나한테 확, 양칫물을 뱉고……. 번번이 '역장님이셨군요. 아이구 죄송해요.' 그것도 딱 부러진 서울말로 말여……. 생글생글 눈웃음을 치면서 '어디 젖지나 않으셨나요?' 그러면서 바짝 다가와가지고는 내 양복을 잡었었지. (함께 껄껄 웃는다)

매월 그건 정말 모르구 한 것이었어유. 모자에 금테를 두른 것 하나지, 뭘 볼 게 있다구, 역장님한테 꼬릴 쳐유. 그땐 발에 차이는 게 남자였는데.

역장 아 참, 우린 싸움을 하고 있었던 거지 그래? 꼬리를 쳤다구, 우리 유순이가 꼬리를 쳤다구…….

매월 아이구 참, 내가 봉쇠 놈을 찾고 있었지. 봉쇠야! 봉쇠야, 아이구 참, 봉수야, 봉수야, 그놈은 봉쇠라구 하면 대꾸도 하지 않는대요. 성미가 왜 그리 지랄 같은지……. 기차만 서봐라! 내가 절대루 널 고생시키지는 않을 거여. 기차만 서보라구…… 이 에미가…… (문득 정신이 들자) 아니 참, 그게 무슨 소리여. 역장님은 우리 봉쇠가 꼬릴 쳤다는 거유. 별 더러운 소릴 다 듣겠네. 걔는 판검사가 될려구 고등고시 공부밖에 모르는 애여. 아무래도 유순이 땜에 10년 공부 나무아미타불 되겠구먼.

역장 유순아! 유순아! 아! 기차 올 시간이 다 됐는디. 유순아! 내 단추 못 봤어. 단출 달아야 나가지.

매월 아무 단추나 달아드릴 터이니 어디 좀 봐유.

역장 아무 단추나 달라니 제 단추가 이젠 셋밖에 안 남었군. (다시 단추를 찾기 시작한다)

매월 나카무라 헌병도 꼭 이런 단추를 달구 있었는디……. (히기죽 웃는다) 그래 봬도 단추가 여간 단단한 게 아니여. 가슴에 와 닿으면 꾹꾹 눌리는 것이…… 여간 아픈 게 아녔어. (단추를 찾다가 말고 포옹 자세. 열렬히 사랑하는 자세)

역장 기차가 온다! (기찻길 쪽을 쳐다보면서) 기차가 온다구.

(그러자 기적 소리, 기차 소리가 들린다)

조역 제 위치로 가! 포인트를 내리고 오 분 전이야.

(먼 데서 기적 소리 점점 가까워진다. 역장 서서히 역 구내 쪽 무대 후면으로 가서 부동 자세……. 기차가 앞으로 통과하는 소리가 나면 거수경례를 하고 손으로 통과 신호를 하며 차가 사라질 때까지 기다린다. 기차 소리 사라진다)

매월 (낡은 벤치에 앉으면서 손톱을 이빨로 다듬는다. 옆자리를 본다) 별일이네. 정말 이런 일이 없었는디. 웬일이야. 하긴 오늘도 기차가 서지 않았으니께 오나마나지만……. 정말 별일이네.

(역장, 기차가 통과하는 것을 다 보고는 다시 광장 쪽으로 걸어온다)

역장 아직도 못 찾았소? (옆자리를 기웃거리며)

매월 단추를 찾는 게 아니라 장수 어머니 말유…….

역장 응, 장수 어머니, 알았어. 할머니를 찾는 거구먼. 하루도 거른 적이 없었는디. 오늘은 정말 이상한 걸. 이런 일은 없었는디.

매월 근력이 없어 뵈더니 고뿔이라도 걸린 게 아닐까?

역장 뭔가 마음이 텅 빈 것 같더라니. 장수 어머니 때문이구먼.

매월 　휘어이! 휘어이! 저놈의 까마귀. (까마귀를 쫓는다)

역장 　왜 까치는 쫓는 거야.

매월 　까치가 아니란 말이에유.

역장 　아냐, 까치야.

매월 　까마귀라니까.

역장 　까치라구! 까치는 반가운 소식을 전하는 샌디…… 방정맞게 왜 쫓아내는 거유……. 할머니가 알았다간 큰일 날려구.

매월 　그때도 그게 까마귀였는데 공연히 까치라구 우겨대가지구 큰 싸움을 붙여놓더니 또 그런 소릴 하네.

역장 　매월이는 뭐든지 쫓아버린단 말여. 기차까지 쫓아버리더니. 장수를 기다리느라구 그 애를 쓰는데 왜 훼방을 놔.

매월 　아니 생각해보슈. 그게 일정 때유. 징용 간 아들이 살았으면 벌써 돌아왔지, 입때 안 오겠수. 일본이 아무리 멀어도 그래, 기차가 없어 안 왔겠나. 앉은뱅이라도 기어왔겠다. 30년이유, 30년…… 기다리는 사람만 멍들지…… 으이구, 그려. 증말 시상에서 제일 못할 것이 기다리는 일이여.

역장 그래두 장수 어머니는 철석같이 믿구 사는디……. 그렇구말구, 그것 때문에 사는 거여. 옛날처럼 기차가 모내리역에 서기만 하면 반드시 장수가 돌아올 거라구 믿고 있잖나.

매월 그렇다고 그래, 같이 맞장구칠 것까진 뭐유. 망령난 늙은이하구.

역장 내가 떠나보냈으니까 그렇지. 눈에 선한걸. 장수가 징용 갈 때……. 그려 참, 여기였어. (벤치에서 일어나 땅을 가리키며) 여기에 이렇게 줄지어 있다가 기차에 실려갔지. 장수 어머니는 나보구 역장이니께 차를 조금만 떠나지 못하게 하라는 거여. 조금만 늦게 차를 띄워달라는 거여. 계집애 하나를 데리구 와가지구는 씨를 받겠다구 성화였지. 나를 원망하구 있어요. 지금도 내가 마음만 먹으면 기차를 세울 수 있었다는 거지. 그러나 모내리는 삼분밖에 정차를 못하도록 돼 있어서…….

매월 정말 한번 기찰 세워보시유, 옛날처럼 말여. 그럼 가죽 가방을 든 서울 손님들이 모내리역에 턱 내려가지구…….

역장 장수 어머니가 온다. 그러면 그렇지. (장수 어머니 헐떡거리며 등장)

매월 (반색을 하며) 왜 이렇게 늦었어유?

역장 암, 매월이가 을마나 걱정을 했다구. 까치까지 쫓으면서…….

(매월이 황급히 눈을 흘기며 말을 가로막는다)

매월 어이 여기 앉으시우.

할머니 (사방을 조용히 훑어본다) 오늘도 기차가 서지 않았구먼.

역장 걱정할 것 없어유. 내가 진정서를 냈으니께, 메칠 있으면 무슨 구정이 날 거유.

매월 조금만 기다리시믄 모내리역에도 기차가 서게 돼유. 그러면 아드님이 일본에서 맨 먼저 돌아올 거유.

할머니 일본? 에이구, 일본은 폭격이 심하다는디……. 그눔이 잘 피해 다녀야 할 건디. 우산을 줘서 보낼걸. 워낙 그 애가 힘은 장사지만 그래서 장수라고 이름을 지었잖았나베. 헌디 말여, 좀 날렵하지 못해서 폭격을 피할려면 힘들 거여.

역장 힘이 장사라서 장수라구 했나요? 오래 장수하라고 장수가 아니구?

매월 일본에 무슨 폭격이 있어유? 전쟁이 끝난 지가 언젠데. 일본이란 나란 대체 예서 얼마나 먼가? 바다루 한참이지유. 나카무라 헌병대장두 이젠 늙었을 거라.

역장 폭격은 없어두 말유, 일본은 지진이란 게 있어요. 땅이 짝짝 갈라지구 흔들흔들하지유. 그래서 장수가 못 오는 거여.

할머니 지지…… 지지가 뭐여.

역장 지진요. 지진 (매월이 보고) 밤낮 지진이 나서 일본에선 기관차 운전사도 군인처럼 철모를 쓰고 운전을 한다는 거여. 군인이나 똑같이. 그래서 훈장을 나카무라보다 더 많이 찬 역장두 내 봤다구. 일본에는 말여…… 그리구 집두 지진이 나면 쓰러질까 봐 납작납작하게 져놨대.

매월 일본이란 나라는 남자 여자가 한 목욕탕에서 벌거벗고 목욕을 한다면서요. (히히 웃는다) 그것 볼 만할 거여. 부끄럽지두 않는가 보지.

역장 장수도 지진 때문에 못 오는 거여. 지진을 피하느라고.

할머니 역장 때문이여. 여기에 역만 없었어도 징용을 갔을라구. 그런디 이젠 역이 없어졌으니께 모내리로 오는 기차를 타구 올 수가 있겠어? 기차가 그냥 지나가구 또 그냥 지나가구. 그러니께 내리질 못해서 그 애가 내리질 못해가지구 그냥 매일 지나가기만 하는 거여. 엇그젠가 내가 분명히 봤다구. 늙었어도 바늘귀를 끼우는 눈인데 틀림없어. 글쎄 달리는 기찻간에서 창밖으로 말여 고개를 비쭉 내밀고 이 에미를 부르며 손짓을 하더라니까……. 한 번만 기차를 서게 해줘요.

역장 너무 걱정하지 말래두요. 모내리역이 다시 서면 옛날처럼 다 잘될 거유. 나는 조역과 역부들을 거느리구 한창 바빠질 거구. 매월이네 술집은 또 떠들썩할 거구먼. 그러면 장수가 큰 가방을 들구…….

매월 그려, 까만 가죽 가방을 들구 말여…… 모두 가방 하나씩 들구 손님들이 내리지……. 나는 왜 가방을 들고 오는 손님들이 그렇게 좋은지…….

역장 떠날 때처럼 모내리역에 내려서서는 꾸벅 절을 하구, '아이구 그동안 안녕들 하셨어유.' 그렇게 인사를 할 거유. 그러면 그걸로 다 되는 거지 뭐유.

매월 장수 가방은 클 거구먼. 나는 가방만 보면 그 손님을 다 알지. 먼 데루 돌아다니다 온 사람은 가방이 방 하나만큼 크다구요. 별것이 다 들어 있거든요. 손톱깎이, 빨랫비누, 손거울, 손가위, 단추,

양말……. 장수도 여러 곳을 돌아다니다가 오는 것이니께, 삼십 년이나 돌아다니다가 오는 것이니께 그 가방이 방만큼 클 거구먼.

할머니 꼭 씨를 받아놓구 보내는 건디. 쪼금만 기차가 더 있었어두 씨 받을 시간이 있었는디 그렇게 급히 갈 게 뭐여. 그게 다 역장 때문이지.

매월 아, 그러믄유. 받을라문사 잠깐이라두 씨를 못 받겄슈.

역장 장수가 떠날 때도 그런 말을 해서 핀잔을 받더니만……. '창피하게 여러 사람들 있는 데서 씨를 어떻게 받아유. 내가 돼지유.' 장수 녀석이 그렇게 투덜거렸지.

할머니 장수가 감자씨 한다구 둬둔 걸 쥐란 놈이 글쎄 전부 갉아먹는단 말여. 쥐를 잡아야 할 틴디……. 이봐, 매월이. 손님들한테 말해서 쥐덫 좀 구해 주……. 우리 집 까막 고양이는 늙어빠져서 이빨이 시원찮아 이젠 쥐를 못 잡어…….

역장 쥐 땜에 정말 큰일이에요. 역에서도 왼통 쥐 냄새가 난다구. 이젠 놈들이 내가 이 역으로 부임할 때 가지고 온 철도 일지까지 다 갉아먹어버리구. 이 사진도 내가 역장 부임해올 때 찍은 건디. (찢어

진 사진을 들여다본다)

매월 씨는 제때 받고 제때 뿌려야지……. 다 철이 있는 법이니께. 철 지나면 거름을 암만 줘도 소용없어. 시들시들해가지구. (음란하게 웃는다)

할머니 장수 색시감으로 순덕이 년을 봐뒀지. 장수가 돌아오면 혼사를 치를 테니 말여. 순덕이는 동네에서 버섯을 제일 잘 따지, 버섯을 말여. 걔가 눈이 밝구 억척같아서 산삼이라도 캐올 년이여.

매월 버섯? (호호……) 산삼! (후후후)

역장 사내아이놈 꼬추만 한 버섯도 서울에 가면 쇠고기하구 맞바꾼답니다. 역이 생기면 모내리 이곳 사람 버섯만 팔구도 팔자 고쳐요.

매월 버섯…… (깔깔거리고 웃는다……) 에이구, 망측스러워.

할머니 뭐가 망측스러워? 버섯이 왜 망측스러워?

매월 장수 어머니 산삼 보셨수? (깔깔거리고 웃는다) 꼭 처녀처럼 생겼다는디……. 에이, 망측스러워. (또 다시 깔깔거리고 웃는다) 벌거벗은 처녀처럼 생겼다는구먼. 살결은 아주 하얗고 뽀얀 게 영락없는 사람이랴.

역장 산삼은 사람 눈에 띄질 않어. 그 심산에만 몇백 년을 혼자서 자라나는 거라구. 사람 몸에는 독기가 있어서…… 나무꾼이 한 번만 스쳐가두 산삼은 다른 데로 피한다는 거여. 산삼은 삼 대를 자라나도 새끼손가락만 하다느만. 그런데 나는 이백 년을 자란 산삼을 봤단 말여. 사람이 보지 않는 데서 이백 년이나 혼자 자란 산삼을 말여.

할머니 순덕이는 산삼이라도 캐올 년이라구. 쥐들이 씨감자를 다 갉아먹기 전에 장수 녀석이 와야 할 틴디. 쥐들이 말여…….

매월 나카무라 헌병은 일본도로 쥐를 잡더라구. 그게 억수같이 비가 퍼붓던 날 밤이었어. 나카무라 녀석이 비를 핑계 대고 주막에서 영 나가질 않더라구요. 막차가 떠나고 난 뒤니께 새벽 3시는 되었을 거라.

역장 맞아! 막차는 23시 11분에 통과했지. 비가 오는 날에는 우비를 입고 램프를 들고 나간다구. 빨간 불하고 파란 불이 켜지는 등이지. 바람이 아무리 불어도 꺼지지 않는 등불이여. 비가 오구 안개가 자욱이 깔리는 밤이면 우비를 입지. 비에 젖은 철길은 칼날처럼 뻗쳐 있구. 아주 먼 데서부터 기차 소리가 들려. 들렸다가는 사라지구, 그러다가는 또 들리구……. 막차 완행을 끄는 기관차는 '유따

A형'이었었지. 그래 유따 A형이여. 피스톤은 좋았지만 파시만큼 힘은 없는 놈이었다구. 파시 3형은 850마리의 말이 끄는 힘을 가지고 있었으니까. 모내리역에서는 3분 정차를 했지.

매월 나카무라가 코를 고는 바람에 난 잠을 자지 못했어요. 빗소리도 청승맞고……. 그때 옆방에서 쥐가 바스락거렸지 뭐유, 갑자기 나카무라가 벌떡 일어나더니 머리맡의 일본도를 번개처럼 빼들고는 쥐가 바스락거리던 장지문을 에잇 하고 내리쳤다구요.

역장 비가 오는 날이면 우비를 입고 나갔지요……. 대개 손님은 두 사람이나 세 사람쯤 내렸구……. 공장 공원들이었지. 막차는 그래, 그것은 50열차였지. '유따 A형' 기관차가 끄는 완행열차였어. 번호가 높은 열차일수록 푸대접을 받는 완행열차거나 화물차지.

할머니 장수를 우산이라도 들려 보낼걸……. 비를 흠씬 맞고 있을 거여. 일본에는 폭격이 심하다는데.

매월 (깔깔거리고 웃는다) 벌거벗은 나카무라가 일본도로 쥐를 잡았다구……. '난다 네스미다나……' 역장님, 쥐가 일본말로 네스미지요. 질투를 한 거라구요. 딴 손님이 내게로 오는 줄 알고 칼로 친 거라구요. 벌거벗은 채로 일어나 칼을 빼들고 쥐를 잡았다구요. (깔깔거리면서 웃는다) 일본 사람들은 남자 여자가 한 탕에서 목욕을 한다지유.

역장 오랜 역장 생활의 경험으로 느끼는 건데 장수가 온다면 막차 23시 16분 50열차의 밤차로 올 거 같습니다.

할머니 장수가 밤차로 온다구…….

역장 오랜 역장의 경험으로 미루어볼 것 같으면 손님이 둘이나 셋쯤 내리는 밤차……, 그런 밤차로 내려올 것입니다. 만약 비가 온다면 우리는 우비를 입어야 해요. 그리고 절대로 바람이 불어도 꺼지지 않는 빨간 불과 파란 불이 켜지는 신호등을 들고 칼날처럼 번득이는 철로 위를 걸으며, 그렇지요, 기차가 플랫폼에 들어올 수 있도록 신호등을 흔들 겁니다. 신호등은 빨간 불과 파란 불이 있지요. 장수는 밤차로 올 겁니다. 유따 A형 기관차가 끄는 완행열차를 타구…….

매월 마쓰모토 기사님도 가끔 막차를 타구 온 적이 있죠. 늘 주막부터 먼저 들르곤 했어유. 천안 명물 호두과자를 사가지고 와서는…… 번번이 '매월아…… 이거 뭐처럼 생겼니?'라고 묻곤 했지. (음란하게 깔깔거리고 웃는다) 난 그걸 먹으면서 '영락없는 진짜 호두 같구만.'이라고 하면…… 눈을 흘기면서 '매월아, 호두는 뭣처럼 생겼니?'라고 묻지 않겠어유. (음란하게 웃는다) 그런 것 모른다고 그랬지, 뭐…….

역장 가만있어, 올라가는 기차가 통과할 시간이여. (잠시 침묵. 먼 데서 기적 소리…… 기차 소리가 들린다. 역장 다시 역 구내로 들어가 손으로 경례를 붙이고 신호를 한다)

매월 역장님한테 잘 부탁해보시유. 기차를 3분만 정차시켜보라구유. 시골 역은 3분 이상 배치하지 못한다니까.

할머니 시간만 더 있었더라면 씨를 받고 나서 보내는 건디…… . 오늘은 내 꼭 쥐를 잡아 죽여야지. 감자씨를 다 갉아먹으면 내년 봄엔 밭에 뭘 심으란 말이여……. 장수가 틀림없이 저 차에 탔을 거여. 순덕이 년이 시집가기 전에 빨리 오질 않구. 그 애는 산삼이라도 캐올 년인데.

매월 에구! 장수가 살아 있대도 쉰 살쯤 됐겠수. 나하구 동갑이니께.

할머니 뭔 소리여, 내가 늙었다구 망령이 난 줄 알어. 장수가 쉰 살이라구? 벼락 맞을 소리 하지 말어.

(기차가 통과하는 소리)

역장이 손으로 신호를 하며 사라지는 기차를 바라본다.

무대 어두워진다.

제1막 제3장

봉수, 유순. 역 광장 제2장과 같은 장소. 봉수, 벤치에 앉아서 책을 읽고 있다. 유순 역 구내에서 살금살금 광장 쪽으로 나오면서 작은 소리로.

유순 봉쇠야…… 봉쇠야…….

봉수 너, 봉쇠라고 부르지 말랬잖어.

유순 쉿, 조용히 혀. 할아버지 계시다.

봉수 봉쇠가 아니라 봉수라고 몇 번이나 말해야 알아들어. 왜 사람들은 남의 이름 하나도 제대로 부를 줄 모르지.

유순 니 어머니가 봉쇠야 봉쇠야 허니께 다들 그러지……. 아, 그런데 봉쇠면 어떻구, 봉수면 워떠서 그려.

봉수 김봉쇠. 이런 이름 가지구는 나무 지게밖에 질

수가 없지. 최소한 읍내 학교에 다닐 때만 해도 선생이나 애들이나 다들 김봉수라고 불렀으니까……. 생각해봐. 김봉쇠 장관, 그게 어디 장관 이름이여. 김봉쇠 판사, 그것도 안 어울리지. 김봉쇠 검사.

유순 김봉수 장관, 김봉수 판사, 매일반이네 뭐. 김봉수 면장, 김봉수 이장. 김봉수…….

봉수 떠들지 마. (화를 내면서) 왜 남의 이름을 가지고 함부루 들먹거려……. 허긴 네 말이 맞다. 봉쇠나 봉수나 그런 이름을 가지고는 서울에 가서 맥을 출 수가 없어. 이래나저래나 촌놈 이름 어디 가나.

유순 서울? 정말 서울이라는 것이 있나? 난 그런 디가 정말 있다는 생각이 영 안 들어. 책에서만 나오는 것 같어. 기찰 타구 지나가는 사람들은 다 서울 사람들인가?

봉수 올라가는 기찰 타구 북쪽으로 북쪽으로 가면 서울이 나오지. 모든 기차가 글로 다 모이는 거야. 모내리 동리를 다 합친 것만큼 커다란 역이 있어.

유순 쳇…… 가본 것처럼 얘기하네……. 서울 여자들은 어떻게 생겼을까?

봉수 서울 여자들은 인형처럼 짧은 치마를 입고 다니는 거야.

유순 짧은 치마? (자기의 긴 치마를 내려다보면서…… 치맛자락을 조금 들어올린다) 이만큼 짧대?

봉수 (유순이의 다리를 본다. 그리고 고개를 흔든다)

유순 그럼 이만큼. (치마를 더 올린다)

봉수 그보다 더 짧어.

유순 그럼 이렇게? (무릎 위까지 치마를 올린다)

봉수 (고개를 흔들며) 더 짧어.

유순 (허벅지 위까지 치마를 올린다) 아직두.

봉수 어림두 없어. 더 짧지.

(유순이 치마를 조금씩 자꾸 올리고 봉수는 고개를 흔든다. 거의 속팬티가 나온다. 깜짝 놀라면서)

유순 어이구머니나……. (치마를 얼른 내리면서) 이 멀쩡한 놈 보게……. 거짓말을 해두 분수가 있지. 그런 짧은 치마가 어딨어. 그게 치마야! 벗구 다니는 거지.

봉수 그래! 증말 서울 여자들은 벗구 다녀. 입을 데는 안 입구 벗을 디는 입구…….

유순 그건 또 뭔 소리여.

봉수 팔, 가슴, 등 다 내놓구 다니지. 그러면서도 말여.

벗고 다녀도 좋을 손에다간 하얀 장갑을 끼구 여름에도 다리에는 양말을 신구.

유순 여름에도 양말을 신구 다녀……? 별 미친 소릴 다 하네. 삼복더위에 양말을 신구 다녀……? 누굴 아주 병신으로 아남…….

봉수 서울 여자들은 여름과 겨울이 없어. 춘 겨울에도 뜨거운 여름에도 다리를 훤히 내놓고 다녀.

유순 아니, 증말 여름에도 양말을 신고 다니는 거여.

봉수 증말이라구, 유리 같은 양말이지. 환히 비치는 유리알 같은 양말이야. (허공을 쳐다보며) 그런 양말을 신구 짧은 치마를 입구 바람처럼 가볍게 춤을 추듯이 걸어가는 거야. 흙도 먼지도 없는 길을…… 그래, 유리 같은 양말을 신고 흙도 먼지도 없는 대청마루같이 반들반들한 길거리를 걸어가는 거야. 곁눈질도 하지 않고…….

유순 (꿈에 잠긴다) 바람처럼 가볍게…… 대청마루 같은 길……. 곁눈질도 하지 않고.

봉수 서울 여자들은 몸이 다 가볍단 말여.

유순 뚱뚱한 사람은 서울에서 못 사나.

봉수 다들 말랐지. 서울 여자들은 아무것도 무서워하는 것이 없어. 구름 위로 솟은 높은 꼭대기에 올라가서 현기증도 없이 주스를 마시며 사랑을 한단 말여. 살찌는 것만 빼놓고 말야. 아무것도 무서워하지 않지. 그래서 밥을 굶는 거여.

유순 모내리 사람은 먹을 것이 없어서 굶고 서울 사람들은 살이 찔까 봐서 굶어. 서울이라구 뭐 별거 아니네. 그렇게 굶고 유리 같은 반들반들한 길을 어떻게 다녀. 나 같으믄 어지러워서 기어다니지도 못하겠다.

봉수 그래. 증말 그럴 거여. 아무리 양복을 입구 세수를 해서 땟국을 벗겨내두 걸어다니는 걸 보면 시골놈은 금방 눈에 띄지.

유순 쳇, 시골놈이 서울 갔다구 기어다니나?

봉수 길거리에 늘 장이 선 것처럼 징그럽게 많은 사람들이 꽉 차서 걸어다니는 거라구. 아무리 서울 사람 행세해도 이 사람한테 부딪치고 저 사람한테 부딪치구…… 길을 가다가 남과 부딪치면 금방 시골놈 소리를 듣게 되지. 그러니까 서울에 간다면 걷는 연습부터 해야 되는 거여.

유순 (걸어본다. 걷는 연습) 바람처럼 가볍게 춤을 추듯이 곁눈질도 하지 않고 많은 사람들 헤치고.

봉수 아니여. 눈을 똑바로 뜨고 입을 꽉 다물구. 누구한테 쫓기거나 또 누굴 쫓아가는 것처럼 빠른 걸음걸이로 이렇게.

(서울 사람들이 걷는 시늉을 하면서 걷다가 유순이와 어깨를 부딪친다)

이렇게 부딪치면 안 된다니까. 서울 사람들은 길을 걸을 때 절대로 남하구 몸이 닿으면 안 되는 거여. 요리조리 사람들을 피하면서…… (걷는다) 스쳐 지나가는 거여. 백 사람 천 사람이 모여도 서로 아는 체도 하지 않고 서로 부딪치지도 않고 슬쩍슬쩍 스쳐 지나가기만 해야 돼. 그래야만 서울 사람이 되는 거라구. 자. 한번 해볼래? 읍내 장터라구 생각하구 넌 거기서 걸어와…….

유순 읍내 장터 같으면사…… 젖먹이 애도 아닌디 걸음마를 배울 필요가 어딨어. 장터에 한두 번 갔나 뭐!

봉수 시키는 대로 해. 읍내 장터처럼 사람들이 여기에 꽉 찼다구 생각해. 그런데 장터 사람처럼 양잿물 같은거나 사들고 사방을 두리번두리번 살피는 게 아니라 이렇게 옆구리에 가방을 끼고 꼿꼿이 앞만을 보고 쏜살같이 달려가는 거여. 여기에 그런 서울 사람들이 지나가구 있다구 생각하구 말여, 이쪽으로 걸어와보라구. 사람들을 피하면서 부딪치지 않게.

(음악 소리에 맞춰 봉수와 유순 지그재그로 걸으면서 어깨를 젖히기도 하고 요리조리 몸을 피하면서 걷는다. 그러다가 두 사람의 어깨가 부딪친다)

봉수 다시 해보자구.

(고속 촬영을 한 것 같은 동작으로 음악에 맞추어서 춤을 추듯이 유순이는 치마를 올리고…… 그러다가 서로 만났을 때는 좌로 우로 몇 번 똑같이 피하려다가 부딪치는 순간 봉수가 유순이를 끌어안는다)

유순 (숨을 헐떡거리며 안겨 있다가) 얼래. (깜짝 놀라 봉수를 밀친다) 응큼한 놈 보게.

봉수 아직도 멀었다. 사람 피하는 연습에 합격은 해도 또 자동차 피하는 연습을 해야 되는 거야.

유순 피하는 것도 참 많다.

봉수 서울에서 살려면 피하면서 살아가는 거야. 누가 더 잘 피하느냐. 그 경주에서 이긴 사람이 서울에서 오래오래 살아남게 되는 거야.

유순 너 고등고신가 뭔가 준비한다는 것 그것도 자동차 피해 다니는 거 시험치는 거여?

봉수 이를테면 그런 거지. (웃는다)

유순 자동차는 워떻게 피하는디.

봉수　　자동차는 풀숲에서 갑자기 튀어나오는 다람쥐나 토끼보다도 더 잽싸게 앞에서도 뒤에서도 왼쪽에서도 바른쪽에서도…….

유순　　위에서는?

봉수　　그렇지, 벼락처럼 위에서도 떨어지지. 고가도로라는 데서 차가 굴러떨어질 때도 있으니까.

유순　　그런데 어떻게 피해. 눈이 뒤통수에도 달리구 귀밑에 달리구…… 몇 개가 있어두 난 안 되겠다.

봉수　　느끼는 거야. 자기도 모르게 걸음이 멈춰지지. 그러면 앞으로 붕— 하구 자동차가 지나가. 자동차를 보구 피하는 게 아니라 피해놓고 자동차를 보는 거야.

유순　　넌 그걸 할 수 있어?

봉수　　자, 이리 와, 따라해보라구.

(손을 잡고 포크 댄스를 하듯이 서너 발자국을 걷다가는 갑작스레 스텝을 멈추고 또 걷다가 멈춰서서 그러면서 무대를 돈다. 스텝을 멈출 때마다 자동차가 스쳐 지나가는 소리. 그러다가 갑작스레 자동차 브레이크 밟는 소리가 나면 봉수 쓰러진다. 어리둥절한 유순이 봉수를 안아 올린다)

유순　　왜 그래, 다쳤어? 발을 삐었니?

봉수　　아니야. 자동차에 치여서 쓰러진 거야. 너 봤지.

빵소니 차 번호를 봤니? 잘 생각해봐. 서울 자— 3602번……. 신고를 해야 돼, 신고를. 까만색 자가용이야. 난 죽는다. 죽는 거야. 네가 신고를 해. 원수를 갚아주어야 돼.

(유순이 안았던 봉수를 얼른 뿌리치고는 '사내는 다 이렇게 능글맞다구' 하면서 둘은 깔깔거리며 웃는다. 한참 웃다가 시무룩해지면서 쓸쓸한 분위기가 된다)

유순 정말 너 서울에 갈 거니?

봉수 몰라! 나도 모른다구. 그냥 가끔 생각해보지. 올라가는 기차를 타구 한없이 올라가는 꿈을 꾸면 서울이 나타나는 거야. 무언지 확실한 건 알 수가 없지만…… 모든 것이 꽉 차 있어. 모내리처럼 텅 비어 있는 것이 아니라 뭐가 가득히 차 있단 말야. 사람들도 집들도…… 꽉 차서 전등불처럼 번쩍거려. 그 속으로 뛰어드는 거지. 까만 옷을 입고 까만 모자를 쓰고……. 거기에는 금실로 수를 놓은 무늬가 번쩍거리고 있어. 나는 손에 작은 망치를 들고 높은 의자에 올라앉아서 책상을 탕탕 치는 거야. 책상에도 금으로 된 무늬 장식이 붙어 있지, 나이가 젊어도 사람들이 나보구 '영감님' '영감님' 그렇게 부르지. 탕탕 내가 망치를 치면 저희들끼리 왁자지껄하게 떠들던 그 사람들이 쥐 죽은 듯이 조용해지고 모두들 겁에 질려서 내 얼굴과 내 입술만 쳐다보고 있는거야. 그 많은 사람들이 일제히 모두 나만을 쳐다보는 거여.

유순 왜 망치를 두드리는 거야?

봉수 판사니까, 나는 김봉수 판사니까.

유순 그걸 두드려서 뭐 하는 건디?

봉수 나도 몰라……. 그냥 그러구 싶은 것뿐이야. 뭘 멈추게 하고 싶어서, 저희들끼리 떠드는 소리를 멈추게 하고 싶어서 그러는 거여. 내가 그 망치를 들고 책상을 두드릴 수만 있다면 저 답답한 산들이 무너져내리구, 생쥐들만 우글거리며 썩어가는 모내리역, 밤새도록 덜거덕거리는 문짝, 녹슨 신호대, 녹슨 철길, 고양이 눈깔처럼 빠끔히 뚫린 터널, 그런 것들이 다 무너지고 녹아버리고 그리구…….

유순 그리구 어떻게 돼.

봉수 자꾸 묻지 말어. 아니야, 내가 원하는 건 그런 게 아니야. 그런 게 아니구. 기찰 타구 북쪽으로 올라가는 게 아니라구. 꺼꾸루야, 내려가는 기차를 타구 남쪽으로 남쪽으로 내려가는 꿈을 꾸지.

유순 그러면 서울에서 더 멀어지잖어.

봉수 그래, 더 멀어지지. 남쪽 끝에 기차가 닿으면 바다가 보여. 파랗고 아늑한 남쪽의 바다가 말야.

유순 아, 증말 바다에 가보면 좋겠다, 그지!

봉수 바닷바람은 멀고 먼 남쪽 수풀에서 불어오는 거야. 우리 땅에서는 피지 않는 남양의 무슨 이상한 꽃들, 우리가 한 번도 구경해보지 못한 남극의 빨갛고 하얀 꽃내음새가 그 바람에 실려와서 온통 항구가 잔치를 벌인 것처럼 향긋한 냄새에 싸이는 거야. 파란 바다 위에도 파도 위에 실려온 향료 같은 꽃들이 둥둥 떠 있는 거야. 하얀 빨래를 넌 것처럼 돛단배들이 그 위를 떠다니면서 어디론가 가고 있는 거지.

유순 바다에 가서 넌 뭘 할 건디?

봉수 (슬픈 눈으로 유순을 쳐다본다) 뭘 하느냐구?

유순 거기 가서 뭘 하느냐구!

봉수 바다가 정말 푸른지 보려구 그래.

유순 바다가 푸르지, 그럼 빨갈라구. 봐야 그걸 아나.

봉수 그림책에서 본 바다는 그렇지만 내 기억 속의 바단 말야, 그렇지가 않았어. 그때 난 바다와 아버지를 함께 봤지. 무서웠어.

유순 니가 바다를 봤다구? 니가 아버지를 봤다구?

봉수 어렸을 때였지, 너무 어려서 그게 바단지 뭔지도 확실치가 않어. 밤이었을 거야.

유순 니가 정말 바달 봤다구.

봉수 눈을 떠보니까 방 안에 아무도 없었어. 불만 켜져 있었구. 무서워서 밖으로 뛰어나왔지.

유순 너무 어려서 생각도 안 난다면서 기어나갔겠지.

봉수 분명히 아장아장 걸어나갔어. 막 울면서 엄마를 찾았어.

유순 아버지를 봤다면서…….

봉수 글쎄, 그냥 잠자코 들어보라구. 떠들면 생각이 다 도망치고 말어. 거미줄에 걸린 것처럼 어렴풋이 생각이 나다가는 금세 날아가버려.

유순 나 참, 어저께 참새가 거미줄에 걸린 것 봤다. 커다란 참새가 나비나 걸리는 거미줄에 엉켜가지고 말여.

봉수 멋대루 떠들라구…… 걸어나갔지. 울면서 한참 동안을 정신없이 울고 다녔는데 갑작스레 어두운 골목을 빠져나오니까 까만 바다가 하늘만 한 커다란 바다가 검은 거품을 품고 있었어. 무슨 썩은 냄새가 났었지…… 생선 썩은 냄새가. 난 그게 바다인지 뭔지 몰랐어. 너무 어렸으니까.

유순 바다에서 아버지를 봤다구?

봉수 석탄가루같이 시꺼멓고 찐득찐득한 바다였어. 사람이 빠져도 가라앉을 것 같지 않은 바다였지. 그런데 생선 비늘처럼 이따금 그 바다 위를 번득이는 불빛이 스쳐 지나가고 있는 것이 보였어. 반딧불처럼 날아다니는 불빛이 스쳐 지나가고 있는 것이 보였어. 반딧불처럼 날아다니는 불빛 속에서 언뜻 아버지 얼굴이 보이더란 말여. '아빠! 아빠!' 하고 불렀어. 우리 아버진 니 할아버지처럼 모자에두 소매에 두 금테를 두르고 있었는데, 여러 사람에게 쫓기고 있었지. 바닷가에 긴 둑 같은 게 있었는데 막 달아나고 쫓아가고, 쫓아가고 달아나고, 달아나고 쫓아가고……. 그러다가 난 아버지가 그 바다로 뛰어들어 빠져들어가는 것을 보았어.

유순 (몸을 부들부들 떨며) 틀림없이 니 아버지는 나쁜 사람들에게 쫓기다가 바다로 빠진 걸 거여. 아! 무섭다.

봉수 '아빠!' '아빠!' 겁에 질려서 난 그냥 소리를 치고 있었지. 그것뿐야. 그 이상은 더 생각이 안 나. 그 뒤엔 다시는 아버지와 그 바다를 본 일이 없었으니까. 그때 바루 난 어머니와 이 모내리로 이사를 왔으니까.

유순 니가 그걸 어떻게 알어……? 쬐그말 때 일이라면서…….

봉수 그리구 엄마 목소리가 생각나. '다 틀렸다.' '다 틀렸다.' '옛날 살던 데로 가자.' '옛날 살던 데로 가자.' 날 끌어안고 울 때마다 늘 그랬으니까.

역장 봉쇠야, 봉쇠야.

(유순이 놀라서 퇴장. 봉수, 유순이 사라지는 곳을 본다. 막 서서히 내려온다)

봉수 바다는 정말 파랄까?

제2막 제1장

같은 장소.

봉수, 역전 광장에 앉아서 책을 읽고 있다.

역장 봉쇠야! 봉쇠야!

봉수 참, 역장님두……. 역장님처럼 유식한 분까지 봉쇠가 뭡니까!

역장 그래, 봉수야. 너 내 일 좀 거들어주어야겠다. 아니지, 니 어머니 일이기도 해.

봉수 또 그 진정서를 쓰실라구요.

역장 당최 요즈음 쓰는 언문은 옛날과 달라서 내 원 참, 부르는 것 몇 자만 써라. (종이를 내준다)

봉수 이번에는 어디로 보내는 거예요.

역장 이번엔 직접 교통부 장관에게 보내야겠다. 도지사도 청장도 다 소용없다. 진작 높은 분에게 진정을 하는 건데, 면장부터 찾아다녔으니 시간만 버렸지. (기침을 하고는) 부르는 대로 또박또박 정자로 받아쓰라구. '각하 기체후 일향만강하십니까…….'

봉수 진정서는 그렇게 쓰면 안 돼요. 그건 편지투지요.

역장 잔말 말고 받아쓰기나 해. 소생으로 말할 것 같으면 모내리 간이역에서 30년 이상이나 근무하고 있는 역장이온 바…….

봉수 말이 안 된다니까요. 지금 역장님이 근무하고 계시다면 여기에다 역을 다시 열어달라구 진정할 필요가 없잖아요.

역장 허. 잔말 말구 받아쓰라구……. 해방의 그날이 오자 우리 민족들은 기뻐했는데 모내리의 역만이 폐쇄되어 외부와 줄이 끊기고 사람들이 암흑 속에서 살고 있사옵니다. 모내리는 이름난 송이버섯의 산지일 뿐만 아니라 이제는 마을 사람들도 열 곱이나 늘어나서 일일 번창, 역의 필요성이 날로 점고되어 가고 있는 바 각하께옵서 양찰하시어 오백 명 주민의 갈망하옵는…….

매월 봉쇠 여기 있었구나. 또 진정서 쓰는 거여?

역장 모내리역을 부활시키는 건 선처해주시기를 복망

하나이다. 모내리 역장 심상하. 끝에 꼭 '심상하'라고 분명히 써야 된다.

매월 역장님! 그 말은 왜 빠뜨리셨우. 아! 공로상으로 시계 받았다는 거 말유.

역장 좀 빠져, 빠지라구. 남자들 하는 일에 여자가 끼어들면 될 것두 안 돼. (역장 안경을 꺼내 받아쓴 진정서를 훑어보면서 퇴장)

매월 얘, 너 동편 마을에 좀 다녀와야겠다. 손님두 없는디 찬거리는 밤낮 봐와두 떨어진다니께.

봉수 아! 참 도무지 공불 할 수 있나.

(소리 내어 책을 읽으며 퇴장, '고시계' 잡지를 읽으면서. 매월이 벤치에 앉는다)

매월 (아들이 읽으면서 사라진 법률 조항을 띄엄띄엄 외워보면서)

저게 무언 소리여, 시상이 하도 바뀌어가니께…… 이거 웬 말인지 알아들을 수 있어야지.

(유순 등장)

유순 봉수 이리 갔어유?

매월 알 만한 계집애가 왜 이리 남의 총각을 밤낮 뽕쇠! 뽕쇠 하고 따라다니어.

유순 '뽕쇠'라고 부르지 말어유. 화낸다니께유. 참, 뽕쇠 엄니, 여기 오시기 전에 바닷가에 사셨어유?

매월 헤…… 저도 뽕쇠라고 하면서. (웃는다) 또 누가 허튼 소릴 하구 다니는가 보구나. 수십 년을 살아두 이놈의 덴 텃세가 세서 외간 사람 발붙이기 어려워.

유순 바다에서 사셨어유.

매월 (회상에 잠긴다) 그려. 그게 마지막 간 데가 바다였구먼. 군수 공장인가 뭔가 문을 닫구 나카무라 헌병도 떠나구. 그러니까 모내리역도 없어져버렸지. 다들 떠났었지. 역에서 살던 앉은뱅이 거지 쇠팔이까지 떠나버리더라니까. 주인 아주머니도 술집 문을 닫아버리고 떠났는지 나 혼자 꾸려갈 수는 없구…… 무작정 아래루 떠난 거여. (눈물을 닦는다) 이 기사가 떠나자구 하길래…… 꼭 너만 할 때였지. (유순이를 어루만져본다. 젖가슴도)

유순 (얼굴이 붉어지며) 아이구, 망측하게 왜 거긴 만져유.

매월 어이구, 시골에서 썩긴 정말 아깝다!

유순 (멋모르고 좋아한다) 저보단 봉쇠가 그렇지유. 그 앤 서울에만 가면 출세할 거여. 틀림없어. 보통 사람이 아니니께.

매월 그려, 그려. 남자는 머리로 벌어먹구 계집은 젖가슴으로 벌어먹는 거여. 그런디 이런 산골에서야 머리두 젖가슴도 아무 소용 없어. 버섯 따는 손만 있으면 여자나 남자나 살아가는 것이니께.

유순 그런데 왜 뽕쇠 어머니는 이런 산꼴로 다시 들어왔유. 바닷가로 갔다면서.

매월 이 기사놈 저만 밸 타고 내빼버렸지. 사내놈들은 다 아쉬울 때가 되면 꼭 용케 알고 내뺀다니까. 잘 들어둬. 사내하고 부지깽이는 아쉬울 때 찾으면 없는 거라구.

유순 달아났어유? 뽕쇠 아버지가!

매월 (혀를 찬다) 뽕쇠 아버지가 아니여. 이 기사 얘기라니까. 내가 거들떠보지도 않던 놈인데…… 막상 같이 살자니까 돌아서더구먼…….

유순 뽕쇠 아버질 바다에서 만났시유?

매월 (굳어져서) 뭔 말여? 그 얘긴 꺼내지도 마. 오죽했으면 애를 끌고 다시 모내리에 술 팔러 왔겠어.

유순 모내리가 좋으셨던가 부네.

매월 역이 열리구 기차만 다시 서면 모내리만 한 데 없지. 저녁 기차가 들어오면 별의별 멋쟁이들 팔도 신사들이 가죽 가방 하나씩을 들구 다 모여들었는걸. 돈이 없나, 인물이 없나, 학식이 없나. 서울 손님들이 밤마다 술집으로 모여들어서 '매월이!

매월이!' (또 50전 동전을 꺼내서 본다) 잠꼬대처럼 외워 대드만…….

유순 봉쇠 아버지는 살아 있어유?

매월 (굳어지며) 동넷것들 얘기 듣지 말라구. 봉쇠 아범이 죄를 짓구 우리가 이곳으로 피해 온 줄 알지만 거짓말여. 아! 내가 사람 피해서 이 시골루 도망쳐 왔다면 모내리역 다시 생기라구 이렇게 물 떠놓고 고사 지내겠어.

(장수 어머니 등장)

유순 할머니가 오시는 걸 보니께, 내려가는 기차 시간이 된 모양이구먼유.

할머니 아직 기차 안 지나갔지. (손에 보따리를 들고 있다)

유순 할머니 어디 가시는 거유?

할머니 가긴 어딜 가……. 장수 녀석 마중 나왔지.

유순 그런데 왜 보따리를 들고 나오셨어유.

할머니 씨감자여. 씨감자를…… 쥐들이 하도 갉아먹어서 이렇게 들고 다니는 거여. (유순이 손을 잡고) 니 할머니도 어머니도 아버지도 암, 기차만 서면 다들 돌아올 거다.

매월 아이구 할머니도 딱하기두 하우. 탄광 속에 묻힌 사람들이 어떻게 기차가 온다구 살어 돌아와유.

얘 어머니는 몰라두 할머니도 죽었을 거여. (새를 쫓는다) 저놈의 까마귀가. 훠-이 훠-이.

할머니 유순아, 진짜 까마귀여. 날아간 게. 까마귀여, 까치가 아니구…….

유순 날아가버린걸. 까치인지 까마귀인지 어떻게 알어요.

(역장 등장. 철길로 간다. 먼 데서 기적 소리. 기차가 통과한다. 모두들 광장에 서서 지나가는 기차를 본다. 침묵. 기차 소리. 역장 경례를 붙이고 지나가는 기차에 통과 신호를 보내고 서 있다)

할머니 또 그냥 내빼네…….

매월 원래 저건 급행이라 역이 열려도 안 서는 기차유.

유순 (역장을 보면서) 아이구, 할아버지. 아직도 손을 들구 계시네. 참, 차는 본 체도 않는데. 역에 나가 꽃을 심지 않나, 겁도 없이 창고에 비가 샌다구 지붕을 해 잇질 않나, 손녀딸보담도 역이 더 좋은가벼…….

(이때 봉수 급히 등장)

봉수 어머니, 어머니. 역이 다시 선대유. 역이 다시 선대유.

매월 뭐 역이 선다구.

할머니 아이구 그게 참말여. (유순도 동시에 같은 말을 한다)

유순 할아버지! 할아버지! (역장 쪽으로 달려간다)

매월 그게 뭔 말여.

봉수 동편 마을 가다가 토지 측량하는 측량사를 만나지 않았것이유. 지금 야단이래유. 서울 사람들이 땅을 사느라구유. 야, 벌써 동편 마을엔 복덕방이 생겼다는디유.

할머니 뭐를 산다구?

봉수 땅이유, 땅. 관광호텔이 들어선대유. 여기가 관광지루 개발이 된대유. 선녀 폭포 자리하구, 여우골, 동료굴하구! 여기가 관광지가 되고 역이 열린대유.

매월 아이구 그게 정말여? 너 어서 빨리 술허구 안주거리 받아와. 왜 가다 말구 왔어……?

봉수 어머니두 참. 아, 뭐 금세 차가 스나유, 급하기도 하시네.

할머니 아이구 이젠 우리 산 거지. 그놈이 지금두 저 차에 탔을 텐데 기차가 그냥 내빼니께 쳐다도 안 보구 갔을 거여. 오냐, 오냐, 장수야. 엉…… 이젠 기차가 선댄다야.

(역장과 유순이 등장)

역장 아니 뭐야. 역이 열린다구? 그럴 리가 있나. 사실이면 역장에게 연락이 먼저 왔을 게 아녀.

봉수 틀림없다니까요. 측량사를 봤는걸요.

역장 (하늘에다 대고 껄껄 웃는다) 진정서를 낸 것이 이제 힘을 썼구나.

매월 (따라서 웃는다) 시상에…… 아이구 시상에 풀릴라면 이렇게 눈 깜짝할 사이에 풀리는 걸 가지구……. (눈물을 흘린다)

모두들 좋아서 멍하니 서 있다.

제2막 제2장

유순이 길가에 앉아서 먼 곳을 바라다보고 있다.

봉수 등장.

봉수 너 여기서 뭐 하는 거여.

유순 기다리는 중여.

봉수 날 기다린 거여?

유순 흥, 니가 우체부여. 난 지금 우체부를 기다리고 있단 말여.

봉수 너도 펜팔 하니?

유순 펜팔? 응, 쇠팔이 말이지? 옛날 모내리역에서 살었다는 앉은뱅이 쇠팔이 말여. 내가 왜 그 거지를 기다려?

봉수 너 펜팔이 뭔지 몰라? 편지 서로 주고받는 거.

유순 누구한테 편질 혀, 아는 사람도 없는디.

봉수 그러니까 펜팔을 하는 거지. 바루 너같이 편지할 데가 없는 사람끼리 서로 편질 주고받는 게 펜팔이여.

유순 어떻게 모르는 사람끼리 편질 혀? 알지도 못하는 사람한테 무슨 말을 써! 참 넉살도 좋네……. 그것도 서울 사람들이 하는 짓이여?

봉수 시골 사람들이 더 많이 한다구. 답답하고 심심한 사람들이 하는 거니께— 넌 남들이 어떻게 살고 있는지 궁금하지도 않냐?

유순 그럼, 넌 왼팔인지 펜팔인지를 했단 말여?

봉수 해봤지. 서울 여학생들하구…….

유순 헤, 반죽도 좋네. 생전 보지도 못한 사람한테 편지질을 하다니……. 그래, 뭐라고 써 있데?

봉수 재미없어서 집어치웠어. 서울 학생한테서 편지가 왔는디…… 편지들이 똑같더란 말여.

유순 얼래, 어떻게 똑같이 쓸 수 있어. 마음이 서로 다른데.

봉수 서울 사람들은 누구나 다 똑같은 생각들을 하니까. 얼굴도 이름도 다르지만 생각하는 건 다 똑같단 말여. 편지투를 보고 베끼는 것이니까 똑같을 수밖에 없지.

유순 재밌었겠다. 우표 값만 내버리겠네.

봉수 처음엔 너처럼 이 길목에 앉아서 우체부를 기다리고 있었지. 배달부가 오나 안 오나 소금쟁이 고갯길만 온종일 지켜보고 있었던 거야. 여긴 우편배달부가 사흘 건너큼씩 오잖어? 그것도 편지가 없을 때에는 배달부가 아예 오지 않을 때도 있지. 그러다가 우체부를 만났단 말여. 그런 것 같지 않게 할려구 태연하게 인사를 하구는 그냥 가는 체했지. 가슴이 터질 것 같았어. '봉쇠야!' 우체부가 부르니까, '김봉수 씨 귀하'…… 누런 편지 겉봉에 내 이름이 씌어진 걸 보니까, 내가 정말 이 세상에 살고 있다는 생각이 들더구나. 두툼한 편지봉투를 손으로 만져봤어. 편지 봉투에선 무슨 향기라도 나는 것 같았어.

유순 '심유순 씨 귀하'…… 나도 그런 편질 받아봤으면 좋겠다. 편지를 그냥 베낀 거래두—.

봉수 그러나 뜯어보구는 울었지.

유순 슬픈 사연이 쓰여 있데.

봉수 그러면 좋게. 내가 가지고 있던 펜팔 책에 나오는 글 그대로였어. 내가 딸딸 외고 있던 것.

유순 넌 베끼지 않았니?

봉수 베낄려면 무엇 하러 편질 써……. 밤을 새워가며 편지를 쓰는 거야. 그런데 이상한 건 낮에 읽어 보면 영 달라져. 밤에 쓸 때는 아주 그럴듯했는디 밤 생각하구 낮 생각하구 다르다는 것을 알었지……. 밤에 쓴 편지는 늘 찢어버리고 말었어.

유순 밤 생각하고 낮 생각이 달러?

봉수 밤에 생각한 것들이 낮에 햇볕을 쬐이면 금세 바래 버리고 마는 거여. 그런데 참, 너 펜팔은 안 하면서 왜 우체부를 기다리는 거여. 오늘은 배달부가 오지도 않는 날 아녀.

유순 그걸 몰라서 나와 있는 줄 알어. 할아버지가 하두 성화를 대니까 그렇지.

봉수 할아버지가?

유순 그래야. 할아버지가! 똑같은 말 자꾸 시키지 말어……. 역장 발령장이 올 거라구. 새벽부터 '우체부 안 왔냐, 우체부 안 왔냐' 하더니, 이젠 나가서 기다리라잖어.

봉수 니 할아버지와 우리 어머니를 대보면 길지도 않고 짧지도 않을 거여. 우리 어머닌 글쎄 헌 장구를 꺼내놓고 나보구 고쳐내라구 하지 않어! 내가 장구를 쳐봤어야 알지.

유순 넌 역이 다시 생긴다는디 기쁘지도 않어.

봉수 왜 기쁘지 않겠어. 역만 생겨보라구. 우린 아무데로나 떠날 수 있는 거여. 날개가 생기는 것이라구…….

유순 왜 떠나, 모내리 사람 인젠 팔자 고치게 됐다고…… 남들은 야단들인데.

봉수 우린 떠나야 한다구. 역은 떠나라고 있는 것이여.

(손을 잡고 유순이를 포옹하려고 한다. 유순이 비켜서면서)

유순 갈 맘만 있으면 지금이라도 못 가나. 읍내 역으로 가면 얼마든지 기차를 탈 수 있잖어. 기차가 없어 못 가나 마음이 없어 못 가지.

봉수 왜, 내가 안 해본 줄 알어. 소금쟁이 고개를 하루에도 몇 번씩 넘는단 말여. 그렇지만 고갤 넘을 때쯤 되면 마음이 변해버려. 고개만 없었더라도 벌써 떠났을 거여.

유순 (화를 내면서) 니 어머니 말이 맞다. 사내하구 부지깽이하고는 아쉬울 때 찾으면 없다더라.

봉수 (손을 잡으려고 하다가 유순이 뿌리치자) 갑자기 왜 화를 낸댜.

유순 나도 몰래 고개를 넘었다니 하는 소리여.

봉수 내가 정말 떠났나, 뭐. 떠나볼려구 하는 거지.

유순 그래도 고개 넘을 땐 너 혼자 떠날 생각을 한 거지 뭐. 나는 없는 사람이나 마찬가지구.

봉수 (꼭 끌어안는다) 또 한 번 화낸 얼굴을 좀 해봐라. 참 기분 좋은데…….

유순 뭐가 좋아 좋긴. 사람 마음에다 불 질러놓구.

봉수 니가 활 내니 마음이 뻐근해져서 참 좋단 말여. 진작 그러지 그랬어. 나 혼자 떠나면 정말 싫으니? (유순 고개를 끄덕인다) 둘이 떠나면? (고개를 끄덕인다. 포옹한다)

유순 이봐, 정말 나와 갈 거여? 기차가 여기 서면 정말 같이 떠날 거여?

봉수 아주 먼 데루 가는 거여. 그리고 우리 둘이서만 사는 집을 짓구…….

유순 어떻게 생긴 집?

봉수 비둘기집 같은…….

유순 에게, 겨우 비둘기만 한 집.

봉수 아니, 그렇게 예쁘게 생긴 집 말여. 지붕은 빨강구, 노란 커튼이 달린 창문이 있구. 벽에는 파란 담쟁이 덩굴이 올라가 있는 집. 우린 첫딸을 낳아서 피아노를 가르쳐주는 거야.

유순 피아노는 그림책에나 나오는 거여. 사람들이 그런 피아노를 살 수 있어?

봉수 바보야. 나는 판사님이니까 뭐든지 할 수가 있단 말여.

유순 그럼 서울로 간단 말여. 바다가 아니구…….

봉수 어디로든 떠나는 거야. 넌 모를 거다.

유순 그려, 난 배우지 못해서 아무것도 모른다.

봉수 내 마음을 모를 거라는 거여. 나는 말여, 남들이 다 잠자는 깜깜한 밤중에 부엉이처럼 혼자 눈을 뜨구 있을 때가 많단 말여.

유순 너만 그러는 줄 알어? 자다가 한번 깨면 나두 다시 잠들 수가 없어. 새벽까지 그냥 눈을 뜨고 있는 거여…….

봉수 내 말 들어보라구. 그런 이야기가 아녀. 혼자 눈을 뜨면 말여. 갑자기 답답한 생각이 들어 벌떡 일어나서, 그리구 막 소릴 지르고 싶어진단 말여.

유순 누구한테?

봉수 내가 모르는 사람들, 우리를 무시하는 것처럼 기차는 한 번도 서지 않고 매일 모내리역을 지나구…… 그때마다 난 보고 있었지. 바람처럼 지나가는 그 많은 사람들의 얼굴, 모자를 쓴 사람, 모자를 벗은 사람, 자고 있는 사람, 하품을 하고 있는 사람, 오징어를 씹고 있는 사람, 허허 하고 저희들끼리 뭔가 얘길 하면서 웃고 있는 사람…… 아니여, 그 사람들만이 아니여. 온 세상에다 대고 소릴 지르고 싶은 거여. '야 이놈의 새끼들아, 내가 여기 있다구, 내가 여기서 살고 있단 말여. 날 보라구, 날 보란 말여, 날 좀 보란 말여…… 삼 분간 만이라두 정차하라구.'

유순 사람 마음은 다 같은가베, 나두 밤중에 눈을 뜨면 꼭 굴속에 갇힌 것 같어서 소리를 지른단 말여. 어둠을 보고 있으면 처음엔 모래가 떨어지는 소리가 들리구, 다음엔 자갈이, 그러다가 바위가 우르릉 무너지는 소리가 들린단 말여. '사람 살려, 사람 살려.' 깜깜한 흙 속에 파묻혀서 큰 소리루 외쳐대는데두 소리가 안 나와. 입속에 흙이 꽉 찬 것처럼 말여……. 그때마다 이상하게 기차를 타고 지나가던 사람들 얼굴이 생각난단 말여.

봉수 그건 탄광에 갇혀 죽었던 니네 아버지와 어머니 생각을 하기 땜에 그런 거여. 금테 모자를 쓴 아버지가 진흙같이 찐득찐득한 깜깜한 바다로 떨어지구, 그리구 그 까만 바닷속으로 얼굴이 가라앉던 생각이 나면 말여, 아버지가 아니라 내가 꼭 바닷속에 빠진 것 같은 생각이 들지.

유순 그런 소리 그만하구 아까 그 집 이야기 다시 해줘…….

봉수 그래, 집을 짓자구. (유순이를 끌어안는다) 밤새도록 낡은 문짝이 덜그럭거리는 폐역에서 나는 소리를 들으면서 나는 많은 집들을 지어왔어. 빨간 집, 파란 집, 이층집, 예배당처럼 뾰족한 집, 동그란 창이 달린 집…….

유순 누가 오잖어. (황급히 숨으려고 한다) 얼래, 산으로 낚시질하러 오는 사람이 다 있나베……. (뒤를 돌아다보며) 빨리 저 숲에 가 숨어……. (퇴장)

(측량사가 측량기를 메고 나타난다. 측량대를 세우고 상대편 측량사에게 신호를 보내면서 측량을 한다)

(갑작스레 뻐꾹새 소리가 들린다)

'—320.

—310이 아니구 320.

—뭐라구…… 아녀, 왼쪽으로.

—올 라잇.

—알았어. 340.

—올 라잇.'

(기사가 말하는 숫자 사이사이에 뻐꾹새 소리가 아이러니컬하게 대조를 이룬다)

제2막 제3장

역장이 온갖 낡은 신호기, 깨진 램프, 폐품들을 털고 손질을 한다. 매월이 등장.

매월 (옷차림이 달라졌다. 어깨에 장구를 지고 손으로 두 번 장구를 탕탕 친다) 역장님, 이 소리 어때유? 장구 끈이 낡어서 소리가 영 튕기지 않네유.

역장 장구가 이제 임을 만났구먼.

매월 역장님은유?…… (웃는다) 정말 이름뿐인 모내리역이 임자 만났네유. (장구를 치고 춤을 추면서 권주가를 부른다) 우리는 이제 살판났어유. 벌써 서울 사람들이 몰려들구 땅값이 곱절이나 뛰었대유. 역이 뚫리기도 전에 손님이 모여들기 시작하니 이거 마음만 급하구, 원 저기 노루바위 밑에 큰 호텔이 선다는데 벌써 터를 닦는대유.

역장 모르는 소리 말어. 거긴 공장 감시탑이 서기루 된 데라구…….

매월 아이구 딱해라. 그건 일정 때 이야기구. 지금은 관광호텔이 들어선대두유. 그것도 삼 층짜리래유.

역장 허, 그 참. 개쥐뿔 뭘 안다구 그려. 모내리에서 일어나는 일을 모내리 역장이 모르면 누가 알어.

매월 글쎄, 그러니 탈이지유……. 내 이 얘긴 안 할려고 했는데 (눈치를 살핀다) 내 정말 이 얘기 안 할려고 했는디.

역장 허, 이 신호기가 다 삭아버렸네. 쥐들이 갉아먹었어. 깃발에서 쥐 냄새가 나. (냄새를 맡는다) 매월이 처녀 시절에 입던 무색옷 없어? 빨간 빛이면 돼. 파란 신호기는 아직 쓸 만하니까.

매월 뭘 하시려구 그래유.

역장 빨간 신호기를 만들어야 한다구 하지 않았어!

매월 에그머니나 그래, 빨간 신호기를 또 만들 거예유?

(놀란 표정으로)

역장 기차가 오는 맨 첫날에 쓸 거라구. (다 찢어진 기를 흔들어본다)

매월 삼십 년 전에도 역장님은 빨간 신호기를 만들었다지요. 그래서 역장님이 된 거라지요.

역장 (놀라서 도망가듯이 뒷걸음을 친다) 누가 그런 소리를 해, 누가 그런 말을 하드냐구?

매월 모두들 수군거렸지요. 상원역 역부가 조역도 지내지 않구 역장으로 껑충 뛰어오른 데는 다 까닭이 있다구요. 아무리 임시 역장이라곤 하지만 그게 쉬운 일이냐구요. 그 피 묻은 신호기 덕분이래유.

역장 피 묻은 신호기?

매월 죽어가는 사람 옷을 벗겨서 다 죽어가는 사람 몸에서 흐르는 피를 묻혀서 신호기를 만들었다면서요.

역장 (기를 흔든다) 정지…… 정지…… 정지……. (미친 듯이 날뛴다) 내 정신이 아니었어. 기차를 세워라. 기차를 세워라. 그 말밖에는 아무것도 들리지 않었지. 나는 역부니까 '사람 살려…… 사람 살려……' 트럭 밑에 깔린 사람이 날 보고 살려달라고 했지만……. 내 눈앞에서는 시꺼먼 화통이 연기를 뿜고 내달리는 것밖엔 보이지 않았어. 난 역부니까. 십 분 전이었어. 산모롱이에 가린 건널목이었어.

트럭은 움직이지 않았구. 가만두면 기차는 탈선했을 거여.

매월 그까짓 일로 그 차가 탈선했을라구요. 더구나 그건 객차가 아니라 군용 화물차였다면서요…….

역장 아니야, 절대로 아니야. 내가 아니었더라면 그 기차는 탈선했을 거야. 사십 도 커브길이었다구. 빨리 뛰어…… 아무 소리도 들리지 않었지. 기차보다 빨리 뛰라구……. 빨리 뛰라구……. 정지, 정지……. 나는 피 묻은 깃발을 흔들며 소릴 질렀지. 나는 역부였으니까……. 역부는 누구라도 다 그렇게 해야 되는 거야.

매월 살려달라는 사람의 옷을 벗겨서 신호기를 만들었지요. 피를 묻혀서 사냥꾼이 하듯이 허파에서 흘러나오는 피를 묻혀서…….

역장 (귀를 막으며) 정지…… 정지…… 그만하라구.

매월 굴이 무너져서 탄광에 갇힐 때도 그러셨지요. 기차 시간이 됐다구 서지도 않는 기차 꽁무니에다 대구 그 잘난 깃발이나 흔들라구 결국 유순이 엄마까지 죽게 했잖아요.

역장 나는 역장이니까 역장은 그러는 거라구. (절망한 표정으로) 매월이, 왜 그런 소릴 하는 거야. 이젠 기차가 서게 됐다구. 새 역이 생기구 이제부턴 다 좋아질 텐데 옛날처럼 말여, 다 좋아질 텐데…… 왜 그런 소릴 하는 거여. (힘없이 쓰러진다)

매월 딱해라! 난 그런 말 하고 싶지 않았는디……. 정말 역장님, 속상하게 하려고 한 게 아니었는디……. 가끔 무엇이 불덩이 같은 게 자꾸 치밀어 오른단 말여. 그러면 심술이 생기구, 남에게 모진 말을 해서 그 사람이 내 대신 펄펄 뛰는 것을 봐야 속이 가라앉어유……. 이젠 다시 역이 생길 테니까 다 괜찮을 거유, 역장님두 나두.

역장 그러니까 나는 역 밖으로 못 나가는 거라구, 다른 곳으로 갈 수가 없어. 기차처럼 선로를 벗어날 수가 없어. 탈선하면 죽는 거야. 이렇게 꼭 잡고 두 줄기 선로를 꼭 잡고 살아가는 거야, 나는 역장이니까!

매월 그런디 나 이런 소리 안 할려구 했는디 말여……. 아무래도 역장님은 알고 계셔야 할 것 같아서…….

역장 내 몸을 찢어서라도 신호기를 만드는 거라구. 기차를 멈추게 하려면 피를 흘려서 정지 신호기를 만들어야 해. 트럭 밑에 사람이 깔려도 굴속에 사람이 갇혀도 나는 손을 흔들어야 해. 나는 역장이니까.

매월 새 역이 말유. 여기가 아니구 분녀네 콩밭 있잖아유. 바로 저 위 말이유……, 거기에다가 역 터를 닦는다구들 하던디…….

역장 (잠에서 깨어나듯이) 뭐라구? 아, 여기에다 역을 두고 어디에다 또 새 역을 짓는단 말여. 당치도 않은 소리.

(유순이 등장)

역장 그래, 어떻게 되었냐. 배달부를 만났냐?

유순 배달부는 무슨 배달부유……. 소금쟁이 고개, 마찻길엔 측량사들만 잔뜩이던데요.

역장 측량사를 조심해야 된다. 측량사들은 나쁜 놈이라구.

매월 우리 봉쇠 못 봤어? 얘가 또 어딜 갔지. 간판도 새로 달구. 손님 방두 다시 꾸며야 하는디…….

유순 못 봤어유. 측량사밖에 본 게 없는걸유.

역장 측량사들을 조심하라니까. 그놈들은 뭐든지 다 재갈 테니까!

유순 길을 잰대유. 길을 넓혀서 역까지 뚫는대유.

역장 조심하라니까, 측량사들은 네 몸뚱이까지 잴지 몰라.

유순 (유순이는 죄를 진 사람처럼 겁에 질린 얼굴을 하고 젖가슴, 허벅지를 만지면서) 아이구, 내가 무슨 짓을 했다구 내 몸을 재유. 정말 난 아무 짓도 안 했어유.

(측량사 측량기를 들고 등장. 측량기를 역 광장에 세워놓고 측량준비를 한다. 역장, 매월과 유순이를 내쫓는다)

역장 빨리, 빨리 숨으라니까. (매월과 유순이를 보고…… 그러고는 측량사 쪽으로 가서 인사를 한다) 나, 여기 역장이올시다. (거수경례를 한다)

측량사 (거들떠보지도 않고) 예…… 예…….

역장 내가 여기 역장이라구유……. 무슨 볼일이십니까?

측량사 (귀찮다는 듯이) 측량하는 거예요.

역장 아! 여긴 역인데 무슨 측량이유.

측량사 내가 뭘 압니까? 여기에 화물 하치장하구 기념품 매점이 생기는데 그 설계 때문에 아마 측량을 해오라는 건가 봅니다……. 자세한 건 모르겠어요. 우린 그냥 측량만 하면 되니까요.

역장 내가 여기 역장이라구요.

측량사 예! 예……. 역장 노릇 많이 하십시오……. 전 측량이나 할랍니다. (손을 들어 상대편 측량사와 신호를 한다)

506…… 좌…… 30도…… 40도가 아니구 30도라니까…… 그래…… 그래 30도…… 뭐라구, 어, 알았어. 7, 80미터여…….

역장 여보시오. 여긴 모내리역 광장이라구요. 누구 허락 맡고 측량을 하는 겁니까…….

측량사 허 참……. 할아버지, 모내리에 무슨 역이 있다구 그러십니까? 역이 생기려면 아직 멀었어요.

역장 (모자를 고쳐 쓰고 제복을 단정하게 손질을 하면서) 아니, (싸움할 듯이) 댁은 눈도 없소. 내가 역장이 아니라구……? 이런 날벼락 맞을 일 있나……. (호주머니에서 낡은 서류를 꺼낸다) 똑똑히 보라구요. 이게 역장 발령장이오. 도장도 찍혀 있고…… 똑똑히…… 자, 똑똑히 봐요…….

측량사 (같이 대들 기세였다가 종이를 빼앗아 본다)

역장 아이고 조심해요, 조심하라니까, 찢어진다구…….

측량사 소화 18년. (껄껄 웃는다)…… 소화 18년. 에이, 농담 그만하슈. 이런 고물이 어떻게 이런 데서 굴러다니고 있지.

(내버린다. 역장 황급히 종이를 주워 소중하게 안주머니에다 넣는다)

역장 너 이놈. 이게 뭔지 알고 내던지는 거여. (측량기를 뺏는다) 이런 나쁜 녀석 보게……. (멱살을 잡고) 내 역장으로서 너에게 명령한다. 이 역으로부터 나가. 어서…… 빨리 나가라구.

(소리를 듣고 매월이, 유순이…… 그리고 때마침 봉수가 들어온다. 뜯어말린다)

측량사 아이구, 상엿집 같은 빈 역이 하나 있다더니…… 귀신들까지 나와 야단들이군.

역장 당장 꺼지라구……. 내가 역장이 아니라구? (철도원 준수 사항 3장을 왼다) 이놈아, 하나, 시간은 철도원의 생명이다. 둘, 안전은 철도원의 생명이다. 셋, 질서는 철도원의 생명이다. 너, 이거 알구나 하는 소리여? (옆에 있던 통표를 들고 던진다, 측량기를 향해서) 너 한번 해보라구, 달려오는 기관사의 팔을 향해 이 통표를 한번 던져보라구.

(봉수 등장)

봉수 역장님, 참으세요. (봉수 측량사를 끌고 퇴장한다. 역장 벤치에 주저앉는다. 유순이, 매월이 우두커니 서서 역장을 위로한다)

매월 에구, 단추 하나가 또 떨어졌네.

유순 야단났네유, 단추가 둘밖에 안 남았으니. 이 옷을 어떻게 입어유.

매월 측량사 놈들이 떼간 것 아냐!

봉수 그놈들이 사과를 했어유. 역장님을 몰라보구 말여. (매월이 보고는 눈을 끔적끔적한다) 하지만 측량을 방해하면 법에 걸리거든유.

역장 너, 봉수야. 내 말 잘 들어라, 나는 모내리 역장이다. 30년이나 이곳을 지켜왔지. 나는 역장이라구……. 하루도 거른 적이 없지. 역이 다시 생겨두 나는 모내리 역장으로 걸어갈 거다. 내가 죽으면 너에게 역장 자리를 물려줄 것이구……. 아니…… 여기에 차가 들어오는 날 임시지만 널 조역으로 발령하겠다.

매월 조역이라구유? 재는 판사가 될 아이라구유.

역장 왜! 조역이 어때서. 조역부터는 모자에다가도 금테를 하나 두르게 된다. 너는 측량사가 되면 안 돼. 절대로 측량사가 되지 말어라. 저놈들은 아무거나 잰단 말여. 산이나 강이나 모든 걸 다 재가지구 내 땅 네 땅을 갈라놓고. 측량사는 되지 말어라. 역은 오고 가고 모였다 흩어졌다 하는 디여. 측량하는 디가 아니라구.

봉수 역장님, 좋아요. 측량 같은 것은 하지 않어요.

역장 그래 내일서부터 포인트 꺾는 일하구……, 철폐기에서 통표 나오는 것 출찰, 개찰하는 것…….

하나하나 다 가르쳐줄 테다. (역장 일어나서 힘없이 퇴장 한다)

매월 너, 정말 조역 일 볼 거여……?

봉수 여기에 역이 다시 생기지 말어야 하는 건디. 역장님이 오늘처럼 슬퍼 보인 적은 한 번도 없었지.

매월 무슨 말을 하는 거냐? 역이 생긴다고 온 마을 사람들이 다 춤을 추는디 뭐가 슬퍼 보여.

유순 측량사들 어디 갔어. 정말 그 사람들 사과했어?

봉수 사과는 내가 했지. 역장님을 들여보낼 테니 담배나 한 대씩 피우고 기다리라구…….

유순 또 재러 오는 거야. 할아버지는 측량사들이 내 몸을 재 갈지도 모른다고 했어. 키가 얼마, 체중이 얼마, 흉위가 얼마.

봉수 신체검사를 하는 것처럼 측량사들은 모내리를 재려고 하는 거여.

(다시 측량사들 등장. 자기네들만이 아는 말로 커다란 소리로 외친다……. 35…… 60…… 제로 200…… 봉수, 매월, 유순…… 서서히 뒷걸음질 치면서 그들로부터 물러난다)

유순 단추 못 봤어유? 역장님 단추 떨어진 것 보셨시유?

(측량사들 말 사이사이에 유순의 끼어드는 소리)

제2막 제4장

유순, 봉수 벤치에 앉아 있다. 매월 장구 연습하는 소리가 들린다.

봉수 아! 저 소리 정말 미칠 것 같아.

유순 너, 정말 떠날 거야?

봉수 그래, 떠날 때가 되었어.

유순 할아버진.

봉수 그분은 둥지를 가지고 있지. 그러나 난 다르지. 너무 어려서 둥지를 만들 수 없단 말여.

유순 니 어머닌…….

봉수 어머니도 마찬가지야! 그분들은 누구도 허물어 낼 수 없는 튼튼한 둥지를 가지고 있단 말여.

유순 여기서 그냥 살면 안 돼? 관광호텔이 생긴다잖어.

봉수 그래, 호텔이 생기면 그게 우리들 집이 되는 거라니. 먼 데서 울긋불긋한 호텔 창이나 기웃거리면서들 살겠지. 그건 우리와 아무 상관 없는 딴 사람들의 것이라구. 여기에 남아 있으려면 너도 측량을 해야 되는 거야. 구획 정리를 해야만 네 땅이 생기는 거여.

유순 넌 보통 사람이 아니니께. 난 네가 하라는 대로 할 거여.

봉수 우리 어머니 말대로 저녁 기차가 모내리역에 서면 서울 사람들이 가죽 가방을 들고 내려오겠지. 돈도 많고 세력도 많고 인물도 잘생긴 그런 사람들이 몰려들겠지……. 하지만 아니란 말여……. 우리들이 기다리고 있는 그런 사람들이 아니란 말여.

유순 니 엄니는 몰라두 그 사람들하구 내가 무슨 상관여. 내가 뭐 술을 팔겨.

봉수 상관이 없는 게 아니라구. 그 사람들은 공해를 피해서 이리루 오는 거라구.

유순 공해가 뭔디…….

봉수 허파에까지 고름이 잔뜩 앉았구, 온몸에서는 휘발유 냄새가 나는 거야. 그들이 내뿜는 숨에서도 독기가 나오지. 그 숨결에 닿기만 하면 나무도 풀도 벌레들까지도 다 시들어 죽어버리지. 파리들처럼 두 손에 세균들을 잔뜩 묻혀가지구 이리로 몰려드는 거여.

유순 그럼 관광호텔이라는 게 폐병쟁이 같은 사람을 데려오는 병원이란 말여.

봉수 그래, 너 참 처음으로 그럴듯한 말을 했다. 관광호텔은 병원이여, 커다란 병원이지. 하지만 보통 환자들과 다른 점이 딱 하나 있어. 보통 환자들은 늘 얼굴을 찌푸리구 한숨을 쉬지만 관광호텔에 입원하는 환자들은 언제나 웃고 떠들고 하지. 그 점만이 달러. 이 병원엔 의사들이란 게 없어요. 아니 있지. 캬바레, 빠찡꼬, 카지노 그리구 여자들…….

유순 왜 하필 여기다 병원을 짓는 거여. 일정 시대 때엔 폭격을 피해서 공장을 지었다더니…… 공해도 무슨 폭탄 같은 거여.

봉수 너 오늘 참 신기한 말 많이 하는구나. 그래. 정말 너 말 잘했다. 폭격 같은 것이지. 소리 없이 터지는 폭탄! 가슴에서 머리에서 두 다리에서 폭탄이 터지구 또 소리 없이 자꾸 터지는 거야. 그걸 피하느라구 사람들은 이런 곳으로 찾아오는 거야.

그러나 여기두 곧 마찬가지가 된다구.

유순 서울로 간다면서…… 남들은 다 피해서 여기루 온다는디, 왜 우리는 거꾸로 글로 가는 거야. 증말 서울 갈려문 걸음 연습을 부지런히 해둘걸 그랬다.

봉수 글쎄. 우리가 가는 곳은 서울이 아닐는지도 몰라. 아따 언젠가 내가 말했었지. 남쪽에서 따뜻한 바람이 불어오는 파란 바다 말여…….

유순 아버질 찾을라구?

봉수 그렇지, 참. 아버지를 찾아야지. 네가 그 말을 하지 않았더라면 잊어버릴 뻔했어. 그림책이나 시 속에서나 나오는 그런 파란 바다가 아니라 찐득찐득한 까만 바다. 사람들이 빠져들어서 허우적거리고 있는 바다. 우리 아버지는 지금 그 바다 밑으로 가라앉고 있는 거여.

유순 아무리 지금까지 바닷속으로 가라앉고 있을라구. 이십 년이나 됐는데.

봉수 그렇게 깊은 바다지. 이십 년 동안이나 두고 빠져도 빠져도 바닥에 닿지 않는 그렇게 깊은 바다야. 내가 어릴 적에 딱 한 번 본 바다는 파란 바다가 아니었어. 건져내야 하는 거야. 아버지 얼굴을 검은 물거품 속에서 건져내야 해.

유순 넌 하여튼 보통 사람하구는 달러. 넌 꼭 성공할 거여. 무슨 소린지는 모르지만 네 얘길 듣고 있으면 가슴이 괜히 뻐근해져……. 우리 아버지는 허가도 없이 파먹는 금광 구덩이 속에 들어갔다가 굴이 무너지는 바람에 갇히고 말았대야. 그 소식을 듣고 어머니가 쫓아 나가서…… 글쎄 굴을 판다구 뛰어들었다가 같이 묻혀버렸대야. 깜깜한 굴속……. 얼마나 답답했을까. 아무리 소릴 질러도 들리지 않을 거야. 니 아버지처럼 꼭 우리 아버지, 어머니도 지금 어느 굴속에서 흙을 파고 있을지 몰라. 숨이 막혀서 답답해가지고 까진 손톱으로 말여. 굴을 뚫느라고 흙을 헤집고 있는 것 같단 말여.

봉수 (유순이를 안아준다) 그래, 그래……. 어디에선가 손톱으로 흙벽을 긁고 있을 거야. 우리들이 도와주어야 돼. 난 바다에 빠진 우리 아버지를 건져주고, 너는 니 아버지와 어머니의 굴을 밖에서 파주어야 해……. 그러기 위해서 우린 떠나는 거야.

유순 비둘기 같은 예쁜 집을 지어준다고 했잖어.

봉수 그렇지, 참 집을 지어주어야지. 비와 이슬을 피하고 어둠을 밝혀주는 따뜻한 집……. 꽃도 심을 거야……. 한 번도 구경한 적이 없는 꽃, 아늑한 남쪽 바람에 실려오는 향료 같은 꽃…….

유순 피아노두…….

봉수 피아노, 예쁜 소리가 나는 그랜드 피아노를 살 거야. 장난감 피아노가 아니라 하얀 상아의 건반을 두드리면 동굴 속에서 울려 나오는 물방울 소리같이 정말 소리가 나는 그랜드 피아노. 거울처럼 네 얼굴과 내 얼굴이, 그리구 소리가 나는 손가락들이 환히 다 비치는 그랜드 피아노.

유순 당신은 무얼 하지…… 그리고 난.

봉수 당신…… (물끄러미 쳐다본다) 당신?

유순 (부끄러워서 얼굴을 피한다)

봉수 당신은 이 세상의 마지막 여자, 마지막에 남은 여자, 나는 이 세상의 마지막 남자가 되는 것이구. 그게 우리들이 하는 일이여…….

매월 (소리만) 봉쇠야, 봉쇠야. (놀라서 유순이 황급히 퇴장한다. 매월 등장) 아이구, 내일이면 역이 개통된다는디 빨리 가게를 꾸며야지……. 인젠 모든 게 다 잘될 거여. 앞으로는 이런 일 시키지 않을 테니까 며칠만 꾹 참고 일 좀 거들거라, 잉.

봉수 어머니.

매월 왜 그러냐?

봉수 어머니.

매월 왜 그래? 갑작스레.

봉수 아녀유, 기차만 서면 어머니 말대로 다 잘될 거예유.

매월 그럼 잘될 거다. 그땐 왜놈들뿐이었지만 그리구 전시구. 그런데 이번엔 미국 사람, 영국 사람, 불란서 사람……. 여길 구경하려고 세계 사람들이 다 몰려온다는 거여. 일본 사람보다 훨씬 더 돈 잘 쓰는 부자들이라니께……. 우리 장사도 잘될 거여. (치마 속주머니에서 오십 전짜리 은전을 꺼낸다) 손님들이 밀려들거던 잘 봐두거라……. 이게 은전이라는 거여. 손님들은 이렇게 큰돈을 주구 갔단다. 모내리에서는 구경도 못한 은전이여. 이걸 가지면 쌀 몇 섬을 살수 있는지 아니?

봉수 그 말은 수십 번 들었잖어유. 쌀 닷 섬이라구요.

매월 이런 은돈을 주구 간다구, 뭐 나쁜 사람들은 절대로 아냐. 딴맘 먹고 그러는 게 아니다.

봉수 어머니, 꼭 한마디만 해주세유. 제가 알고 싶은 것은 그런 것이 아녜유. 아버지는 선장이셨나유?

매월 내 앞에서 그런 소리 다시 묻지 않겠다구 해놓구……. 그냥 돌아가셨다고만 알면 된다.

봉수 누구에게 쫓기다가 바다에 빠지셨나요? 그게 누구예요? 아버지두 어머니두 누군가에 쫓기구 있던 거지요? 그래서 여기까지 도망쳐오신 거지요?

매월 (덜덜 떤다) 누가 그런 소릴 하데. 나쁜 것들 같으니라구. 너한테까지 그런 소릴…….

봉수 여기에 또 역이 생기면 사람들이 많이 올 거구……, 옛날처럼 이 동리도 어수룩하지 않게 되죠……. 어머니가 만약 누구에게 쫓기신다면 여길 떠나셔야 해요. 법에는 시효란 게 있지만 마음엔 시효란 게 없어유.

매월 (한숨을 길게 내쉰다) 이젠 어디로 갈 기력도 없다. 모내리에 있었을 적엔 정말 좋았었는디……. 다 역이 없어져서 그랬나 앉은뱅이, 거기까지도 떠나구 말더라. 그렇게 풍성대던 사람들이 다 떠나구 모내리역은 초상집같이 되었지. 역장 식구하고 나만 여기에 남아 있었단다. 결국은 나도…….

봉수 어머니는 그때 바다로 가셨나요?

매월 자꾸 밀려서 가다 보니까 바다더구나. 그때 니 아버지를 만났었지.

봉수 선장님이셨나요? 무슨 배를 타셨나요. 외항선인가요?

매월 누가 보든지 첫눈에 반해버렸을 거다. 곰방대를 떡물고 파란 세루바지에 금테 두른 모자를 쓰고 있었지. 까만 차양에까지 당초 무늬 같은 금테 무늬를 수놓은 모자였다. 역장 같은 모자는 아무것도 아니었지. 술집에 나타나면 여자들이 서로 사족을 못 쓰고 야단들이었어. 이마는 마당처럼 훤하게 넓고 새까만 눈썹은 계집애처럼 반달 같았지. 그리구 싱거운 농담을 해서 사람들을 곧잘 웃기셨다. 웃을 때마다 치아가 고른 하얀 이빨이…….

봉수 제가 알고 싶은 건 그게 아네요. 무슨 나쁜 짓을 하셨나요?

매월 아니어…… 아니어…… 아니다. (조명 바뀌면서 옛날 회상 장면. 매월이에게만 스포트라이트) 아니래두유. 정말 아녀유……. (얻어맞는 시늉) 안 그렸어유……. 아니라니까유……. 그냥 심심해서 만난 거지 절대루 안 그랬어유. 김씨유…… 어물 조합 박씨…… 더는 없어유…… 아이구 다 말할께유……. 갑판장 변씨, 여보…… 안 돼유……. 혼자 나가면 안 돼유……. 그놈들은 패거리 깡패들이유, 아이구 안돼요……. 화투밖에 안 했어유……. 여보, 내가 잘못했어……. 가지 말어요…… 다 말할께유……. 이렇게 빌 테니……. (붙잡는 시늉, 뿌리치는 것을 다시 붙잡는 시늉, 쓰러지면서 매월이 쫓아나간다. 잠시 퇴장. 불이 잠시 나갔다 들어오면 매월이 봉수 앞에 먼저처럼 서 있다)

매월 (다시 불이 켜지고 봉수와 매월) 에민 나쁜 년이 아니어. 너희 아버지는 자꾸 바다로만 나가려고 했었다. 다음 날 아침 아버지는 어선 그물에 걸려서 나오셨단다. 나는 늙어가고 있었고 난 참을 수가 없었지……. 그 패거리들이 우리까지 죽이려고 쫓아다녔구…….

봉수 왜 경찰에 고발하지 않았슈?

매월 그건 정말 묻지 말아……. 니 에민 아무 죄도 짓지 않았어…….

봉수 그런데 왜 경찰에 고발하지 않았슈?

매월 기어코 넌 내 입으로 그 말을 해야 되겠니. 경찰이 먼저 나를 찾아왔다. 니 아버지에겐 원래 부인이 있었단다. 부인이 먼저 경찰에 고발한 게지, 나까지 말여…… 다 너 때문이었다. 죄가 없다는 것이 밝혀질 때까진 옥살이를 해야 할 것 아녀,

널 맡아 기를 사람이 어디 있었어야지. 얘야…… 너가 판사가 되면 다 문제가 없어진다. 누가 우리에게 누명을 씌우겠니……. 니가 판사가 되면 아무 일도 없어. 걱정하지 말어라.

(먼 데서 기적 소리. 할머니가 등장한다. 역장 등장. 선로로 나가 신호를 한다. 기차가 통과한다. 무대 어두워진다)

할머니 쥐들이 말여…… 또 씨감자를 긁어먹었단 말여.

제2막 제5장 광장

망치를 든 사람들이 매월이네 가건물을 부순다. 무대 좌측에서는 농악대의 소리, 박수 소리가 들려온다.

매월 누구 집인 줄 알고⋯⋯ 나카무라 헌병대장도 꼼짝 못한 집이여. 동리 사람에게 다 물어보라구, 응. 나카무라 헌병도⋯⋯. 자, 보란 말여. 이게 허가증이여, 허가증. 어따 대구 남의 집을 허물어⋯⋯. 자 보란 말여. 요시다 군수가 발행해준 거라구. 요시다 군수님의 글이여. 여기 똑똑히 써 있어. 여기다 집을 짓고 영업해두 좋다는 도장까지 찍혔단 말여⋯⋯. (사람들과 옥신각신한다) 봉쇠야⋯⋯ 봉쇠야. 아, 이 녀석이 어딜 갔어. 얼른 와서 이걸 좀 읽어줘라. (나중엔 집이 헐리는 것을 막연히 쳐다본다)

(무대 좌측에서 소리가 들려온다. 서툰 시골 중학교 밴드부 학생들이 연주하는 행진곡 주악…… 박수 소리……)

소리1 에…… 친애하는 모내리 유지 여러분…… 오늘은 역사적으로 이 마을에 역이 개통되는 날입니다. 신임 역장님께서 간단한 인사말이 있으시겠습니다.

인부1 (집을 허물던 인부) 아주머니, 우린 모르는 일이여. 터 임자가 시키는 대로 하는 것이니.

매월 어느 놈이 터 임자여. 아, 내가 여기서 한두 해 산 줄 알어? 누가 임자란 말여? 아이구 답답해라. 아니 법두 없나 그래.

인부2 우리하구 따질 문제가 아니라구요. 새 파출소에서도 다 알고 있는 일이라니께요. (사람들 퇴장. 매월이 꽉 붙들고 그 사람들 뒤로 따라간다)

매월 좋다, 좋아. 네놈들 그냥 놔둘 줄 알어. 어디까지 가나 보자……. (따라서 무대 우측으로 퇴장)

(무대 비어 있다. 떠나는 장면. 작은 짐)

신임역장 신사 숙녀 여러분…… 예…… 제가…… 마…… 모내리역을 맡은 사람으로서…… 예…… 여러분들의 협조로…….

역장 네놈이 무슨 놈의 역장여……. 내려와, 내려

와……. (떠드는 소리. 만류하는 소리)

신임역장 금번 이 모내리에 30년 만에 역이 다시 서게 된 것을…….

역장 뭐, 30년 만이라구…… 니가 30년 동안 어디 있었어? 여길 지켜온 건 나여. 네가 뭘 알어? 모내리역을 내가 바로 오늘까지 지켜왔는데. (끌어내는 소리. 왁자지껄한 소리) 야, 이 쥐새끼야, 니가 뭘 했다고 네가 30년 만이라구 떠들어. 네가 진정서 한 통 썼느냐구.

신임역장 진심으로 경하해 마지않습니다. 신흥 관광지로서…… 모내리는…….

사람들 소리 (와 떠드는 소리 – '끌어내려, 끌어내려' 무대로 역장 모자가 내던져진다. 그 뒤로 모자를 줍느라고 넘어지며 들어오는 역장, 얼른 모자를 집어 다시 쓴다. 옷은 흙투성이고 사방이 찢어져 있다)

역장 (소리 나는 쪽을 향해) 이놈들아, 내가 진정서만 해도 수백 통을 썼다. 어느 놈이 역장이여이…… 누가 역장이냐구. (흐느껴 운다) 쥐새끼 같은 놈…… 30년을 몽땅 갉아먹는 쥐새끼들.

신임역장 국내 굴지의 관광지로서 앞으로 본 역은 그 관광지역으로서의 사명을 다할 것입니다. (박수 소리)

역장 너희들이 뭘 안다구 떠들어. 이 쥐새끼들아…….

그 자리는 역 자리가 아니여. 바로 여기가 역 자리고 거기는 창고 자리여. 창고 자리……. 공장 창고가 들어설 자리였다구……. 너희들이 뭘 알어……. 호텔도 그 자리가 아니여. 거긴 헌병대 관사 자리여……. 노루바위는 감시탑 자리구……. 니들이 무얼 안다구 그래…….

(매월이 씨근거리며 들어선다)

매월 아이구, 역장님…… 역장님이 증인 좀 서시오. 이 집 해놓은 꼴 좀 봐유……. 아니 버젓이 군수 허가장 가지구 영업을 하는 집인디…… 30년 전부터 살아온 집인디. 아이구 이게 웬일이여.

역장 마침 잘 왔어. 매월이. 증인을 좀 서라구…… 응…… 내가 여기 역장 아닌가베. 바로 내가 역장 아녀. 매월이는 다 알 거여. 누가 역장인가 얘기 좀 해보게.

매월 (사방에 흩어진 세간을 주워 모으며 쓰러진 천막을 보며) 누가 이 집을 부숴. 나카무라 헌병도 꼼짝 못한 집인데 누가 감히 이 집을 부숴.

역장 이놈들을 다 고발할 거라구. 봉수 어딨어. 진정서를 써야지. 아녀. 이번엔 고소장을 써야 돼.

매월 아이유. 정말 봉쇠 녀석 어디 갔나.

역장 아이구 의복이 이래서 어쩌지. 기차 올 시간이 다 됐는데 이젠 단추가 하나밖에 남지 않았어……
유순아!

매월 유순이는 어디 갔시우.

역장 또 유순이가 꼬리를 쳤다구?

매월 그럼, 우리 봉쇠가 꼬리를 쳤단 말여…….

(서로 노려본다. 할머니 들어온다)

할머니 아이구…… 오늘 기차가 선다며…… 서울에서 손님들이 내려온다구……. 아이구 이젠 쥐들이 씨감자를 갉아먹지 않것어. 이젠 살게 되었구나. 그런디 역이 왜 이리 쓸쓸하디여. 기차가 온다는디.

매월 저쪽이 역이래유…….

할머니 저쪽이라구? 역을 옮겼어.

역장 아니유 장수 어머니…… 잘못 알고들 그래요. 두고 보시유…… 틀림없이 기차가 여기에 와 닿을 테니까. 이 자리에 와 닿을 거요. 저놈들은 헛물을 켜고 있는 거여. 공장 창고 자리에 앉아가지고…….

(갑작스레 밴드 소리가 울리고 박수 소리, 먼 데서 기적 소리, 기차 소리 점점 가까워온다. 기차가 서는 소리, 와! 함성 소리, 밴드 소리가 개

선의 노래를 합주한다. 스피커 소리 '모내리……' '모내리' '삼 분 정차'…… 역장 벤치 밑에 덜커덕 주저앉는다) 삼 분 정차!

할머니 장수가 떠날 때도 나팔을 불었었지. 저런 확성기 소리가 났었구. (소리 나는 쪽을 향해 할머니 허겁지겁 달려간다) 장수야! 장수야!

매월 (할머니 뒤를 따라가려다가 주저앉은 역장을 보고는 다시 돌아와 벤치에 가서 힘없이 주저앉는다. 어린애한테 하듯이 역장의 모지를 잘 씌워주고 찢겨진 제복을 바로 입힌다. 훌쩍거리고 운다) 역장님. (역장을 불러본다. 울먹이는 목소리로) 단추가 하나밖에 안 남었구먼유. (역장과 매월 서로 슬픈 눈으로 쳐다본다. 잠시 침묵이 계속된다. 밖에서는 사람들이 제각기 떠드는 소리가 들려온다) (여럿이 웃는 소리…… 스피커 소리) '발차— 발차……'

(덜커덩거리며 기차가 발차하는 소리, 정신없이 앉아 있는 역장을 보고 매월이 자는 사람을 흔들어 깨우듯이)

매월 역장님, 기차가 떠나유. 역장님이 발차 신호를 하셔야 차가 떠나지요.

(역장 벌떡 일어나 철길 쪽으로 뛰어간다. 거수경례를 붙이고 지나가는 차에 발차 신호를 한다. 매월이 대견스러운 눈으로 울면서 역장의 거동을 물끄러미 바라본다. 차에서 내린 건축 기사 차림의 손님들, 좌측 무대에서 등장하여 우측 무대 쪽으로 걸어간다. 그들을 붙잡는 장수 어머니, 따라온다)

할머니 우리 장수 못 봤우? 장수 어딨어?

손님1 내일쯤 온다고 그럽디다. (농담조로)

손님2 기다려보슈. 어디 화장실에 갔겠죠.

할머니 화장실……. (다시 역 쪽으로 가려고 한다)

손님1 괴상한 동넨데……. 정말 못 내릴 곳에서 내린 모양이군.

손님2 그래서 모내리역인가? 숙소도 어디 있을 것 같지 않은데.

(퇴장한다)

매월 숙소가 왜 없시유.

(매월이 다시 돌아가려는 할머니를 데려와 옆 벤치에 앉힌다. 역장 기차가 사라지는 것을 확인하고 신호를 보내던 손을 내린다)

역장 (기차 소리 나는 방향을 향해) 야! 유순아! 유순아!

매월 (놀라 일어난다) 유순이가 기차에 탔어유……. 아이구 어쩐디야. (그러면서 기차가 사라진 방향으로 뛰어가며) 봉쇠야, 봉쇠야……. (역장에게 안기듯이 다시 벤치 쪽으로 걸어나온다) 아니, 우리 봉쇠두 탔어유?

역장 (힘없이 고개를 끄덕거리며 벤치에 주저앉는다) 유순이가 울고 있었어. 나를 보고 손을 흔들더구먼, 기관수 조수처럼 말여.

매월 봉쇠 녀석은요?

역장 넋 나간 사람처럼 물끄러미 창밖을 내다보구 있드구먼. 곳간차에 실려가는 황소처럼 말여.

매월 아이구, 매정한 자식. 끝장이, 끝장이 났구나.

할머니 화장실이 어디여, 화장실이 어디여? 화장실이 뭐 하는 딘디, 우리 장수가 글로 갔어?

(침묵, 세 사람 침묵. 절망적인 표정으로 앉아 있다. 그때 갑자기 우측 무대로 앉은뱅이 거지가 들어온다. 얼씨구씨구 들어간다…… 장타령을 부르면서 유유히, 마치 신이나 황제가 출현하듯이, 세 사람 모두 놀라 앉은뱅이를 쳐다본다)

매월 아이구매, 이게 누구여. 앉은뱅이 쇠팔이 아녀. 이게, 아이구머니나.

역장 너 어디 있다 이제 오는 거여?

할머니 그새 퍽 컸다.

쇠팔이 크는 앉은뱅이도 봤어유?

매월 응, 그래, 그래. 그저 떠날 때하구 꼭 그대로구나.

쇠팔이 모내리역이 개통된다구 해서 부지런히 왔는디……. 앉은뱅이 걸음마 해봤자 별수 있간디유? 에이, 칙 ― (코를 푼다) 손님들 다 놓쳤잖어.

매월 옛날 고대루네. 역장님두 할머니두 예까지 왔으니 정말 옛날 그대로 됐네, 잉.

역장 걱정할 것 없어. 내일은 무슨 통지서가 올 텐께……. 야, 쇠팔아. 내 역장의 권한으로 너에게 특권을 주겠다.

쇠팔이 특권여! 특권…… 거지에게도 무슨 특권이 있나.

역장 선로만 말고 넌 모내리역 안에서는 어디를 가도 되는 특권을 주겠단 말여. 내 인제 널 내쫓지 않을 테니까.

쇠팔이 대합실에두요.

역장 암, 대합실도.

쇠팔이 역장실도.

역장 암, 얼마든지 다니라구.

매월 널 보니 꼭 옛날 생각이 난다. 그래, 그래. 꼭 그렇게 돌아다니면서 어디서나 내밀고 한푼 줍쇼, 한푼 줍쇼. 니가 떠나니까 모내리역이 정말 텅 빈 것 같더니만……. 마수만 아니면 말여. 언제라도 밥은 우리 주점에 와서 먹어라이…….

쇠팔이 아! 거 정말유.

매월 고땐 안 그랬니……? 그전 때도 내가 어디 널 괄시하디.

할머니 어디 가서 죽은 줄로만 알았는디. 쇠팔이 녀석이 이렇게 살아오다니. 맞어! 맞어! 그렇구말구 병신두 살아서 돌아오는디! 사지가 멀쩡한 장수가 왜 안 돌아오겠어…….

매월 이거 진짜 은전이여. 이걸 가지면 옥 같은 쌀 닷 섬을 사구두 남지.

(보따리에서 감자를 꺼내어 쇠팔이에게 준다) 이거, 씨감자여. 봄에 심을라구 둔 씨감자라구…….

쇠팔이 (절을 굽신굽신하다가) 어! 신난다. 신난다. 모내리역에 나와야 제철 만나지……. 어! 신난다.

(이때 각설이 타령이 우렁찬 합창으로 울려오면 그 노랫소리에 맞춰 쇠팔이 세 사람 주변을 미친 듯이 빙글빙글 돈다)

무대 어두워지고 철길 있는 쪽만 조명. 역장, 매월이, 장수 어머니 세 사람이 우뚝 조각처럼 서서 철길 쪽으로 바라보고 있는 실루엣. 각설이 타령 속에서 막이 서서히 내린다.

작품 해설

이어령 희곡 연구

정우숙 | 희곡작가, 이화여자대학교 교수

1. 들어가는 글

『기적을 파는 백화점』이란 작품집으로 묶여 나온 바 있는 이어령의 희곡들은 1970년대 한국 희곡의 지형도 안에서 당대 연극이나 희곡의 성향을 일정하게 반영하며 독특한 연극적 상상력의 무대를 창조해냈다는 점, 또한 이어령 개인의 문학 세계 안에서도 그 다양성과 역동성의 입체적인 한 영역을 형성해주고 있다는 점에서, 한국 희곡 연구를 위해서나 이어령 문학 연구를 위해서나 논의와 검토의 대상이 될 만한 가치를 지닌 작품들이다.

그럼에도 불구하고 이어령 희곡에 대한 기존 논의를 찾아보기 어려운 것은 다음의 두 가지 이유 때문인 것으로 보인다. 우선 국문학 중에서도 연구사의 누적 정도가 빈약한 편인 한국 희곡 연구에 있어 1970년대는 특히 그 논의가 깊어지지 못한 시간대이다. 본격적인 학술 연구의 대상이 되기에 아직도 비교적 가까운 시간대라는 측면도 있고, 1950년대 이후까지를 포괄하는 최근의 현대적 논의에서 70년대를 바라볼 때는 바로 현재에도 연극계에서 실질적인 위력을 발휘하는 작가들, 즉 오태석이나 이강백 등의 초창기 작품들을 조명하는 논의들이 우선하고 있다는 점을 지적해볼 수 있을 것이다. 한국 현대 희곡 연구 경향과 관련된 이 첫 번째 이유 외에 또 다르게 생각해볼 수 있는 다음 이유는, 이어령 문학 세계 자체의 끊임없는 다면적 생성력이 그에 대한 객관적 논의를 압도하고 있다는 점이다. 흔히 장르 위주로 분할된 연구자들의 입장에서 그는 평론, 소설, 에세이, 논설, 칼럼, 희곡을 넘나드는 장르 초월의 전방위적 창작인이자 비평가, 문화 활동가로서 일면적 접근을 허용하지 않는다. 게다가 그 활동은 휴지기 없이 늘 현재 진행형으로 전개되어왔던 것이다.

본고는 이어령 희곡에 대한 기존 논의의 토대가 거의 형성되어 있지 않은 현실에서 그의 작품집에 실린 다섯 편의 희곡을 통해 추출되는 전반적 특징들을 소박하게 추려내는 데 목적을 둔다. 그렇기에 개별 작품을 하나씩 따로 살피는 형식 대신, 공통적으로 추려지는 특성들을 내세워 그 항목마다 관련된 몇몇 작품들의 예를 산발적으로 훑고 지나가는 논의 방식을 취하려 한다. 이러한 논의 방식은 한 작품 한 작품을 완결성 있게 이해하는 데는 불리한 점이 있을지 모르나, 다섯 편의 희곡을 가로지르고 넘나드는 이어령 연극 세계의 기반과 전체상을 그려내는 데는 유리할 것으로 생각된다. 그리하여 이 논의를 통해 이어령 문학과 비평

세계 중 희곡이 차지하는 위치를 점검하고, 나아가 한국 현대 연극, 특히 70년대 연극의 전체적 지형도를 완성하는 데에도 간접적인 도움이 되길 기대한다.

본고에서 논의할 희곡들은 위 작품집에 실린 「기적을 파는 백화점」, 「사자死者와의 경주」, 「세 번은 짧게 세 번은 길게」, 「오! 나의 얼굴」, 「당신들은 내리지 않는 역」이며 각각 「기적」, 「사자」 「세 번」, 「얼굴」, 「당신들」로 약칭을 사용하여 거론할 것이다.

2. 연극성을 강화하는 외면적 특징

본 2장에서는 우선 이어령 희곡들에서 외적으로 눈에 띄는 특징부터 내세워 살펴보려 한다. 그것은 알레고리에 기반을 두면서 비사실주의극을 지향하는 설정, 대화의 단절 현상과 과잉 정보를 담은 독백이나 다변 속에서 읽혀지는 언어에 대한 회의, 그리고 무대상의 표현주의적 시각화 등으로 간추려진다. 외적으로 선명하게 눈에 들어오는 이와 같은 특징들은 모두 극적 소재가 되는 현실의 모방과 재현에 충실한 사실주의 연극의 입장과 배치되는 것들이다. 그러한 비사실주의적 지향성에 힘입어 이어령 희곡은 단순히 읽히는 문학으로서의 희곡이 아니라 공연성과 연극성을 염두에 둔 열린 텍스트로서의 희곡이 될 수 있었다고 보인다.[1)]

1) 비사실주의극을 지향하는 알레고리적 설정

이어령 희곡의 전체적인 외적 특징으로는 알레고리적 설정을 통해 비사실주의극을 지향하고 있다는 점이 가장 먼저 눈에 들어온다. 물론 알레고리[2)]라는 개념 자체가 소재와의 유비적 관계를 지닌 또 하나의 허구틀을 필요로 한다는 점에서 사실주의로부터 이탈할 가능성을 내포하고 있는 것인데, 그 숨겨진 의미와 작품 표면의 관계를 접어놓고 볼 때 알레고리적 작품 자체의 비현실성이나 비사실성은 다양한 정도와 강도로 구현될 수 있는 것이다. 이어령 희곡에서는 일정 부분 사실적 공간이나 세팅, 즉 백화점이라든지 사진관 또는 아파트 공간 등을 활용함으로써 과도한 비사실성으로 넘어가버리지는 않으면서도 현실에서 실제로 발생할 가능성이 극히 희박한 상황과 사건을 그 위에 세워 알레고리적 비사실주의극으로 나아가고 있다(이런 내용 설정이 무대화 방식에도 영향을 끼침은 잠시 후의 논의에서 다시 확인될 것이다).

이런 특징을 가장 확연하게 드러내는 「기적」에서 등장인물은 지식을 파는 사람 '지성', 시간을 파는 여인 '김시희', 꿈을 파는 소녀 '허몽녀' 등으로 관념이 의인화된 예를 보여주고 있다. 즉, 시간, 꿈, 지식과 기적 등 비가시적 화두가 이 희곡의 근간을 이루는바 그 점을 일종의 의인화를 통한 알레고리로 처리해내고 있는 것이다. 백화점이라는 작품의 주요 무대 역시, 그러한 추상적 관념까지 팔고 사는 정도의 극단적 상업화로 치닫고 있는 현대

사회를 축약한 우의적 공간으로 설정된 것이다.

「기적」에서보다는 그 정도가 약화되어 보이긴 하나, 「얼굴」에서의 사진관이 인간의 내적 정체성을 쉽사리 외면화시키는 공간으로서 역시 현대 문명의 위기 상황을 빗대어 말해주고 있는 것, 「당신들」의 "폐역이 된 산골 역 광장"(389쪽)이 이미 사라지고 잊혀져간 모든 것들을 대변하는 공간으로서 저 너머 문명 세계와 긴장 관계를 형성하고 있는 것은 모두 이어령 희곡의 기본적 우의성을 확인하게 해주는 장치들이다. 「세 번」의 아파트 역시 "언제 봐도 똑같은 방, 방은 언제나 사각형이구, 똑같은 의자, 의자는 발이 네 개 달렸구, 똑같은 창문, 창문으로는 또 남의 집 창문만이 보이"(209쪽)는 공간으로서 획일적 현대 문명을 대변함은 물론이다. 게다가 이들 공간 안에서 극을 형성해가는 사진사라든지 역장, 또 음향 효과맨이나 고급 콜걸 등 주요 인물들의 경우 모두 각자의 성격과 고유성보다 그 직업을 통해 기능화된 측면이 강조되면서, 「기적」에서 지식을 팔고 시간을 팔며 꿈을 팔던 인물들과 유사한 관념의 의인화 효과를 거두고 있다.

기본 설정이나 소재와의 관계에서뿐 아니라 극 구조나 형식에 있어 확산적 삽입 형태 등을 취하여 사실주의극을 지향하는 특성으로 함께 눈길을 끈다. 전 3막인 「기적」에서는 1막 앞에 서막을 두어 이후의 주요 등장인물들과는 구별되는 조련사와 샌드위치맨 1, 2, 3등을 통해 기적의 백화점을 홍보하고 있다. 또한

「세 번」에서는 '3장과 4장 사이 인서트' '4장과 5장 사이 인서트' '5장과 6장 사이 인서트' '6장과 7장 사이 인서트'라는 부분에서 취재기자나 아나운서의 김종실 실종 사고에 대한 보도나 김종실의 행방에 대한 잘못된 제보를 해오는 전화벨 소리 등을 제시하면서 그에 대한 김종실 자신의 반응을 다루고 있다. 이렇게 의도적으로 극의 기본 흐름에 변형을 가함으로써 관객이 극적 소재를 사실인 양 여기며 감정적으로 몰입할 수 있는 여지를 줄이고 있는바, 사실 모사와는 다른 알레고리적 설정과 이 같은 비유기적극 구조의 결합은 모두 비사실주의극을 지향하는 시도들로 함께 상승효과를 발휘하게 되는 것이다. 한편 삽입과 확산 대신 반대로 극도의 응축형 극 구조를 선택하면 「얼굴」과 같은 일인극이 나오게 되는 것이라 할 때, 이 또한 그 형식 자체가 사실 재현을 불가능하게 하는 전제라는 점에서 함께 묶어 생각해볼 만하다. 바로 다음 항목에서 더 이야기하게 되겠지만 「사자」의 경우에는 일종의 변형된 모노드라마 같은 성격을 내포하고 있는데, 이렇게 보면 「당신들」을 제외한 다른 희곡들이 모두 삽입식 확산 아니면 일인극적 응축형의 극 형식을 취함으로써 외적으로 우선 그 비사실주의 극적 성향을 드러내고 있는 것이다.

2) 언어에 대한 회의 단절된 대화로서의 다변

앞서 말한 이어령 희곡의 기본적 특징은, 그 희곡 안의 등장인물들끼리 유기적으로 얽히면서 서로 다른 성격 때문에 갈등을 일으키고 때로 애증을 나누게도 되는 그런 인간 관계의 형성을 방해한다. 대체로 이어령 희곡 속의 인물들은 상당히 많은 양의 대사를 쏟아내놓음에도 불구하고 그 대화를 통해 감정적으로 서로 뒤얽히게 되기보다 많이 말하면 말할수록 자기 자신 안으로 더 깊이 침잠하면서 실존적 고독의 순간들과 마주치게 된다.

대화의 단절 및 독백은 특히 「사자」에서 두드러지게 나타난다. 이 작품에서 주인공 부부는 한순간도 서로 소통하는 대화를 나누지 못한다. 함께 이야기를 나눌 때에도 그들의 대화는 겉돌 뿐이며, 부인은 살아 있는 인물인 남편과 대화하기보다는 전화줄 저쪽의 누군가와 이미 죽어버린 철학자 선우진에 대해 이야기하고 싶어 하는 것처럼 보인다. 이 상황 자체가 주인공 남자의 입장에선 제목이 말해주는 그대로 '죽은 자와의 경주'를 벌이는 상황이 되며 결국 그 단절의 상황 끝에 남자가 다다르는 지점 또한 죽음이다.

「사자」에서 가장 활기찬 대화의 외양을 띠는 것이 제2막에서 남편, 의사, 변호사, 관리인 사이에 이오네스코식 부조리극을 연상시키는 말놀이가 펼쳐지는 부분이란 점도 이 작품이 얼마나 진정한 소통의 불가능성을 강조하고 있는지 알게 해준다. 남편에게 의사가 찾아오고 거기에 변호사가 찾아와 개입한 후 또 관리인이 등장하는 식으로 인물 등장 자체가 사물의 증가처럼 느껴지게

끔 설정된 이 장면에서, 그들은 선우진을 연상시키는 한 철학교수의 사인에 대해 심장병, 조건반사, 강박관념과 죄의식, 썩은 난간에서의 실족사 등 뿔뿔이 다른 원인을 제시함으로써 끝내 의견의 합치를 보이지 못한다. 모처럼 서로 주고받는 대화인가 싶었던 이 부분 역시 어떤 이성적 합의도 감정적 교류도 불러오지 못하는 공허한 말들의 난장인 것이다. 결국 「사자」는 일종의 변형된 모노드라마라는 생각마저 드는데, 남편의 모노드라마와 아내의 모노드라마를 결합한 후 중간에 주변 사람들을 부조리극적으로 모아들인 형태에 가까워서, 다섯 명의 등장인물 간에 제대로 된 대화가 이루어지는 순간은 전혀 없다고까지 말할 수 있다.[3)]

그리고 이 작품에는 궁극적으로 언어를 통한 진정한 의사 소통의 가능성에 대한 회의, 언어의 절대성에 대한 회의가 근저에 깔려 있다. 이는 소설 『둥지 속의 날개』에서도 활용되는, 언어의 의미와 소리 사이의 임의적 관계나 그 주술성에 대한 문제의식을 드러내는 부분에서 더 분명히 확인된다.

아내 심심하니까 그 글씨를 거꾸로 읽어본다구……. 전연 다른 뜻이 생겨. 공사장 끝에서 두 자를 떼내어 거꾸로 그걸 읽으면 장사가 돼. 사장이 장사가 되는 거지. 사막을 지나가는 아라비아 상인. 시장 속의 장사들, 때로는 장사, 장사 지내는

> 것, 죽은 사람의 장례식 생각이 들기도 하지. (중략) 장사…… 공지…… 부축…… 신텔호…… 성한…… 한성호텔 신축부지 공사장을 거꾸로 읽으면 아주 생소하고 이상한 낱말들…… 주문 같은 말들이 생겨나. (186쪽)

이어령 희곡 중 가장 사실주의적이고 토속적인 외양을 유지하고 있는 「당신들」에서조차 봉수를 통해 "똑같은 말을 자꾸 되풀이하면 말여. 그 말이 꼭 처음 듣는 말처럼 된다구." 혹은 "아무 말이나 하나 골라가지고 염불 외듯이 자꾸 외워봐. 뜻은 점점 사라져버리구 소리만 남게 돼. 결국은 그 말에서 떠나버리게 되는 거여. 그러면 딴 세상에 온 것처럼 된단 말여."(391쪽)라는 대사가 펼쳐지는 것을 보면, 이는 이어령 희곡의 중요한 모티프 중 하나인 것이 분명하다. 이와 같은 문제의식은 「세 번」의 주인공 김종실(실종된 상태인 그의 이름이 종실인 점도 의미심장하다)을 통해 강변되는 "설명할 수 없는 사실은 사실이라도 사실이 아니란 말인가요."(230쪽)라는 의문과도 이어지면서, 언어와 진실의 관계에 대한 뿌리 깊은 의문을 보여준다.

많은 말들이 오간다고 해서 인간적 소통이 가능한 것은 아니라는 사실이 이렇게 유사 대화의 형식이나 노골적인 언어유희 속에 펼쳐지기도 하지만, 그보다 더 쉽게 많은 말에 대한 의심을 불러

일으키는 지점은 대화가 단절됨과 더불어 많은 정보들이 쏟아져 나오는 부분들이다. 이 같은 현상은 특히 「기적」에서 잘 나타나는데, 이 작품에서 지성의 판매와 관련하여 전개되는 숱한 철학자의 이름과 비틀어 인용된 명제들은 단순한 현학적 정보의 나열이 아니라 그 자체로 관계 단절의 현상을 강화하는 독백의 한 형태에 가깝다.

이어령 희곡에서 등장인물의 진실된 고백이 폭포수처럼 쏟아져 나오는 긴 독백들에 대해서도 복합적인 시선을 던질 필요가 있다. 「사자」에서는 남편의 긴 독백이 한 페이지 분량(195~197쪽)으로 펼쳐지는가 하면, 「세 번」과 「기적」에서도 독백의 비중이 높다. 이렇게 비중이 큰 독백들 중에서도 특히 작품 후반부의 독백들이 주인공 내면의 중요한 흐름을 반영하면서 극중 모노드라마 같은 효과까지 거두고 있다. 그 대표적인 예를 「세 번」에서 볼 수 있는데, 이 경우에는 아예 희곡집 305~312쪽에 이르는 긴 분량의 주인공 독백이 웬만한 일인극만큼의 비중으로 들어서 있고 그 독백의 마무리 부분에서 주인공은 자살을 감행하는 것이다. 얼핏 보기에 완벽하게 마음을 담아내는 말의 향연처럼 여겨지기 쉬운 긴 독백의 사용도, 이어령 희곡에서는 단절된 대화 가운데 필요한 정보가 소통되지 못한 채 한군데 몰려버린 일종의 불구현상을 드러내기 위한 객관적 장치로 파악될 수 있다. 이런 점에서 등장인물들이 자신의 과거사나 숨겨온 마음에 대해 길게 읊조리는 부분들을 과도한 자기연민에 빠진 감상적 넋두리로만 보아 넘길 수 없는 것이다.

이런 맥락에서, 「얼굴」은 특이하게 실험적으로 한번 시도해본 일인극이라고만 파악할 수 없게 된다. 일인극이란 형식 자체가 등장인물 간의 대화 소통을 거세시킨 장르이긴 하지만, 그 장르적 전제를 감안하고 난 후에도 이 희곡에서는 작품의 상당 부분이 실제로 작품에 등장하지 않는 다수 군중(사진관의 손님들)과 주인공 사진사와의 소통 단절의 순간을 제시하고 있다는 점에서 다른 희곡들과 연관성을 갖는다. 게다가 일인극의 성격이 잠재되어 있었음을 감안한다면, 그런 내재적 가능성이 일인극의 외양으로 확실히 드러난 작품이 「얼굴」이라고 볼 수 있는 것이다.

3) 표현주의적 무대 기법의 부분적 사용

비사실주의극을 지향하는 알레고리적 설정이나 언어에 대한 회의 및 단절된 대화로서의 다변 등 앞서 살핀 특징들은 극의 기본 아이디어나 전체 틀, 대사 등과 관련된 지적이란 점에서 문학 장르로서의 희곡을 살피는 가운데 떠오르는 특징들이라 할 수 있다. 하지만 이러한 문학적 특징들은, 특히 해당 희곡이 사실주의극으로부터 이탈할수록 자연스럽게 공연성이나 연극성을 확보하는 문제와 긴밀한 관계를 드러낸다. 현실 모방이 아닌 상상력과 비유, 상징, 알레고리 위주의 비사실주의극일수록 그 희곡을 무대에 올렸을 때의 실제 공연 효과와 감각적 장치에 대한 고려가 중요해지는 것이다. 이어령 희곡에도 공연 현장에 대한 예상이나 기대효과가 글의 문면에 적극적으로 드러나 있는데, 특히 표현주의적 색채가 짙은 무대의 설정이 주목된다.[4)]

「기적」의 무대는 작품 첫 부분에 다음과 같이 제시되어 있다.

> 백화점 안, 세 개의 판매대가 놓여 있고 그 배면에는 진열대와 각종 선전 포스터 같은 것이 붙어 있다. 좌측에는 시간을 파는 판매대가 놓여 있고 배면 상품 진열대에는 마치 축제 때 사용하는 색종이 테이프 같은 다발들이 걸려 있다. 그 테이프는 시간을 상징하는 상품이며 아침 시간은 오렌지빛, 흰빛은 낮 시간, 보랏빛은 저녁, 검은빛은 밤, 그리고 통금 이후의 시간은 회색빛으로 제일 팔리지 않는 시간이다. 다른 것보다 두드러지게 많아 보인다. 판매대에 붙인 선전 구호는 'Time is money.' 라고 쓰여 있고, '이제 당신의 고민은 해결되었습니다.'라는 캐치프레이즈가 붙어 있다. 무대 중앙에는 꿈을 파는 판매대—판매대에 고무풍선이 떠 있고, 파란빛은 야망의 꿈, 빨간빛은 사랑의 꿈, 하얀빛은 순결의 꿈이다. 풍선에 야망, 사랑, 동심의 순결이라고 써놓았다. 우측에는 지식을 파는 판매대, '아는 것이 힘이다'라는 선전문이 붙어 있다. 배면 상품 진열대에는 각기 지식을 나타내는 철학자의 초상들이 붙어 있는데, 바로 이것이 상품이다. 초상화는 가면처럼 사람들이 쓸 수 있

> 게 되어 있으며 형광 도료로 눈, 입들을 그려 무대에 불이 꺼져 있을 때에도 유령처럼 그 부분들이 번쩍거린다. 본무대 뒤에는 후막으로 가려진 텔레비전 화면 같은 뒷무대가 마련되어 있어 광고와 환상 장면으로 사용될 수 있게 한다. (22쪽)

이와 같은 무대 설정은 앞서 말한 알레고리적 비사실주의극의 설정과 이후 더 자세히 살피게 될 매매될 수 없는 것의 매매라는 문제의식 자체에서 자연스럽게 배태된 것이나, 일단 그러한 내적 작품 세계에 대한 이해 없이 무대만을 바라볼 때에도 실제 백화점의 모사 상태는 아니라는 점을 쉽게 알 수 있다. 그러면서도 백화점의 판매대를 연상시키는 최소한의 사실적 세팅은 끌어들이고 있다는 점에서, 과격하지 않은 비사실주의극의 설정을 시각적으로 보여주는 부분적 표현주의의 활용 예라고 하겠다.

무대 세트의 모습은 아니나 이어지는 같은 작품의 다음 장면, 즉 서막에 설정된 다음과 같은 등장인물의 모습과 상황도 역시 표현주의적 색채를 풍긴다.

> 까만 실크해트와 연미복과 하얀 장갑을 낀 장의사 차림을 한 사내가 손에 가죽 채찍을 들고 나타난다. 그러나 전체적으로는 서커스단에서 동물을 다루는 조련사 같은 인상을 풍기는 사나이다. 세 사람의 샌드위치맨들을 나란히 세워놓고 가두선전 연습을 시키는 중이다. (23쪽)

이 작품의 마지막에서도 막이 내리기 직전의 무대 묘사는 다음과 같이 몽환적이다.

> 무대 어두워지며 가면의 눈에 칠한 형광 도료만이 암흑 속에서 번쩍인다. 어둠 속에서 빛나는 눈들…… (125쪽)

이와 유사한 무대 설정이 「사자」에서도 작품 전체를 지배하고 있다.

> 무대의 어두운 공간, 마치 허공에 뜬 것처럼 형광 도료로 칠한 전화기와 탯줄처럼 늘어진 전화줄의 곡선만이 떠 있다. (130쪽)

이와 같은 비현실적 시각 효과가 "흔히 볼 수 있는 평범하고 규격화된 아파트의 응접실. 눈을 끄는 장식은 벽에 걸린 박제된 사슴과 석고상, 그리고 꽃을 꽂은 꽃병, 매일 떼내는 달력"(130쪽) 등으로 묘사되는 비교적 사실적인 응접실 공간에 혼용되어 있는 것이다. 그런데 「사자」의 첫 부분에 제시된 위의 무대 효과는 작품의 마지막에서 다시 "무대 어두워지면 형광 도료를 칠한 1막처럼 전화기와 전화줄만이 어렴풋이 어두운 공간에 어린다."(203쪽)는 지문을 통해 반복 사용됨으로써 작품을 열고 닫는 결정적 이미지로 활용되고 있다. 이들 작품에서 백화점 판매대나 아파트 응접실의 사실성이 완전히 배제되진 않고 오히려 주로 시야를 차지하는 무대를 세웠다 하더라도, 시각적 포인트는 이 어둠 속 형광 도료의 빛으로 집결된다. 사진관을 무대로 하는 「얼굴」의 뒷부분 지문에서도 역시 유사한 시각 효과를 읽어내게 된다.

> 사진사의 외침과 재조명 점점 어두워지고 블랙 라이트는 밝아진다. 사진사의 얼굴은 조명 효과로 점점 어둠 속에 묻히고 반대로 형광 도료를 바른, 하얀 장갑을 낀 손과 의상은 모두 점점 뚜렷하게 암흑의 공간 위에 부각된다. 그 순간 스톱 모션처럼 사진사가 입을 벌리고 절규하는 얼굴이 섬광 속에 나타난다. (385~386쪽)

어둠 가운데 형광 도료로 부각되는 한줄기 섬뜩한 빛의 감각은 일차적으로 그의 희곡이 추구한 무대상의 비현실적 효과를 나타내는 표지이기도 하지만, 다음에 살필 이어령 희곡의 내면적 주제를 가시화한 상징적 순간의 이미지이기도 하다. 그의 희곡을 조금 더 깊이 들여다보면, 가려진 것, 보이지 않는 것, 사라진 것 등 어둠의 세계에 한줄기 예리한 빛의 칼날을 들이대는 인식의 활동이 서서히 선명하게 떠오르기 때문이다.

3. 비가시적 세계를 투시하는 내면적 주제

알레고리적 설정과 더불어 내용적, 형식적으로 비사실주의극을 지향한다는 데서 이미 그 가능성이 짐작되긴 했으나, 이어령 희곡은 비가시적인 본질과 가시적 세계 사이의 긴장에 주목하는 연극화 방식을 취하고 있다고 정리될 수 있다. 그리고 이것은 그의 희곡뿐 아니라 연구와 비평, 창작 등 다방면의 활동 가운데 늘 자리 잡고 있는 근본적 태도와 관련되어 있다. 즉 그는 모든 상황과 사물, 텍스트 속의 이항대립적 구도를 그 누구보다 예리하게 포착해내면서 바로 그 분석력에 의해 극단적 이분법이나 흑백논리를 거부하거나 극복하고 이것과 저것, 안과 밖, 위와 아래의 경계를 넘나드는 유동적 창조성의 공간 창출에 주력해왔던 것이다.[5)]

이러한 그의 정신적 배경을 염두에 두고, 문명 비판적 주제의식 등 외적으로 눈에 띄는 측면에서부터 죽음에의 성찰이라는 더 철학적인 방향으로 깊이를 더해가면서 이어령 희곡 속의 내면적 주제들에 대해 논의하기로 한다.

1) 매매될 수 없는 것의 매매에 대한 비판

「기적」, 「세 번」, 「얼굴」의 가장 중요한 극적 갈등은, 본질적으로 팔 수 없는 것을 팔고 살아야 하는 역설적 처지의 인물들로부터 비롯된다. 황금만능주의나 물질문명의 폐해에 대해 비판하는 주제의식은 우리나라에서도 산업화, 도시화가 본격화되기 시작한 1960년대 이후 적지 않은 문학작품에서 다루어지고 있는 것이었지만, 이어령 희곡은 물질이나 돈에 치중하는 속물적 태도를 묘사해내는 데 그치지 않고 정신이나 감각, 기억 등 무형의 내적 경험까지 팔고 사야 하는 부조리한 측면에 대해 특히 예리하게 주목하고 있다.

그런 면에서 작품집의 표제작 제목이기도 한 「기적을 파는 백화점」이란 표현이야말로 단지 한 작품의 제목에 그치는 것이 아니라 그의 희곡 세계를 지배하는 극적 상황의 전체적 비유어라 할 만하다. 한국 현대 희곡의 면면들을 빠르게 훑어가는 글에서 한 평자가 이어령 희곡 전반에 대해 간략히 언급하면서 '그는 백화점에 진열된 물건들과 그것을 팔고 사는 사람들의 갖가지 행위와 모습들을 현대인들의 삶으로 파악하면서 현대인들이 살아가는 모습을 풍자하고 희극화하였다. 그리고 인간들이 사는 세상을 백화점으로 비유하면서 사람들이 백화점에서 무엇을 보고, 듣고, 말하고, 사고, 파는가를 실존주의적 방법으로 그리고 있다.'[6]고 정리하고 있는 것도 「기적」이 일종의 대표작 역할을 해주고 있음을 환기시킨다.

「세 번」 역시 노골적으로 상업주의적 문명에 대한 비판의식을 드러낸 희곡인데 여기서도 현대인들의 욕망이 단지 물질과 재화의 증식 그 자체에 놓여 있지 않음을 포착하고 있다. "그 콜라 선전은 세계적인 소리의 마술사가 만든 거구…… 그 주인공은 지금 실종 중이다. 아, 미스터리의 주인공이다. 화제에 굶주린 자들이여, 이 뉴스를 마셔라, 새로 나온 이 콜라를 마셔라."(246쪽)라는 남주인공의 일갈에서 알 수 있듯이 뉴스와 콜라는 같은 층위에 놓이는 판매 대상이다. 콜라가 생존을 위한 식욕의 충족물이 아니면서도 강한 갈증 속에 추구하는 대상이 될 수 있듯이 뉴스 또한 그러하다. 삶에 필수 불가결한 정보가 아니어도 그 뉴스는 그 어떤 중요한 정보보다 강한 호기심의 대상이 될 수 있다. 때로 그 뉴스는 이 작품에서처럼 허위이기조차 하다.

매매의 결과 얻는 부 역시 그리 안정적이지 못함은 이 작품의 백지수표가 나타내는 상징을 통해 강조된다. 김종실은 풍선 이백개를 터뜨려서 소리를 골라내는 노력 끝에 콜라 병마개 따는 시늉 효과음을 성공적으로 만들어내어 알라콜라 회사로부터 백지수표를 받게 된 것이었지만, 그 백지수표는 원하는 만큼의 부를 확보해주는 보물이기 전에 "넋을 빼놓은"(251쪽) 요물이었다고 고백한다.

김종실 얼마를 쓸까? 수표의 하얀 공란을 쳐다보는 순간 난 흔들리기 시작한 겁니다. 십만 원, 아니지, 백만 원, 아냐, 억이나 일조억이라도 써넣을 수 있다는 자유. 그런데 그게 아니더군요. 난 자유롭지 못했어요. 얼마를 써넣을까, 얼마를 써넣을까. 내가 터뜨린 풍선보다도 더 많은 동그라미가 떠올랐다가는 그것들이 또 허망하게 터지는 거예요. …… 나는 이 위에 무수한 숫자, 무수한 동그라미들을 적었다 지웠다 했습니다. 나는 술에 취한 게 아니라 이 모든 숫자에 취해서 정신을 잃은 겁니다. (251~252쪽)

「얼굴」의 사진관이란 공간도 일반적인 상품 판매의 장소와는 다른 특징을 갖는다. 이 작품의 사건을 이루는 '얼굴 안 찍히는 병'이야말로 사진관이 인간의 정체성을 대변하는 공간임을 상징하는 설정이다. 같은 맥락에서, 극중 대사로 설명되는 성형수술 끝에 얼굴이 전혀 달라져버린 사내의 사정도 얼굴이 곧 그 인간의 정체성과 등가 관계에 놓임을 강조하기 위한 설정이다. 그 사내가 성형수술을 할 수밖에 없었던 원인이 사진을 찍다가 잘못 터진 마그네슘 때문에 얼굴 화상을 입어서였음도 사진 찍는 행위 자체에 개입돼 있는 정체성의 위험 순간을 상징하는 대목이다. 그런데 이 작품 속의 '얼굴 안 찍히는 병'에 상관없이 유일하게 얼굴이 찍혀 나온 손님이 바로 그 과거의 성형수술 사내였다는 반전은, 이제 그런 극단적 정체성 상실 위기를 경험한 사내 윤길호야말로 사진 찍기의 그럴듯한 외양만을 즐기는 다른 대부분의 동시대인에게 위험 신호를 보낼 자격을 얻고 있음을 말해준다. 그리고 그 윤길호가 전하는 위기의 메시지는, 그 사내를 제외한 다른 손님들의 사진 전부를 제대로 현상해낼 수 없었던 사진사를 통해 표면화된다. 작품 후반에서 자신의 사연을 뱉어내는 사내 윤길호의 역할을 사진사가 변장하여 해내고 있는 것은, 물론 일인극의 성격상 어쩔 수 없는 기교였다고 생각될지도 모르나, 윤길호와 사진사가 공유하는 위기의 메신저로서의 최소한의 공통분모를 인식시키는 검역 설정이다. 그들이 전해오는 것은, 자신의 생애와 자신이 뿌리 내린 고향 등 진정한 자기 형성의 배경들을 모조리 무시한 채 '현대사진관'이란 사진관 이름이 보여주듯 현대의 편리한 문명 속으로 쉽사리 빨려드는, 그리고 그 증거로서 가짜 배경 앞에서 꾸며진 사진을 찍기 좋아하는 현대인들에게 보내는 경고 신호인 것이다.

여기서 한 가지 덧붙여 생각하고 지나가야 할 문제는, 이어령 희곡에서 은연중에 읽혀지는 진정한 가족애나 부드러운 여성상에 대한 옹호의 기미이다. 그 은근한 선망에 대해서도 전반적으로 신선하고 지성적인 이어령 희곡이 의외로 한국적이거나 보수적인 요소라고 생각하기보다는, 매매 대상이 될 수 없는 것일수록 더 극심한 매매의 대상으로 변해가는 산업사회에의 암울한 인식이나 문명 비판적 주제의식 등을 문맥으로 삼아 그 안에서 이해해야 할 것이다. 「세 번」에서 "마치 어머니처럼 김종실의 머리를 쓰다듬는"(257쪽) 여자 주인공 콜걸이 "비가 멎을 때까지 제집 처마를 빌려드"린다고 말하는 비유에서 알 수 있듯이, 그 여자 역시 일시적인 위안과 공감의 대상에 머물면서 오히려 종실과 유사한 이 사회의 희생자로 각인될 뿐이다. 상투적인 구원의 여인상으로 나아가 가짜 낙관의 세계를 약속해주지는 않고 대신 안타까운 위안의 한계성을 드러내는 설정은, 「기적」에서 남주인공 지성의 마음을 흔들어놓았던 시간을 파는 여인 김시희의 죽음을 통해서도 유사하게 나타나고 있다.

2) 사라진 흔적, 보이지 않는 것에 대한 이끌림

이어령 희곡의 극적 위기는 프로타고니스트와 안타고니스트의 갈등 및 대결로부터 오지 않고 삶 전반의 가치를 위협하는 치명적 상실의 계기로부터 온다. 그런데 그 상실의 대상이 다소 추상적이어서, 재산 손실이나 육체적 외상 등의 분명한 사건이 아닌 다른 형태로 펼쳐지고 있는 것이다.

소재의 출발점이 되는 극적 순간은 흔히 문명 속의 정체성 상실 위기로 드러난다. 다른 작품들에 비해 사실주의극의 흔적을 많이 드러내면서 이어령 희곡의 전반적 특성으로부터 일정하게 차별화되어 본고에서 가장 적게 언급하고 있는 「당신들」에도 이 같은 문제의식은 마찬가지로 나타나고 있어, 다른 작품의 근저에 깔린 동일한 주제의 모티프를 재확인시켜준다. '모내리역'이라는 역의 이름에서 「당신들은 내리지 않는 역」이라는 제목의 그림자가 엿보이기도 하는데, 폐역과 다름없는 기차역의 역장과 그 주변 사람들은 사라져간 것과 남겨진 것의 경계에 놓인 인물들이라 할 만하다. 이어령의 희곡들에서 사라진 흔적, 부재하는 것, 비가시적인 것에 대한 이끌림은, 앞서 살핀 '매매될 수 없는 것의 매매'에 대한 비판의식이나 후에 말할 죽음에의 인식 등과 맞물리면서 이어령 희곡의 지적 측면을 강화시킨다.

그중에서도 「사자」의 후각 상실 문제는 「세 번」의 음향 판매 문제와 더불어 인간의 감각이 지닌 중요성을 연극의 내적 주제로 포괄하면서, 다른 문학 장르보다 더 적극적인 상상력을 요구하는 연극 장르의 특성에 걸맞는 아이디어로 제 역할을 해내고 있다. 지면에서와는 달리 무대에서는 문제의 후각을 자극하도록 특정한 냄새를 흘릴 수도 있으리라는 의미가 아니라, 어차피 상실된 후각이 문제인 만큼 자살 직전의 남편이 "냄새를 잃었다."(202쪽)고 절규하며 아내에게도 코를 들이밀고 엎드려 빙빙 돌며 냄새를 맡아보려 할 때 관객은 그 부재하는 감각에의 안타까움을 강하게 공유할 수 있으리라는 것이다.

남편 후각쯤이라니. 내게 있어선 냄새는 가장 귀한 것이라구. 난 아침마다 조간신문을 읽소. 읽는 게 아니라 냄새를 맡기 위해서지. 신문을 펼칠 때 풍

> 겨 나오는 인쇄 잉크 냄새……. 그건 내가 40년 가까이 맡아 아침에 내쉬는 냄새요. 그리고 또 입에 문 치약 냄새와 커피 냄새……. 내가 커피를 왜 마시는 줄 아시오. 바로 그 쓴맛이 아니라 그 냄새 때문이오. 그건 모두 내 아침 냄새란 말야. 이젠 그걸 맡을 수 없게 되었어. 하루가 죽어버린 거야. 40년 가까이 맡아오던 그 냄새를 잃는 순간 갑자기 난 아침을 잃게 된 거요. 시작이 없어져버린 거라구. (173쪽)

여기서 '시작이 없어져버렸다.'는 표현이 의미심장한데, 이는 하루의 시작인 아침 시간의 기쁨을 잃어버리게 되었다는 표면적인 의미와 더불어 그의 인생 절반의 정수와 핵심을 잃어버렸다는 의미로 확대되어 받아들여진다. 가장 소중한 것은 보이지 않는 그 무엇인 만큼 쉽사리 놓쳐버리게 되고 그 상실의 결과를 증명하기도 어렵다. 이런 와중에, 바로 앞 절의 논의에서 검토했듯이 보이지 않는 가치들이 매매의 대상이 되는 문명 사회 속에서 그 비가시적 가치를 되찾을 수 있으리라는 헛된 기대마저 가세하게 되면 획득과 상실, 더 나아가 진정한 공유와 사이비 소유의 경계가 불분명해지면서 삶의 기반 전체에 대한 회의마저 고개를 들게 된다. 이어령 희곡에서 보이지 않는 것에 대한 관심이 종종 가상과 실제 사이에서 흔들리는 순간으로 이어지는 것은 이런 연유에서이다. 그리고 여기에, 역시 앞서 지적한 바 있는 명명과 실재 사이의 괴리, 언어와 진실 사이의 유동적 관계에 대한 인식도 함께 작용하게 되는 것이다.

그런 점에서 「사자」에서의 다음 대사는 이어령 희곡을 전반적으로 지배하는 문제 인식의 한 지점을 보여준다고 할 수 있다.

의사 그 병원엔 13층도 없대요. 3층 다음에 5층이구 12층 다음에 14층이지. 그러니까 그 철학교수가 떨어진 건 15층도 14층도 아니구 바로 마의 13층이었지. 알고 보면 이름과 실체는 모두 다 그렇게 다른 법이지요. (156~157쪽)

물론 이 대사 자체는 이름과 실체 사이의 괴리를 문제 삼고 있는 것이다. 하지만 이 지적이 작품에 등장하지도 않은 채 작품에 영향을 미치는 철학교수의 확인되지 않는 사인과 관계되면서, 「사자」의 극적 상황이 지닌 전반적 불확실성을 다시 한 번 일깨우고 있다는 점에서 주목할 만하다. 그리고 이 문제의식이 좀 더 상상력을 딛고 뻗어나가면 동시대 이재현의 「제십층」이나 이현화의 「누구세요」 등의 희곡에서도 나타나는 가상 공간이나 경험에의 인식에까지 가닿을 수 있다. 이는 1990년대 이후에 본격화

되고 심지어 유행이 될 상상력의 영역에 가까이 다가섰던 때 이른 예들이라 할 만하다.

김종실 신문을 보면서 생각했지. 어쩌면 그게 진짜 나였는지 모른다고……. 어디선가 정말 내가 말야, 사랑하는 여자와 바닷가를 거닐고 있는 것 같애. 그들이 보았다는 나이에 어울리지 않게 오렌지빛 티셔츠를 입고 줄무늬 감색 바지를 입고 말야. (287쪽)

「세 번」에서 엉뚱한 실종 상황에 휘말려 분노하던 김종실이 자신에 대해 가짜로 만들어지고 있는 보도나 제보에 대해 한순간 위와 같이 수긍하는 듯한 기색을 보일 때, 또 "거짓말을 믿게 하는 총은 많죠. 그런데 사실을 믿게 하는 총은 없어요."(264쪽)라고 말함으로써 거짓말의 위력을 강조할 때, 그것은 물론 일차적으로 거짓말이 횡행하는 현대 사회에 대한 비판의식을 보이지만 심층적으로는 참과 거짓의 구별이 그리 선명한 것만은 아니라는 인식까지를 담아내고 있는 것이다.

보이지 않는 실체에의 인식을 지향할 뿐 아니라 그 부분에 대한 무지를 불길한 조짐으로 몰아가는 모호한 극적 분위기의 창출은, 다음 절에서 끝으로 살필 죽음에의 인식과도 일맥상통하는

면이 있다. 진실과 허위, 실재와 가상, 보이지 않는 것과 보이는 것의 경계가 흔들리고 있음을 포착한 연극적 지성과 상상력이 궁극적으로 가닿는 곳은, 죽음이 삶 속에 똬리를 틀고 있음을 건드려야 하는 지점일 수밖에 없다.

3) 삶을 향한 틈입자로서의 죽음에 대한 인식

이어령 희곡의 결말이 보여주는 경향은 지성적 분위기가 주조를 이루는 가운데 죽음을 통한 쓸쓸한 감성을 담은 것인데, 그 죽음의 순간들은 다소 괴기스런 초현실적 분위기를 동반하곤 한다. 그리고 그 괴기성 때문에 애초의 쓸쓸한 감성은 부분적으로 희석되면서 관객이 비극적 감정에 몰입하는 것을 방해한다. 「기적」과 「세 번」, 「사자」의 결말 부분에서 김시희, 김종실, 남편 등은 각각 다음과 같이 죽어간다.

김시희 감사해요. 이젠 죽음 앞에서도 태연해질 것 같애. 아! 내가 판 그 많은 시간! 그 시간이 여기 있었더라면……. 몇 분 안 남았어요. 저 발소리가 계단을 올라와 이젠 이 복도 앞에까지 왔어요. (뚜벅뚜벅 발자국 소리가 들리며 서막 세일즈맨을 훈련시키던 조련사가 까만 연미복에, 하얀 장갑에, 장의사 차림으로 가죽 채찍을 울리면서 나타난다) (123쪽)

김종실 세 번은 짧게 세 번은 길게…… 뭐야? 누구야? 아, 저 소리. 그만 눌러. 그만.

(계속 초인종 소리. 구두 발자국 소리……. 세 번은 짧게 세 번은 길게, 김종실 쇠막대를 들고 집 문 앞에 서 있다. 들어오면 찌르려는 태도. 계속 초인종 소리) 그만해, 그만두란 말야, 야, 이놈들아. 무덤까지 빼앗는 놈들아. (쇠막대를 가슴에 꽂고 비틀비틀 내실 쪽으로 가서 쓰러진다)

내가 정말 죽으면 될 게 아냐. (312쪽)

남편 (허둥지둥대다가 러프 머신을 건드려서 떨어뜨린다. 그러자 러프 머신의 스위치가 눌러져서 웃음소리가 터져나온다) 하하하…… 하…… 허…… 헛 허허……. (놀라서 러프 머신의 웃음소리를 들으며 서서히 뒷걸음질. 창문 있는 쪽으로 간다. 갑자기 자기도 따라 웃으며 창밖으로 몸을 던진다. 유리창 깨지는 소리…… 깨진 창문에서 갑자기 자동차의 클랙슨 소리와 소음들이 왈칵 들어온다. 부인 비로소 전화를 내던지고 달려온다. 허리를 구부리고 깨진 유리창 너머로 어두운 심연을 바라본다. 태엽이 풀리면서 러프 머신의 웃음소리 점점 천천히 괴상하게 울리다가 멎는다) (202~203쪽)

이들의 죽음은 육체적 외상이나 질병 혹은 타인과의 직접적인 대결로부터 오지 않고, 자기 몫의 시간까지 팔아치웠다든지, 실종 상태로 몰리면서 매스컴을 통해 사망이 선고되었다든지, 죽은 자에게만 집착하는 아내로부터 소외되었다든지 하는 부조리하고도 추상적인 원인에서 비롯되고 있다. 앞서 지적해왔던 내면적 주제, 매매될 수 없는 것, 부재하는 것과의 연관성 속에 찾아드는 죽음인 것이다.

특히 「사자」는 사자와 경주한다는 그 제목에서 잘 보이듯이, 작품 전체가 죽은 자의 보이지 않는 그림자와 씨름해야 하는 남편의 안간힘으로 구성돼 있다. "선우진이가 그때 죽지 않았더라면 난 꼭 그놈을 이길 수 있었을 텐데. 죽은 자와는 씨름을 할 수가 없어."(194쪽)라고 그 싸움의 무용성을 끊임없이 인식하면서도 남편은 그 죽은 자의 영향력 밖으로 뛰쳐나갈 수가 없다. 결국 갑작스런 투신으로 그 허망한 싸움을 마무리하지만, 죽음 이후엔 남편도 선우진처럼 보이지 않는 위력을 얻게 될지 그 부분에 대해 작품은 해답을 주지 않는다. 스위치를 건드리면 웃음소리를 터뜨리는 러프 머신이란 소도구를 통해 그 죽음의 순간까지 어느 정도 비웃는 냉정한 시각이 개입돼 있는 것이다. 문제는 죽음과 무관한 삶이 불가능하리라는 인식이며, 그렇기에 그 죽음은 비장한 감정의 과장으로 포장될 수 없다.

주인공의 죽음이라는, 특히 한국 관객들에게 감성적으로 익숙한 결말 방식이 단지 상투적인 멜로적 관습 안으로 함몰되지 않는 것은, 그것이 문명 사회 속에 상실돼가는 개인의 고유성에 대한 비판의식이나 혹은 더 나아가 죽음에 대한 철학적 인식과 맞물려 있기 때문이다. 「기적」에서 작품 후반 김시희의 죽음과 그녀에 대한 지성의 애정 고백 부분이 다음과 같이 지극히 지적인 대사로부터 출발된다는 것은 이어령 희곡의 죽음이 일반적인 통속성과는 다른 죽음에의 인식, 감상성과의 긴장 관계에서 비롯되고 있음을 보여준다.

지성	장례식을 다녀오시더니 매우 감상적이 된 것 같습니다. 그러나 지식인은 감상에 젖어서는 안 됩니다. '낡은 슬픔 위에 새로운 눈물을 흘려서는 안 된다.' 에우리피데스의 충고지요. (중략)
대학교수	메멘토 모리.
지서	메멘토 모리, 그건 또 뭡니까?
대학교수	'죽음을 생각하라.'는 라틴 말이지요. (115~116쪽)

메멘토 모리. 그것은 이어령이 자신의 희곡을 읽는 독자나 공연을 관람하는 관객에게 던져주고픈 가장 중요하고 강렬한 전언이면서, 이제껏 살펴온 여러 연극적 특성들을 구축하는 데 숨겨진 뿌리로 품어온 한마디일 것이다.

4. 나오는 글

이어령은 저자의 말에서 자신이 희곡을 쓴 여섯 가지 이유를 밝혀놓고 있다. 언어를 육체 위에 인쇄하기 위해서, 현대에 유일하게 시장 아닌 사원으로 남아 있는 극장이란 장소를 위해서, 세 살 때 배운 우리말로 베케트나 이오네스코보다 생생한 감동을 전달하기 위해서, 한 분야의 완성을 추구하기보다 또 하나의 가능성을 찾다가 실패해버린 예술가가 되기 위해서, 또 추상적인 관객들이 아니라 눈 코 입 그리고 맥박 치는 진짜 심장을 가진 구체적인 그 관객을 보고 싶어서 희곡을 썼다는 다섯 가지 이유를 순서대로 밝힌 후, 마지막으로 예의 그 죽음에 대한 언급을 포함시켜 다음과 같은 이유를 대고 있다.

> 그러나 가장 정직한 이유는 하품을 없애기 위해서였다. 좀 더 바쁘게 살기 위해서였다. 최대의 두려움, 그것은 한가로움이다. 한가로움의 극치는 죽음일 것이기 때문이다. (18쪽)

후기 뒤편에 밝혀놓고 있듯이 「기적」, 「사자」, 「세 번」 등은 1970년대 후반에 극단 실험극장과 민중극장 등에 의해 제작되어 세실극장과 실험극장에서 공연된 바 있다. 또한 「세 번」은 영화와 TV 단막극으로도 영역을 달리하여 만들어진 바 있다. 본 논의는 이들 희곡의 실제적인 공연 성과에 대한 적극적인 검토를 포함하지 못했다는 점에서 한계를 지닌다. 또한 이어령 희곡에 대한 기존 논의가 거의 없는 형편이어서 연구사라든지 방법론의 토대 위에서 논의를 펼치기 어려웠던 점도 한계라 하겠다.

하지만 본고는 이어령 희곡의 전반적 특성을 파악하는 데 적절한 안내지도 역할을 할 수 있을 것이다. 이 글에서는 '연극성을 강화하는 외면적 특징'과 '비가시적 세계를 투시하는 내면적 주제' 라는 양대 축을 설정하고 그 안에서 각각 '비사실주의극을 지향하는 알레고리적 설정, 언어에 대한 회의 및 단절된 대화로서의 다변, 표현주의적 무대 기법의 부분적 사용'이라는 외면적 특징과 '매매될 수 없는 것의 매매에 대한 비판, 사라진 흔적 및 보이지 않는 것에 대한 이끌림, 삶을 향한 틈입자로서의 죽음에 대한 인식'이라는 내면적 주제를 고찰해보았다.[7)]

본고는 이어령 희곡만을 대상으로 하여 따로 살핀 논의의 첫걸음으로서 의의를 지닐 수 있을 것이다. 이를 통해 1970년대 한국 희곡에서 이어령 희곡의 위치와 가치를 되찾음과 아울러, 이어령 개인의 문학 세계 안에서도 희곡 창작이란 부분이 지니는 의미를 다시 생각해보는 기회가 되리라고 생각한다.

—「이어령 희곡 연구」(2001)

정우숙

이화여대 국문과, 동 대학원을 졸업하였다. 1988년 《한국일보》 신춘문예로 등단하였고, 1991년 국립극장, 1994년 삼성문예상 등에서 창작 희곡으로 수상하였다. 「1960~70년대 한국 희곡의 비사실주의적 전개양상」 등의 논문과 『현대 이론과 연극』(공역)의 저서가 있다. 현 이화여대 국어국문학과 교수로 재직 중이다.

해설주

1) "사실주의극의 경우 무대는 희곡에 제시된 내용을 충실히 있는 그대로 가시화시키는 데 주력하게 되므로 희곡을 문학적으로 읽어내는 것만으로도 그 연극적 특성까지 아울러 짐작할 수 있는 가능성이 높아진다. 실제의 공연은 작품의 주제가 실감나게 전달되도록 충실하게 재현되었는가 그 정도를 가늠하는 것으로 평가를 받게 된다. 그런데 비사실주의극의 경우, 일단 무대에 표현해야 할 가시적 요소가 그 모방의 대상과 현실적 관계를 맺고 있지 않다는 점 때문에 공연에 따라 전혀 다른 상상력의 결과를 드러낼 수 있으며, 내용에 있어서도 주제의 모호성을 지니는 경우가 많아, 희곡과 공연과의 간격이 더욱 벌어지게 되는 것이다. 비사실주의 연극의 극단에 이르면 희곡 자체를 거부하는 논리가 나오게 되는 것은 당연한 일이다."
졸고, 「1960~70년대 한국 희곡의 비사실주의적 전개양상」, 이화여대 박사 논문, 1997, 7쪽.

2) 알레고리는 표면적인 이야기 배후에 이차적인 의미를 가리키도록 이중 구조를 가진, 즉 구체적인 이야기의 전개와 동시에 추상적 의미의 층이 그 배후에 동반되도록 짜여진 기법이다. (이상섭, 『문학비평용어사전』, 민음사, 1976. 193쪽) 본고에서는 이와 같이 단순한 의미에서 알레

고리라는 용어를 사용하고 그 종류나 정도, 효과 등에 대한 심층적이고 세부적인 개념 이해로까지 나아가진 못하고 있다. 하지만 이렇듯 단순한 수준에서 이어령 희곡의 알레고리적 요소를 짚어내는 것조차, 한국 현대 희곡에서 알레고리적 기법을 활용한 극작가로 이강백만을 집중적으로 주목해온 연구 흐름에 작은 보완 역할을 해줄 수 있을 것이다.

3) 부조리 연극의 언어는 가끔 절박한 행위와 모순되며, 의사 전달의 무용無用을 나타내기 위해 의미 없이 잽싸게 지껄이는 말로 되어버린다. 또한 반복되는 언어의 패턴은 오히려 현대 산업사회에 있어서 의사 전달의 불능不能을 단적으로 나타내는 면모이다.

허영, 『부조리 연극』(한신문화사, 1987), 96~100쪽.

4) 표현주의의 무대 장치는 자연주의 연극의 세부 묘사를 피하고 극의 주제가 요구하는 철저히 단순화된 이미지를 창조한다. 괴상한 형태와 선정적인 색을 이용하는 장식이 자주 등장하며, 악몽과 같은 분위기를 위해 그림자가 드리워진 비사실적인 조명이나 무대 장치의 시각적 변형을 강조한다.

J. L. 스타이안, 윤광진 역, 『표현주의 연극과 서사극』(현암사, 1988), 14쪽.

5) 시 분석만이 아니라 문학의 이론 구조 전체를 좌우 이데올로기나 참여 순수의 흑백 논리로 황무지를 만들어놓은 대학가의 문과 교실을 그레이 존으로 만들기 위해서 나는 여러 가지 전략, 여러 가지 이론으로 무장하면서 30여 년 이상을 지내온 것이다. 모든 사람들이 민

중을 운운할 때 나는 집단이 아니라 한 사람 한 사람의 인간의 완결성과 지존함을 이야기했으며 친체제와 반체제의 오엑스의 시험 답안을 놓고 나는 친도 반도 아닌 비체제의 새로운 답지를 만들기 위해 시험지 자체를 찢어버렸다.

「당신은 어떤 사람으로 기억되길 바라는가」, 《문학사상》 2001. 7, 37쪽.

6) **한옥근. 「한국 현대 희곡의 주제 변천에 관한 연구」, 한국드라마학회편, 『극의 미학세계』(국학자료원, 2000), 230쪽.**

7) 이 항목에서 살핀 내면적 주제에 대해 쉽게 말하자면 이어령 희곡이 문명 비판극의 성격을 띤다는 것인데, 단 그 문명 비판의 방식이나 그 안에 깔린 인식이 단순하지 않다는 점에서 내면적 주제의 하나로 살핀 것이다. 또한 그 문명 비판의식이 보이는 것과 보이지 않는 것, 삶과 죽음 등 이항대립적인 요소들 사이의 경계에서 인식하길 즐기는 그의 지적 성향과 연관되어 있다는 점 또한 특징적이다. "나는 경계에서 사는 사람입니다. 지금까지 이 지역과 다른 지역의 경계 안에서 사는 사람의 역할을 해왔는데, 가장 큰 경계가 20세기 농업사회에서 산업사회로 넘어오는 경계였지요. 또 지금 내가 산업사회에서 정보사회로 넘어가는 경계상에 살고 있어요. 그런 경계선상에서, 남이 보면 이것저것 한 것 같지만 문화와 문명에 관계되는 글을 쓰고 활동을 해온 겁니다."

「오효진의 인간 탐험 — 마지막 수업 예고한 말의 천재, 이어령의 마지막 인터뷰」, 《월간조선》 2001. 7, 173~174쪽.

후기

희곡, 그 특수한 매력

요리를 예술이라고 주장하는 프랑스인들은 “책상만 놓고 네발 달린 것이면 무엇이든 요리할 수 있다.”고 자랑한다. 만약 나보고 이 말을 표절해서 내 자랑을 하라고 하면 아마 이렇게 말할지 모른다. “달리는 말만 놓고 어떤 말이라도 나는 문학작품으로 만들어낼 수 있다.”

물론 치기 어린 말이지만 실제로 젊은 시절에 나는 그렇게 생각했다. 시, 소설, 평론, 에세이 그리고 딱딱한 학술 논문 거기에 태창영화사에서 제작한 한국 최초의 70밀리 영화 〈춘향전〉의 시나리오까지 모든 장르의 글을 써왔다.

내가 연극에 관심을 갖고 희곡을 쓰기 시작한 동기는 나의 초기 단편 소설 「무익조」를 실험극장의 대표 김동훈 씨로부터 무대에 올리고 싶다는 제의를 받고 각색 작업을 하는 데서부터 시작된다. 그 뒤 지금도 대학 연극반에서 곧잘 공연을 하고 있는 「기적을 파는 백화점」 그리고 정진수 연출로 공연된 「사자死者와의 경주」, 「당신들은 내리지 않는 역」, 영화화된 「세 번은 짧게 세 번은 길게」 등의 희곡 작품을 쓰게 되었다.

연극적 구성 속에서 창조되는 그 대사의 언어들은 도저히 산문이나 시가 따를 수 없는 특수한 매력을 지니고 있다. 그러므로 이 희곡들은 시나 소설에서는 이룰 수 없는 말의 잔치라고 해야 할 것이다. 희곡집을 다시 상재하면서 그동안 그 작품들을 공연해주신 연출가와 배우, 그리고 인내심을 가지고 봐주신 관객들에게 감사를 드린다.

2002년 12월 10일

이어령

문단 : 등단 이전 활동

「이상론–순수의식의 뇌성(牢城)과 그 파벽(破壁)」	서울대《문리대 학보》3권, 2호	1955.9.
「우상의 파괴」	《한국일보》	1956.5.6.

데뷔작

「현대시의 UMGEBUNG(環圍)와 UMWELT(環界)–시비평방법론서설」	《문학예술》10월호	1956.10.
「비유법논고」	《문학예술》11,12월호	1956.11.

* 백철 추천을 받아 평론가로 등단

논문

평론·논문

1.	「이상론–순수의식의 뇌성(牢城)과 그 파벽(破壁)」	서울대《문리대 학보》3권, 2호	1955.9.
2.	「현대시의 UMGEBUNG와 UMWELT–시비평방법론서설」	《문학예술》10월호	1956
3.	「비유법논고」	《문학예술》11,12월호	1956
4.	「카타르시스문학론」	《문학예술》8~12월호	1957
5.	「소설의 아펠레이션 연구」	《문학예술》8~12월호	1957

6. 「해학(諧謔)의 미적 범주」	《사상계》 11월호	1958
7. 「작가와 저항-Hop Frog의 암시」	《知性》 3호	1958.12.
8. 「이상의 시의와 기교」	《문예》 10월호	1959
9. 「프랑스의 앙티-로망과 소설양식」	《새벽》 10월호	1960
10. 「원형의 전설과 후송(後送)의 소설방법론」	《사상계》 2월호	1963
11. 「소설론(구조와 분석)-현대소설에 있어서의 이미지의 문제」	《세대》 6~12월호	1963
12. 「20세기 문학에 있어서의 지적 모험」	서울법대 《FIDES》 10권, 2호	1963.8.
13. 「플로베르-걸인(乞人)의 소리」	《문학춘추》 4월호	1964
14. 「한국비평 50년사」	《사상계》 11월호	1965
15. 「Randomness와 문학이론」	《문학》 11월호	1968
16. 「최남선의 「해에게서 소년에게」 분석」	《문학사상》 2월호	1974
17. 「춘원 초기단편소설의 분석」	《문학사상》 3월호	1974
18. 「문학텍스트의 공간 읽기-「早春」을 모델로」	《한국학보》 10월호	1986
19. 「鄭夢周의 '丹心歌'와 李芳遠의 '何如歌'의 비교론」	《문학사상》 6월호	1987
20. 「'處容歌'의 공간분석」	《문학사상》 8월호	1987
21. 「서정주론-피의 의미론적 고찰」	《문학사상》 10월호	1987
22. 「정지용-창(窓)의 공간기호론」	《문학사상》 3~4월호	1988

학위논문

1. 「문학공간의 기호론적 연구-청마의 시를 중심으로」	단국대학교	1986

단평

국내신문

1. 「동양의 하늘-현대문학의 위기와 그 출구」	《한국일보》	1956.1.19.~20.
2. 「아이커러스의 귀화-휴머니즘의 의미」	《서울신문》	1956.11.10.

3. 「화전민지대 - 신세대의 문학을 위한 각서」 《경향신문》 1957.1.11.~12.
4. 「현실초극점으로만 탄생 - 시의 '오부제'에 대하여」 《평화신문》 1957.1.18.
5. 「겨울의 축제」 《서울신문》 1957.1.21.
6. 「우리 문화의 반성 - 신화 없는 민족」 《경향신문》 1957.3.13.~15.
7. 「묘비 없는 무덤 앞에서 - 추도 이상 20주기」 《경향신문》 1957.4.17.
8. 「이상의 문학 - 그의 20주기에」 《연합신문》 1957.4.18.~19.
9. 「시인을 위한 아포리즘」 《자유신문》 1957.7.1.
10. 「토인과 생맥주 - 전통의 터너미놀로지」 《연합신문》 1958.1.10.~12.
11. 「금년문단에 바란다 - 장미밭의 전쟁을 지양」 《한국일보》 1958.1.21.
12. 「주어 없는 비극 - 이 시대의 어둠을 향하여」 《조선일보》 1958.2.10.~11.
13. 「모래의 성을 밟지 마십시오 - 문단후배들에게 말한다」 《서울신문》 1958.3.13.
14. 「현대의 신라인들 - 외국 문학에 대한 우리 자세」 《경향신문》 1958.4.22.~23.
15. 「새장을 여시오 - 시인 서정주 선생에게」 《경향신문》 1958.10.15.
16. 「바람과 구름과의 대화 - 왜 문학논평이 불가능한가」 《문화시보》 1958.10.
17. 「대화정신의 상실 - 최근의 필전을 보고」 《연합신문》 1958.12.10.
18. 「새 세계와 문학신념 - 폭발해야 할 우리들의 언어」 《국제신보》 1959.1.
19. *「영원한 모순 - 김동리 씨에게 묻는다」 《경향신문》 1959.2.9.~10.
20. *「못 박힌 기독은 대답 없다 - 다시 김동리 씨에게」 《경향신문》 1959.2.20.~21.
21. *「논쟁과 초점 - 다시 김동리 씨에게」 《경향신문》 1959.2.25.~28.
22. *「희극을 원하는가」 《경향신문》 1959.3.12.~14.

* 김동리와의 논쟁

23. 「자유문학상을 위하여」 《문학논평》 1959.3.
24. 「상상문학의 진의 - 펜의 논제를 말한다」 《동아일보》 1959.8.~9.
25. 「프로이트 이후의 문학 - 그의 20주기에」 《조선일보》 1959.9.24.~25.
26. 「비평활동과 비교문학의 한계」 《국제신보》 1959.11.15.~16.
27. 「20세기의 문학사조 - 현대사조와 동향」 《세계일보》 1960.3.
28. 「제삼세대(문학) - 새 차원의 음악을 듣자」 《중앙일보》 1966.1.5.
29. 「'에비'가 지배하는 문화 - 한국문화의 반문화성」 《조선일보》 1967.12.28.

30.「문학은 권력이나 정치이념의 시녀가 아니다-'오늘의 한국문화를 위협하는 것'의 조명」	《조선일보》	1968.3.
31.「논리의 이론검증 똑똑히 하자-불평성 여부로 문학평가는 부당」	《조선일보》	1968.3.26.
32.「문화근대화의 성년식-'청춘문화'의 자리를 마련해줄 때도 되었다」	《대한일보》	1968.8.15.
33.「측면으로 본 신문학 60년-전후문단」	《동아일보》	1968.10.26.,11.2.
34.「일본을 해부한다」	《동아일보》	1982.8.14.
35.「푸는 문화 신바람의 문화」	《중앙일보》	1982.9.22.
36.「떠도는 자의 우편번호」	《중앙일보》 연재	1982.10.12. ~1983.3.18.
37.「희극 '피가로의 결혼'을 보고」	《한국일보》	1983.4.6.
38.「북풍식과 태양식」	《조선일보》	1983.7.28.
39.「창조적 사회와 관용」	《조선일보》	1983.8.18.
40.「폭력에 대응하는 지성」	《조선일보》	1983.10.13.
41.「레이건 수사학」	《조선일보》	1983.11.17.
42.「채색문화 전성시대-1983년의 '의미조명'」	《동아일보》	1983.12.28.
43.「귤이 탱자가 되는 사회」	《조선일보》	1984.1.21.
44.「한국인과 '마늘문화'」	《조선일보》	1984.2.18.
45.「저작권과 오린지」	《조선일보》	1984.3.13.
46.「결정적인 상실」	《조선일보》	1984.5.2.
47.「두 얼굴의 군중」	《조선일보》	1984.5.12.
48.「기저귀 문화」	《조선일보》	1984.6.27.
49.「선밥 먹이기」	《조선일보》	1985.4.9.
50.「일본은 대국인가」	《조선일보》	1985.5.14.
51.「신한국인」	《조선일보》 연재	1985.6.18.~8.31.
52.「21세기의 한국인」	《서울신문》 연재	1993
53.「한국문화의 뉴패러다임」	《경향신문》 연재	1993
54.「한국어의 어원과 문화」	《동아일보》 연재	1993.5.~10.
55.「한국문화 50년」	《조선일보》 신년특집	1995.1.1.

56.「半島性의 상실과 회복의 역사」	《한국일보》 광복50년 신년특집 특별기고	1995.1.4.
57.「한국언론의 새로운 도전」	《조선일보》 75주년 기념특집	1995.3.5.
58.「대고려전시회의 의미」	《중앙일보》	1995.7.
59.「이인화의 역사소설」	《동아일보》	1995.7.
60.「한국문화 50년」	《조선일보》 광복50년 특집	1995.8.1.
외 다수		

외국신문

1.「通商から通信へ」	《朝日新聞》 교토포럼 主題論文抄	1992.9.
2.「亞細亞の歌をうたう時代」	《朝日新聞》	1994.2.13.
외 다수		

국내잡지

1.「마호가니의 계절」	《예술집단》 2호	1955.2.
2.「사반나의 풍경」	《문학》 1호	1956.7.
3.「나르시스의 학살-이상의 시와 그 난해성」	《신세계》	1956.10.
4.「비평과 푸로파간다」	영남대 《嶺文》 14호	1956.10.
5.「기초문학함수론-비평문학의 방법과 그 기준」	《사상계》	1957.9.~10.
6.「무엇에 대하여 저항하는가-오늘의 문학과 그 근거」	《신군상》	1958.1.
7.「실존주의 문학의 길」	《자유공론》	1958.4.
8.「현대작가의 책임」	《자유문학》	1958.4.
9.「한국소설의 현재의 장래-주로 해방후의 세 작가를 중심으로」	《지성》 1호	1958.6.
10.「시와 속박」	《현대시》 2집	1958.9.
11.「작가의 현실참여」	《문학평론》 1호	1959.1.
12.「방황하는 오늘의 작가들에게-작가적 사명」	《문학논평》 2호	1959.2.
13.「자유문학상을 향하여」	《문학논평》	1959.3.
14.「고독한 오솔길-소월시를 말한다」	《신문예》	1959.8.~9.

15. 「이상의 소설과 기교 - 실화와 날개를 중심으로」	《문예》	1959.10.
16. 「박탈된 인간의 휴일 - 제8요일을 읽고」	《새벽》 35호	1959.11.
17. 「잠자는 거인 - 뉴 제네레이션의 위치」	《새벽》 36호	1959.12.
18. 「20세기의 인간상」	《새벽》	1960.2.
19. 「푸로메떼 사슬을 풀라」	《새벽》	1960.4.
20. 「식물적 인간상 - 『카인의 후예』, 황순원 론」	《사상계》	1960.4.
21. 「사회참가의 문학 - 그 원시적인 문제」	《새벽》	1960.5.
22. 「무엇에 대한 노여움인가?」	《새벽》	1960.6.
23. 「우리 문학의 지점」	《새벽》	1960.9.
24. 「유배지의 시인 - 쌍종·페르스의 시와 생애」	《자유문학》	1960.12.
25. 「소설산고」	《현대문학》	1961.2.~4.
26. 「현대소설의 반성과 모색 - 60년대를 기점으로」	《사상계》	1961.3.
27. 「소설과 '아펠레이션'의 문제」	《사상계》	1961.11.
28. 「현대한국문학과 인간의 문제」	《시사》	1961.12.
29. 「한국적 휴머니즘의 발굴 - 유교정신에서 추출해본 휴머니즘」	《신사조》	1962.11.
30. 「한국소설의 맹점 - 리얼리티 외, 문제를 중심으로」	《사상계》	1962.12.
31. 「오해와 모순의 여울목 - 그 역사와 특성」	《사상계》	1963.3.
32. 「사시안의 비평 - 어느 독자에게」	《현대문학》	1963.7.
33. 「부메랑의 언어들 - 어느 독자에게 제2신」	《현대문학》	1963.9.
34. 「문학과 역사적 사건 - 4·19를 예로」	《한국문학》 1호	1966.3.
35. 「현대소설의 구조」	《문학》 1,3,4호	1966.7., 9., 11.
36. 「비판적 「삼국유사」」	《월간세대》	1967.3~5.
37. 「현대문학과 인간소외 - 현대부조리와 인간소외」	《사상계》	1968.1.
38. 「서랍 속에 든 '不穩詩'를 분석한다 - '지식인의 사회참여'를 읽고」	《사상계》	1968.3.
39. 「사물을 보는 눈」	《사상계》	1973.4.
40. 「한국문학의 구조분석 - 反이솝주의 선언」	《문학사상》	1974.1.
41. 「한국문학의 구조분석 - '바다'와 '소년'의 의미분석」	《문학사상》	1974.2.
42. 「한국문학의 구조분석 - 춘원 초기단편소설의 분석」	《문학사상》	1974.3.

43. 「이상문학의 출발점」	《문학사상》	1975.9.
44. 「분단기의 문학」	《정경문화》	1979.6.
45. 「미와 자유와 희망의 시인-일리리스의 문학세계」	《충청문장》 32호	1979.10.
46. 「말 속의 한국문화」	《삶과꿈》 연재	1994.9~1995.6.
외 다수		

외국잡지

1. 「亞細亞人の共生」	《Forsight》 新潮社	1992.10.
외 다수		

대담

1. 「일본인론-대담:金容雲」	《경향신문》	1982.8.19.~26.
2. 「가부도 논쟁도 없는 무관심 속의 '방황'-대담:金環東」	《조선일보》	1983.10.1.
3. 「해방 40년, 한국여성의 삶-"지금이 한국여성사의 터닝포인트"-특집대담:정용석」	《여성동아》	1985.8.
4. 「21세기 아시아의 문화-신년석학대담:梅原猛」	《문학사상》 1월호, MBC TV 1일 방영	1996.1.
외 다수		

세미나 주제발표

1. 「神奈川 사이언스파크 국제심포지움」	KSP 주최(일본)	1994.2.13.
2. 「新瀉 아시아 문화제」	新瀉縣 주최(일본)	1994.7.10.
3. 「순수문학과 참여문학」(한국문학인대회)	한국일보사 주최	1994.5.24.
4. 「카오스 이론과 한국 정보문화」(한·중·일 아시아 포럼)	한백연구소 주최	1995.1.29.
5. 「멀티미디아 시대의 출판」	출판협회	1995.6.28.
6. 「21세기의 메디아론」	중앙일보사 주최	1995.7.7.
7. 「도자기와 총의 문화」(한일문화공동심포지움)	한국관광공사 주최(후쿠오카)	1995.7.9.

8. 「역사의 대전환」(한일국제심포지움)	중앙일보 역사연구소	1995.8.10.
9. 「한일의 미래」	동아일보, 아사히신문 공동주최	1995.9.10.
10. 「춘향전'과 '忠臣藏'의 비교연구」(한일국제심포지엄)	한림대·일본문화연구소 주최	1995.10.
외 다수		

기조강연

1. 「로스엔젤러스 한미박물관 건립」	(L.A.)	1995.1.28.
2. 「하와이 50년 한국문화」	우먼스클럽 주최(하와이)	1995.7.5.
외 다수		

저서(단행본)

평론·논문

1. 『저항의 문학』	경지사	1959
2. 『지성의 오솔길』	동양출판사	1960
3. 『전후문학의 새 물결』	신구문화사	1962
4. 『통금시대의 문학』	삼중당	1966
* 『축소지향의 일본인』	갑인출판사	1982
* '縮み志向の日本人'의 한국어판		
5. 『縮み志向の日本人』(원문: 일어판)	学生社	1982
6. 『俳句で日本を讀む』(원문: 일어판)	PHP	1983
7. 『고전을 읽는 법』	갑인출판사	1985
8. 『세계문학에의 길』	갑인출판사	1985
9. 『신화속의 한국인』	갑인출판사	1985
10. 『지성채집』	나남	1986
11. 『장미밭의 전쟁』	기린원	1986

12.『신한국인』	문학사상	1986
13.『ふろしき文化のポスト・モダン』(원문: 일어판)	中央公論社	1989
14.『蛙はなぜ古池に飛びこんだのか』(원문: 일어판)	学生社	1993
15.『축소지향의 일본인-그 이후』	기린원	1994
16.『시 다시 읽기』	문학사상사	1995
17.『한국인의 신화』	서문당	1996
18.『공간의 기호학』	민음사(학위논문)	2000
19.『진리는 나그네』	문학사상사	2003
20.『ジャンケン文明論』(원문: 일어판)	新潮社	2005
21.『디지로그』	생각의나무	2006
22.『이어령의 삼국유사 이야기1』	서정시학	2006
*『하이쿠의 시학』	서정시학	2009
*'俳句で日本を讀む'의 한국어판		
*『젊은이여 한국을 이야기하자』	문학사상사	2009
*'신한국인'의 개정판		
23.『어머니를 위한 여섯 가지 은유』	열림원	2010
24.『이어령의 삼국유사 이야기2』	서정시학	2011
25.『생명이 자본이다』	마로니에북스	2013
*『가위바위보 문명론』	마로니에북스	2015
*'ジャンケン文明論'의 한국어판		
26.『보자기 인문학』	마로니에북스	2015
27.『너 어디에서 왔니(한국인 이야기1)』	파람북	2020
28.『너 누구니(한국인 이야기2)』	파람북	2022
29.『너 어떻게 살래(한국인 이야기3)』	파람북	2022
30.『너 어디로 가니(한국인 이야기4)』	파람북	2022

에세이

1.『흙 속에 저 바람 속에』	현암사	1963
2.『오늘을 사는 세대』	신태양사출판국	1963

3. 『바람이 불어오는 곳』	현암사	1965
4. 『하나의 나뭇잎이 흔들릴 때』	현암사	1966
5. 『우수의 사냥꾼』	동화출판공사	1969
6. 『현대인이 잃어버린 것들』	서문당	1971
7. 『저 물레에서 운명의 실이』	범서출판사	1972
8. 『아들이여 이 산하를』	범서출판사	1974
* 『거부하는 몸짓으로 이 젊음을』	삼중당	1975
* '오늘을 사는 세대'의 개정판		
9. 『말』	문학세계사	1982
10. 『떠도는 자의 우편번호』	범서출판사	1983
11. 『지성과 사랑이 만나는 자리』	마당문고사	1983
12. 『푸는 문화 신바람의 문화』	갑인출판사	1984
13. 『사색의 메아리』	갑인출판사	1985
14. 『젊음이여 어디로 가는가』	갑인출판사	1985
15. 『뿌리를 찾는 노래』	기린원	1986
16. 『서양의 유혹』	기린원	1986
17. 『오늘보다 긴 이야기』	기린원	1986
* 『이것이 여성이다』	문학사상사	1986
18. 『한국인이여 고향을 보자』	기린원	1986
19. 『젊은이여 뜨거운 지성을 너의 가슴에』	삼성이데아서적	1990
20. 『정보사회의 기업문화』	한국통신기업문화진흥원	1991
21. 『기업의 성패 그 문화가 좌우한다』	종로서적	1992
22. 『동창이 밝았느냐』	동화출판사	1993
23. 『한,일 문화의 동질성과 이질성』	신구미디어	1993
24. 『나를 찾는 술래잡기』	문학사상사	1994
* 『말 속의 말』	동아출판사	1995
* '말'의 개정판		
25. 『한국인의 손 한국인의 마음』	디자인하우스	1996
26. 『신의 나라는 가라』	한길사	2001
* 『말로 찾는 열두 달』	문학사상사	2002

* '말'의 개정판

27.『붉은 악마의 문화 코드로 읽는 21세기』	중앙M&B	2002
*『뜻으로 읽는 한국어 사전』	문학사상사	2002
* '말 속의 말'의 개정판		
*『일본문화와 상인정신』	문학사상사	2003
* '축소지향의 일본인 그 이후'의 개정판		
28.『문화코드』	문학사상사	2006
29.『우리문화 박물지』	디자인하우스	2007
30.『젊음의 탄생』	생각의나무	2008
31.『생각』	생각의나무	2009
32.『지성에서 영성으로』	열림원	2010
33.『유쾌한 창조』	알마	2010
34.『빵만으로는 살 수 없다』	열림원	2012
35.『우물을 파는 사람』	두란노	2012
36.『책 한 권에 담긴 뜻』	국학자료원	2022
37.『먹다 듣다 걷다』	두란노	2022
38.『작별』	성안당	2022

소설

1.『이어령 소설집, 장군의 수염/전쟁 데카메론 외』	현암사	1966
2.『환각의 다리』	서음출판사	1977
3.『둥지 속의 날개』	홍성사	1984
4.『무익조』	기린원	1987
5.『홍동백서』(문고판)	범우사	2004

시

『어느 무신론자의 기도』	문학세계사	2008
『헌팅턴비치에 가면 네가 있을까』	열림원	2022

『다시 한번 날게 하소서』	성안당	2022
『눈물 한 방울』	김영사	2022

칼럼집

1. 『차 한 잔의 사상』	삼중당	1967
2. 『오늘보다 긴 이야기』	기린원	1986

편저

1. 『한국작가전기연구』	동화출판공사	1975
2. 『이상 소설 전작집 1,2』	갑인출판사	1977
3. 『이상 수필 전작집』	갑인출판사	1977
4. 『이상 시 전작집』	갑인출판사	1978
5. 『현대세계수필문학 63선』	문학사상사	1978
6. 『이어령 대표 에세이집 상,하』	고려원	1980
7. 『문장백과대사전』	금성출판사	1988
8. 『뉴에이스 문장사전』	금성출판사	1988
9. 『한국문학연구사전』	우석	1990
10. 『에센스 한국단편문학』	한양출판	1993
11. 『한국 단편 문학 1-9』	모음사	1993
12. 『한국의 명문』	월간조선	2001
13. 『뜻으로 읽는 한국어 사전』	문학사상사	2002
14. 『매화』	생각의나무	2003
15. 『사군자와 세한삼우』	종이나라(전5권)	2006
1. 매화		
2. 난초		
3. 국화		
4. 대나무		
5. 소나무		
16. 『십이지신 호랑이』	생각의나무	2009

17. 『십이지신 용』	생각의나무	2010
18. 『십이지신 토끼』	생각의나무	2010
19. 『문화로 읽는 십이지신 이야기-뱀』	열림원	2011
20. 『문화로 읽는 십이지신 이야기-말』	열림원	2011
21. 『문화로 읽는 십이지신 이야기-양』	열림원	2012

희곡

1. 『기적을 파는 백화점』	갑인출판사	1984
* '기적을 파는 백화점', '사자와의 경주' 등 다섯 편이 수록된 희곡집		
2. 『세 번은 짧게 세 번은 길게』	기린원	1979, 1987

대담집&강연집

1. 『그래도 바람개비는 돈다』	동화서적	1992
* 『기업과 문화의 충격』	문학사상사	2003
* '그래도 바람개비는 돈다'의 개정판		
2. 『세계 지성과의 대화』	문학사상사	1987, 2004
3. 『나, 너 그리고 나눔』	문학사상사	2006
4. 『지성과 영성의 만남』	홍성사	2012
5. 『메멘토 모리』	열림원	2022
6. 『거시기 머시기』(강연집)	김영사	2022

교과서&어린이책

1. 『꿈의 궁전이 된 생쥐 한 마리』	비룡소	1994
2. 『생각에 날개를 달자』	웅진출판사(전12권)	1997
1. 물음표에서 느낌표까지		
2. 누가 맨 먼저 시작했나?		
3. 엄마, 나 한국인 맞아?		

4. 제비가 물어다 준 생각의 박씨
5. 나는 지구의 산소가 될래
6. 생각을 바꾸면 미래가 달라진다
7. 아빠, 정보가 뭐야?
8. 나도 그런 사람이 될 테야
9. 너 정말로 한국말 아니?
10. 한자는 옛 문화의 공룡발자국
11. 내 마음의 열두 친구 1
12. 내 마음의 열두 친구 2

3.	『천년을 만드는 엄마』	삼성출판사	1999
4.	『천년을 달리는 아이』	삼성출판사	1999
*	『어머니와 아이가 만드는 세상』	문학사상사	2003
	* '천년을 만드는 엄마', '천년을 달리는 아이'의 개정판		
*	『이어령 선생님이 들려주는 축소지향의 일본인 1, 2』		
	* '축소지향의 일본인'의 개정판	생각의나무(전2권)	2007
5.	『이어령의 춤추는 생각학교』	푸른숲주니어(전10권)	2009

1. 생각 깨우기
2. 생각을 달리자
3. 누가 맨 먼저 생각했을까
4. 너 정말 우리말 아니?
5. 뜨자, 날자 한국인
6. 생각이 뛰어노는 한자
7. 나만의 영웅이 필요해
8. 로그인, 정보를 잡아라!
9. 튼튼한 지구에서 살고 싶어
10. 상상놀이터, 자연과 놀자

6.	『불 나라 물 나라』	대교	2009
7.	『이어령의 교과서 넘나들기』	살림출판사(전20권)	2011

1. 디지털편-디지털시대와 우리의 미래
2. 경제편-경제를 바라보는 10개의 시선

3. 문학편 – 컨버전스 시대의 변화하는 문학
4. 과학편 – 세상을 바꾼 과학의 역사
5. 심리편 – 마음을 유혹하는 심리의 비밀
6. 역사편 – 역사란 무엇인가?
7. 정치편 – 세상을 행복하게 만드는 정치
8. 철학편 – 세상을 이해하는 지혜의 눈
9. 신화편 – 시대를 초월한 상상력의 세계
10. 문명편 – 문명의 역사에 담긴 미래 키워드
11. 춤편 – 한 눈에 보는 춤 이야기
12. 의학편 – 의학 발전을 이끈 위대한 실험과 도전
13. 국제관계편 – 지구촌 시대를 살아가는 지혜
14. 수학편 – 수학적 사고력을 키우는 수학 이야기
15. 환경편 – 지구의 미래를 위한 환경 보고서
16. 지리편 – 지구촌 곳곳의 살아가는 이야기
17. 전쟁편 – 인류 역사를 뒤흔든 전쟁 이야기
18. 언어편 – 언어란 무엇인가?
19. 음악편 – 천년의 감동이 담긴 서양 음악 여행
20. 미래과학편 – 미래를 설계하는 강력한 힘

8. 『느껴야 움직인다』	시공미디어	2013
9. 『지우개 달린 연필』	시공미디어	2013
10. 『길을 묻다』	시공미디어	2013

일본어 저서

* 『縮み志向の日本人』(원문: 일어판)	学生社	1982
* 『俳句で日本を讀む』(원문: 일어판)	PHP	1983
* 『ふろしき文化のポスト・モダン』(원문: 일어판)	中央公論社	1989
* 『蛙はなぜ古池に飛びこんだのか』(원문: 일어판)	学生社	1993
* 『ジャンケン文明論』(원문: 일어판)	新潮社	2005
* 『東と西』(대담집, 공저:司馬遼太郎 編, 원문: 일어판)	朝日新聞社	1994. 9

번역서

『흙 속에 저 바람 속에』의 외국어판

1. *『In This Earth and In That Wind』(David I. Steinberg 역) 영어판	RAS-KB	1967
2. *『斯土斯風』(陳寧寧 역) 대만판	源成文化圖書供應社	1976
3. *『恨の文化論』(裵康煥 역) 일본어판	学生社	1978
4. *『韓國人的心』 중국어판	山佐人民出版社	2007
5. *『В ТЕХ КРАЯХ НА ТЕХ ВЕТРАХ』(이리나 카사트키나, 정인순 역) 러시아어판	나탈리스출판사	2011

『縮み志向の日本人』의 외국어판

6. *『Smaller is Better』(Robert N. Huey 역) 영어판	Kodansha	1984
7. *『Miniaturisation et Productivité Japonaise』 불어판	Masson	1984
8. *『日本人的縮小意识』 중국어판	山佐人民出版社	2003
9. *『환각의 다리』『Blessures D'Avril』 불어판	ACTES SUD	1994
10. *「장군의 수염」『The General's Beard』(Brother Anthony of Taizé 역) 영어판	Homa & Sekey Books	2002
11. *『디지로그』『デジログ』(宮本尙寛 역) 일본어판	サンマーク出版	2007
12. *『우리문화 박물지』『KOREA STYLE』 영어판	디자인하우스	2009

공저

1. 『종합국문연구』	선진문화사	1955
2. 『고전의 바다』(정병욱과 공저)	현암사	1977
3. 『멋과 미』	삼성출판사	1992
4. 『김치 천년의 맛』	디자인하우스	1996
5. 『나를 매혹시킨 한 편의 시1』	문학사상사	1999
6. 『당신의 아이는 행복한가요』	디자인하우스	2001
7. 『휴일의 에세이』	문학사상사	2003
8. 『논술만점 GUIDE』	월간조선사	2005
9. 『글로벌 시대의 한국과 한국인』	아카넷	2007

10. 『다른 것이 아름답다』	지식산업사	2008
11. 『글로벌 시대의 희망 미래 설계도』	아카넷	2008
12. 『한국의 명강의』	마음의숲	2009
13. 『인문학 콘서트2』	이숲	2010
14. 『대한민국 국격을 생각한다』	올림	2010
15. 『페이퍼로드-지적 상상의 길』	두성북스	2013
16. 『知의 최전선』	아르테	2016
17. 『이어령, 80년 생각』(김민희와 공저)	위즈덤하우스	2021
18. 『마지막 수업』(김지수와 공저)	열림원	2021

전집

1. **『이어령 전작집』**	동화출판공사(전12권)	1968

1. 흙 속에 저 바람 속에
2. 바람이 불어오는 곳
3. 거부한는 몸짓으로 이 젊음을
4. 장미 그 순수한 모순
5. 인간이 외출한 도시
6. 차 한잔의 사상
7. 누가 그 조종을 울리는가
8. 하나의 나뭇잎이 흔들릴 때
9. 장군의 수염
10. 저항의 문학
11. 당신은 아는가 나의 기도를
12. 현대의 천일야화

2. **『이어령 신작전집』**	갑인출판사(전10권)	1978

1. 현대인이 잃어버린 것들
2. 저 물레에서 운명의 실이
3. 아들이여 이 산하를
4. 서양에서 본 동양의 아침

5. 나그네의 세계문학

6. 신화속의 한국인

7. 고전을 어떻게 읽을 것인가

8. 기적을 파는 백화점

9. 한국인의 생활과 마음

10. 가난한 시인에게 주는 엽서

3. 『이어령 전집』	삼성출판사(전20권)	1986

1. 흙 속에 저 바람 속에

2. 노래여 천년의 노래여

3. 푸는 문화, 신바람의 문화

4. 내 마음의 뿌리

5. 한국과 일본과의 거리

6. 여성이여, 창을 열어라

7. 차 한잔의 사상

8. 거부하는 몸짓으로 이 젊음을

9. 누군가에 이 편지를

10. 하나의 나뭇잎이 흔들릴 때

11. 서양으로 가는 길

12. 축소지향의 일본인

13. 현대인이 잃어버린 것들

14. 문학으로 읽는 세계

15. 벽을 허무는 지성

16. 장군의 수염

17. 둥지 속의 날개(상)

18. 둥지 속의 날개(하)

19. 기적을 파는 백화점

20. 시와 사색이 있는 달력

4. 『이어령 라이브러리』	문학사상사(전30권)	2003

1. 말로 찾는 열두 달

2. 하나의 나뭇잎이 흔들릴 때
3. 흙 속에 저 바람 속에
4. 뜻으로 읽는 한국어 사전
5. 장군의 수염
6. 환각의 다리
7. 젊은이여 한국을 이야기하자
8. 푸는 문화 신바람의 문화
9. 기적을 파는 백화점
10. 축소지향의 일본인
11. 일본문화와 상인정신
12. 현대인이 잃어버린 것들
13. 시와 함께 살다
14. 거부하는 몸짓으로 이 젊음을
15. 지성의 오솔길
16. 둥지 속의 날개(상)
16. 둥지 속의 날개(하)
17. 신화 속의 한국정신
18. 차 한 잔의 사상
19. 진리는 나그네
20. 바람이 불어오는 곳
21. 기업과 문화의 충격
22. 어머니와 아이가 만드는 세상
23. 저 물레에서 운명의 실이
24. 노래여 천년의 노래여
25. 장미밭의 전쟁
26. 저항의 문학
27. 오늘보다 긴 이야기
29. 세계 지성과의 대화
30. 나, 너 그리고 나눔

5. 『한국과 한국인』 삼성출판사(전6권) 1968

1. 한국인의 정신적 고향(상)

2. 한국인의 정신적 고향(하)

3. 노래여 천년의 노래여

4. 생활을 창조하는 지혜

5. 웃음과 눈물의 인간상

6. 사랑과 여인의 풍속도

편집 후기

지성의 숲을 걷기 위한 길 안내

34종 24권 5개 컬렉션으로 분류, 10년 만에 완간

이어령이라는 지성의 숲은 넓고 깊어서 그 시작과 끝을 가늠하기 어렵다. 자칫 길을 잃을 수도 있어서 길 안내가 필요한 이유다. '이어령 전집'의 기획과 구성의 과정, 그리고 작품들의 의미 등을 독자들께 간략하게나마 소개하고자 한다. (편집자 주)

북이십일이 이어령 선생님과 전집을 출간하기로 하고 정식으로 계약을 맺은 것은 2014년 3월 17일이었다. 2023년 2월에 '이어령 전집'이 34종 24권으로 완간된 것은 10년 만의 성과였다. 자료조사를 거쳐 1차로 선정한 작품은 50권이었다. 2000년 이전에 출간한 단행본들을 전집으로 묶으며 가려 뽑은 작품들을 5개의 컬렉션으로 분류했고, 내용의 성격이 비슷한 경우에는 한데 묶어서 합본 호를 만든다는 원칙을 세웠다. 이어령 선생님께서 독자들의 부담을 고려하여 직접 최종적으로 압축한 리스트는 34권이었다.

평론집 『저항의 문학』이 베스트셀러 컬렉션(16종 10권)의 출발이다. 이어령 선생님의 첫 책이자 혁명적 언어 혁신과 문학관을 담은 책으로

1950년대 한국 문단에 일대 파란을 일으킨 명저였다. 두 번째 책은 국내 최초로 한국 문화론의 기치를 들었다고 평가받은 『말로 찾는 열두 달』과 『오늘을 사는 세대』를 뼈대로 편집한 세대론 『거부하는 몸짓으로 이 젊음을』으로, 이 두 권을 합본 호로 묶었다. 베스트셀러 컬렉션의 세 번째 책은 박정희 독재를 비판하는 우화를 담은 액자소설 「장군의 수염」, 보카치오의 『데카메론』 형식을 빌려온 「전쟁 데카메론」, 스탕달의 단편 「바니나 바니니」를 해석하여 다시 쓴 한국 최초의 포스트모던 소설 「환각의 다리」 등 중·단편소설들을 한데 묶었다. 한국 출판 최초의 대형 베스트셀러 에세이 『흙 속에 저 바람 속에』와 긍정과 희망의 한국인상에 대해서 설파한 『오늘보다 긴 이야기』는 합본하여 네 번째로 묶었으며, 일본 문화비평사에 큰 획을 그은 기념비적 작품으로 일본문화론 100년의 10대 고전으로 선정된 『축소지향의 일본인』은 베스트셀러 컬렉션의 다섯 번째 책이다.

여섯 번째는 한국어로 쓰인 가장 아름다운 자전 에세이에 속하는 『하나의 나뭇잎이 흔들릴 때』와 1970년대에 신문 연재 에세이로 쓴 글들을 모아 엮은 문화·문명 비평 에세이 『현대인이 잃어버린 것들』을 함께 묶었다. 일곱 번째는 문학 저널리즘의 월평 및 신문·잡지에 실렸던 평문들로 구성된 『지성의 오솔길』인데 1956년 5월 6일 《한국일보》에 실려 문단에 충격을 준 「우상의 파괴」가 수록되어 있다.

한국어 뜻풀이와 단군신화를 분석한 『뜻으로 읽는 한국어사전』과 『신화 속의 한국정신』은 베스트셀러 컬렉션의 여덟 번째로, 20대의 젊은이에게 들려주고 싶은 말을 엮은 책 『젊은이여 한국을 이야기하자』는 아홉 번째로, 외국 풍물에 대한 비판적 안목이 돋보이는 이어령 선생님의 첫 번째 기행문집 『바람이 불어오는 곳』은 열 번째 베스트셀러 컬렉션으로 묶었다.

이어령 선생님은 뛰어난 비평가이자, 소설가이자, 시인이자, 희곡작가였다. 그는 남들이 가지 않은 길을 가고자 했다. 그 결과물인 크리에이티브 컬렉션(2권)은 이어령 선생님의 장편소설과 희곡집으로 구성되어 있다. 『둥지 속의 날개』는 1983년 《한국경제신문》에 연재했던 문명비평적인 장편소설로 10만 부 이상 팔린 베스트셀러이고, 원래 상하권으로 나뉘어 나왔던 것을 한 권으로 합본했다. 『기적을 파는 백화점』은 한국 현대문학의 고전이 된 희곡들로 채워졌다. 수록작 중 「세 번은 짧게 세 번은 길게」는 1981년에 김호선 감독이 영화로 만들어 제18회 백상예술대상 감독상, 제2회 영화평론가협회 작품상을 수상했고, TV 단막극으로도 만들어졌다.

아카데믹 컬렉션(5종 4권)에는 이어령 선생님의 비평문을 한데 모았다. 1950년대에 데뷔해 1970년대까지 문단의 논객으로 활동한 이어령 선생님이 당대의 문학가들과 벌인 문학 논쟁을 담은 『장미밭의 전쟁』은 지금도 여전히 관심을 끈다. 호메로스에서 헤밍웨이까지 이어령 선생님과 함께 고전 읽기 여행을 떠나는 『진리는 나그네』와 한국의 시가문학을 통해서 본 한국문화론 『노래여 천년의 노래여』는 합본 호로 묶었다. 한국인이 사랑하는 김소월, 윤동주, 한용운, 서정주 등의 시를 기호론적 접근법으로 다시 읽는 『시 다시 읽기』는 이어령 선생님의 학문적 통찰이 빛나는 책이다. 아울러 박사학위 논문이기도 했던 『공간의 기호학』은 한국 문학이론사에서 빼놓을 수 없는 명저다.

사회문화론 컬렉션(5종 4권)은 이어령 선생님의 우리 사회와 문화에 대한 관심을 담았다. 칼럼니스트 이어령 선생님의 진면목이 드러난 책 『차 한 잔의 사상』은 20대에 《서울신문》의 '삼각주'로 출발하여 《경향신문》의 '여적', 《중앙일보》의 '분수대', 《조선일보》의 '만물상' 등을 통해 발표한 명칼럼들이 수록되어 있다. 『어머니와 아이가 만드는 세상』은 「천년을 달리는 아이」, 「천년을 만드는 엄마」를 한데 묶은 책으로, 새천년의 새 시대를 살아갈 아이와 엄마에게 띄우는 지침서다. 아울러 이어령 선생님의 산문시들을 엮어 만든 『시와 함께 살다』를 이와 함께 합본 호로 묶었다. 『저 물레에서 운명의 실이』는 1970년대에 신문에 연재한 여성론을 펴낸 책으로 『사씨남정기』, 『춘향전』, 『이춘풍전』을 통해 전통사상에 입각한 한국 여인, 한국인 전체에 대한 본성을 분석했다. 『일본문화와 상인정신』은 일본의 상인정신을 통해 본 일본문화 비평론이다.

한국문화론 컬렉션(5종 4권)은 한국문화에 대한 본격 비평을 모았다. 『기업과 문화의 충격』은 기업문화의 혁신을 강조한 기업문화 개론서다. 『푸는 문화 신바람의 문화』는 '신바람', '풀이'라는 키워드를 통해 고금의 예화와 일화, 우리말의 어휘와 생활 문화 등 다양한 범위 속에서 우리 문화를 분석했고, '붉은 악마', '문명전쟁', '정치문화', '한류문화' 등의 4가지 코드로 문화를 진단한 『문화 코드』와 합본 호로 묶었다. 한국과 일본 지식인들의 대담 모음집 『세계 지성과의 대화』와 이화여대 교수직을 내려놓으면서 각계각층 인사들과 나눈 대담집 『나, 너 그리고 나눔』이 이 컬렉션의 대미를 장식한다.

2022년 2월 26일, 편집과 고증의 과정을 거치는 중에 이어령 선생님이 돌아가신 것은 출간 작업의 커다란 난관이었다. 최신판 '저자의 말'을 수록할 수 없게 된 데다가 적잖은 원고 내용의 저자 확인이 필요한 부분이 있었으니 난관이 아닐 수 없었다. 다행히 유족 측에서는 이어령 선생님의 부인이신 영인문학관 강인숙 관장님이 마지막 교정과 확인을 맡아주셨다. 밤샘도 마다하지 않으면서 꼼꼼하게 오류를 점검해주신 강인숙 관장님에게 이 지면을 빌려 감사의 말씀을 드린다.

KI신서 10649
이어령 전집 12
기적을 파는 백화점 외

1판 1쇄 인쇄 2023년 2월 17일
1판 1쇄 발행 2023년 2월 26일

지은이 이어령
펴낸이 김영곤
펴낸곳 (주)북이십일 21세기북스

TF팀 이사 신승철
TF팀 이종배
출판마케팅영업본부장 민안기
마케팅1팀 배상현 한경화 김신우 강효원
출판영업팀 최명열 김다운
제작팀 이영민 권경민
진행·디자인 다함미디어 | 함성주 유예지 권성희
교정교열 구경미 김도언 김문숙 박은경 송복란 이진규 이충미 임수현 정미용 최아림

출판등록 2000년 5월 6일 제406-2003-061호
주소 (10881) 경기도 파주시 회동길 201(문발동)
대표전화 031-955-2100 **팩스** 031-955-2151 **이메일** book21@book21.co.kr

ISBN 978-89-509-3871-0 04810

(주)북이십일 경계를 허무는 콘텐츠 리더

21세기북스 채널에서 도서 정보와 다양한 영상자료, 이벤트를 만나세요!
페이스북 facebook.com/jiinpill21 포스트 post.naver.com/21c_editors
인스타그램 instagram.com/jiinpill21 홈페이지 www.book21.com
유튜브 youtube.com/book21pub